KB269160

문화비평서

발상의 전환과 느림의 시학

저자 엄 창 섭

지식과교양

<自敍>

삶의 일상과 감동의 회복

잠시 분망하게 살아온 날을 뒤돌아보면 덧없이 흘려버린 강물과 같은 세월이었지만, 이름 모를 낯선 항구에 조용히 닻을 내릴 시간이 이마를 섬뜩하게 할 때, 솔직한 고백이지만 조금은 삶의 존엄함을 다시금 절감하게 된다. 새해가 밝았고 또 그렇게 신묘년 辛卯年의 아침이 왔다. 여기서 온순한 동물로 다산과 풍요의 상징인 토끼는 비교적 선량한 이미지로 귀엽기까지 한 초식동물이지만, 우리의 고전소설 『별주부전』에서는 번뜩이는 기지를 보이고 있다. 특히 토끼의 신체적 구조로 귀와 뒷다리는 길지만 대조적으로 앞다리는 짧기에 앞으로 질주하거나 높은 곳에 오를 때는 시속 80km의 속도를 유지하지만, 낮은 곳으로 내려 올때는 놀랍게도 수직이 아닌 수평으로 이동하는 지혜를 발휘하는 동물임을 기억하여야 한다.

까닭에 금년에는 어느 시간대보다 우리는 '보다 천천히'라는 '느림의 시학'에 대한 삶의 예지를 지녀야 할 것이다. 나름대로 〈自敍〉를 통한 문제의 제기로 소박한 기대라면 아침 식탁에서 접하는 자잘한 사유의 편린片鱗들이 따뜻한 감성으로 살아나 일상의 감동을 회복시키는 계기가 되기를 소망한다. '공동의 사회가 무너져내린 모든 것이 무의미한 현대사회의 견고한 고독 앞에서 암울한 삶을 체득하며 자성의 시간대를 통하여 감지한 탈무드적 교훈이라면, 비록 물음표로 사는 삶이 역사를 변화·발전시키지만, 주위 정황이 각박하고 힘겨울수록 느낌표로 사는 지혜를 겸허하게 절감하여야 한다는 것이다.

대니엘 고들립이 자폐증을 앓고 있는 외손자『샘에게 보내는 편지』에서 "우리는 네모나게 태어나서 둥글게 죽는다."라는 교시적 의미를 새삼 되뇌이게 된다. "사람과 사람 사이에 섬이 있다. 그 섬에 가고 싶다(섬)"라는 정현종의 단시를 통한 의미성처럼 비록 현대인은 섬처럼 서로 단절되어 누군가 먼저 경계를 허물지 않는다면 결코 고독과 소외감을 극기할 수 없다.

뿐만 아니라 마침내 자아에 비해 외부의 세계, 정신에 비해 물질세계가 지나치게 거대화되어 자아는 세계에, 정신을 물질에 종속되고 짓눌려 버림으로써 단절과 소외에서도 자유로울 수 없다. 까닭에 자아와 세계, 정신과 물질 사이의 등가화 또는 자아의 주체화를 획득하는 일이야말로 오늘의 삶에 있어서 가장 절박한 명제가 되어야 하고, 그 소외감과 고독, 외로움을 메꿀 수 있는 한가닥 희망과 여운의 메세지를 전달할 존재로서의 섬, 즉 소외된 인간 관계의 회복을 다시금 기대하고 소망하는 것이다.

오랜 날 나름대로 언어공해의 심각성과 모국어의 속살과 항변을 통한 보다 느림의 시학이라는 차원에서 삶의 잠언을 부단히 일깨워 왔다. 가끔은 언어에 대한 분별력을 지니며 "승려와 시인이 살이 찐다는 것은 그 시대가 불행한 것을 의미한다."는 세계고의 교시로 가슴앓이도 종종하였다. 일단, 소중한 일상의 삶에서 감동을 회복하는 행위는 비정한 우리의 사회에서 좋은 인간 관계를 유지하는 인자因子가 되기에, 거듭 태어나고 변할 수 있다는 것은 정말 눈물겹게 감사할 일이다. 일단, 소외된 내 주위의 누군가에게 따뜻한 감동을 회복하여 상처 받은 맑은 영혼을 치유하는 감미로운 감성을 통해 삶의 활력이 되는 다이돌핀을 무리 없이 쏟아내는 데 열중할 것을 조심스럽게 자신을 채찍질하며 다짐한다.

렐프 왈도 에머슨의 "그대가 헛되이 보낸 오늘은, 어제 죽어간 이들이 그토록 살고 싶어하던 내일이다."라는 경계는 우리의 존재감을 확인하는 계기가 되기에, 시대를 앞서 숨져간 이들이 그토록 절박한 심정으로 "하루만 더 살았으면…" 하던 그 끝자락의 시간 앞에서 "왜, 최선을 다하지 않았는가?"라는 물음 앞에 자신을 놓아보면 모름지기 가슴 저며 오는 놀라운 사실을 접하게 될 것이다.

아울러 지금껏 운명적인 만남으로 하여 부족한 내 자신이 주저함이나 부담없이 등을 기댈 수 있는 버팀목이 되어준 실로 고맙고 감사한 인생의 스승과 함께 문학과 학문의 길에 동반자로서 힘이 되어준 제자와 후배들에게 비록 비정한 현상에서도 양심의 소리에 귀를 기울이되, 아울러 살아온 날을 겸허하게 항상 되돌아보면서 자존감을 상실하지 아니하고, 비록 주어진 처지와 상황이 힘겨울지라도 상처받은 영혼을 치유하는 정신작업을 포기하지 아니할 것도 다시금 요청하고 싶을 뿐이다.

특히 정신작업에 종사하는 실체로서 우리들은 보다 더 언어에 대한 분별력이나 배려 없이 금속성이며 파괴적이고 동물적인 언어를 자정 없이 쏟아내는 무모함을 경계하며, 보다 식물성인 푸르고도 생명적인 언어사용에 힘쓰고 몰두하여 왔기에, 그간에 부족하나마 『삶과 문학, 그리고 箴言』, 『아름다운 삶을 위한 지혜』, 『현대시의 현상과 존재론적 해석』, 『문화인식의 현상과 이해』, 『문화인식의 확장과 변형』, 『문화인식의 변형과 다이돌핀』, 『인식의 전환과 현대시의 변주』 등 다소 의도적으로 문화비평서 간행을 고집하며 나름대로 이 같은 작업에 몰두하여 왔다. 무엇보다 자명한 것은 '과거는 역사이고, 미래는 꿈이며, 현재는 선물'이기에 그저 생명을 허락하여 주신 신에게 항상 감사해야 함은 물론, 나약한 패배주의에 발목이 잡혀 매사를 부정하고 도전하지 아니했던 지난 시간의 허물을 돌이키며 고정 틀을 깨고 부서 버리는 지속적인 결단을 통하여 물질적인 것보다 생명적인 것을 추구하기 위해 뜨거운 가슴과 긍정적 사고로 실천궁행할 것을 스스로 다짐하여 본다.

모쪼록 사랑하는 조국의 산자락에 몸담으며 열정적으로 삶의 처소에서 따뜻한 정신기후를 조성하는 충직한 독자들과 졸저가 이렇게 빛을 볼 수 있도록 한결 같이 채근菜根하여 주신 지식과교양의 윤석원 사장님께도 주님의 크신 은총이 함께 하기를 소망한다.

2011. 3월 아침 청송 숲에서

저 자 植

목 차

自序 : 삶의 일상과 감동의 회복

제 1 부

문화의 지형도와 정신지리지

1. 전쟁·평화와 문학을 통한 경계 허물기

> "평화와 평화
> 전쟁터를 벗어나
> 그 모든 악몽을 벗어나
> 어느날인가 그들은
> 평화로운 나라에 가고 싶었네."
> (베르톨트 브레히트의 〈소년 십자군〉 중에서)

1) 전쟁과 평화의 양상

국적, 언어, 이념, 피부 색깔 또는 종교에 관계없이 인류가 평화롭게 살아갈 수 있는 이상을 실현하기 위해 최선을 다하는 펜클럽한국본부(1954년 10월 23일)는 1955년 6월 오스트리아 빈의 제27차 세계연차대회에서 정회원국가로 가입하여 인준을 받기까지 반세기의 역사 속에서 태동기와 발전기, 성숙기를 거쳐 도약의 시간대를 맞고 있다. 문화충돌의 21세기, 공생共生(inter-being)이라는 이념의 바탕 위에서 인류의 평화와 자유, 조화를 거듭하고 있는 펜클럽한국본부가 문학 인구의 저변 확대를 위해 새로운 지평을 열어가며 한결같이 어려운 사회 현상에서 강한 집념과 열정으로 예술의 자유와 진리의 탐색을 위해 진력하고 있음은 다행스럽다.

이제 우리는 인류의 종말론적 위기를 예방하기 위하여 저마다 마음의 밭에 사랑과 평화의 씨앗을 뿌리고, 정성을 쏟으며 경작하여 꽃을 피우는 시대적 소임을 엄숙하게 수행하여야 한다. 바로 우리 모두가, 전쟁을 증오하며 인류의 사랑을 생산하지 않으면 행복의 꽃나무는 결코 평화라는 결실을 거둘 수 없다. 꿈이 실현되지 않으면 불가능 또한 가능한 현실로 바꿀 수 없다. 인류의 평화 애호 세력들이, 또 진리와 자유를 사랑하는 이 땅의 문인들은 이러한 창조를 지금 시작하여야 한다. 단언하건대 이것은 인류가 이 지상에서 평화를 유지할 수 있는 유일의 방법이기 때문이다.

전쟁을 거부한 평화 세계의 실현은 끊임없이 추구되어야 할 인류의 궁극적 이념의 목표이다. 우리는 오랜 날의 역사를 통해 평화란, 어느 한 개인이나 민족, 국가만이 추구하는 대상이 아니라 인류가 보편적으로 탐구하고 지향해야 할 이상이며, 가치임을 확인하여 왔다. 때문에 민족마다 문화와 전통이 상이하여도 평화에 대한 개념은 거의 보편적이며 공통된 실상으로 파악된다. 어원적인 접근을 통하여 희랍 신화의 "에이레네", 구약성서의 "살롬", 동양의 "和"의 개념들은 인간의 삶이 온전하게 유지되는 상태, 즉 안전, 건강, 복지, 발전, 마음의 평안 등으로 해석되어진다.

여기서 굳이 전쟁과의 대치 개념인 평화의 개념을 ① 광의의 평화와 협의의 평화, ② 소극적 평화와 적극적 평화, ③ 외적 평화와 내적 평화, ④ 세속적 평화와 종교적 평화로 구분하여 설명할 필요는 없을 것이다. 무엇보다 관심의 대상은 보편적 의미로 전쟁이 없는 상태 즉, 전쟁과 대립된 의미로서의 평화에 대한 새로운 인식의 필요성이다. 그러나 "충격과 공포"라는 미국의 악의 축 제거라는 명분의 이라크와의 전쟁을 통한 교훈은 국가, 민족 또는 인종적 집단간 조직적 폭력이 없는 평화스런 공존 상태로 정적 평화의 의미를 내포하는 것이 소극적 평화라는 상태일 것이다. 이에 견주어, 적극적 평화란 평화에 대한 적극적 관심과 노력으로 전쟁의 예방, 평화의 수호, 평화의 증진, 평화계획 등의 평화의 보장과 평화의 모색, 평화운동을 통한 평화의 창조적 의미임은 간과하지 말아야 할 것이다.

이처럼 평화의 실현은 어디까지나 한 개인이나 국가의 단편적인 요구에 의해 실현되기보다는 개인, 가정, 사회, 국가, 세계, 자연과 우주에 이르기까지 그 공간적 범위가 광범하게 확장되고 있으며, 나아가 신과의 관계까지 연결된 총체적 배경의 관점에서 추구하고 해결해야 할 과제이다. 일반적으로 평화의 문제에 대한 서구의 추이는 정치, 경제, 사회제도를 통하여 해결 방법을 찾는다. 동양에서는 자기성찰을 통한 자연 및 전체와의 조화에서 문제를 해결한다. 특히 유네스코 헌장에서는 인간의 마음속에 내재된 평화에 대한 필요성을 강조하는 현상에 유념할 필요가 있다. 일차적으로 논의의 대상인 〈전쟁·평화와 문학을 통한 경계 허물기〉에 앞서 어떤 사상이든 그 이론과 실천의 통일성이 요구되는 것은 당연한 일이다. 그 통일성이란 어떤 경우에는 형식 논리적으로 동일률에 의해서 성립되지는 않는다. 즉 이론과 실천은 변증법적 관계를 이루기 마련인데, 항시 직면하는 물음에 주관적·객관적 조건을 염두에 두지 않는다면 그 의문에 대해 정당한 평가를 내리는 것은 힘겹다.

특히 전쟁과 증오, 그리고 질병으로 인한 암울한 현실적 상황에서 자기 삶의 충직한 실체로서의 우리는 무한 경쟁이 요청되는 지식·정보화 사회에서 홀로 있기라는 내적인 충만을 위해 사유의 시간을 즐기는 멋스러움으로 삶의 의미를 추구하여야 한다. 이 점에 있어 사유의 시간대를 확인하는 소중한 정신적 작업을 통하여 〈전쟁·평화와 문학을 통한 경계 허물기〉라는 논지에 대한 분할과 통합, 그리고 관심사는 의미 있는 행위로 간주된다. 근간 몇몇 문학단체의 세미나에서 〈남북 분단과 통일 문학〉이라는 현실적인 논제가 줄곧 심도 있게 다루어진 양상에 견주어, 분단에 의한 전쟁의 위기가 세계의 관심사가 되고 있는 한국적 토양에서 민족의 숙원인 평화 통일의 결실은 고통 없이는 결코 기대할 수 없을 것이다. 이 같은 현상에서 이 땅의 문인들에게 있어 〈전쟁·평화와 문학을 통한 경계 허물기〉라는 주제의 검색 작업은 예외일 수 없다.

2) 산업사회에 있어 전쟁·평화의 논의

프랑스의 시인 폴 엘뤼아르는 〈자유〉라는 시에서 다음과 같이 노래하고 있다. "나는 한 마디 진실된 말의 위력으로 인생을 새롭게 시작한다. /오! 자유여/자유에의 길은 시인의 길이며 그것은 정신의 자유다." 이처럼 정신작업에 종사하는 문인들은 인간의 정신적 자유와 평화를 위해 기여해야 할 최소한의 임무가 있다. "시인의 마음이 아플 때, 세상은 병들어 있다."라는 게오르규의 지적처럼 전쟁과 증오, 압제가 사라지고 평화와 사랑이 내재된 인류사회를 만들어가기 위해 고뇌하며 고통을 감내하여야 한다.

지식·기반사회에 있어 문인들에게 전쟁의 의미는 국가와 개인 간의 파괴적인 무력의 행위가 아니라, 최소한 상대방에 대한 언어의 배려나 분별력을 상실했을 때, 파급되는 갈등과 불행, 그리고 무관심인 언어의 공해와 횡포가 인류를 살상하는 무서운 파괴력을 지닌다는 사실을 간과하지 말아야 할 것이다. 그토록 신뢰했던 전통, 관습화된 사회질서를 점차 상실한 현대사회의 변화는 인간을 불안하게 하는 근본 이유일 것이다. 경제 질서의 파국, 이념의 대결은 한없는 충격을 안겨주고 있다. 우리가 직면하고 있는 위기라면 현대의 현존도 질서의 위기와 직면하고 있는 현상일 것이다.

이 같은 상황에서 인간의 삶에 대해 사유하고 현실을 극복하려는 성찰로 고뇌하는 문인들의 의지에 그나마 위안과 감격을 안겨주는 것이 바로 문학이다. 일반적으로 구조적 평화관에 입각할 때, 평화란 전쟁의 부재가 아니라 폭력의 부재 상태이어야 한다. 폭력을 근절시키기 위해서는 교육 및 경제적 풍요의 보장으로 사회적 불공평을 해소해야 하고, 군사 안보적으로도 군비경쟁이 아닌 군축 또는 민수 전환 등 평화 지향적 정책의 실현이 시급히 보완되어야 한다.

까닭에 무한 경쟁이 요구되는 비정한 후기산업사회에 있어 전쟁과 평화라는 상반된 개념에 대한 이해의 접근은 필요하다. 지식·정보화 사회에 있어 개인이나 국가 간에 있어 이해라는 구도 속에서 인간성이 박탈당하여 비인간화되는 현상은 실로 안타깝다. 여기서 비인간화는 사회적 제도나 정치·경제체제 등 일반적으로 문명이라고 불리는 것이 인간에 대하여 마이너스 요인으로 작용을 하는 데서부터 기인한다. 이 같은 상태에서는 인간의 활동 그 자체가 당사자인 인간에게 속하지 않는 외적·강제적인 행위로 나타난다. 이것은 고도화된 사회에서의 불가피 현상으로 현대의 여러 행태의 공해는 그 전형적인 양상이다.

지식·정보화 사회에 이르기까지 인류의 역사는 전쟁과 평화라는 모순된 구조 속에서 반복을 거듭해 왔다. 그것은 마치 동전의 양면처럼 이해에 얽혀 상반된 양상을 보이기도 하고, 때로는 오늘의 미국과 이라크의 전쟁처럼 명분 찾기로 결부되기도 한다. 이처럼 이중 구조 속에서 전쟁과 평화는 명확히 분리되는 동전의 양면이 아니라, 경계가 모호할뿐더러 힘의 논리에 의해 지배된다. 이렇듯 전쟁과 평화는 분리되어 있기도 하고, 혼재되기도 하다. 전쟁 속에서도 평화는 존재하며, 평화 속에서도 전쟁은 상존하고 있다. 여기서 양자를 연결하는 스펙트럼 안에는 적극적 평화와 구조적 폭력이 자리한다. 일단, 전쟁과 평화를 논하기에 앞서 소극적 평화, 적극적 평화, 구조적 폭력의 개념에 관해 별견해 보는 것도 의미 있는 작업이다. 우리네 사회 현상에 비추어 적극적 평화를 실현키 위한 시민단체의 역할을 고찰하고 한반도의 진정한 평화 구축을 위한 방법으로 군축에 대해 검색하는 것은 그만의 타당성을 지닌다.

개념상으로 소극적 평화(Negative Peace)는 전통적으로 인식되어 왔던 평화론으로, 단순히 전쟁이 부재한 상태를 의미한다. 즉 전쟁의 반대가 곧 평화라는 인식 하에, 분쟁이나 전쟁에 대한 연구가 평화에 대한 연구와 동일하다는 상식을 낳는다. 소극적 평화는 주로 힘의 정치를 연구하는 현실주의 전통에서 그 맥을 찾을 수 있다. 따라서 전쟁 방지를 위해서도 힘을 통한 평화를 추구한다. 특히 적극적 평화(Positive Pesce)는 평화를 전쟁의 부재 상태만이 아니라, 인간의 기본적 욕구충족, 경제적 복지와 평등, 정의 그리고 인간의 자연의 가치가 구현되고 보전되는 진정한 발전으로 보고 있다. 전쟁을 방지하기 위해서 중요한 것은 개인의 의지이다. 이들은 자유의지(voluntarism)에 대해 신뢰하며, 평화를 선호하고 유지하고자 하는 의지에 따라 평화가 실현될 수 있음을 믿는다. 따라서 전쟁이나 폭력 등 무력을 통한 방법보다는 평화적이고 비폭력적인 방법을 통해 평화를 구현하는 것을 선호한다.

적극적 평화에서 관심을 갖는 주요 분야는 크게 6가지로 제시된다. 바로 그것은 ① 기능주의, ② 발전 - 복지 - 평등, ③ 신국제정보 질서, ④ 페미니즘, ⑤ 비폭력적 대안적 안보, ⑥ 초국가주의와 시민운동, 즉 군사 안보보다는 사회 경제적인 문제를 해결함으로써 적극적 평화를 구현하고자 하며, 국가보다는 비정부단체 및 시민단체의 활동에 기대를 건 경우이다. 이 점은 근대 국가 체제보다는 전 지구적인 통합적 세계질서에 대한 낙관적인 경향으로 제시되기도 한다.

여기서 무엇보다 적극적 평화를 제한하는 층위가 구조적 폭력이다. 이것은 직접적인 물리적 폭력은 아니지만, 무형적으로 인간의 권리를 제한하는 폭력을 의미한다. 이는 사회적 불공평으로 인한 온갖 종류의 박탈과 고통을 의미한다. 구조적 폭력을 갈퉁은 "인간의 기본적인 욕구에 대한 피할 수 있는 모독"으로 정의하고 있다. 그는 인간의 기본적 욕구로 ① 생존에 대한 욕구, ② 복지에 대한 욕구, ③ 정체성에 대한 욕구, ④ 자유에 대한 욕구로 구분하고 있다. 한번쯤 확인하여야 할 구조적 폭력의 형태는 ① 자원의 불평등한 분배를 비롯한 착취, ② 피지배층의 자율성이나 자치권 확보를 저지하는 침투, ③ 피지배층을 서로 격리시키는 분열, ④ 피지배층에 대한 탈 사회화를 포함한 소외화 등의 문제이다.

3) 전쟁 - 인간소외와 삶의 현상

적극적 평화는 인간의 복지와 사회정의 실현을 위해 다방면에서의 활동을 요구한다. 즉 우리의 조국이 직면하고 있는 위기적 상황 중에서 북핵 문제, 기아, 인권탄압, 여권(faminism), 환경, 인종차별, 군축 등 다양한 평화운동이 이 범주에 해당된다. 여기서 소극적 평화의 주체가 국가였다면, 반면에 적극적 평화의 주체가 시민단체가 되어야하는 이유는 바로 이 점에 해당된다. 비교적 우리가 인지하고 있듯이 개인의 수준에서 발생하는 미시적인 문제에 대한 해결노력은 아직은 기대하기 어려운 실정이다. 물론 전폭적으로 지지할 바는 아니지만, 다양하고 건강하고 생산적인 시민단체의 활동이 생명감 넘치게 이뤄질 때 적극적 평화의 실현은 역동적 힘에 의해 앞당겨질 수 있다.

현대는 인간이 신 대신에 등장하고 신은 퇴위한 시대다. 그러나 이와 같은 현대에 있어서 인간은 과연 진정한 인간인 것인가? 인간은 본래의 자기를 발견할 것인가? 이 의문에 대하여 우리는 부정적으로 답할 수밖에 없다. 재론할 필요도 없이 기계의 세계에 있어서 인간의 개성은 문제도 되지 않고, 인간은 상호간에 임의로 대용될 수 있다. 또 대중의 세계는 여론과 광고의 세계요, 개성 대신에 평등이 주장되고, '타인이 가지는 것은 나도 가지고 싶다. 타인이 할 수 있는 것은 나도 할 수 있을 것이다.'라는 평등관이 지배하고 있다.

특히 잦은 전쟁이나 질병으로 인한 인간성의 상실이나 인간 소외의 현상에 비추어 볼 때, 모든 것을 거대화하는 것만이 반드시 좋은 변화의 방향이라고 보는 관념에 제동을 걸지 않을 수 없다. 이 점에 비추어 "작은 것이 아름답다(the small is beautiful)"는 슈마허의 지론은 인간성을 회복하려는 시도로 해석할 필요가 있다. 오늘날 진행되고 있는 컴퓨터 기술의 발달은 사회조직의 소규모화라는 새로운 조직 원리를 가능하게 하는 길을 열어 주고 있다.

공장도 기업도 학교도 대중매체도 다원화되고 특수화되어 대중의 기호를 충족시키고 있다. 그러나 비정한 시장원리가 지배하는 우리네 사회 현실에서 삶의 편리성을 새로운 과학 기술 혁명이 열어 가는 것도 중요하지만, 아직은 〈소녀와 카나리아〉와 같이 순수의 눈물을 자아내게 하는 감동의 문학이 때로는 평화의 매체로 주어져야 한다.

4) 경계 허물기와 한국 현대시

인간은 이성을 척도로 하는 경계 세우기 문화를 포기하지 못한다. 서구문명의 두 축을 헤브라이즘과 헬레니즘이라고 한다. 문학의 역사도 결국은 경계 세우기의 역사다. 고전주의, 낭만주의, 사실주의, 자연주의, 상징주의 등 모든 사조들은 저마다 문학적 논리의 성벽을 쌓고 경계를 만들었다. 그 중에서도 사실주의는 정의와 진실이라는 명분을 내세워 경계를 세웠고, 모더니즘은 언어의 과학성을 내세워 경계 세우기를 확립했다. 언어의 과학성은 비평에서 형식주의와 구조주의를 개발하였고 특히 구조주의에 이르러서는 인간의 내면적인 세계, 그 미묘한 정서의 세계까지도 과학적 언어로 확연히 밝힐 수 있다. 그리고 이러한 확신의 뿌리에는 인간중심주의, 이성중심주의, 언어중심주의가 있다.

여기서 경계 허물기의 시대 논리와 결부시켜 한국 현대시의 문제-탈 도시, 자연 생명과 생태시를 하나의 컨셉으로 설정하여 검색할 필요가 있다. 활자문명이 무제한의 공간을 넘나드는 전자문명으로 전환하면서 민족문화니 민족경제니 국가중심이니 하는 말이 무력하게 되었다. 이제는 어쩔 수 없이 우리는 다원주의를 인정해야하고 현란한 멀티미디어와 컴퓨터로 조성되는 가상공간이나 하이퍼 리얼리즘을 현실로 수용할 수밖에 없는 세상이 되었다. 이처럼 삶의 양식이 근본적으로 허물어지고 재편성되는 과정에서 그 동안 철저히 경계 세우기로 일관하던 문학의 흐름도 경계 허물기 문학으로 전환할 수밖에 없다.

이 같은 경계 허물기의 논의가 포스트모더니즘에서 해체론으로 전개되었고 구체적인 시의 현장에서는 기존의 모더니즘을 거부하는 해체시의 실험, 남성중심, 부권중심, 문화를 거부하는 페미니즘 시, 인간 우월주의를 허무는 생태주의, 고급문화와 저급문화의 경계를 허무는 대중주의, 거대담론에서 미시담론으로 전체주의에서 파편주의로, 중심주의에서 변두리 중심으로 욕망과 소비와 축제란 개념상의 경계 허물기는 이제 전면적인 문화 현상으로 수용되고 확대되어야 할 일이다.

기실 후기산업사회에서 도시문명은 이 시대 대중들의 욕망을 충족시키는 유일한 대안이다. 그러나 끝없는 욕망의 불꽃은 분열된 자아, 허물어진 주체를 발견할 뿐이다. 또한 다량생산, 다량소비, 다량소유를 미덕으로 아는 도시문명을 무제한의 자연파괴 각종 환경공해와 마침내는 생태계의 존립을 위협한다. 이제는 도시문명에 대한 근본적인 부정의 세계관이 필요하다. 그것은 도시문명이나 개발이나 진보가 아니라 자연 그대로의 세계, 우리의 고향, 근원적 생명력, 바로 탈 도시, 탈 문명의 영원한 세계다. 자연에 대한 관심은 전통적 서정시나 순수시가 담당해온 영역이나, 최근의 추세는 탈 도시적 자연이나 파괴된 자연의 복원과 생태 위기에 대한 대응으로 보다 비판적이고 행동적인 양상을 취하고 있다.

> 사랑과 평화의 새, 비둘기는
> 이제 산도 잃고 사람도 잃고
> 사랑과 평화의 시상까지
> 낳지 못하는 쫓기는 새가 되었다.
>
> ─ 김광섭의 〈성북동 비둘기〉 중에서

문명비평의 전형시인 김광섭의 시편을 통하여 찌든 문명의 피해로 평화의 표징인 비둘기가 삶의 공간을 강탈당하고 인간 또한 정서적인 휴식 공간을 상실하고 있는 현상을 발견하게 된다. 후기 산업사회가 인간의 삶을 편안한 방편으로 몰아가지만 궁극적으로 자연의 파괴와 온갖 공해로 생명체인 가이아가 건강을 상실하고 온갖 질병으로 절명하는 현상은 인류가 운명적으로 담당해야 할 또 하나의 비극이라는 엄연한 사실을 기억할 일이다. 모름지기 더 이상 현실에 안주하거나 방관하지 말고 자신의 안위만을 추구하는 비열한 이기심을 버리고 진정한 이타정신을 회복하기 위하여 문학에 대한 열정을 쏟아야 한다. 자연과 인간, 그리고 모든 생명체가 조화로움을 보여주는 에코토피아적 상생 의지로 따뜻한 감성과 피가 도는 문명사회로의 치환置換을 위한 정신작업을 엄숙하게 수행하여야 할 것이다.

이 시대의 주요 쟁점인 기계문명과 자연의 부조화로 파생되는 인간성 상실과 자연 파괴로 치닫는 전쟁을 극복하려고 반전 시위 현장에서 목소리를 높이는 행위도 중요하지만, 그보다 먼저 전쟁의 원인에 대한 분석과 문제점의 해결을 위한 진지한 노력과 합리적으로 평화를 갈구하는 문인들이 국내 문단에서 공감대를 이루는 두터운 층을 형성하여 힘의 총합을 구축해야 할 것이다. 따라서 간혹 인간의 마음은 밭으로 비유되기도 하는데, 그 밭에 긍정적인 씨앗(기쁨, 사랑, 이해, 즐거움, 희망)이거나 부정적인 씨앗(분노, 미움, 절망, 시기, 집착)을 뿌리고 물을 주고 경작하여 결실을 거두는 것은 오로지 문인들의 몫이다. 자명한 것은 탈무드식의 발상인 "신의 나라에서는 열매(결실)를 팔지 않고, 오직 씨앗만을 판다."는 사실이다.

분명, 이 땅의 문인들은 미국 메릴랜드 주의 볼티모아 빈민굴의 초등 교사의 감동적인 스토리처럼 "바로 그분 때문입니다."라는 한결같은 고백이 인간소외로 절망 속에 몸담고 있는 인류에게 꿈의 날개를 달아주는 행위를 계속하여야 한다. 자연과 인간의 공생을 파괴하는 사회 현실에 맞서 지상의 모든 생명체生命體와 자연이 함께 조화롭게 상생하는 작품들을 깨어 있는 작가정신으로 생산하여 어떤 종교의 성직자보다도 사랑을 보편화시키고 이 지상에 평화와 자유의 꽃나무를 심고 가꾸는 작업에 몰두하여야 한다.

5) 평화, 그 소중한 이름

〈전쟁·평화와 문학을 통한 경계 허물기〉라는 논의를 마감하며, 적극적 평화와 구조적 폭력에 대한 강조가 소극적 평화의 중요성에 기인함을 간과해서는 안 된다. 적극적 평화라는 것도 결국 소극적 평화가 보장된 상태에서야 가능하기 때문이다. 국경이 무너져 적군이 침투한 상황에서 우리들의 인권을 논하는 것은 사치스러운 것이며, 시대착오적인 발상이다. 비현실적인 환영에 이끌린 안이함이거나 현실적 안주, 또는 대안이 마련되지 않은 소극적인 평화는 1차적 평화로서 적극적 평화의 전제가 되는 필수적 상태일 것이다. 이 점에 있어 소극적 평화와 적극적 평화는 배타적이거나 또는 후자가 전자를 대치하는 개념이 아니라 단계적으로 이뤄짐으로써 궁극적으로 진정한 평화를 실현하게 하는 인자因子인 것이다. 소극적 평화는 어떠한 전쟁의 형태도 거부한 적극적 평화의 전제를 통해서 마땅히 완결될 것이다.

일단, 앞에서 논의한 바와 같이 자유와 평화, 그리고 문학이라는 그 소중한 이름으로 언어공해가 심각한 우리의 사회현상에서 이 시대의 문인들은 "문학이 인간의 영혼을 구원할 수 있는가?"라는 물음 앞에 자신을 놓아 보아야 한다. 문학작품의 생산자들은 신의 대언자로서 그 어느 시간대보다 한층 더 고뇌하여야 하고 긍정적이되 열린 사고를 지녀야 할 것이다. 문인들은 비장한 언어기호로, 금속성이되 동물적이며 파괴적인 언어가 아니라, 풀꽃 향내가나는 식물성이되 생명적인 푸른 언어를 사용하여야 한다. 반드시 생선 비린내가 아닌 모과 향 같은 체취를 풍겨야 할 것이다. 놀란 핀센트 빌의 "한 순간 분노가 치솟아 오를 때, 좋은 시나 아름다운 기억을 떠올리면 마음에 평정을 얻을 수 있다."라는 시적詩的 치유治癒의 가능성처럼 독일의 수도사 안셀름 그린의 『행복한 선물』이나, 틱낫한의 『마음의 평화』에서 제시하고 있는 깊은 사유, '의식적인 심호흡 명상'을 수행하여야 한다. 이 점에 있어 영국 아핑겜 스쿨의 교훈은 매사에 조급한 우리에게 많은 것을 시사示唆해 주고 있다.

환경파괴나 생존위기가 그 위험 수위를 넘고 있는 현상에서 전쟁을 적대시하고 문학이라는 도구를 사용하여 평화와 행복의 에덴을 회복하기 위해서는 보다 치밀하고 적극적인 사고와 대처로 위기 상황으로부터 모름지기 생명을 존중하는 토양을 확장하여야 한다. 기실 인류가 안고 있는 국가 간의 전쟁의 원인은, 인간의 그릇된 사고와 경제 논리에 의한 자국의 국익으로 인한 잘못된 판단에서 비롯된 것이기에 인간중심에서 생명중심으로, 전쟁보다는 평화지향으로, 물질중심에서 정신과의 균형으로, 이성 중심에서 감정과의 균형으로 전이시키려는 인식이 문인들의 의식 속에서 자리 매김을 하여야 할 것이다. 아울러 삶의 질의 지속적인 추구와 생명의식에 대한 철저한 철학적 인식의 대전환을 문학인들이 어느 직업의 종사자 보다 적극적으로 수용하여 상처받은 영혼을 치유하는 일에 깊은 관심을 지녀야 한다.

결론적으로 몸이 닿으면 예리한 칼날이나 독 묻은 가시처럼 소외된 이웃에게 상처를 주는 문인이 아니라, 따뜻한 모성이나 영혼을 흔들어 위대한 사상을 심어주는 정신적 스승으로의 소임을 수행하여야 한다. 이제 우직하게도 세상의 명예에만 집착하여 작가의 혼이 없는 허망함보다는 복효근 시인의 《누우 떼가 강을 건너는 법》의 교시처럼, 극단적인 이기주의의 경계를 허물고 이웃을 끌어안기 위하여 역사 앞에 몸을 던져야 할 것이다. 바로 그것은 근간 하버드대학교의 의과대학에서 발표한 의학보고서 〈테레사 효과(Teresa effect)〉와 같은 시대적 역할의 이행이다.

2. 한국과 일본의 정신문화 양상樣相
- 한국 속의 혼재된 일본문화

1) 문화의 정체성과 양상

타일러(Tylor, Edward Burne)는 문화의 개념을, "지식·신앙·예술·도덕·법률·풍습 등 제요소의 복합총체"[1]로서 인류문화의 발전을 상승 진화시키는 역사로 해석하고 있다. 분트(W. Wundt)에 의하면 문화는 라틴어의 쿨투스(Cultus)에 기인한 것으로 다양한 종교 의식과 토지의 경작·파종·수확 등의 농업행위로도 풀이된다. 일찍이 폴 엘뤼아르는 시 〈자유〉에서 "나는 한 마디 진실된 말의 위력으로 일상을 새롭게 시작한다./오! 자유여/자유에의 길은 시인의 길이며 그것은 정신의 자유다."라고 자신의 신념을 천명하였듯이, 일차적으로 정신작업의 종사자인 지식인들에게는 인간의 정신적 자유와 평화를 위해 공헌해야 할 최소한의 시대적 소임이 있다.

문화의 사전적 의미는, 인지人智가 깨어 세상이 열리고 생활이 보다 편리하게 되는 일, 철학에서 진리를 구하고 끊임없이 진보,

---

1) 김도민, 『世界百科大事典』(8), 敎育圖書, 1988, p. 85.

향상하려는 인간의 정신적 활동 또는 그에 따른 정신적, 물질적인 성과를 이르는 어휘로, 학문·예술·종교·도덕 등으로 통합되지만, 한 시대를 살아가는 사람들의 다양한 양상을 뜻한다. 물론 인간의 기본적인 의식주 외에도 각종 사회제도라든가 언어, 관습, 종교, 정신구조 등의 실체로 한국인의 시각에서 일본을 '가깝고도 먼 나라'라고 표현하는 일상성과도 의미가 상통한다.

일단, 현대적 시각에서 문화란, '정서 공유의 리추얼(ritual)'로 놀이와 축제가 대표적인 장르로 인식되는 점에 미루어, 일본 사회의 배면에 깔린 대표적인 정서 공유의 방식은 '배려, 결핍, 자학'이라는 세 가지 키워드로 압축된다. 글의 모두冒頭에서 '고매한 국화와 잔혹한 칼'이라는 은유를 통해 일본의 겉마음과 속마음을 해부하여 인류학의 고전이 된 문화인류학자인 루스 베네딕트(Ruth Benedict)가 3년에 걸쳐 집필한 『국화와 칼(the Chrysanthemum and Sword)』, 축소라는 관점에서 접근하여 일본문화의 날줄과 씨줄의 틈새를 분할·통합한 이어령의 『축소지향의 일본인』, 일본에 대한 한국인의 반감을 고조시킨 전여옥의 『일본은 없다』, 조영남의 『맞아죽을 각오로 쓴 친일선언』 등의 간행물들을 다시점多視點으로 직조하여 한번쯤 한국인의 관점에서 논의하려는 행위는 응당 그 의미가 크다고 할 것이다.

이 같은 현상에서 사소하고 기발한 호기심에서 비롯된 문화심리학적 메커니즘에 의해 문화가 의식을 결정하는 치열한 작금의 경쟁사회에서 연유된 지론이지만, "예술에는 국경이 없지만, 예술가에게는 조국이 있다."는 논의에 근거하여 한국과 일본문화의 키워드, 정체성(identity) 그리고 21세기의 화두인 공생(inter-being)에 근거하여 '한국 속에 혼재된 일본문화'에 관해 언급해 보기로 한다.

2) 한국문화와 일본문화의 계연성

(1) 사회현상과 정신지리

지정학적으로 한국과 일본은 하나의 거대한 대륙에 잇닿아 있었기에 인류학적으로는 같은 혈통으로 분류된다. 대륙별로 판 이동 후 같은 조상은 이분화 되었고, 유추하건데 유구한 역사의 변천에 의해 그 결과 서로 다른 문화와 언어를 형성하게 된 것이다. 한국과 일본이 교류하게 된 시점은 이미 문명이 발생하고서도 오랜 시간이 지난 후로 불과 몇 천 년에 지나지 않았음이 진화론에서 논의되고 있다.

앞서 일본 역사연구에 기여한 극작가 신봉승은『국보가 된 조선막사발』2)에서 400여 년 전 임진, 정유재란 때 일본으로 잡혀간 한국의 도공들이 일본에서 빚은 42점의 막사발 중 하나가 일본의 국보가 되었음을 기술하고 있다. 또 그는『양식과 오만』(甲寅出版社, 1993)의 〈서문〉에서 "아, 나를 기다리고 내 손을 따뜻하게 잡아준 그 스승은 '역사를 관장하는 신'이었음"을 피력하였다. 특히

---

2) 신봉승,『국보가 된 조선막사발』, 도서출판 삶과 꿈, 2000.

그 자신이 언제나 역사의 감시를 받고자 자청한 까닭은 놀랍게도 그 같은 일련의 행위가 가지런한 삶의 본질을 깨닫게 하는 채찍이 었기 때문이다.

이와 같이 삶의 본질을 깨닫는 관점에서 삶을 향유해 온 오랜 날, 그 하나의 결과물로 단적이나 한국과 일본의 정신문화를 분할 ·통합하여 열거하여 보면 문화의 형태 양상은, 거치(정거장) 문화 로 반도문화인 반면 수용 문화인 해양문화로 구별된다. 일반적 속 성이라면, 이념적, 원리적, 남성적, 형이상학적으로 기존의 것에 대한 부정을 통해 비교적 새로운 것을 생산하는데 견주어 즉물적, 구체적, 여성적, 심미 감의 특이성을 지니며 외부 현상을 자기 방 편으로 해석하고 마침내 자기의 것으로 재창조하는 능력이 뛰어 난 편이다. 역사적으로 지방제도의 특이성은 지방자치를 실시한 근거가 전무하며 강력한 중앙집권 형태가 뿌리내린 반면, 막부체 제 아래서 250여개의 번으로 구분되어 고도의 지방자치가 철저하 게 시행된 점에 비추어 과거제도와 계급조직 또한, 우리의 고려 광종 때 과거제도가 시행되어 국가 이념이 통제되었고, 양반계급 의 형성과 신분계급이 절대적이었으나 제도적인 측면에서만 그 의미를 지님에 견주어, 중앙차원의 관리 선발 제도는 없었으며 무 사계급의 실력 본위 사회 형성으로 계급조직은 절대적 개념으로 안정적 존재감은 보다 강한 편이다.

특히 장인문화와 종교, 그리고 유교관습에 대한 통합의 문제를 지적하면, 역사적으로 생업을 저급한 일로 치부하였으며, 절대적,

이념적 종교관을 지녔고 제사, 장자 상속 등 유교식 제도 및 생활 습관에 익숙한 편이나, 일본의 문화인식의 단면에 접근하면 각 자는 생업을 절대적으로 존중, 독자적인 가치를 인정하였고 비교적 현실적 삶을 중시하여 종교성에 관해서는 무관심 또는 자유로운 정서로 한국에 비해 유교식의 제사 의식과 장자 상속의 개념은 무관한 편이었다. 차지에 이해를 돕기 위하여 삶의 공간인 가정(家)의 개념과 혈연·지연의 문제 또한 검색하여 정리하면, 절대적인 남성 중심의 남아선호사상으로 방대한 혈연 중심사회의 지향인 반면, 생업을 위한 골격으로 타성바지를 후계자로 들이기도 하며 자연 중심사회로 혈연의 관계는 비교적 전통적으로 4촌 이내로 한정하는 관습이었다.

아울러 경쟁의식과 책임성의 문제 또한 치열한 경쟁의식으로 개인은 혈연적 의무에 비중을 두지만 비교적 책임감은 상대적인데 견주어 경쟁심보다는 협동성을 강조하는 사회성을 중시하며 자긍심에 근거하여 각자의 명예를 중요하게 인식한다는 점이다.

여기서 현실 사회적 현상에 있어, 인터넷 포털사이트로 한국에서 가장 많은 회원 수를 보유하고 있는 다음커뮤니케이션의 커뮤니티 서비스인 다음카페 상위권에 랭크되어 있는 〈일본 TV 카페〉가 요즘 한국의 10대와 20대 초반의 젊은이들이 해방 전 세대에 견주어 대체적으로 일본을 앞으로 함께 협력하고 교류를 넓혀가야 할 나라로 생각하고 있는 의식변화의 조짐이다. 〈일본 TV 카페〉는 일본의 텔레비전 프로그램, 연예계 뉴스와 유행하는 패션 그 밖의 다양한 일본 관련 정보들로 넘쳐나는 문화적인 교류뿐만 아니라, 일본은 경제적 측면에 있어서도 한국의 주요 수출국으로 미국에 이어 두 번째로 수출이 많은 나라로 과거에 비해 그 양상을 달리하고 있는 점이 관심의 대상이다.

특히 근간 민족문제연구소(소장 임헌영) 주관으로 일제 강점기에 다양하게 활동한 인사 4,776명의 명단이『親日人名事典』(2008)에 수록, 간행되어 한국인들의 혼돈과 분란을 조장하는 처사로 평가받는 현실에 있어, 한국의 법조계나 건축·토목 계통, 그리고 음식문화에는 아직도 일본식 어투나 표현이 적지 않게 혼재되어 있다. 오늘날 한국인의 놀이문화로 정착한 고도리(ごどり)(5개의 광을 중심으로 본다면 삼광의(さくら), 팔광은 일본 국기인(ひのまる), 똥 광은 일본이 아시아를 제패했을 때를 상상해서 그린 지도, 비광의 노인이 신은(げた)를 비롯해 와리바시(わりばし=나무젓가락)는 와리(わり=나눔)와 하시(はし=젓가락)의 복합명사이다. 또 한국 사회에서 통용되는 스키다시(つきだし=곁들임 반찬), 또 닭도리탕(どり)이나 가마(がま)솥의 예는 역전驛前 앞과 같은 어법의 흔적이다.

비교적 한국인들 사이에서 거부감 없이 사용되는 입빠이(いっぱい), 한국의 노래방 문화를 조장한 가라오케(カラオケ)나 장기자랑의 18번은 일본 에도시대의 '가부끼'에서 연유한다. 또한 점차 대중화되고 있는 사구라(さくら) 피는 4월이면 꽃놀이(はなみ)에 분주한데 이 같은 나들이 문화의 잔존도 그 하나의 보기이다.

보다 한·일간의 틈새를 좁히려는 정치, 경제, 사회적인 다양한 방안들이 검색되는 현실이지만, 두 나라 간의 돈독한 관계성을 회복하기 위해서는 문화에 대한 바른 이해가 선행되어야 한다. 주제에 보다 접근하여 세계화의 추세에 부합, 경쟁심을 자극하려는 의중은 아니지만, 양국민의 문화에 대한 교감과 이해의 폭을 넓히고 조명하기 위한 방편으로 특이성을 끄집어내어 그 항목을 비교해 보면 다음과 같다.

ⓐ 한국인은 좋은 옷을 입고 다니는 것을 자랑하지만, 일본인은 평범한 근무복이나 작업복을 입는 것을 자랑스럽게 여긴다. ⓑ 한국인은 호의호식하는 것을 성공으로 알지만, 일본인은 공기 밥 1공기, 단무지 3개, 김 3장 정도면 충분하다고 여긴다. ⓒ 한국인은 외형적으로 큰집에 사는 것을 자랑으로 알지만, 일본인은 20평 정도에 거처하는 것에도 자족한다. ⓓ 한국인은 비싼 승용차로 위세를 떨지만, 일본인은 자전거를 타고 다녀도 자존심을 상하지 않는다. ⓔ 일부의 한국인은 탈세, 감세를 하려고 거짓신고를 하지만, 일본인은 철저하게 납세하면서 정직하게 살려고 한다. ⓕ 한국인은 아홉 번 잘하다 한번 잘못하면 비난하지만, 일본인은 9번 실수를 해도 한번 잘한 것을 칭찬·격려한다.(일본인 중에는 전두환, 노태우 대통령이 형무소에 구치된 것을 보고 울기도 하였다.) ⓖ 한국인이 가득 찬 물병이라면, 일본인은 공부하고 노력하는 빈 항아리이다. ⓗ 한국인은 자기를 과시하며 상대를 깔보는데, 일본인은 자기는 낮추고 상대를 존중한다. ⓘ 한국인은 출세지향주의에

익숙하지만, 일본인은 근검·절약이 몸에 배여 있다. ⓙ 한국인은 곧잘 국가나 대통령을 비판하는데, 일본인은 국가의 정책을 받들고, 총리 말을 바르게 실행하는 애국심이 강하다. ⓚ 한국인은 매사를 아는 체하고 단독으로 처리하는데, 일본인은 아는 것도 동료와 협의·확인하며 전문가의 조언에 경청한다. ⓛ 한국인은 말로만의 애국애족에 그치고 실행에 소극적인 반면, 일본인은 애국애족을 소리 없이 실행에 옮긴다. ⓜ 한국인은 외국에 나갈 때 빈손으로 나가서 사들고 오는데, 일본인은 자국 상품을 들고나가 홍보하고 자랑한다. ⓝ 한국인은 상약하강 형이 많은데, 일본인은 만나는 사람에 대하여 예의가 철저하다. ⓞ 한국인은 비교적 무책임한 편이나 일본인의 책임감은 세계적이다. ⓟ 한국인은 사치심이 강한 편이나 일본인은 검약하며 국가 또한 세계적인 경제국이다. ⓠ 한국인은 비교적 개인주의나 일본인은 단결력이 강한 민족이다. ⓡ 한국인(노조)은 회사가 손실이 심각해도 성과급 달라고 파업하는데, 일본인(노조)은 흑자가 발생해도 회사의 미래를 위해 임금동결을 자청하기도 한다. 그러나 무엇보다 자명한 것은 상생相生·보완의 차원에서 건강하게 사고·판단하여 문화인식의 안목을 저마다 확장하여 고정 틀을 깨는 긍정적 작업을 수행해 나가야 한다.

한편, 냉혹한 시장 경제가 지배하는 근간에 이르러 일본문화가 한국사회에 어떻게 작용하고 있는지는 영화, 음반, 애니메이션, 캐릭터산업, 패션 방송 등을 살펴보면 가장 쉽게 접할 수 있다. 양국은 1965년에 외교관계가 수립되어 40여년 역사의 시간이 흐르는 가운데, 음반 분야를 검색하면 한국에서는 X-JAPAN을 일본 최고의 가수로 대접하지만 현지에는 그들보다 능력 있는 가수들이 많다. 또한 초·중등학교 교문 앞의 문방서점과 주택가의 책 대여점에는 일본 캐릭터상품과 일본 복제만화가 80% 이상을 점유하고 있음은 눈여겨 볼 현상이다

(2) 밝은 미래사회의 지평 열어가기

보편적으로 한국의 문화권에서 기층문화라고 하면 의식주衣食住로 표기하는데, 대만에서는 '식의주食衣住'로 기록한다. 여기서 구체적 예를 기술하지 아니하더라도 '한국은 항일성의 문화인 반면 일본은 착지성 문화의 색이 짙다. 한국의 속담에 '옷이 날개' 라며 옷의 중요성이 예부터 강조되어 왔지만, 한국인이 만들어낸 위대한 러브 스토리인 「춘향전」의 첫 배경은 바람에 옷이 날리는 것으로 시작된다. 한복이 바람 부는 대로 순응하는 '바람의 옷'이라면 기모노는 형식을 고정한 채 화려한 색감으로 어필하는 '꽃의 옷'이다.

여기서 길게 객관적 설명을 열거하지 아니하더라도 한복이 고요하고 풍요로운 여유의 미학이 있다면, 기모노(着物) 엔 불편함의 미학이 분명 있다. 한복과 기모노가 공통적으로 갖고 있는 신비로움은 그걸 입었을 때 우리 몸의 동작이 완전히 달라진다는 점이다. 신체의 구속, 혹은 여유로움에서 오는 동양적인 단아함과 우아함, 그리고 범접할 수 없는 은근함까지 곁들이고 있기에 한복과

기모노를 입은 여인의 목선과 틀어 올린 머리에 찬사를 보내는 것
이리라. 또 하나 공감되는 일본의 풍습 중에는 비교적 한국의 남
성들이 장죽을 사용했는데, 일본의 경우에는 긴 담뱃대는 주로 화
류계의 우두머리 여자들이 사용하였다. 한국의 경우 전통적으로
다소 거리가 있는 재떨이마저 가져오기를 꺼려서 장죽을 만들었
다는 점은 유념할 필요가 있다.

이제 21세기 태평양시대를 맞아 무엇보다 자명한 것은 한·일
간의 음식, 주거, 교통 등의 문화를 보는 시각은 관점이 문제이다.
기실 자기 민족만의 차별화된 문화를 알리고 인식시키는 것이 국
력을 높이는 길이기에 서로 간에 대립 갈등구도로 공동체 인식을
경시하고 서로의 민족이나 정신문화를 폄하하거나 편향된 시각으
로 문화를 보면 결코 세계화의 세기에 단 하나의 지구촌에서 결코
공존·공영할 수 없을 것이다. 국가마다 겪고 있는 현상이지만, 교
통수단인 자동차 문제의 심각성을 고려해 보기로 하자. 혹간 대만
의 택시기사들은 "A급은 다 죽고 C급만 남았는데, 제가 C급이라
살아남았다."고 위트 있게 말한다. 한국, 태국도 교통정체가 극심
하지만, 일본의 경우는 에외다. 대로변을 운행하다가도 골목길에
서 어떤 차가 비집고 들어오려 들면 한국의 경우 경적을 울리고
라이트를 번쩍이지만, 최소한 일본의 운전자들은 멈추기를 우선
하는 미끄러짐의 미학을 보여준다.

이처럼 얼마 전 영국에서 세계에서 가장 잘 만든 교통안전 표어
를 뽑은 적이 있다. 그것은 간혹 지금도 도쿄의 버스 정류장에서

접할 수 있는데, 내용인 즉 '이렇게 좁은 일본 그렇게 서둘러 어디로 가시나요?'이다. 이것은 하나의 작은 보기이지만 어떤 면에서 실용주의 정신이랄까? 한번쯤 자신을 솔직히 돌아보는 홀로 있기라는 사유思惟는 일본문화를 통해서 배워야 할 점이다.

여기서 또 하나 교육적인 측면에서 접근할 때, 한·일의 유소년들은 아이스크림을 푹푹 퍼먹는다. 이것은 두 나라의 생활관습, 즉 문화의 내면에는 농경민족의 전통이 잔존해 있기 때문에 유목민인 피가 흐르는 서양인들과 구별되는 보기일 것이다. 뿐만 아니라, 비근한 예이지만 아이들이 잘못을 저지르는 경우에 밖으로 내어 쫓는 일이 다반사인데 그것은 예부터 농경민들은 집 밖을 공포의 공간으로 생각했기 때문이다. 바로 이 점에 견주어 유목민인 서양인들은 집 밖을 알아야만 살 수가 있었기에 아이들이 잘못을 저지르는 경우 '네 방에 들어가 있어'라고 종종 꾸짖음을 당하는데 그 단면적인 정서를 '나 홀로 집에'라는 영화에서 접할 수 있다.

3) 한류의 문화적 현상

그 어느 시간대보다 국가 간, 지역 간, 다양한 문화풍토의 조성으로 문화의 지역구심주의(local centripetalism)를 맞고 있는 사회 현상에서, 정권이 바뀔 때마다 겪는 한·일간의 감정 갈등의 문제는 어디까지나 예술문화를 통한 '감동感動'으로 해소된다는 점3)

---

3) 엄창섭, 『문화인식의 확장과 변형』, 아세아문화사, 2006, p.98.

을 확인하여야 할 것이다. 그 실례가 한류에 의한 근간의 오페라 〈명성황후〉, TV드라마 〈겨울 연가〉, 〈대장금〉 등을 통해 일본 국민들이 한국국민들에게 갖는 자발적이고도 순수한 감정이 생산적이고 창의적인 방향으로 점차 전이轉移·확장擴張되는 점이다.

근간에 일반화되는 한류韓流는 다음과 같이 다루어지고 있다. ① 서구적 감성주의 문화의 분방함과, ② 대세에 밀리며 겨우 명맥을 유지하고 있는 일부 유교문화가, ③ 한국인 본래의 기질과 서로 부딪혀 내는 기묘한 트라이앵글 문화현상을 근거로 한 대중문화를 그 본질로 한다. 특히 문학, 서예, 미술 등 예술 문화계의 뜻 있는 종사자들이 지성과 대중의 가교로서의 시대적 역할과 분담을 충실히 수행하여야 할 것이다. 동아시아에 한류 바람이 불면서 음악과 영화를 주축으로 한국의 문화적 현상이 커다란 반향을 불러일으키는 것을 어떻게 받아들여야만할까? 중국인들은 서구문화가 한국에 강하게 유지되고 있는 한국이 유교문화와 결합하여 새로운 문화성향을 창출하였기 때문이라고 인식하고 있다.

결론적으로 한국문화와 일본문화의 비교연구 과정에서 특정한 나라 문화의 우위성을 지적하기에 앞서, 양국가 간의 차별화된 문화와 고유의 가치에 대한 그 깊이가 전달 또는 존중되지 않는다면 한류가 전파하는 한국적인 양식 또한 항구적으로 수용되기는 어려울 것이다. 그 같은 요인을 정작 문화상품으로 부각하는 것도 필요하지만, "진실로 너희에게 이르노니 무엇이든지 너희가 땅에서 매면 하늘에서도 매일 것이요 무엇이든지 땅에서 풀면 하늘에서도 풀리리라(마 18:18)” 성서를 인용하며 국민 간의 화해와 배려의 소중함을 새삼 강조하면서 한류문화의 내적 가치문제를 비중 있게 논의하여야 할 것이다.

차지에 현재의 한류가 한국의 현대사로 세계화 시대에 걸맞게 그 시대정신을 반영하고 새로운 화합의 질서를 재편하기 위하여, 오늘 이 자리에 함께 한 '극소수의 창조자'들이 열린 사고로 의지를 함께 하고 태평양문화의 새로운 지평이 열리는 중차대한 시점에서 결단코 국가 간 공동의 지표를 모색하여 보다 생산적인 면을 탐색해야 한다.

아울러 또 하나 해결되어야 할 문제라면, 비정한 지식·정보화 시대에 몸담고 있으면서 '언어공해의 심각성'을 절감하여 왔다. 그간 우리의 가슴의 틈새를 저리게 하는 것은 소유한 자, 지성인들이 소외된 이들에 대하여 안타깝게도 언어에 대한 배려나 분별력이 없다는 사실이다. 증오와 편 가르기의 경계를 허무는 낮아짐과 감춤을 거부한 일상에서 '수분守分의 철학'4)을 체득하면서 미끄러짐의 자세로 주위의 누군가에게 버팀목이 되어야 할 뿐더러, 삶의 일상을 눈부신 감동으로 장식하는 한 사람의 지성이기를 소망한다.

---

4) 엄창섭,『문화인식의 변형과 다이돌핀』, 아세아문화사, 2008, p.3.

3. 문화예술인의 시대적 역할과 역사인식

1) 공동체 인식과 시대적 소임

무한의 경쟁력이 요구되는 21세기에 몸담고 있는 문화예술인들은, 비열한 이기주의로 치닫는 각박한 삶의 처소에서 '조금은 천천히, 그리고 미끄러짐의 미학'으로 인내심을 지니고 보다 더 냉철하게 직면하는 현상 앞에서도 여유로운 마음과 분별력을 지녀야 한다. 근간에도 민주화된 국가라 하지만, 정권이 교체될 때마다 수치스럽게도 전직 대통령이 뇌물 수수혐의로 구속(?)되는 암울한 양상을 지켜보아야 하는 국민적 정서에는 울분이 묻어난다. 이 같은 혼돈의 시간대일수록 신속·정확·공정의 역할을 담당해야 할 언론의 행태는 물론이거니와 여야 정객들도 당리를 떠나 조금은 냉정하게 검찰의 수사 향방을 지켜보아야 할뿐더러 구성원의 화합을 위해서라도 일부 네티즌들 또한 추측 기사보다는 조금은 분별력을 지니고 언어의 절제미를 살려 저마다 살아온 날을 뒤돌아 보는 자성의 시간을 지녀야 한다.

그간에 소용돌이치는 우리 현대정치사의 흐름에 있어 하나 같이 국가 통수권자들이 퇴임 직후의 구도가 불행하고 안타깝게도 망명, 구속 등으로 이어져 다수의 국민들에게 '존재의 가벼움'을 뼈저리게 체득시켰다. 반복되는 정치 보복으로 한 순간의 금속성이고 동물적인 언어공해는 폭력의 도구로 변형되었고 전임 대통령의 '떡값 수사'는 소중한 인간관계마저 단절시키는 삶의 비정함을 충격적으로 안겨주었다. 그 같은 까닭으로 거대한 조직적인 불의 앞에서 의로운 소수의 힘이 얼마나 무력한가도 절감하였으며 오랜 날 국민적으로 삶의 비장함을 통감하며 작금에 이르렀다. 그러나 자명한 것은, 신념과 자신의 결단에 의해 자처한 그 일이 밝은 미래사회를 위해 정녕 정의로운 일이라면 자괴감과 절망감으로 결코 포기하거나 낙심하지 말아야 한다.

내 자신 가끔은 김준태 시인의 〈감꽃〉을 떠올리며 시의 유의성을 통하여 피조물인 인간 존재의 불확실성을 점철한 "공동의 세계가 무너져 믿을 것이라고는 아무 것도 없다."라는 폴 틸리히의 현대의 특징을 다시금 되 뇌이게 된다.

어릴 적엔 떨어지는 감꽃을 셌지
전쟁 통엔 죽은 병사들의 머리를 세고
지금은 엄지에 침을 발라 돈을 세지
그런데 먼 훗날엔 무엇을 셀까 몰라.

오늘의 비정한 후기산업사회가 철저하리만치 쉽게는 끊어 버릴 수 없는 인연의 실타래로 얽혀있기에, 우리의 피곤한 영혼과 가슴을 적서 줄 감동의 눈물이 점차 메말라 가는 것은 실로 안타까운 현상이다. 더없이 불행한 것은 문화예술인에게 있어서도 의학계가 제시한 체내의 다이돌핀(dydor phin)이 점차로 생성되지 않는다는 것이다. 호르몬 중에 엔돌핀이 암의 치료와 통증해소에 효과가 있다는 것은 임상결과로 밝혀진 바이지만, 감미로운 예술작품을 접하거나 종교의 신비성을 체험할 때 놀랍게도 인체에는 엔돌핀의 4,000배에 해당하는 다이돌핀이 생성된다. 이처럼 소중한 삶의 일상에서 좋은 노래나 아름다운 풍경의 경이로움에 압도되거나 전혀 알지 못했던 새로운 진리를 터득했을 때 또는 엄청난 사랑의 감미로움에 빠져들 때, 그리고 우리의 인체에서 놀라운 변화가 주어질 때 전혀 반응이 없던 호르몬 유전자가 활성화되어 엔돌핀, 도파민, 세로토닌이라는 유익한 호르몬이 생성되는 점을 결단코 가볍게 여겨서는 아니 될 것이다.

특히 내적 충만充滿에서 비롯되는 깊은 감동을 받았을 때 인체 내의 면역체계에 강력하고도 긍정적인 작용이 발생되어 암세포를 공격하는 기적이 일어난다. 이 같은 현상에서 우리는 신선한 감동과 충격을 불러 일깨우고 영혼의 상처를 치유의 효과가 있는 로제토 효과나 테레사 효과(Teresa effect), 그리고 시적치유治癒의 가능성을 "한 순간 분노가 치솟아 오를 때, 좋은 기억이나 아름다운 싯귀를 떠올리면 마음에 평정을 얻을 수 있다."고 열어준 놀란 핀센트 빌의 지론에 관해 다시금 생각해 보는 것은 실로 바람직하다.

2) 발상전환과 행복한 공간 만들기

몸담고 있는 이 땅에서 소중한 삶을 살아가는 우리는 저마다 독자적으로 처해 있는 지리적 환경과 겪어온 역사의 흐름 속에서, 자연과 문화의 토양에서 형성된 삶의 방식에 대한 대외지향적인 당당함과 주체의식을 확고하게 다지는 정책성 확립은 더없이 막중하다. 정체성(正體性, Identity)이란, 동일 집단내의 구성원들이 공유하는 소속감, 동질감, 자부심의 총체적 개념을 뜻한다. 여기서 역사의 정체성이란, 바로 생활정서와 뿌리 의식(Roots Consciousness)을 근간으로 한 실존적 가치, 이익, 미래를 확보하는 의지적 과정의 총체성으로 행복한 공간 만들기에서 비롯된다.

일단, 몸담고 있는 공간과 시간대에 관심을 지녀야 할 문인들은 창조적 상상력으로 산업 쓰레기 같은 산물을 정신적 생산물로 배출하지 말아야 할 것은 무론하고, '신의 나라는 열매를 팔지 않는' 속성을 깨달아 무한 경쟁이 요구되는 후기산업사회에서 역사와 문화를 근거로 고유성, 문화성, 수월성 등의 측면에서 고정 틀을 깨는 작업을 지속적으로 전개하여야 할 것이다. 특히 21세기의 화두話頭는 공생共生이라는 공동체 인식의 소중함과 접목되어야 한다. 이 점에 있어 복효근의 시집『누우 떼가 강을 건너는 법』의 변명은 우리에게 교시하는 바가 클 것이다.

이처럼 비정한 이 시대를 살아가는 대다수 문인들은 공동체 의식의 새로운 문학적 토양의 구축과 함께, 보다 미래지향적인 문화의 정체성을 확인하여 창조적 정신으로 미래의 시간대를 수용하여야 할 역사적 소임을 지니고 있다. 따라서 시대적 흐름에 편승하여 도전·실험정신을 지니고 허락된 조건을 생산적으로 전환시키어 소외된 이웃을 향해 경계를 허무는 작업을 지속하여야 할 것이다. 이 같은 현상은 지역문화에 대한 관심과 변화·발전을 위해 방향을 모색하는 적극적 사고의 추세로 변형시켜야 한다.

특히 시장의 논리에 의해 지배받는 현대사회는, 인간이 신 대신에 등장하고 신은 퇴위한 시간대이다. 이와 같은 현대에 있어 본질적으로 인간은 과연 진정한 인간으로서의 존재인가? 인간은 본래의 자기(眞我)를 발견할 것인가? 이 물음에 대하여 우리는 부정적으로 답할 수밖에 없다. 재론할 필요도 없이 기계의 세계에 있어서 인간의 개성은 문제도 되지 않고, 인간은 상호간에 임의로 대용될 수 있는 존재로 논의된다. 또 대중의 세계는 여론과 광고의 세계요, 개성 대신에 평등이 주장되고, '타인이 가지는 것은 나도 가지고 싶다. 타인이 할 수 있는 것은 나도 할 수 있을 것이다.'라는 보편성이 지배하고 있다.

따라서 전쟁이나 질병으로 인한 인간성의 상실이나 인간 소외의 현상에서 점철하여 볼 때, 모든 것을 거대화하는 것만이 반드시 좋은 변화의 방향이라고 보는 관념에 제동을 걸지 않을 수 없다. 이 점에 비추어 "작은 것이 아름답다(the small is beautiful)"는 슈마허의 지론은 인간성을 회복하려는 시도로도 해석된다. 오늘날 진행되고 있는 컴퓨터 기술의 발달은 사회조직의 소규모 화라는 새로운 조직 원리를 가능하게 하는 길을 열어 주었다. 공장과 기업, 또는 학교와 대중매체도 다원화되고 특수화되어 대중의 기호를 충족시키고 있다. 그러나 비정하고도 냉소적인 시장의 원리가 지배하는 우리네 사회현실에서 삶의 편리성을 새로운 과학 기술 혁명이 열어가는 것도 중요하지만, 아직은 순수의 눈물을 자아내게 하는 감동의 문학이 때로는 평화의 매체로 이해되어야 할 타당성이 따른다.

하나 같이 경제적 어려움으로 고통을 받고 있는 시간대에서 메세나 운동의 보편화를 거론하지 아니 하더라도, 지역마다 다채로운 문화풍경의 조성으로 문화의 지역구심주의(local centripe-talism) 양상이 현저한 점은 높이 살 일이며, 모름지기 중앙 중심의 문화 흉내 내기에서 과감하게 이탈하여야 할 것이다. 이 시간 우리가 분별력을 지니고 한국문학 발전을 위해 대책을 강구하고 모색하는 과정에서 문제가 있다면, 일단은 단위 문학의 활성화와 회원 상호간, 그룹과 그룹간의 조직적이면서도 우호적 교류관계의 제도화 일 것이다

일찍이 농민작가인 레르몬또프가 진리를 탐구하는 정신을 끝까지 선명하게 반영시켜 '러시아 문학을 가장 러시아 문학답게 만들었듯이' 우주적 현상을 객관화해야 할 정신작업의 종사자들은 높은 식견으로 직면하는 일상에 관심을 지니며 종교개혁자 훗스의 올곧은 자세로 '진실 위에 서서, 진실을 말하며 진실을 위해 죽으리라.'라는 시대적 소임을 충실하게 수행하여야 한다. 특히 언어 공해의 심각성이 극심한 사회에 있어 정신작업에 종사하는 이들은 정신적 황폐함과 내적 빈곤에서 오는 고독이 아니라, 정신적 풍요와 홀로 서기 즉, 사유의 시간을 저마다 지녀야 한다. 한 순간

분노가 치솟아 오르고 감정이 격하여지는 사회현상을 접할 때일수록 조금은 매사에 분별력을 지니고 격한 감정의 폭발에서 오는 언어의 횡포를 차분하게 다스려야 할 것이다.

이 점에 있어 사족 같지만 몇 년 전 미국의 럭키산맥 산지의 작은 마을을 지나칠 무렵, 양파 20개를 놓고 파는 원주민인 인디언 노인을 만난 적이 있다. 양파 20개의 값은 비록 20센트였으나, '한꺼번에 파는 것은 자신의 삶을 파는 행위와 같아 삶의 여유를 즐길 수 없기에 몇 개 씩 팔기를 원한다.'라는 노인의 말은 기억 흔적에 오래 남아 있다

모름지기 공동의 세계가 무너진 불확실한 시대에 생존하고 있는 오늘의 우리에게 요청되는 소중한 것은 선하고 아름다운 인간관계를 지속적으로 펼쳐나가야 한다는 것이다. 사회 구조 속의 인간관계, 바로 그것은 대립과 갈등 구도의 지속이 아닌 용서와 화해와 사랑의 연緣에서 비롯되어야 한다. 이 점에 있어 모파상의 단편소설 〈노끈 - 한 오라기 끈〉에서 주인공 오슈꼬른이 말랑 땡에 대한 증오를 버리지 못하여 끝내 혈액이 응고되어 심장병으로 인해 죽음을 맞는 비극은 교시적教示的 의미를 충격적으로 안겨준다. 이제 우리는 어떤 직업에 종사하듯 신지식인의 사고와 경영마인드를 지니고 목숨의 시간을 관리하여 신뢰를 구축하는 정신적 작업에 깊은 관심을 지지고 지속적으로 몰두하며, 무관심이 죄악이라는 사실을 망각하지 말아야 한다.

3) 역사의 정체성과 국어 인식의 소중함

국가적으로 정체성이 퇴색된 시대에서 문화인식에 대한 쌓기와 허물기를 반복하는 우리는 조직의 구성원으로, 미의식을 상실했을 때 그것이 언어공해의 요인을 제공하는 결과가 된다는 사실을 기억하여야 한다. '고통을 통해 얻어진 것은 진실한 것'이듯, 진실은 갈등과 고뇌 속에서 자리 매김을 하는 것이기에 어떠한 상황에 처해 있을 지라도 사고가 열려 있는 식별력을 지닌 문인으로서의 고구려의 어머니들처럼 역사인식을 엄숙히 지녀야 함은 물론, 주제의 창의성을 위해 고뇌하는 작가 정신이 눈부신 자로서 알퐁스 도데의 〈마지막 수업〉이나 센케비치의 『등대지기』(작은키나무, 2006)와 같이 모국어에 대한 애정을 강조한 문학작품을 한번쯤은 정독해 보아야 할 것이다.

그 같은 실례가 1930년대 세계 경제공황의 위기를 루즈벨트 대통령이 '미연방 예술프로젝트'를 제시하여 문화예산에 투자를 확대하여 극복한 사실이나 카나다 벤쿠버 아일랜드의 세마이너스(당시 인구 4천명 거주)는 주산업인 임업이 도산되자 공동화 된 도시에 1983년 이후 세계적인 화가를 동원하여 32개의 벽화를 완성한 뒤 해마다 60만 명의 관광객이 찾아와 각광받는 일이나, 몬트리올 근처 인구 10만의 트로이 리비에르가 "시의 마을"로 탈바꿈되어 관광의 명소가 된 실상, 그리고 훗날 일본 총리가 된 구마모토현 지사를 역임한 호소카와 모리히로細川護熙의 문화인식의 안목에 의해 현의 이미지가 탈바꿈된 67개의 아트 폴리스 프로젝트 〈도시, 미래로 미래로〉의 발상의 전환, 또 180년의 일본의 경공업도시 고베에서 세계적인 포도주가 생산되는 놀라운 실상이나 프랑스 밀레의 〈만종晚鐘〉의 작품 공간에 세계의 도처에서 연간 6백만 명이 찾아와 지역경제에 막대한 영향을 미치는 문화유산의 소중함은 결코 망각하지 말아야 한다.

여기서 무엇보다도 우리는 문명비평의 전형적 시인인 김광섭의 〈성북동 비둘기〉라는 시편을 통하여 찌든 문명의 피해로 평화의 표징인 비둘기가 삶의 공간을 강탈당하고 인간 또한 정서적인 휴식 공간을 상실하고 있는 일상적 삶을 통해 마침내 그 현장을 발견하게 된다. 후기산업사회가 인간의 삶을 편안한 방편으로 몰아가지만 궁극적으로 자연의 파괴와 온갖 공해로 생명체인 '가이아'가 건강을 상실하고 온갖 질병으로 절명하는 현상은 인류가 운명적으로 담당하고 기억해야 할 또 하나의 엄연한 사실이다. 모름지기 더 이상 지역의 문화예술인들은 현실에 안주하거나 방관하지 말고 자신의 안위만을 추구하는 비열한 이기심을 버리고 진정한 이타정신을 회복하기 위하여 문학에 대한 순수한 열정을 쏟아야 한다. 자연과 인간, 그리고 모든 생명체가 조화로움을 보여주는 에코토피아적 상생 의지로 따뜻한 감성과 피가 도는 문명사회로의 치환置換을 위한 정신작업을 엄숙하게 수행하여야 한다.

아울러 이 시대의 주요 쟁점인 기계문명과 자연의 부조화로 파생되는 인간성의 상실과 자연 파괴로 치닫는 전쟁을 극복하려고 반전 시위 현장에서 목소리를 높이는 행위도 물론 중요하다. 그렇지만 무엇보다 선행되어야 할 조건이라면, 먼저 전쟁의 원인에 대한 분석과 문제점의 해결을 위한 진지한 노력과 합리적으로 평화를 갈구하는 문인들이 국내 문단에서 공감대를 이루는 두터운 층의 형성에서 연유한 힘의 총합일 것이다. 따라서 안타까운 조국의 현상이지만, 정권이 교체될 때마다 겪는 한·일 간의 감정 갈등의 문제는 어디까지나 예술문화를 통한 감동으로 해소된다는 점을 인식하여야 한다.

꿈의 황제로 일컬어지는 미국의 영화감독 스티븐 스필버그의 〈쥬라기 공원〉이나 제임스 카메론의 〈타이타닉〉처럼 예술작품이 상품화되어 고소득을 올리는 경제적 효과도 사실상 중요하지만, 근간의 한류 열풍의 시류에 편승하여 오페라 〈명성왕후〉, TV 드라마 〈겨울 연가〉나 러시아를 비롯해 68개국에서 절찬리에 상영된 〈대장금〉 등을 통해 일본인들이 우리 국민에게 갖는 부정적 감정과 대립갈등을 지혜롭게 생산적이고도 창의적인 인자因子로 변형變形시켜야 할 것이다.

이와 같이 세계의 올림픽의 뜨거운 열기가 항상 남아 있는 그리스의 고로후 지방은 포도의 명산지이다. 필자의 향리인 강릉의 가을철에는 질 좋은 감(紅柿)이 생산된다. 마치 '강릉의 홍시를 먹어보지 못한 사람의 영혼은 하늘나라에 갈 수가 없다.'라는 말이 보편화 될 수 있도록 모든 것을 긍정적으로 인식시키는 발상의 전환을 다양하고 폭넓게 전개하여야 하는 것은 시대적 요청일 것이다. 따라서 미래사회에서 살아남기 위해서는 국가나 기업, 그리고 개인들은 미래상품을 개발하여야 하고 바로 그 원동력이 문화예술에 대한 이해와 인식이며 시적 상상력의 확장이라는 것을 우리 모두는 확신하고 새롭게 확인하여야 할 것이다. 뿐만 아니라 문화상품의 개발이라는 차원에서 보다 생산적이고 미래지향적이며 경쟁력 있는 문화예술에 대한 지속적인 관심을 지녀야 한다.

결론적으로 종종 필자가 즐겨 인용하는 '승려와 시인이 살이 찐다는 것은 그 시대가 불행하다는 것을 의미한다.'는 인도의 격언이 있다. 아울러 '사회가 썩어 문드러져 똥밭에 나뒹굴지라도 시인은 눈부신 시의 꽃을 피워야 한다.'는 존 러스킨의 지론처럼 시인의 시대적 소임을 다시금 일깨워야 할 문화예술인들은 보다 기분 좋은 변화와 건강하고도 생산적인 비판정신, 그리고 사유思惟에서 비롯되는 홀로 서기와 민족의 역사요, 혼인 국어를 소통의 도구로 다양하고 심층적으로 활용하여야 한다. 까닭에 정신작업에 해당하는 행복한 글쓰기를 통해 하찮은 명예와 권력, 그리고 일시적인 인기에 영합하지 말고 보다 높은 자유와 미래를 향한 밝은 꿈을 지속적으로 추구하여야 한다.

제 2 부
문화의 양상과 문화콘텐츠

1. 역사 속의 여성인물과 삶의 존엄성

1) 페미니즘과 여성의 역할 분담

현대사회는 농경산업시대와는 달리 정치, 경제, 사회, 문화적으로 급변하고 있다. '음성 물리학, 기상 경제학, 경영예술학, 임종학, 유전공학, 문화 인류학' 등과 같은 다양한 학문의 변형에서 볼 수 있듯이 격랑의 한 시대를 살아가며 정보의 바다에서 힘겹게 헤엄을 쳐야 할 이 땅의 여성들도 그 어느 시간대보다 참담한 IMF의 터널을 지나며 문화의 충격을 지혜롭게 다스려야 할 사회적 소임이 있다. 새로운 21세기 정보화 사회는 다양한 문화 충격으로부터의 일탈을 위해 고뇌하며 현실의 안주가 아닌 생명감 충만한 도전정신을 기대한다. 절망의 끝이 보이지 않는 조국의 현상일지라도 불신이 팽배된 냉혹한 현실사회에서 새로운 출발과 비상의 날개짓을 감행하면서 초조와 불안감을 떨쳐버리고 주어진 운명을 극기해 위기를 전환해야 할 시대적 소명이 있기 때문이다.

현상학現象學(Phenomenology)에 있어 현대철학적 관점과 방법은 후서얼(Edmund Husserl)에 의해 체계화 되었다. 그는 인간의 의식(지향적, Lebenswelt)에 관해 정확히 기술하는 것을 철학 또는 상식에서 유래한 선험적인 가설과는 관계없이 경험되는 구체적인 '경험세계' 기술을 철학의 과제로 삼았다. 일단, 역사를 다스리는 신은 공의롭지만 항시 선하고 의로운 일을 위하여 애씀의 땀을 흘리는 자를 사랑한다는 점을 기억할 일이다. 그 어느 시간대보다 한 사람의 당당한 민주시민으로 시대적 소임을 엄숙하게 수행하여야 할 모든 여성은 그 어느 때보다 'Ego-Eva' 라는 공동체의식을 확인하고 도덕성의 회복과 함께 밝고 명랑한 미래 사회를 구축하는 작업에 스스럼 없이 동참하여야 한다. 의식이란, 언제나 어떤 대상(object)을 향하고 있는 것이기에 '요람에서 무덤까지' 자녀를 위한 어머니의 자장가와 영혼의 기도 소리가 비록 사라졌다 할지라도 이 땅의 모든 여성들은 동시대의 고통을 공감하는 모두는 21세기 정보화 사회에 있어 페미니즘의 폭넓고 다양한 이해에 관해서도 새로운 관심을 지녀야 할 뿐더러 어두운 질곡을 헤쳐 나가기 위한 실험정신으로 '넉넉한 마음 씀과 새로운 생각, 기술, 그리고 미래의 꿈'을 지녀야 한다.

공동의 세계가 무너진 불확실한 시대에 생존하고 있는 우리에게 소중한 것은 선하고 아름다운 인간관계를 지속적으로 펼쳐나가야 한다는 것이다. 언어는 소통의 도구이기에 무엇보다 자명한 것은 언로는 반드시 열려야 하고 혼돈의 시대에 몸담고 있는 오늘의 우리는, 모쪼록 신지식인의 사고와 경영 마인드를 지니고 목숨의 시간을 관리하여 신뢰를 구축하는 정신적 작업에 깊은 관심을 지녀야 할 것이다. '무관심은 죄악임'을 항시 기억하여야 하기에 최소한 〈同種善根說〉에서 비롯된 '만남과 조화, 그리고 새로운 창조'를 위해 "여성적인 것이 인류의 영혼을 구원한다."는 인식을 다시금 일깨워 부단히 밝은 꿈이 있는 미래사회를 구축하고 영혼의 상처를 치유하며, 삶의 일상에서 감동을 회복함으로써 아름다운 인간성을 회복시키는 헌신적인 행위를 실천궁행하여야 한다. 차지에 역사 속에 실존했던 여성과 현실생활의 반영反影인 문학작품 속의 여성의 삶을 비교·고찰하여 삶의 표징으로 삼기로 한다.

2) 실존 인물과 문학작품 속의 여성

소중한 인간관계의 회복을 위해 오늘의 우리에게 요청되는 것은 '언어공해가 없는 밝은 사회'를 구축하기 위해 저마다 애씀의 땀을 흘려야 한다는 것이다. 선인장 아가그베는 1백년에 한번 꽃을 피우고 열매를 맺는다. 우리는 각박한 현실 속에서 지나치게 조급한 생각은 버리고 여유와 너그러움을 지니고 주어진 자리에서 스스로의 자신 앞에 정직하고 맡은 업무에 최선을 다해야 한다. 이렇게 할 때 우리의 가정과 직장은 실로 보람의 일터가 될 것이며 인생이란, 의미 또한 아름답고 소중한 것으로 인식될 것이다.

흔히 위대한 남성은 세계를 지배하지만, 여성은 남성을 지배한다는 말이 있다. 일찍이 셰익스피어는 '여성은 약하나 어머니는 강하다.'라며 모성의 존재에 대해 언급하였다. 이것은 '원숭이 실험'이나 '어머니와 마네킹을 통한 젖먹이 모형'을 통해 심성의 영향과 그 형성이 증명된 바 있다. 특히 20세기를 대표하는 역사학자 아놀드 토인비가 '미국사회가 건강하기 위해서는 어머니의 첫 사랑을 회복하여야 한다.'고 역설한 배경을 통하여 시사적인 교훈을 확인할 필요가 있다. 물론 중요한 삶의 과제를 해결하기 위해서는 "진홍의 날개"처럼 자신의 삶을 돌아보는 성찰의 시간을 저마다 지니는 정신작업이 요청된다.

역사적 인물로서 몇 사람의 위대한 여성을 열거하면, 중세의 대표적 신학자 성 어거스틴을 성자로 회심시킨 모니카, 종교개혁을 주도한 말틴 루터에게 용기와 믿음의 확신을 심어준 아내인 카타리나 폰 보라, 부도덕한 영국을 정신적으로 건강하게 회복시킨 요한 웨슬레의 모친 수산나, 위기적인 상황에서 프랑스를 구출한 쟌다르크, 조국과 사랑하는 연인을 위해 목숨을 바친 크레오파트라, 여성의 해방을 몸소 실천해 보인 죠지 상드, 실패를 모르고 애씀의 땀만을 흘린 발명왕 토마스 에디슨의 어머니인 낸시 에디슨, 자식을 위대한 성인군자로 교육시킨 맹자의 모친은 물론이거니와 우리 상고사의 혹진주인 소서노召西奴, 대현 이율곡의 모친으로 영원한 한국의 모성으로 고액권 화폐의 인물로도 선정된 신사임당을 비롯하여, 동양 삼국의 천재적 시인인 난설헌 허초희, 조선조 대표적 국문학자인 서포 김만중의 모친과 조선조 3대 명필 중 일인인 한호(석봉)의 어머니, 구한말의 독립운동가로 애국 여성인 김마리아와 순국 소녀 유관순, 그리고 최근 권력의 상징인 미국의 백악관 오마바 정부에 부자(父子)를 입성시킨 자랑스런 석은옥 여사 등을 거론할 수 도 있다.

여기서 무엇보다 강조하고 싶은 필자의 소박한 바람은 고구려의 여인들이 아이들이 입을 열어 말을 배우기 시작하면, 많은 장수 중에서 을지문덕의 이름을 가르쳐 주었고, 많은 임금 중에서도 19대 광개토왕, 20대 장수왕의 이름을 가르쳐 주었다는 시각에서 역사의 정체성을 접목시켜 준 필자의 졸시 〈어머니의 교훈〉에서 제기한 지혜롭고 지순한 이 땅의 어머니들이 그토록 절절하게 소망한 것을 한번쯤 검색할 타당성이 따른다. 이 점에 있어 낯선 미국 땅에 거주하면서도 사랑하는 두 아들의 머리맡에서 구약舊約의 잠언서를 항상 우리의 모국어로 읽어주면서 민족혼을 일깨워 준 석은옥 여사의 모국어에 대한 한결 같은 사랑은 '영어몰입교육'을 지향하는 우리네 삶의 현상에서 오래 기억할 일이다.

지혜로운 朝鮮의 어머니는
목숨처럼 소중한 아이가 입을 열어
말을 배우기 시작하면 맨먼저
겨레의 혼인 한글을 깨우치게 하고
신라 천년의 古都 서라벌과
5천년 역사의 맥이 굽이치는 漢江이
조국의 큰 강임을 가르친다

지순한 이 땅의 어머니는
사랑하는 아이가 자라
血肉의 의미를 깨닫게 될 때면
대한민국이 한반도의 이름이며
태극기는 겨레의 표징이라는 것과
동해물과 백두산이로 시작되는 애국가를
목이 쉬도록 가르친다

한 순간 모든 것이 무너져 내린
조국의 참담한 현상 앞에서
피 멍든 손으로 영혼의 닻줄 당기는
어머니, 당신의 이름을 나직하게 불러도
억장은 내려앉고
뜨거운 눈물이 울컥 솟아난다

'아들아 좌절하지 말고 다시 일어나
환상을 보라'며 저토록 비통 속에서
세기의 강물을 깨우시는 눈부신 음성
무한의 자유 공간을 향해
하얗게 비상을 시도하는 갈매기
불끈 치솟는 장엄한 태양
건강한 이 땅의 아침은 밝아오고

- 필자의 〈어머니의 교훈〉 전문

세계적인 문학작품 속에 등장하는 몇몇 여성 모형으로서는 단테의 〈神曲〉(영원한 신성의 표징인 베아트리체), '정열은 사랑이 아니라, 죽음이다.'라는 메리메의 〈카르멘〉(카르멘), 19세기 프랑스 시민사회의 구조적 불안을 형상화한 플로베르의 〈보바리 부인〉(엠마 보바리), 허황된 여인의 불행을 형상화 시킨 모파상의 〈여자의 일생〉(쟌느/로잘리), 여성으로 정신적 의미로서의 최고의 아름다운 존재로 평가되는 토스토에프스키이의 〈죄와 벌〉(소오냐), 드라이저의 〈아메리카의 비극〉(로바타/손드라), 성녀형의 봉사와 정신적 애정의 갈등 구조로서의 춘원의 〈사랑〉(석순옥), 댄스 전후풍조와 지식여성의 사회진출을 극화한 정비석의 〈자유

부인〉(오선영), 환상적 여인의 말로와 자아상실의 성적 이상형인 최인호의 〈별들의 고향〉(오경아) 등을 참조할 필요가 있다.

여성의 지위 향상과 재산권의 독립, 그리고 홀로 서기도 소중하지만, 어른이 없는 혼돈混沌의 후기산업사회의 현상 속에서 '존재의 가벼움'을 체험한 우리는 역사를 다스리는 신이 오만한 자에게 반드시 보복한다는 교훈을 확인할 수 있다. 애써 현대의 특징을 모든 것이 무의미하고 냉소적이라고 지적하지 아니 하더라도 법보다는 영혼을 정화시키는 종교와 소외된 계층에 대한 관심에서 비롯된 도덕성이 중시된 정신적 작업이다. 특히 오늘의 사회 현상처럼 인명이 경시되는 세태는 얼이 빠지고 공동의 목표가 상실되며 끝내는 기업도, 거대한 제국도 불행을 겪게 된다. 모름지기 한 시대를 살아가는 내 나라의 현명한 여성은 하나 된 결집력으로 문화의 지역구심주의의 소중함을 인식하고 어두운 과거를 도도한 역사의 강물 위에 흘려보내야 하고 처절한 목숨의 바다 위에서 날아오르기 위해서는 끝임없이 날개 짓을 계속하여야 한다.

3) 문화인식과 안목의 확장

무한경쟁으로 치닫는 지식·정보화 사회의 문화 지평을 열어가기 위해서는 건전한 정책과 제도의 보완도 보완이지만 나름대로의 소박한 기대라면, 공동체 인식의 소중함과 지혜롭고 넉넉한 삶의 절실함에 대한 깊은 인식의 필요성이다. 오늘의 우리 사회를 떠받들고 있는 구성원들이 하나같이 밝은 사회를 열어가며 소중한 삶을 예술처럼 살아가기 위해서 는 민족의 혼이요, 역사요 문화의 총체인 '모국어의 속살'에 대한 남다른 애정과 관심이 요청된다. 그 어느 때보다 외국어가 범람하는 이 시대에 국민 각자가 우리말과 글에 대해 애착을 지니며 점검할 필요가 있다. 이 같은 관점은 언어는 곧 그 민족의 위대성과 힘을 과시하는 생명체이기 때문이다.

특히 현대인의 의식세계를 '혼돈의 이론'이 지배하고 있지만, 태평양 시대를 예견한 인도의 시성詩聖 타고르의 〈동방의 등촉〉을 비롯해서 슈펭글러의 〈서구의 몰락(1918)〉이나 아놀드 토인비의 〈시련에 직면한 문명〉과 옥스퍼드 대학의 바라클라우 교수의 '태평양의 새 시대 등장'이라는 주장에도 관심을 지녀야 한다. 또한 21세기의 주역이 될 민족은 예일대 폴 케네디 교수의 지론인 '높은 수준의 민주주의, 높은 수준의 도덕, 그리고 높은 수준의 생산성이 있는 민족임'을 확인할 때, 한국인은 긍정적 사고를 지니고 저마다 실험정신으로 새로운 세기를 향한 도전의 나래 짓을 목숨의 바다 위에서 퍼득여야 할 것이다.

4) 발상의 전환과 고정 틀 깨기

나치 시대, 안네 프랑크라는 이스라엘의 소녀가 쓴 〈안네의 일기〉나 미국의 영화감독이며 '꿈의 황제'로 지칭되는 스티븐 스필버그의 〈쉰들러 리스트〉에서 확증된 예술의 위력이나 예술인에 대한 체계적이고 지속적인 투자에 의한 문화정책과 전략의 수립으로 이 땅의 열정적인 예술인들을 산업전사로 변신시키는 국가적인 노력은 산업자원이 부재한 이 땅에서 시기를 앞당겨 시행되어야 할 것이기에 서울 테헤란로의 어느 **벤처기업의 사훈**이나 미국 **실리콘벨리의 상징어**를 기억하여야 한다.

근간 오페라 〈명성황후〉가 뉴욕과 동경에서 상연되어 민족의 본질적 이념과 불행을 세계에 알리는 계기를 마련해 주었다. 이것은 미국의 군사 전문가 죠셉 나인이 '폭격기 1대를 제작하는 것보다 U.S.I에 인터넷 홈 페이지를 만들어 미국의 정신문화를 홍보하는 것이 더 생산적이고 효과적이라'는 지론처럼 세계화의 물결이 굽이치는 시대적 현상을 역행하면서 정권이 교체된 때마다 한·일간 불신의 관계 속에서 거론되는 정신대 문제나 양국 간 대결양상을 보이는 국민의 갈등과 적대심의 매듭을 풀어가기 위해서는 국민의 미래를 밝게 하는 발상의 전환, 문화 환경의 개선과 정신적 기후의 조성이 시급한 것이다.

그것은 곧 '착함과 아름다움 그리고 옳음'을 통한 인간의 본질에 호소하여 1억 2천만 일본인이 인도주의적 시각에서 지난 날, 그들의 조상과 자신이 범한 잘못에 대하여 눈물을 흘릴 수 있는 민족의 이념과 역사가 전제된 품격 있는 예술작품의 창조와 예술가의 눈부신 활동이 그 어느 때보다 절실히 기대된다. 스위스의 앙리 듀낭이 '솔페리노 전쟁'의 참혹상과 포로의 비인격적인 처우를 기록하여 인류애에 호소한 그 보고서에 힘입어 오늘의 국제적십자 가사가 창립된 것이나, 중립국인 스위스에 1천여 개의 국제회의 본부가 자리하고 있다는 사실은 1천개의 핵탄두보다 더 위력이 있다. 그렇다. 우리가 몸담고 있는 '지금'이라는 시간대는 과거의 누군가가 그토록 소망했던 시간이기에 생명의 존엄성을 보다 더 소중하게 인식하여야 할 것이다.

아직은 세계의 경제 불황으로 절망의 끝이 보이지 않아 국가적 으로나 개인적으로 하나 같이 고통을 겪는 이 땅의 우리들은 모름 지기 영국의 미술평론가 죤 러스킨이 피력한 "시인의 사명"과 삶의 주체자로서의 주인의식을 지니고, 시적 상상력을 확장시키는 예술에 대한 깊은 안목의 확장과 창의력을 일깨우는 긍정적 사고 로 현실적 위기를 극기하려는 용기와 지혜를 지녀야 한다. 문화의 시대인 21세기를 준비하기 위해서는 이 땅의 모든 여성들에게도 파일럿(pilot)적인 소임이 요청된다. 이 파일럿의 일차적 의미는, '수로 안내자'이다. 아무리 좋은 예술행위라 할지라도 국민적인 공감대의 형성을 도출하고, 대중을 이해시키고 주도해 나가기 위한 예술문화인들의 노력과 결집력, 그리고 "문화의 바람개비 운동"의 전개가 필히 수행되어야 할 것은 물론, 필자의 소박한 소망이라면 "예술에는 국경이 없지만, 예술가에게는 조국이 있다."는 지론을 기억에 오래 담아 달라는 것이다.

2. 사임당의 예술과 이해의 조망
– 여성 의식의 성숙과 그 반증

1) 사임당의 예술적 삶과 여적

한국의 영원한 모성의 표징으로 기려지는 신사임당(1504(연산군 10) 10월 29일-1551(명종 6) 5월 17일)[5]은 강릉 오죽헌에서 신명화의 다섯 자매 중 둘째로 출생하였다. 평소 효성이 지극한 사임당은 조선시대의 경세가이며 대학자인 율곡栗谷 이이李珥의 모친으로 조선조의 대표적 여류화가로서 시·서·화詩·書·畵에 걸쳐 뛰어난 존재이다. 근간에 사임당이 태어나 성장한 강릉은 현 정부가 선정한 녹색성장 모범도시로 국가적 관심이 모아지는 공간인 바, 자랑스럽게도 신사임당은 강릉 북평촌(지금의 오죽헌)에서 평산 신씨 명화공과 용인 이씨의 다섯 자매 중 둘째로 출생하였다. 일곱 살 유년시절에 안견安堅의 산수화는 물론 과실수와 풀벌레 등을 담채로 화폭에 담아냈고, 문장과 서예, 자수에 이르기까지 탁월한 재능을 보여 천재적 재능을 인정받았다. 한국화에 있어

---

5) 李秉岐, 『申師任堂(朝鮮名人傳)』, (朝光社, 1947). 이은상, 『사임당의 생애와 예술』, (성문각, 1957). 李東洲, 『韓國繪畵小史』, (瑞文堂, 1972). 孫仁銖, 『申師任堂의 生涯와 敎育』(博英社, 1976). 李殷相, 『申師任堂(韓國의 人間像 5)』, (新丘文化社, 1980).

'산수, 포도, 대나무, 매화꽃, 그리고 초충草蟲(나비, 벌, 메뚜기 등 풀벌레)' 등 다양한 소재를 즐겨 다루었다.

모두에서 기술하여야 할 특이 사항이라면, 지구상에 모자母子가 최초로 화폐의 인물로 선정된 것은 역사적으로 유례가 없는 분명한 사건에 해당한다. 특히 「초충도」에서는 한결같이 단순한 주제, 간결한 구도, 섬세하고 여성적인 표현, 산뜻하면서도 한국적 품위를 지닌 색채감을 특징으로 소화하고 있다. 신사임당의 「초충도」는 안정된 구도, 섬세하고 부드러운 묘사가 빼어나며 한국적 미감이 작품의 격을 한층 높여주고 있다.(종이에 담채, 33.2×28.5cm, 국립중앙박물관 소장) 한편 온화하고 겸손한 품성의 소유자로 유교의 경전을 통하여 학문의 깊이를 더하였고, 훌륭한 부덕을 몸소 쌓아 시대를 초월한 한국여성의 대표적 표상으로 인정받기에 부족함이 없다.

19세에 덕수 이씨 원수공과 부부의 연을 맺어 4남 3녀의 자녀를 두었다. 남다른 통찰력과 판단력으로 부군의 관직생활을 바르게 내조하여 정숙하고 슬기로운 아내의 소임을 다하였으며, 자녀들에게는 자애롭고 어진 모성으로 엄격한 스승의 도리도 담당하였다. 또한 효성이 지극하여 홀로 계신 모친을 못내 사모하여 눈물로 밤을 지새우던 끝에 심금을 울려주는 명시도 유품으로 남겼다.

신사임당은 조선 중기의 여류서화가이며 현명한 모친과 어진 아내로, 한국의 모성으로 존경의 대상이다. 그러나 이 같은 면에서 접근하여 볼 때, 그녀는 조선왕조가 요구하는 유교적 여성상에 만족하지 않고 독립된 인간형으로서 스스로 삶을 개척한 여성의 모형에 해당한다. 그 자신이 덕망과 학문을 갖춘 예술인으로서 성장할 수 있었던 문화적 배경은, 천부적인 재능과 더불어 그 재능을 발휘할 수 있도록 북돋아준 좋은 성장 환경이었다. 그의 재능은 7세에 안견의 그림을 스스로 사숙私淑하던 것에서 확인할 수 있다. 비교적 자아인식과 통찰력, 그리고 판단력이 뛰어나고 예민한 감수성을 지닌 인물이었지만, 예술가로서의 자질을 뒷받침하는 특성적 인자因子의 구체적 예라면 거문고 타는 소리를 듣고 감회로 눈물을 지었고, 또는 강릉의 친정어머니를 사모하여 눈물로 밤을 지새운 섬세한 감정의 남다름 일 것이다.

이미 주지하고 있듯이 시·서·화에 있어 시와 글씨의 섬세하고 아름다움과 그림에 있어 풀벌레·포도·화조·어죽·매화·난초·산수 등은 주된 화제로서 그것은 생동하는 섬세한 사실화여서 풀벌레 그림을 마당에 내놓아 여름 볕에 말리려 하자, 닭이 와서 산 풀벌레인 줄 알고 쪼아 종이가 뚫어질 뻔했다는 구전口傳은 배경지식(schema)에 해당한다. 이 점은 후세의 시인·학자들이 발문에서 거부감 없이 절찬한 것에 견주어 주지할 바이다. 서예작품으로 초서 여섯 폭과 해서 한 폭이 남아 있지만, 그나마 몇 자의 서체를 통해 사임당의 고매한 품격을 접할 수 있음은 다행스러움이다.

특히 1868년(고종 5) 강릉부사였던 윤종의가 사임당의 글씨를 판각하여 오죽헌에 보관하면서 발문을 적었는데, 그는 사임당의 글씨를 "정성들여 그은 획이 그윽하고 고상하고 정결하고 고요하여 부인께서 더욱더 저 태임의 덕을 본뜬 것임을 알 수 있다."고 격찬한 것은 그 일면에 해당한다. 이처럼 그의 서체 말발굽과 누에머리라는 체법은 물론이거니와 그의 절묘한 예술적 재능에 관하여 명종 때의 사람 어숙권이 《패관잡기》에서 "사임당의 포도와 산수는 절묘하여 평하는 이들이 '안견의 다음에 간다.'라고 한다. 어찌 부녀자의 그림이라 하여 경홀히 여길 것이며, 또 어찌 부녀자에게 합당한 일이 아니라고 나무랄 수 있을 것이랴."라는 지적에 격려의 박수를 보내지 않을 수 없다.

한편, 신사임당으로 하여금 절묘한 경지의 예술세계에 머물게 한 내적 동기란, 새삼스런 논의는 아니지만 독자적 성장의 문화 환경이다. 그 같은 배경 요인으로 현명한 모친의 훈조와 외조부의 학문을 전수 받을 수 있는 환경과 가부장적인 유교사회에서 전형적인 남성 우위의 허세를 부리는 남편과 연을 맺지 않은 점이다. 어쨌거나 다행스럽게도 학문과 효성, 덕행을 두루 겸비한 신사임당은 사회적으로 제약과 억압이 많은 조선시대에 몸을 담으면서도, 출가 전·후의 시간대를 한시를 짓고 채색화를 접하는 여유로움으로 장식하였다. 이처럼 폐쇄적인 봉건주의 시대를 대표하는 신사임당은 페미니즘을 주도한 예술가로서 이 땅에 살았던 모든 모성母性의 상징이다. 일단, 여기서는 어디까지나 현명하고 부덕한 아내로, 자녀를 훌륭하게 교육시킨 여성이기에 우리는 삶의 여적餘滴을 통해 그가 추구한 예술적 삶을 한번쯤 논하지 않을 수 없다.

2) 사임당의 예술적 현상과 천부성

(1) 사임당의 생애와 스키마(schema)

일찍이 신사임당은 1504년 10월 29일 강릉 북평촌北坪村(현재의 오죽헌)에서 출생하였다. 시·서·화에 일갈을 이룬 그는 이이의 모친으로 조선조 사대부의 부녀에게 요구되는 덕행과 재능을 겸비한 현모양처의 표상이다. 본관은 평산이며 부친은 기묘명현己卯名賢의 일인인 명화名和이다. 모친은 용인이씨로 사온思溫의 여식이다. 그의 신본명은 신인선申仁善으로 외조부(李思溫)의 도량과 학문을 어머니로부터 전수받았다. 뒷날에 사임당의 셋째 아들인 이이는 〈행장기〉에 사임당의 예술적 재능, 우아한 천품, 순효한 성품 등을 기술하였다. 우리가 주지하고 있듯이 사임당은 주나라 문왕의 어머니인 태임太任을 본받는다는 뜻의 당호이며, 그 외에도 시임당媤任堂, 임사재妊思齊로 일컬어진다. 강릉의 오죽헌 외가에서 성장하였으며, 19세에 덕수이씨 원수元秀와 혼인하고, 친정인 강릉에 줄곧 머물다가 38세에 시집살이를 주관하기 위해 서울로 이주하였다.

특히 사임당의 작품으로 알려진 그림은 40폭 정도인데, 산수·포도·묵죽·묵매·초충 등 다양한 분야의 소재를 즐겨 다루었다. 산수에서는 안견파 화풍과 강희안 이래의 절파 화풍을 절충한 화풍으로, 16세기 전반에 생겨난 산수화단의 새로운 유파로서의 의의를 지닌다. 〈월하고주도月下孤舟圖〉에서 산들은 나지막하고 옆으로 길게 뻗어 있으며, 수면을 따라 전개되는 공간은 막힘이 없이 전개된다.

　이 같은 작품의 구도나 공간처리 등은 안견파의 것을 확산시킨 듯하지만, 필묵법이나 준법은 절파 계통의 영향이 가미된 보기이다. 〈초충도草蟲圖〉에서는 여성적인 섬세한 필치와 미려한 설채법이 특징적이다. 한편, 신사임당의 〈초충도〉는 비슷한 구도의 초충이 그려진 여덟 폭의 병풍인데, 현재는 열 폭으로 꾸며져 있다. 그림이 아닌 나머지 두 면에는 신경과 오세창의 발문跋文이 적혀 있다. 각 폭마다 화면의 중앙에 두세 가지의 식물을 그린 다음에, 그 주변에 흔히 볼 수 있는 각종 풀벌레를 적당히 배치하여 좌우 균형과 변화를 꾀하였다. 이 〈초충도〉는 형태가 단순하고 간결하여 규방閨房의 여성들이 필수적으로 하던 자수刺繡를 위한 밑그림이 아닌가도 생각된다. 여러 가지 청초한 식물과 풀벌레를 실물에 가깝게 정확하게 묘사하면서도, 섬세하고 선명한 필선으로 묘사하여 여성 특유의 청초하고 산뜻한 분위기가 돋보인다.

　한편, 8폭의 〈초충도〉중에서 '가지'를 살펴보면, 화폭의 중앙에 곡선 가지의 두 줄기가 좌우대칭의 구도를 이루며, 섬약한 줄기들에는 밤색과 흰색의 가지들이 배치되어 있다. 가지 주변에는 종류가 다른 화초와 곤충들이 배열되어 있어 생동감이 돋보인다. 안정된 구도, 몰골법(沒骨法)으로만 처리된 묘사, 음영을 살린 설채법을 통해 사임당의 예술적 재능이 빛난다. 이 밖의 주요 미술작품으로는 〈자리도紫鯉圖〉·〈노안도蘆雁圖〉·〈연로도蓮鷺圖〉·〈요안조압도蓼岸鳥鴨圖〉등이 있다. 그의 화풍은 넷째 아들인 우瑀와 맏딸인 매창梅窓 이부인李夫人에게 전수되었다. 신사임당은 1551년 5월 17일에 삶을 마감하여 파주 두문리

자운산의 선영에 묻혔다. 서체는 초서 6폭과 해서 1폭이 남아 있으며, 1868년 강릉부사 윤종의는 사임당의 글씨를 판각하여 오죽헌에 보관했다. 신사임당이 강릉을 떠나 대관령을 넘어 서울 시가로 가면서 지은 〈유대관령망친정踰大關嶺望親庭〉과 서울에서 사모의 정을 읊은 〈사친思親〉은 유명한 시편이다. 여기서 편의상 전문을 옮겨 싣는다.

늙으신 어머님을 고향에 두고
외로이 서울 길로 가는 이 마음
돌아보니 북촌은 아득도 한데
흰구름만 저문 산을 날아 내리네.

- 〈踰大關嶺望親庭 - 대관령을 넘어서 친정을 바라보다〉 전문

어머님 그리워 산 첩첩 내 고향 천리언 마는
자나 깨나 꿈속에도 돌아가고파
한송정 가에는 외로이 뜬 달
경포대 앞에는 한 줄기 바람
갈매기 모래톱에 헤락 조이락
고기 배들 바다 위로 오고 가려니
언젠가 강릉길 다시 밟아가
색동옷 입고 앉아 바느질 할꼬.

- 〈思親 - 어머님 그리워〉 전문

이처럼 신사임당은 모든 희비애락喜悲哀樂을 겪으며 한가정의 며느리와 아내, 그리고 어머니로서의 역할을 수행하였다. 신사임당은 율곡 형제를 가르치는데 몰두하면서도 어버이에게 지극한 효성을 다한 성품과 행실이 지극히 현숙賢淑하고 인자한 인격체였

다. 그녀는 남다르게 현모가 되기 위하여 출가 전부터 여성女性, 여론어女論語, 내훈內訓, 여범女範, 열녀전烈女傳, 명감明鑑, 소학小學 등 여성 교훈서를 읽으면서, 그 자신의 목표를 부부夫婦, 효친孝親, 모의母儀, 부의婦儀, 돈목敦睦, 검소儉素에 두고 현모양처의 교육적 인간상을 그리면서 부덕婦德, 부언婦言, 부용婦容, 부공婦功 등 여유 사행女有四行에도 전념하였다. 대체로 부덕, 부언, 부용은 여자로서의 인품과 사람됨을 나타내는 것이고 부공은 여성으로서 해야 할 임무를 말하는 것이다.

아울러 신사임당은 먼저 말한 여유사행을 생활신조로 하여 자애慈愛와 관용寬容으로서 사람다운 사람, 없어서는 안 될 사람이 되도록 자녀들에게 교화시켰고 또한 몸소 언행에 수범이 되어 실천궁행하면서 항상 온화하면서도 엄숙한 태도로 사람의 도리를 다하도록 주의 깊게 훈육하였다. 그뿐 아니라 자녀교육의 목표를 몸가짐에 두면서도 장차 나라에 충성하고 큰일을 할 수 있도록 깨우쳤다. 신사임당의 자녀교육은 이론에 그친 것이 아니라 이를 실천에 옮기기를 아주 돈독敦篤하게 했다. 그 같은 까닭에 그의 자녀들은 우리 역사에서 수기치인修己治人의 도를 수행한 고매한 품격의 인물이 되었다. 그러므로 이 시대의 우리는 신사임당의 교육사상 또한 다시금 되새겨 보지 않을 수가 없다.

(2) 예술적 삶과 문화적 배경

감수성이 예민한 시절 천부적 재능을 마음껏 발휘하던 사임당이 서울 시가로 가면서 읊은 〈유대관령망친정〉이나 서울에서 어머니를 생각하면서 지은 〈사친〉 등의 시편에서 모친을 향한 애정의 깊이와 절절함을 파악할 수 있다. 사임당 생존 시의 시대적 관습인 유교적 규범은, 여성이 출가하면 오직 시집만을 위하도록 요구되었는데도 친정을 그리워하고 친정에서 자주 생활한 것은 규격화된 규범보다는 순수한 인간 본연의 정과 사랑을 더 중시한 까닭일 것이다. 그 자신의 예술에서 확인되는 본연성은 곧, 정직함과 순수성의 추구로도 유추된다.

여기서 모름지기 사임당의 예술성을 북돋아준 인물이 남편이라는 점도 감지된다. 일차적으로 사임당이 친정에서 여유롭게 생활을 할 수 있었던 사실은 남편과 시어머니의 도량 때문이다. 남편은 사임당의 그림을 친구들에게 자랑할 정도로 아내를 이해하고 그 재능을 인정한 성품의 소유자였다. 사임당의 시당숙 이기李順가 우의정으로 있을 때 남편이 그 문하에서 교류하였는데, 뒷날인 1545년(인종 1)에 이기는 윤원형尹元衡과 결탁하여 을사사화를 일으킨 문제의 문사이다. 사임당은 남편에게 어진 선비를 모해하고 권세만을 탐하는 당숙의 권세가 오래 갈 수 없음을 상기시켰으며, 다행스럽게도 이원수는 경고를 수용해 화를 면하였다.

(3) 자질과 예술적 재능

주지할 바지만 사임당은 당호이며, 그 외에 시임당媤任堂, 임사재妊思齋로도 통용된다. 당호의 뜻은 중국 주나라의 문왕의 모후인 태임太任을 본받는다는 뜻으로, 태임을 여성의 지표로 삼았음이 파악된다. 혹자들은 사임당의 온화한 성품과 예술적 자질이 태임의 덕을 배우고 본뜬 데서 기인한 것으로 평하였다. 그 점은 율곡과 같은 정치가요, 대학자를 길러낸 모성의 역할로 인정된다. 이처럼 사임당은 일상의 삶에서 천부적인 예술인과 어머니, 그리고 아내의 역할을 충실하게 병행하였다. 이것은 조선왕조가 요구하는 유교적 여성상에 만족하지 않고 독립된 인격체로서 운명을 극복한 진보적 성품을 겸비한 여성의 귀감에 해당한다.

여기서 사임당이 교양과 학문을 갖춘 예술인으로서 성장할 수 있었던 배경은, 천부적인 재능과 더불어 그 재능을 발휘할 수 있었던 환경이다. 그녀의 재능은 7세에 안견의 그림을 스스로 사숙私淑할 수 있었던 점에서 확인된다. 또 그녀는 통찰력과 판단력이 뛰어나고 예민한 감수성을 지녀 예술가로서 대성할 품격도 지니고 있었다. 거문고 타는 소리를 듣고 감회가 일어나 눈물을 지었다든지, 또는 친정어머니를 생각하며 눈물로 밤을 지새운 것 등은 풍부한 감수성을 보여준 하나의 예다.

(4) 작품으로의 회화와 서체

사임당의 시·서·화는 매우 섬세하고 아름다운데, 그림은 풀벌레·포도·화조·어죽魚竹·매화·난초·산수 등이 주된 화제畵題이다. 일단, 배경 지식(schema)에 의한 접근으로 생동감 있는 섬세한 사실화여서 풀벌레 그림을 마당에 내놓아 여름 볕에 말리려 하

자, 닭이 와서 살아 있는 풀벌레인 줄 알고 쪼아 종이가 뚫어질 뻔
했다는 구전은 유명하다. 이 같은 사임당의 회화에 후세의 시인·
학자들이 발문을 붙이고 극찬하기에 주저하지 않았다. 그림으로
채색화·묵화 등 약 40폭 정도가 전해지고 있으며, 아직 미공개의
그림도 다수가 있다.

서예 작품으로는 초서 여섯 폭과 해서 한 폭이 남아 있는 현상이
지만, 이 서체에는 그녀의 고상한 품격이 담겨 있다. 1868년(고종
5) 강릉부사 윤종의尹宗儀는 사임당의 글씨를 영원히 후세에 남기
고자 그 글씨를 판각하여 오죽헌에 보관하면서 발문을 적었다. 그
의 발문跋文은, 놀만 홀랜드(Norman Holland)의 독자반응 이론
(reader-response theory)6)의 '독자의 반응 단계(방어(Defence),
환상(Fance), 기대(Expectation), 변형(Transformation))'에서 접근
할 때, 사임당의 글씨는 "정성들여 그은 획이 그윽하고 고상하고
정결하고 고요하여 부인께서 더욱 더 저 태임의 덕을 본뜬 것임을
알 수 있다."는 격찬은 새로운 의미로 해석된다.

사임당의 서체는 말발굽과 누에머리 [馬蹄蠶頭]라는 체법에 의한
본격적인 글씨로 평가되고 있다. 절묘한 예술적 재능에 관하여서
명종 때의 어숙권魚叔權은 《패관잡기》에서 "사임당의 포도와 산수
는 절묘하여 평하는 이들이 '안견의 다음에 간다.' 라고 한다. 어
찌 부녀자의 그림이라 하여 경홀히 여길 것이며, 또 어찌 부녀자
에게 합당한 일이 아니라고 나무랄 수 있을 것이랴."라고 격찬하

---

6) 송지현, 〈문학교육의 본질과 방법〉, (푸른사상, 2003), pp.46-48.

였다. (그녀의 여섯 폭짜리 초서가 오늘까지 전해진 과정은 넷째 여동생의 아들 권처균權處均이 여섯 폭 초서를 얻어간 것을 그 딸이 최대해崔大海에게 출가할 때 가지고가 최씨 가문의 가보로 전수되었다. 영조 때 이웃 주민의 꾐에 의해 이를 빼앗겼다가 어렵게 되찾은 후, 강릉의 두산동 최씨 문중에서 보관 중이다. 윤종의에 의하여 판각된 것은 현재 오죽헌에 소장되어 있다.)

3) 사임당 삶의 편린과 재해석

2009년 5월에 서울 프레스센터에서 신사임당 5만 원 권 화폐 발행을 기념해 '진화하는 신사임당' 심포지엄이 페미니즘의 시각에 있어 여성의 사회·문화적 위상이 새롭게 조명되면서 "아내·어머니 한계 뛰어넘어 시대를 앞서간 페미니즘의 전형"으로 비교 고찰되었다. 이처럼 학제 간 연구가 다양하여지면서 그간의 현모양처의 고정 틀에서 이탈하여 21세기 페미니즘[7]적 가치를 새롭게 알리고 여성의 사회문화적 지위를 높인 신사임당의 담론·변화 과정과 가치를 재해석 또는 재조명해야 할 타당성이 따른다. 지난 6월 23일 전국적으로 고액권 화폐가 일제히 통화되어 국민들에게 선을 보였고 그의 고향인 강릉지역에서는 여러 행태의 기념행사가 다채롭게 거행되기도 하였다.

여기서 논의의 일차적 관점은 시대적 여건에 의해 대다수 조선

---

7) 엄창섭, 〈文藝思潮論〉, (홍익출판사, 2001), pp. 218-224.

조의 여성은 구조적으로 봉건사회라는 제도에서 응어리짐 한과 정념으로 고뇌할 뿐, 예술에의 접근이나 모색은 힘겨웠다. 이 같은 전통적인 고정관념이 뿌리내리고 있는 현상에서 "여성은 오직 술이나 음식을 의논할 뿐이며 옷이나 바느질하고 물이나 기르며 절구질이나 잘하면 넉넉하다."라는 이능화의 『조선여속고』의 언급에 머물지 않은 신사임당의 예술혼은 높이 평가하여도 지나침이 없다.

이 같은 시대적 상황에서 한국 여성만의 특유의 인성과 다정다감한 서정을 축으로 문학작품도 창작한 사임당은 삼국의 대표적 여류시인인 허난설헌과 같은 규방문인이다. 예술에 관한 천부적 재능을 보여준 사임당은 효성 또한 지극하였으며, 지조가 곧고 정숙한 한국의 모성의 표징이다. 경정과 시문, 침공針工, 그리고 안견의 화풍을 모방해 산수, 포도, 조충을 섬세하게 세필細筆하였으며 회화와 자수 등에서 보여준 폭넓은 예술적 품격의 소중함은 오늘의 우리가 깊이 논의할 타당성이 따른다.[8] 때문에 신사임당의 담론과 현모양처 이미지의 근대적 창출에 의한 접근은 실로 의미가 있기에, '민족의 주체성을 구현한 대표 여성, 일제 강점기의 이미지 왜곡이 그나마 제3공화국 시절에 재정립되어 '군국의 모성'으로 그 위상이 자리 매김된 점은 결코 간과하지 말아야 한다. 특히 민주화 이후 신사임당에 대한 인식의 전환이다. 즉, 자아성취의 삶으로 현대여성에 귀감, 여성의 사회 진출 확대, 업적과 평가

---

8) 엄창섭·장정룡, 〈지역사회문화론〉, (새문사, 1997), pp.48-53.

연구의 필요성, 남녀평등의 인식 변화와 해석의 다양성이다.

근간 여성 CEO 및 다양한 직업군의 등장으로 여성전문가들이 배출되고 있는 사회현상에서, 사임당의 자아성취 측면에 대한 재해석을 통해 현대사회에서 여성들의 차별성을 접할 수 있을뿐더러 남녀평등을 지향하고 여성의 모형을 재발견하여야 한다. 세 번째는 천운을 타고난 신사임당의 유혹, 그 가능성에 대한 현대적 해석이다. 즉 창의적 시간관리·의사소통의 귀재로서의 역할, 태생적 한계 극복과 휴식 없는 재능 계발, 그리고 시대(500년)를 앞서간 예술인 인재(미래지향적인 여성으로 자아성취의 길을 모색-철저한 시간관리, 시문, 그림, 서예, 자수로써 자아실현 추구)-사임당의 성공 전략(21세기 중요하게 여기는 창의적인 시간 관리 및 의사소통의 역할), 또 네 번째는 신사임당의 회화를 응용한 패션 문화상품 개발이다. 즉, 민족 고유의 독창적 가치, 전통·현대적 감각 절충, 초·충·도에 트렌드 접목, 의류·스카프 등의 활용에 의한 미래상품의 개발과의 접목이다.

이처럼 시간대를 달리하며, 현상적으로 신사임당은 지난 조선시대의 아내와 어머니로서의 역할만을 강조된 현모양처의 이미지로 각인된 고정 틀을 탈피해, 독립적 인격체로서 주체적이고 능동적이며 혁신적인 그 나름의 삶을 구가하며, 예술을 통해 자아완성을 추구한 독립적인 존재로 재해석되고 있다. 대중적으로 알려진 '초충도' 외에 '산수도', '포도도', '대나무 그림' 등 다채롭고 창의적인 회화세계를 구축해 한국미술사에 기여한 면모가 심도 있게 명증되고 있다.

이미 앞서 신사임당의 예술적 삶에 대한 논의가 심층적으로 검색되는 과정에서 이원복(국립전주박물 관장)은 사임당의 초·충·도는 따뜻하고 푸근하며 나아가 동화와 통하는 정겨움이 함께 어우러진 조화를 이루는 평화로운 공간을 담은 정경이 주류를 이룬 까닭에 회화사에서의 중요한 위치를 점하고 있다고 평가하였으며, 또 이은선(세종대학교 교육학과 교수)은 다중적 삶을 뛰어나게 살아낸 사임당은 우리시대의 새로운 인간성의 모형으로 치부하였다.

한편 박지현(부산대학교 이재난고역주사업단 연구위원)은 미술작품은 원래 남성의 영역이랄 수 있는 산수화가 대표 장르였으나 조선 후기에는 여성 이미지와 어울리는 초충도로 바뀐 역사성을 통해 신사임당의 실체를 높이 평가했고, 함영이(산사임당 리더십 연구회 추진위원)는 '자기 주도형 셀프리더십, 행동하는 리더십, 코칭 리더십 등'으로 분석하여 심사임당의 리더십을 접목시켜 비교분석하면서, 21세기 한국사회 발전에서 새로운 가치를 찾고 미래지향적인 의의를 확인하는 이해의 장을 마련하기도 하였다.

4) 여성인물 발굴의 지속성

작금의 한국사회에서 5만원 권 화폐인물로 선정된 신사임당의 정체성(identity)을 재정립하고 여성의 리더십과 예술세계를 탐색하려는 작업은 새로운 의미를 지니는 것이다. 지난 2008년에 고액권 인물선정을 둘러싸고 신사임당에 대한 현대 시대상과 맞지 않는다는 현모양처賢母良妻 논란이 대두되기도 하였다. 이 같은 공론화 뒤에 신사임당의 정체성은, 강원도라는 지역 공간을 뛰어 넘어 세계적인 여성상으로 부각시키자는 방향으로 전환되었고, 다양하게 세계의 여성화폐 인물을 고찰함으로써 여성화폐 인물선정의 중요성을 짚어보는 역동성이 주어져 각종 학술심포지엄, 전시회 등이 개최되는 계기가 마련되었다.

문화의 지역구심주의와 시점을 함께 할 때, 비정한 경쟁력이 요구되는 미래사회는 국가나 기업, 그리고 개인은 반드시 예술적 상상력이 확장된 미래의 상품을 개발하여야 한다. 다행스럽게도 신사임당의 화폐인물 선정으로 강릉지역의 고품격 문화관광 상품의 개발 가능성을 가늠하는 조짐이 확산되는 현상이다. 앞서 유지나(동국대 교수)가 "나혜석, 페미니스트 ' - 되기' : 화폐 여성인물 되기 담론분석"의 논제에서 논의한 것처럼, 문제의 5만원 권 화폐인물로 선정된 신사임당을 주인공으로 한 가부장적 현모양처 판타지 담론, 일제 강점기 신민황국의 어머니로 신화화된 '반민족적 아이콘'으로 이용된 문제의 여지는 기억에 담아두어야 할 일이다.

결론적으로 신사임당을 중심으로 "여성 삶의 변천사 고찰-한국 여성 삶의 변화와 미래 아젠다"를 심도 있게 검색하는 정신작업은 의미 있고 생산적인 행위에 해당한다. 아울러 건국 이후 여성 삶의 변화를 경제·사회 지표를 통해 분석하여 볼 때, 모름지기 '한국사회의 구조변동과 여성의 참여'나 '한국여성의 삶의 가치와 변

화 : 정치 참여와 의식의 변화'를 지속적으로 검토하는 발상의 전환은 학제 간 연구라는 다양한 학문 공동체로의 지대한 인식을 확장시키는 새로운 계기가 된다. 이와 같이 '강릉 출신의 여성작가의 따뜻한 시선으로 응시한-사회 한계 속에서 자신의 꿈·재능 소중히 살린' 김별아의 『치마폭에 꿈을 그린 신사임당』(창비, 2007)은 위인전 목록에서 빠지지 않는 사임당을 섬세하고 치밀한 '여성'의 시각으로 탐색한 새로운 인물 이야기로 해석된다.

여기서 근대적 시각에서 새롭게 분할하여 보면, 조선시대 여성들은 봉건사회의 희생양으로 지적하여도 지나침이 없다. 하지만 개별 여성들이 봉건사회의 구조와 개인의 욕망 사이에서 치열하게 노력했음을 인정할 때, 어디까지나 여성은 역사의 주체로 자리매김될 수 있는 존재이다. 그렇다. 시대적 한계를 극복하여 진보적 여성상을 구현한 신사임당에 관해서는 장르상 한국미술사의 족적에 초점을 맞추어 재평가하고 조명해야 한다는 지론에는 이의가 없다.

아울러 "(강원)도가 낳은 신사임당(1504~1551)은 시대적 한계에도 불구하고 위대한 교육자이자, 예술가로 다중적인 역할을 통합해 낸 진보적 여성"[9]이라는 강원도민일보의 박경란의 시사성 보도는 문화의 지역구심주의의 시간대에서 보다 적절성을 지니는 것으로 평가된다. 까닭에 '꿈꾸는 시인이며, 철학자'인 프랑스의 가스통 바슐라르가 "인간에게는 날개가 없지만, 욕망이라는 꿈이

---

9) 강원도민일보, 2007. 11. 30. 9면.

있다.”고 기술하였듯이 신사임당은 남편과 자식을 위해 꿈을 접은 것이 아니라, 자신의 재능과 꿈을 눈부시게 꽃 피운 극소수의 창조자로서의 의식이 깨어 있는 여성이었다는 점을 기억에 담아두어야 한다.

3. 순수 서정과 생명에의 변용變容
- 김오남의 시가선『旅情』의 시학

1) 감성과 시적 형상의 유의미

한국의 현대시조문학사에서 최초의 여류시조시으로 평가된 김오남金午男(1906년~1996년)은 경기도 연천군 군남면 태생으로 김상용 시인의 동생이다. 진명여자고등보통학교를 졸업한 뒤, 일본여자대학 영문학과를 졸업하였고 그 해 8월 조선일보사에 입사, 다음해 5월부터 모교인 진명여고에 재직하면서 20년간을 교직에 몸담았다. 한국현대시문학사에 있어 당시 카프의 계급주의 문학에 맞서 시조부흥의 기치 아래 육당·춘원·가람·노산·위당 등과 뜻을 함께 하고 국민문학파에 참여한 유일한 여성이다. 그는『조선일보』(1930년 12월)에 〈無題吟四首〉를 발표한데 이어, 1932년 〈시조 13수〉를 발표하며 비로소 문단에 데뷔하였다. 1930년대의 『조선문단』,『신가정』,『조선문학』,『중앙』,『신인문학』,『시원』, 『여성』을 비롯하여『여성문화』(1945년) 등의 문학지에 많은 시조를 발표하였다. 초기의 작품들은 잦은 한문 투의 시어 사용과 관념세계에 너무 집착하였고, 〈幽谷〉, 〈원망〉, 〈죽은 조카 생각〉 등의 작품에는 유교사상을 바탕으로 한 현실도피의 색채가 짙다는 평가를 받아왔다. 인생 전반에 대한 관조적 시선과 삶에 대한 관념적 내용이 다루어졌으며, 그간에 간행된 시조집에는 『김오남 시조집』(1953)을 비롯하여 『心影』(1956)과 『旅情』(1960)이 있다.

렌섬(John Crowe Ransom)이 "시는 자연미의 표현이며, 상상想像이라는 훌륭한 기능이 시의 작인作因이다."라고 제시하였듯이, 〈순수 서정과 생명에의 변용〉으로 해명되어 행복한 언어의 집짓기로 재해석될 김오남의 시정신은 비교적 식물성 언어로 직조된 전율 같은 가슴 떨림이며, 동시에 그만이 겪는 황홀함에 근거한다. 인생의 여정을 숨 가쁘게 질주하면서 강인한 생명력을 매개로 하여 치유의 시학으로 자리 매김한 그는, 시조에 대한 남다른 열정으로 주의집중한 실체였다. 먼저 모두에서 문제의 제기라면, 그간 안일하게 그의 작품해석에 '지나친 한문 투의 시어 사용과 관념적이고 현실도피적인 색채가 짙다' 등의 부정적 인식으로 일관한 연구방법은 "바다가 잔잔하니 맑고 또 푸르른데/김포반도를 거울인양 빛쳤고나/물속에 도립倒立한 경은 꿈속같이 보이네(水面)"같은 작품을 통해 반드시 재고되어야 한다.

일단, 그의 시 쓰기의 큰 틀은, "산곡이 있는곳에 골골이 애수인듯/침울이 울음맡아 출렁출렁 넘치누나/내맘도 그속에 빠져 허덕이고 있고나(夕景)"에서 공감되는 자연친화와 지극한 선의 드러남 "선이라 또 악이란걸 구지가려 무엇하노/유무가 별것없고 공空과 실實이 허사인데/ 그래도 선악을가려 마음아파 하노라(우감)"에서 연유한 생명외경의 엄숙성이 수용되어 있기에 조금은 꼼꼼히 손금을 챙겨 보듯이 김오남 시조시인의 작품 해석을 위한 작업은 실로 바람직한 행위다.

특히 그의 시편들은, 삶을 관조하면서 나름대로 체험하고 확인된 교시적인 언어를 내적 충만이라는 과정을 통해 조심스럽게 직조한 산물이기에 생명력이 있다. 실체의 껍질을 벗기고 일순간 깊은 사상에 몰입하는 정신력이 직관적이라면, 사물의 전체를 거시적 입장과 영원한 시간의 관점에서 주시하는 정신력의 한 방법이 관조의 세계이다.

여기서 조금은 심층적으로 비중 있게 검색될 김오남의 세 번째 시조집에 해당하는 시가선詩歌選 『旅情』(문원사, 1960)의 얼개는 사계절을 축으로 하여 〈春水之章/18수〉, 〈夏雲之章/15수〉, 〈秋菊之章/35〉, 〈落穗之章/19수〉, 〈冬宿之章/15수〉로 엮어져 있다. 지극히 아니무스(animus)적인 결과물로 생산된 그의 시조적 특성은 〈예불〉, 〈소요산〉, 〈망우리〉 등에서 확인되는 생의 달관에서 비롯된 여유로움으로 지적할 수 있기에, 그것은 마치 "개념과/창조 사이에/감정과/반응 사이에/그림자는 자리한다."라는 엘리얼(T.S Eliot) 식 발상으로 신비스런 동반자(companion)로서의 시 쓰기와도 결부시킬 수 있다.

언어의 충돌과 결합인 한편의 시 쓰기란, 삶의 다양한 소재의 선택과 세계의 만남에서 깨어남을 계기로 지속적인 변형을 추구하는 작업이다. 시적 형상화를 위해 낯선 물상과의 접합이나 감내하기 힘겨운 현상과도 때로는 충돌하지만, 질서의 회복을 위한

'감성의 시학과 정신지리지'란, 김오남에게 있어 자신의 자아인식의 재현(모사)이기에 시적 정조情調는 삶의 공간(처소)으로 앙양된 심리상태를 유지하고 있다. 여기서 그의 시적 발현은 삶의 흔적을 통해서 확인되어지는 여적餘滴으로, 비틀기가 아니라, 다가서기라는 휴머니즘의 틀 위에서 자신의 생각을 경박하게 표출시키지 않는 겸허한 심성과 잇닿아 있다. 그의 시적 배경과 시대적 여건은 마땅히 고려되어야 할 항목이지만, 설익은 풋과일의 맛이 베어나는 시편에는 지나친 언어의 기교성이 배제되어 담백한 시격이 감동을 회복한 점을 〈미적 주권과 생명에의 변주〉라는 시각에서 유념할 바는 그만의 시적 매력이다.

2) 미적 주권과 생명에의 변주

자신의 분신과도 같은 언어의 집합에 해당하는 시가선詩歌選『旅情』은, 자연 친화적인 것과 일상적 삶의 느낌을 대상으로 생명을 긍정한 모티프를 정감의 섬세한 형상화는 충직한 독자들에게 새로운 관심의 대상이 된다. 이 같은 존재의 표징은, 언어의 절제된 힘과 인식의 깊이를 통해 충직한 삶의 내면성을 따뜻한 서정성으로 풀어냄으로써 이 땅의 구속과 어둠을 무너뜨리는 징표로 재해석된다. 바로 이 점은 김오남 시조시인의 시적 토양이며, 시정신이 직조織造해 놓은 빛나는 의상이만, 이 땅의 우리 민족이 운명처럼 감내해야 할 통한의 노래에 해당된다. 그 같은 구체적 보기로

"뜰앞에선 영산홍이 울밑선 석류꽃이/가득피여 느러지니 극히고 흔 자태엿만/모든게 시원치않아 볼맘안나 하노라(晉州에서)"는 영산홍이든 석류꽃이든 자연의 아름다움도 사랑하는 자녀들과 멀리 떨어져 있는 모성母性의 눈에는 결코 미적 대상으로만 수용될 수 없다는 본질적 인연因緣의 소중함이 서정감 있게 형상화된 이 시조는 유추하건데 뜨거운 눈물속에서 쓰여졌을 것이다.

같은 맥락에서 "어미품 영영떠나 못볼것만 같은마음/아물대는 그얼골이 새롭게 그리웁소/애틋한 심사를안고 잠못들어 하노라(딸의 혼인)"이나 "딸자식 여일일을 밤낮없이 생각노라/불현듯 이는근심 바랄길은 없단말이/그얼굴 바라보면서 눈물겨워 합니다(딸의 혼일婚日을 정定하고)" 성장한 딸의 축하할 혼사 앞에서도 결별의 애틋함과 초조로 밤잠을 설치는 모정은 눈물겹다. 사상과 정서의 자유로운 교감을 거쳐 자각 속에 생명체로 존재하는 시는 깨달음의 미학이지만, "꾀꼴이 산복에울고 뻐꾹성 산정에먼데/애틋한 그울음이 산에가득 소리또운다/하늘도 난색亂色을 띤 듯 천지혼곤 하더라(野遊)"에서 확인되는 그의 시적 인식은 지상적인 것에서 확산, 우주와 통하는 적극성이 혼재되어 있다.

> 서장대 올라서니 안하가 넓었는데
> 아지랑이 포곡성에 山이자국 아련하다
> 마음은 희비를 몰라 어리둥절 하더라
>
> - 〈西將臺〉에서

한편, 삶의 처소에서 확인되는 질료를 따뜻한 감성에 접목시켜,

재생적, 미학적인 면보다 생산적 요소가 짙은 상상력을 가라앉은 가락 속에 이미지를 제시하며 입체적인 구조와 점층적 효과를 조화시켜 전통적인 맥락에 담아내려는 진지함은 소중한 정신작업에 해당한다. "강산에 봄경치를 마음껏 보았노라/때만난 꽃은피여 고운 태를 자랑컨만/벗은산 초가움집은 빈곤만이 극했네(서글픈 일)" 여기서 김오남 시조시인에 의해 존재의 현현顯現을 위한 언어의 집짓기로 해석되는 실례를 통해 다행스럽게도 깨달음과 자리매김이 확인된다. 재삼 논의되어도 지나침이 없는 것은 "생명외경이 생성된 순수서정의 시학"을 조심스럽게 형상화 한 그 자신이 지나친 수사적 기교나 화려한 언어유희(pun)에 이끌리지 아니 하면서 자기만의 독자적인 육성, 냄새, 그리고 색깔이 있는 시적 영토의 확장은 그나름의 가치를 내포하고 있다.

> 五十五 살아온게 백발만 지텃는데
> 겪어오든 고난사를 꿈에다 비기노라
> 생애를 旅情에비겨 갈곳까지 것는다
>
> ― 〈旅情〉에서

　　표제시에 해당하는 〈旅情〉의 형식은 4수로 평시조에 속한다. 삶의 여정이란, 항해航海와 같아서 누구나 언젠가는 이름모를 낯선 작은 항구에 닻을 내려야 할 존재이기에, 김오남 시조시인은 작품을 통해 '늙으면 죽는 이치가 천리天理의 상도常道라는 것과 삶의 처소(공간)가 지옥이라'는 의식을 나름대로 반증하듯 강하게 재인시켜주었다. 여기서 이 점은 단순한 자신만의 자연적 감정의 발현發顯이 아닌, 이 땅의 모두가 운명적으로 수긍할 수 밖에 없는 물질적인 궁핍에서 비롯된 민족적으로 겪는 사회적 불행을 고난사로 항변하여준 보편적 우울함이다. 그나마 다행스러운 것은 시조의 종장에서 '갈곳까지 것는다'라는 삶에 대한 강한 긍지와 신념을 일깨워줌으로써 결코 포기할 수 없는 예감된 삶의 존엄성을 확장시켜준 인자이다. 이 같은 시적 정황은 "탄식도 안타까움도 제대로 맡겨두오/낙도 고도 생활이고 사는데 보람이니/고락을 한데묶어서 안고웃어 보노라(豪氣)"에서 다시금 긍정적으로 이행되고 있다.

더욱이 그의 시적 분위기는 사물을 따뜻한 시선으로 응시하며 비록 조국의 산하에 생명의 봄이 다가왔지만, 가난이 서럽도록 자리한 삶의 현장에서 땀 흘리는 농부들을 향해 가슴 뭉쿨한 정감으로 품격 있게 형사形似한 점이다. 지극히 선한 심성의 소유자인 김오남 시조시인의 성숙한 양상의 드러남은 다소 뒤늦은 감이 있으나 새롭게 조명되어야 할 타당성을 지닌다. "뼈가 휘도록 일을 해도 못산다. 헐벗고 주리고 집이라는 게 쓰러져가는 모옥삼간도 못되는 게 우리 농촌의 현실이다." 한국전쟁 이후의 폐허 속에서 피멍든 손으로 삶의 현장에서 목숨을 연명해가는 그 참담함에 이토록 울분을 토하면서도 "순후한 정이 있다. 순박한 태도는 그들의 인격이어서 법이 필요치 않다. 이 얼마나 고결한 생애냐." 민족이 겪는 죄절과 격랑의 세기에서도 나약하게 현실에 안주하지 아니할 신념은 밝은 미래를 열어가는 역사의 정체성을 지닌 그만의 빛나는 지성이기에 우리현대시문학사에서 그의 위상은 재조명을 받아야 마땅하다.

> 반만년 역사문명 자랑해 무엇하오
> 매고심어 거두기는 고금이 땀이구려
> 밤들게 귀로를 찾는 그 모습이 괴롭소
> … 생략 …
> 빈곤에 온갖 고초 그네들만 받단말이
> 호화를 이곳주어 다 같이 살고지고
> 순박한 그의 심정엔 고결만이 풍기오
>
> - 〈농촌〉에서

전통적인 정서와 때로는 전형적인 풍물을 다루되 전통적인 소재를 새로운 방법과 언어로 구사하며 언어의 조합, 이미지의 연결, 어조의 복합성, 운율의 변화 등을 통하여 자신의 독자성을 구축하려고 노력한 그의 애씀에 대하여 뜨거운 격려를 보내는데 인색하여서는 아니 될 것이다. 이제 우리는 한 사람의 충직한 독자로서 그의 작품 〈꼴들〉 "더럽고 누추한꼴 어렵고 가난한꼴/못나고 젠척하고 교만코 간사한꼴은/보다가 구역이나서 갈안칠길 없구려"를 통해 칼날(ㄲ)처럼 시조시인다운 품격의 섬찍하고도 강직함을 유추할 수 있다. 관점을 달리하여 김오남 시조시인의 작품을 분리·통합할 때, 인간성의 회복으로 추구한 시적 인식이 지상에 속하는 여성 상징인 '앵화櫻花, 과꽃, 영산홍, 석류꽃, 진달래(꽃), 노화, 야국野菊, 낙화落花' 등의 꽃이 시적 질료로 제시되고 있어, 본질적으로 그의 따뜻한 감성에서 비롯된 인간존재에 대한 물음이, 생명외경의 편린片鱗으로 지적된다.

한편, 절망의 끝이 보이지 않는 삶의 현장에서 우직하게도 우리의 전통적인 가락과 시혼으로 이 땅의 여류문인에 견주어 400여 수의 많은 시조작품을 모름지기 생산하여 서정성의 형상화로 미적주권을 확립하고 일상의 감동을 회복시켜준 순수한 영혼의 소유자인 김오남 시조시인을 푸른 생명의 계절이 총총히 오는 길목에서 만날 수 있음은 더 없는 행운이다.

어떤 면에서는 싸르트르가 〈작가의 책임〉에서 "작가의 책임은 명백하다. 바로 그것은 자유와 해방의 이론을 구축하는 것이라."고 기술한 것처럼 구속으로부터의 자유로운 이탈의 여유로움에 의한 한순간의 정신적 위안에 해당한다. 까닭에 소중한 일상에서 특정한 사람과의 만남이 운명적이듯, 영혼의 피폐함으로 미래가 불투명한 일상에서 파상되는 세상살이의 갈등과 전율처럼 엄습해오는 절박한 고뇌를 때묻지 않은 자연의 숨결로 장식하여 감동을 회복시켜준 눈부신 행위는 그저 감사할 항목이다.

시 창작의 주체는 시인이지만, 폭넓은 시각에서 조망할 때 충직한 독자 또한 시인 자신일 수도 있다. 따라서 시조작품은 비판적, 즉물적, 전체적, 정의情意와 지성의 종합, 유물적, 구성적, 객관적 특성을 지니는 것이 바람직할 것이다. 차지에 그만의 시적 매력은, 따뜻한 서정성과 순수한 영혼의 기도 같은 떨림을 매개로 생산되고 작용한 점에 기인한다. 종교적으로 제단祭壇을 쌓을 때는 정釘(쇠붙이)으로 쪼아 만든 돌이 아닌 토담이나 자연석을 사용하여 쌓는다. 바로 이 점에 있어 스키마, 곧 배경지식이라면, 자연은 사랑과 평화를 의미하지만 인위적인 작업에 의한 금속(칼, 도끼, 정)은 곧 파괴나 살해의 도구로 변형되는 점을 경계하고 있다.

특히 한국의 자연과 연계된 생명외경의 소중함을 상실한 현대인들에게 삶의 일상을 영혼의 정화를 위한 주의집중은 바로, '김오남 시조시인과 같은 정직하고 좋은 품격의 시인들이 얼마만큼 고뇌하고 있는가?'라는 반문에 고정된 인식의 통로가 열려야 할 뿐 아니라, 마땅히 우리 현대시의 밝은 미래의 문제와도 결부되어야 한다.

한편, 자명한 것은 이 땅의 시인들이 미적주권을 상실했을 때, 그것은 우리 사회의 갈등구조를 얽어매는 시대적인 불행으로 정신 공해를 유발시키는 인자가 된다. 비록 김오남 시조시인이 '물 속에 놓여 있는 돌도 함부로 치우면 물의 울음소리를 들을 수 없음'을 격앙된 어조나 잠언으로 역설하지는 않았어도, 전통적으로 민족의 혼이 담긴 평시조를 통해 시적 감응感應으로 형상화 시킨 점은 "햇볕은 따뜻하고 바람마저 훈풍인데/아지랑이 아른대고 버들가지 푸르고나/진달래 피어날제면 어릴적이 그립고(春懷)"나 "풍엽을 바라보며 덧없이 걷노라니/할머니가 낙엽모아 한끼땔걸 아끼는데/아해들 무에 좋은지 이리저리 뛰놀고(點景)"처럼 푸른 색채감과 밝은 시상, 그리고 산촌 풍경을 격조 있고, 또 구태舊態를 벗겨 읊어낸 작품들은 높이 평가해도 결코 지나침이 없다.

3) 시적 감응과 시인의 소임

시적 상상력은 수동적인 사물과 능동적인 정신을 결합하는 매개적 정신능력(the intermediate)의 범주로 해석되어진다. 비록 사물의 재해석을 위한 발상으로 사물의 은유적 재구성이라는 그의 시적 포즈는 직면한 대상에 몰입한 결과물로서 형태, 색깔, 감각 등의 속성들을 상반균형의 시적 형상화로 풀이된다. "뒤뜰에 심은 과 곱게도 피었고나/포기포기 탐스럽고 송이마다 산듯하니/어머님 즐기시든꽃 옛생각이 새롭네(과꽃)" 자신의 어머니를 여읜 지 15년이 되는 가을, 뒤뜰에 만개한 과꽃을 보며 모친에 대한 감회를 눈물 속에서 담담하게 읊조리고 있다. 김오남 시조시인의 정신풍경에서 감지되는 매력은, '조금은 천천히'라는 느림의 미학에서 비롯된 여유로움이다.

우리는 절박한 상황에서도 당시의 어떤 시인에 견주어 독자적으로 주지적인 세계를 갈마들면서도 미적주권이 확립된 서정성을 독자적으로 확보하여, 구속으로부터의 정신적 자유로움을 발아시킨 투명한 시의식의 연결고리는 삶의 성찰을 통한 고뇌의 정수(core)로 이해할 수 있을 것이다. 자연을 대상으로 이미지를 형상화한 시각에서 접근하면 그의 시조, 곧 정치精緻한 언어의 떨기는 1수로 정리된 평시조 〈설산〉에서 놀랍게도 '은반인 양 깨끗한' 물아일체物我一體의 자연친화로 먼 산의 풍광마저 성큼 다가서는 정조를 자아내고 있다.

만산에 쌓인눈이 깨끗하기 끝없는데
아득한 적요감은 무덤우에 무겁구나
송림의 슬피우름을 함께울다 가노라

- 〈설산〉 전문

특히 물상에 대한 섬세한 정감은, "피엿다 스는꽃이 분분히 덧는곳에/그모양이 애처러워 발길을 멈추노라/지나간 한때청춘을 낙화에다 비기네(落花)"로 형상화 된 '낙화'는 피었다 한 순간 스스럼 없이 이울고 떨어지는 꽃의 생리를 인간의 눈부신 아름다움의 정수精髓인 청춘에 빗대어 읊은 단형의 평시조다. 꽃의 피어남과 꽃잎의 떨어짐이나 인간의 나고 죽음의 반복에서 기인한 순환 원리는 동일하다. 그간에 시어詩語의 사용에 한문 구어를 구사함으로써 의고적 분위기를 시도한 점이 고시조의 모방과 답습이란 관용적 어투를 탈피하지 못했다는 지적이 제기되기도 하였으나, 작품의 문학성은 시대와 사회적 환경에서 생성된 정신적 산물임을 긍정할 때, 마땅히 그 시대의 잣대로 평가하고 그물망으로 건져 올려야 할 것이다. 따라서 그간에 그의 작품에 대한 평자들의 "현대적 감각의 분위기는 결여된 채 단조롭고 무미건조한 특성을 보이고 있을 뿐이다."라는 고정된 견해는 후기시조집에 해당하는 『心影』, 『旅情』에서 인생 문제에 초점이 맞춰진 점은 충분히 고려되어야 한다.

비교적 초기의 시조에서 작중 화자(persona)는 보편적으로 부귀영화를 버리고 세상 일을 잊으려는 관념적인 어휘가 빈도수 높게 차용되었고, 작중 화자의 태도 또한 도가적 관념세계와 자연의 감흥이 안일한 발상법과 상식적 틀로 일관된 점이 작품의 저질성으로 지적되기도 한다. 그나마 후기에 그의 시의식은 초기작품에 수용된 작중화자의 태도는 인생문제에 대한 패턴으로 이행되고 자연 순응주의적인 도피적·소극적 자세는 점차 변형의 조짐을 보여주고 있다. 일제강점기의 절대적 빈곤을 중심으로 소외된 자의 고통 분담에 의한 공동체 의식은, 김오남 시조에 수용된 폭넓은 사회인식의 보편성이다. 이 같은 사회인식에 대한 천착穿鑿은, 자연과 인생관조에 짙게 드러진 결과로 우리 현대시조의 양상에 비추어 특이성과 대담성으로 평가되기에 족하다. 까닭에 시조의 내용, 범주를 보다 확장하고 또 그에 의해 창작된 시조의 양적인 공과는 재론될 충분한 의의를 지닌다.

특히 정영자의 〈김오남의 시조연구〉의 다음과 같은 주장은 그의 시조를 이해하는 키 워드에 해당한다. "대부분 낮은 톤으로 우울함과 비탄을 노래하고 자연을 읊은 그 밑바닥에는 인생의 무상함을 짙게 깔고 있다. 김오남은 우리 문학사상 시조문학의 저변확대에 한 몫을 담당한 시조시인이다. 이러한 사실에는 400여 수나 되는 많은 작품 수에 비해 한계성 또한 지적되지만, 전통계승의 입장을 지향한 작가라는 점은 긍정적으로 평가되어야 한다." 물론 그의 시조 세계는 소통의 통로가 자연과의 합일, 교감을 통하여 자신의 심경을 토로하고 무한한 자연의 영속성과 유한적인 인생의 허무감을 형상화 하면서 동양적 정조의 분위기와 순응주의를 접목시킨 경향은 간과치 말아야 할 것이다.

 "추풍에 덧는잎이 그리도 처량코나/인생의 마지막을 저에다 비기노라/꽃이냐 허무이랄까 애수에만 잠기네(낙엽)"에서 생의 무상함을 노래하고 영탄조로 처리한 것은 그것을 초극하려는 의지보다 숙명으로 간주하려는 무상과 체념조의 분위기에서 비롯된 조짐으로 해석된다. 형식면이 다소 의고적이며 한문 투의 사용과 고시조의 답습이 진부함과 함께 우리말의 숨결을 살리지 못한 한 계점의 노출은 부정할 수 없지만, 긍정적 관점에서 전체적으로 통합의 타당성 또한 배제할 수는 없다.

 일단, 임은이의 「김오남 연구」에서 "형식과 내용 면에 있어서 개성적인 시조를 쓰지는 못하였다. 하지만, 그는 1930년대 우리 민족의 비참했던 삶을 사실적으로 표출함으로써, 사회의식과 서민의식庶民意識을 진솔하게 나타냈다는 점에 있어, 여류시조문학사 상에 선구적 역할을 담당한 여류시조시인으로 평가된다."고 반증하였듯이 다시금 지식 배경(스키마)으로 남겨 김오남 시조시인의 존재와 의미성을 간과치 말아야 한다. 그 같은 연유는 격앙된 어조나 냉소의 미소를 머금지 않으면서도 항시 혈흔血痕같은 자신만의 시적 상상력을 통해 작품의 형상화에 열중한 따뜻한 시혼의 소유자이기 때문이다. 이제 서정적 미감에 의한 미적주권의 확립에서 확인되는 시적 수사와 기교의 단순성은 담백한 까닭에 친화력을 안겨준다. 이처럼 내면인식의 심화 속에 유추되는 그만의 정신세계는 시적 흥취와 순수한 시혼을 위해 눈부시게 빚어내고 투망으로 건져 올린 담백한 생산물로서 그만의 특유한 개성, 냄새, 집념으로 채색한 자연의 숨결에 해당한다.

문제의 제기로 독자적이되 차별화된 시적 토양을 조성하기 위해 몰두하며 지속적으로 정진한 김오남 시조시인의 빛난 시학은 뒤늦은 감이 있지만 재평가되어야 한다. 비정한 지식·정보화 사회에 몸담은 우리는 흘러버린 시간에 지나치게 집착하지 말아야 함은 물론이지만, 인식의 오류에 관해 생산적으로 비판하되 홀로 있기(思惟)의 시간을 가져야 한다. 따라서 김오남 시조시인의 창의적인 결과물을 통해 자의식에서 비롯된 즉물적, 전체적, 정의情意와 지성의 종합, 객관적 특성을 분할·통합하도록 따뜻한 시선으로 응시하며 모색하여야 한다. 아울러 그간의 낡고 고루한 고정의 인식에 끈을 놓고 다시금 변형에 몰두할 때, 비로소 그에 대한 시사詩史는 새롭게 정리될 것이다.

4. 삶의 잠언箴言과 인식의 전환

1) 언어의 배려와 분별력

절망의 끝이 보이지 않는 암울한 조국의 현상이지만, 2011년 새로운 소망의 한 해가 밝았다. 엄숙한 삶의 현장에서 역사를 다스리는 신은 '위기와 함께 기회의 통로를 열어주고 있다.'는 엄연한 사실을 기억하고, 조금은 더 긍정적 사고로 삶의 처소에서 저마다 최선의 노력을 다하여야 할 것이다. 까닭에 신에게 드리는 간절한 기도는 감동을 회복하는 일상에서 밝은 심성으로 치졸稚拙하거나 과시하지 않으면서도 소외된 이웃을 향해 서로의 경계를 몸소 허물어야 할 일이다.

일찍이 그리스의 비극작가인 소포클레스가 "그대가 헛되이 보낸 오늘은 어제 죽어간 자들이 그토록 살고 싶어 소망하던 내일이다."라던 말의 의미를 되새기며, 보다 따뜻한 영혼을 소유하고 사랑의 언어로 깊은 마음의 상처를 치유治癒하여, 모진 추위 속에서도 정금의 햇살처럼 축복된 삶의 지평을 열어 누군가에게 버팀목이 되는 나눔의 행위를 저마다 솔선하여 실행할 일이다. 특히 생명에 대한 외경심이 강하게 도전을 받는 현실적 정황에서 종군기자로서 『한국전쟁』(1951)을 간행하여 풀리쳐 상을 수상한 마가렛

히긴스의 보도문 중에 참혹한 전장에서 그 혹독한 추위와 기아에 허덕인 미병사의 "give me tomorrow."라는 강한 삶의 욕구는 못내 가슴을 저리게 한다.

도전과 실험정신에서 비롯되는 일념으로 언젠가 이름모를 낯선 항구에 닻을 내리고 정박하여야 할 우리의 삶이지만, 상식이 통하는 밝은 미래사회를 향해 항해를 지속하여야 할 이 땅의 정신작업에 종사자인 문인들은 신뢰감 없이 떠벌리는 거창하고 과장된 약속과 계획에 앞서 언어에 대한 분별력과 타인에 대한 배려로 사무엘 고들립이 자폐증을 앓고 있는 외손자 『샘에게 보내는 편지』에서 "인간은 네모나게 태어나 둥글게 죽는다."라는 서술처럼 푸른 생명의 언어를 좋은 인간관계를 맺는 도구로 사용하여야 할 것이다. 항시 서로의 자존감을 존중하며 철저하게 물의 생리生理를 닮아 저마다 맑은 영혼을 소중하게 인식하는데 주의집중하며 덕을 쌓고, 말하기보다 듣기에 열중하며 칭찬과 격려에 인색하지 않는 삶의 지혜를 깨닫고 창조질서를 세워나가는 일에 열중하여야 한다.

"봉사와 선한 일을 생각하거나 보기만 하여도 마음이 착해지고, 우리의 육신도 영향을 받아 신체 내부에서 바이러스와 싸우는 면역물질 lga가 생겨 질병을 이겨낼 수 있다."는 하버드 의과대학 보고서에 의한 테레사 효과(Teresa effect)는 모파상의 단편 〈한 오라기 끈〉에 대한 교훈과 대비가 된다. 마더 테레사가 그의 저서 『따뜻한 손길』에서 "그대에게 주어진 모든 사랑, 그대가 세상 곳곳 주위에 심어 놓은 모든 기쁨과 평화를 하느님께서 그대에게 돌려주시기를 빕니다."라는 견해를 천명하여 충격적으로 신선한 감동을 안겨주었기에 우리는 감미롭고도 따뜻한 감성으로 행복할 수 있다. 따라서 '오늘에 배움은 내일의 지식이 되고, 오늘에 경험은 미래의 추억이되지만, 오늘의 분노가 내일의 후회가 됨'을 기억하여야 한다. 모름지기 '지나쳐온 과거는 역사이며, 다가올 미래는 꿈이지만, 우리가 몸담고 있는 현재는 선물이기에 "치열한 전쟁 중에 잠시 투구를 벗어 놓고 작은 교회당에서 감사의 기도를 드리는 시간이 내 인생에 행복한 시간이었음"을 고백한 나폴레옹의 기도문처럼 항상 생명을 허락한 창조주께 감사할 일이다.

2) 인식의 전환과 긍정적 사고

지난 해인 2010년 4월, 고향의 산자락에는 늦은 봄 눈이 나렸다. 강의실로 향한 어느 누구도 밟지 않은 눈밭을 거닐다가 문득 서산대사의 법문을 되뇌인 적이 있다. "아무도 밟지 않은 눈길이라도 함부로 마구 걷지 말아라. 그 발자국은 누군가 뒤에 오는 이의 이정표가 되느니라." 그렇다. 소중한 삶의 일상에서 감동의 회복을 소망하며 절대자를 향해 항시 영혼의 창문을 열어놓고 '보다 천천히'라는 미끄러짐의 시학을 축으로 삶의 황혼을 만보漫步하는 내 자신의 눈물로 드려지는 정신풍경 속에는 메리 스티븐슨(Mary Stevenson, 1922-1999)의 〈모래 위의 발자국(Footprints In The Sand)〉이 기억에 자리해 있기에 삶은 더없이 존엄한 것이다.

인생의 마지막 장면이 비쳤을 때 그는 모래 위의 발자국을 돌아보았습니다. 그는 자기가 걸어 온 길에 발자국이 한 쌍밖에 없는 때가 많다는 사실을 알아차렸습니다. 그때가 바로 그의 인생에서는 가장 어렵고 슬픈 시기들이었다는 것도 알게 되었습니다.

그것이 몹시 마음에 걸려 그는 주님께 물었습니다. "주님, 주님께서는 제가 당신을 따르기로 결심하고 나면 항상 저와 함께 동행하겠다고 하셨습니다. 그런데 지금 보니 제 삶의 가장 어려운 시기에는 한 쌍의 발자국밖에 없습니다. 제가 주님을 가장 필요로 했던 시기에 주님께서 왜 저를 버리셨는지 모르겠습니다."

주님께서 대답하셨습니다. "나의 소중하고 소중한 아들아, 나는 너를 사랑하기 때문에 너를 버리지 않는다. 네 시련과 고난의 시절에 한 쌍의 발자국만 보이는 것은 내가 너를 업고 간 때이기 때문이다."

우리에게 주어진 삶의 시간은 강물처럼 흘러가 다시는 돌이킬 수 없다. 그것은 유한적인 삶에 있어 오마를 이븐의 지적 〈우리 인생에 돌이킬 수 없는 네 가지(쏘아버린 화살, 흘려버린 시간, 뱉어 버린 말, 놓쳐버린 기회)〉는 결코 돌이킬 수 없는 대상이다. 미국의 대법관을 역임한 프랭크 후트는 교수의 소임은 "피교육자인 대학생들에게 미래의 밝은 꿈을 심어주는 것임"을 역설하였다.

모름지기 이 땅의 정객들도 이제는 국가 관리 차원에서 더 이상의 정쟁을 끝내야 하고, 상생의 틀에서 대립과 보복보다는 생산적인 정책대결로 보다 합리적인 정치 토양 조성을 위한 상생의 해법을 모색하여야 한다. 비록 밝은 미래가 예견되지 않은 암울한 시간대일지라도, 정신적 탈진(burn-out)을 치유시켜주는 발상의 전환에서 비롯된 깊은 자성의 시간이 국가적으로 절실히 요청된다. 위기의 시대를 살아가는 생의 비법은, '보다 천천히 미끄러짐의 미학'을 통한 건강하고도 넉넉함으로 창출되어야 한다. 경험론자인 베이컨의 "사람이 무엇을 해야 하느냐의 문제가 더욱 중요하다."는 지적처럼, 국민적인 무력감에 사로잡히는 좌절감은 결코 위기를 극복하는 지혜로운 삶이라고 말할 수 없다.

소중한 일상에서 건강한 정신활동은 높은 이성적인 자유 인간을 창조하는 행위이기에, 이 같은 힘겨운 상황에서 자신의 결의를 촉구하는 비장한 집념이 없으면, 결코 진정한 자유를 향유할 수 없다. 목숨의 바다 위에서 날아오르는 새처럼 처절한 날개 짓으로 비상하려고 역경의 파도와 바람을 온몸으로 맞던 젊음의 한 때를 돌이키며, 저마다 절박한 삶에서도 오로지 설정된 좌표를 향해 열정적으로 바람보다 빠르게 질주하여야 한다. 까닭에 노만 핀센트 빌의 적극적 사고 방식에 의한 '시적 치유'의 교시적 의미를 통하여 한 순간 분노가 치솟아 오를 때, 감미로운 시나 아름다운 추억을 떠올리면 마음에 평정을 얻을 수 있음을 다시금 깨달아야 할 것이다.

이제 황량한 겨울 바닷가를 거닐며 인간은 자신의 흔적을 남기는 존재이기에, '얼굴 없는 바람이 온몸으로 해변에 부딪치는 처절한 현상'을 주시하면서 진정한 문인이라면, 최소한 '2~3%의 염분'이 오염된 바닷물을 정화 시키듯 언어공해가 심각한 현대후기사회에 몸담고 있는 비공인된 입법자로서의 시대적 소임을 엄숙하게 수행하여야 하고, 진정 이 땅의 '극소수 정신문화의 창조자로서의 존재감 확장'을 새로운 한 해를 맞으며 다짐하여야 한다.

우리는 치열한 지식·정보화 사회, 삶에 대한 외경심을 상실한 시대에 몸담고 있다. 모름지기 삶에 대한 존엄성을 회복하기 위해서는 반드시 분명한 좌표를 설정하여야 한다. '자살'을 반대 시점에서 주시하면 '살자'가 되고, 'godisnowhere'라는 어휘를 'god is now here, god is no where'로 또는 dream is no where or dream is now here'로 구분 지을 수 있듯이, 긍정적 사고와 인식은 또 다른 의미와 가치를 부여한다. 그 까닭은 긍정적 사고와 언어 행위는 무한한 능력을 지니기 때문이다. 긍정적인 사고는 영혼을 살찌우는 보약이기에 우리의 삶에 부, 성공, 즐거움과 건강을 동시에 소유하게 한다. 반대로 부정적인 사고는 영혼의 질병이며 쓰레기며, 절망의 요인이다. 이는 부, 성공, 즐거움과 건강을 밀어내고 심지어 인생의 모든 것을 상실하게 만든다.

성공학의 대가인 나폴레옹 힐(Napoleon Hill)은 "즐겁고 긍정적인 마음은 사람을 강하게 만들어준다. 긍정적인 마음을 가진 것만으로도 성공의 절반을 가졌다고 할 수 있다."라고 역설하였으며, 린콜(Lincoln)은 "행복해지겠다고 결심하면 행복을 얻을 수 있다."고 하였다. 실제로 심리학자들은 '성공의 80%는 태도와 개성으로 결정된다.'고 주장한다. 다행히 인간은 신으로부터 '의지의 선택'을 허락받은 까닭에 행복한 인생을 경영하기 위해서는 매일 어떤 태도를 취할지 스스로 결정하고 선택할 수 있다.

어느 심리학 교수가 몸담았던 40년 간의 강단생활을 통하여 자신이 배출한 제자 중에 비교적 성공한 이들의 〈걸음걸이 빠름. 항상 앞자리 선택. 시선을 집중시킴. 항상 웃고, 모든 일에 긍정적이었음〉을 5가지로 언급하여 주었듯, 우리에게는 최소한 '꿈을 이루는 언어습관'이 무엇보다 중요하다. 언어는 행복의 문을 여는 중요한 열쇠다. 두뇌는 자신이 말한 언어를 의식 속에 넣어 자신의 인생에 반영시키는 시스템으로 이루어져 있다. 행복한 인생을 실현하기 위해서 긍정적 언어를 의식적으로 선택해서 사용하는 습관의 중요성(사토 토미오, 『당신의 꿈을 이루어 주는 미래 일기』)을 심리학자들은 '감정의 95%는 그 순간 마음을 스쳐가는 말에 의해 좌우된다.'고 지적하고 있다.

특히 긍정적 암시는 삶의 동력이 된다. 영국의 정신분석학자인 J. A. 하트필드는 『힘의 심리』에서 자신에 대한 긍정적 암시의 위력을 발휘할 수 있는지 실험을 통해서 다음과 같이 증명하여 주었다. 악력계握力計를 사용해서 정신 암시가 완력에 미치는 영향을 세 사람의 남자를 통해 실험하였다. 보통의 상태에서 그들에게 힘껏 악력계를 쥐게 했다. 그들의 평균 악력은 101파운드였다. 다음에는 최면술을 걸어 '당신은 참으로 약하다'라는 암시 후에 재었더니, 29파운드로 보통 힘의 3분의 1 이하였다. 세 번째 '당신은 강하다'는 암시를 준 후에 재었더니, 평균 악력이 무려 142파운드에 달했다. 이처럼 마음이 '강하다'는 긍정적인 관념으로 인하여 그들의 체력이 무려 50%나 증가한 것이다. 이 같은 마음가짐(dream!)으로 하루를 시작하여야 한다.

또 하나의 현상으로 긍정적인 사람은 항상 희망적이다. 항상 어려움 앞에서도 긍정적인 사람들은 '나는 할 수 있어! 잘 해 낼거야!' 라고 생각한다. 그런 자신감은 에너지를 샘솟게 하고 안 될 일도 되게 한다. 그들은 항상 가능성을 보고 더 노력하기 때문에 부정적인 사람보다 앞서 갈 수밖에 없다. 긍정적인 사람은 인생이라는 경기를 시작할 때부터 100미터 정도의 보너스를 미리 받은 셈이다. "대학 졸업 후 미국에 왔을 때, 나는 내 인생에서 가장 중요한 선택과 결정을 했다. 바로 긍정적인 사고방식과 태도로 살기로 한 것이다."(전신애(전 미차관보),『너는 99%의 가능성이다』)

반면에 부정적인 사람은 "잘 안될 거야!", "자신이 없어!" 또는 "죽겠어."와 같은 말을 입에 달고 산다. 부정적 회의감은 상대적으로 에너지를 감소시킨다. 부정적인 사람들은 세상의 어두운 면을 보지만, 긍정적인 사람들은 세상의 밝은 면을 먼저 응시한다. (양지와 음지의 토끼-양지의 토끼 '아사餓死') 진정으로 낙관적인 사람은 문제를 인식해도 해결책을 찾아내고, 어려움 앞에서도 극복할 수 있다고 확신한다. 윌리암 아서 워드의 '항상 긍정적인 상황을 강조하고, 최악의 경우에 맞닥뜨려도 최선의 결과를 기대하고, 불평할 근거가 있어도 미소 짓기로 작정한다.'라는 교시적 가르침은 기억하여야 한다.

또 하나 간과하지 말아야 할 것은, 말이 갖는 세 가지 힘에 대한 인식의 필요성이다.

① 각인력刻印力 : 대뇌 학자는 뇌세포의 98퍼센트가 언어의 지

배를 받는다고 발표하였다.("나는 위대한 일을 할 수 있다. 나는 내부의 위대한 가능성을 간직하고 있다. 내겐 아직도 발휘되지 않은 가능성이 있다.")

② 견인력牽引力 : 말한 내용은 뇌에 박히고 뇌는 척추를 지배하고 척추는 행동을 지배하기 때문에 말은 뇌에 전달되고 행동을 주도한다.

③ 성취력成就力 : 자신이 하고 싶은 일을 종이에 써서 그것을 반복해서 읽는 동안 동기부여가 되었다. "할 수 있다"라고 외칠 때 자신감이 생기고 가능성이 발휘된다. 발상을 전환하면 감정이 조절된다. 보통 사람 같으면 '불행'이 될 일을 긍정적으로 생각해서, '행복'으로 전환시킬 줄 알았던 사람이 크산티페의 남편인 소크라테스였다. 천성적으로 그는 어떤 악조건 속에서도 행복의 기회를 발견할 줄 아는 긍정적 발상의 주인공이었다.

3) 사유와 발상의 전환

이해를 돕기 위하여 발상의 전환에 의한 구체적 결과를 검토하여 보기로 한다. 먼저 '장미꽃의 아름다움과 가시'에 대한 예시이다.

① 두 소년이 포도를 먹고 있던 중 한 소년 "포도 맛이 좋은데!" 그러자 다른 소년은 "그래 맞아, 그런데 웬 포도씨가 이렇게 많아?"

② 정원을 거닐다가 한 소년은 "야, 정말 아름다운 장미꽃이구나!" 또 다른 소년은 "그런데 장미꽃은 온통 가시뿐이야!"

③ 무더운 날, 상점에서 콜라를 마시던 중에 부정적 소년은 "이제 반병밖에 안 남았네." 낙관적인 소년은 "아직도 반병이나 남았네." 이처럼 부정적인 시각을 가지고 사는 사람들은 어두운 색 안경을 통하여 세상의 어두운 면을 확대하고 불안·초조로 갈등을 겪게 된다. 그러나 자명한 것은 긍정적인 사람들은 인생의 밝은 면에 집중하여, 쾌활하고 행복해 하며 어려운 환경에서도 감사의 생활을 멈추지 않는다. 모름지기 지금은 하나님의 특별하신 돌보심, 즉 살아 있음에 감사해야 한다. 장미의 가시를 불평하기 전에 아름다운 장미꽃을 주심에 감사하여야 한다. 바로 이것은 견해의 차이다. 이상적인 천국 또한 마음속에 내재된 축복의 처소(공간)이다.

이제 결론에 앞서 "예술에는 국경이 없지만, 예술가에게는 조국이 있다."는 것은 필자의 소박한 지론이지만, 밝은 미래사회를 열어가야 할 정신작업의 종사자인 이 시대의 참다운 예언자격인 문인들은 역사의 정체성을 지녀야 한다. "삶의 잠언과 인식의 전환"으로 다시금 일상에서 인간소외로 항상 고통을 겪고 있는 이웃을 향해 진정한 삶의 멘토(mentor)로서 '무관심은 죄악이라.'는 교시적 가르침을 되뇌이며 모든 현상에 따뜻한 관심을 지녀야 한다. 아울러 안도현의 〈너에게 묻는다〉나 함석헌의 〈그 사람을 그대는 가졌는가〉라는 시편을 기억할 일이다. 모름지기 문화의 지역구심주의의 시각에서 조상의 뼈가 묻혀 있는 향리鄕里에서 살을 부비고 살아가며 따뜻한 감성을 지녀야 함은 물론 동시대의 소외된 계층에 대해서도 사랑의 등燈을 밝히는 실체가 되어야 한다.

특히 인식의 변화·발전은 구조나 제도의 보완보다는 어디까지나 잠재된 의식의 깊은 곳에서 조용한 내발적 변화로 이행되어야 비로소 의미 있는 정신작업을 수행할 수 있다. 이처럼 부담없이 누군가 등을 기댈 수 있는 버팀목이 되어주는 셸 실버스타인의 『아낌없이 주는 나무』나 김병규의 『백 번째 손님』을 통해 확인되는 일상적 감동의 회복은 실로 의미가 큰 것이다. 까닭에 자랑스런 이 땅의 모든 정신작업의 종사자들은 "문화의 바람개비 운동"을 지속적으로 펼쳐나가야 함은 물론하고, 겨레의 혼이요, 문화며, 역사인 모국어에 대한 소중함을 항시 기억에 새겨두어야 한다.

현상적으로 물질보다 생명적인 것을 창출하는 문학인들은 보다 상상력을 확장하여, 자신이 생존하고 있는 시대와 공간에 지대한 관심을 지녀야 한다. 이 시대의 당당한 예술인으로 법정 스님의 유언문遺言文처럼 "내생에도 다시 한반도에 태어나고 싶다. 누가 뭐라 한대도 모국어에 대한 애착 때문에 나는 이 나라를 버릴 수 없다."

모름지기 우리는 저마다 죽어 없어지지 않을 모국어로 영혼을 노래하는 소중한 시대적 소임을 다하여야 한다. 기실 닫힌 세계에서 열린 세계로 정진해야 할 이 시대의 우리는 보다 높은 자유와 지성, 그리고 진정한 세계의 성숙한 문화시민으로서 처해 있는 자리에서 세계고世界苦를 지니고 엄숙한 작업을 수행하여야 한다. 아

울러 어디까지나 소통의 도구로 한 언어에 대한 분별력과 넉넉한
마음씀, 그리고 삶의 현장에서 깊은 배려를 통한 공동의 관심사
는, 하찮은 일상에 있어 감동의 회복을 위한 맑은 영혼과 시선視線
의 섬세함에서 비롯된 인간소외의 지속적인 경계 허물기임을 유
념하여야 한다.

5. 위기의 극복과 삶의 예감叡感

우리가 몸담고 있는 지식·정보화 사회는 실로 독서가 필요한 시대이다. 이케다 다이사쿠는 그의 저서 『인생초』에서 "한 권의 책속에 하나의 세계가 있고 여러 가지 인생이 있다. 사람이 실제로 체험할 수 있는 인생은 하나 밖에 없지만, 독서는 온갖 인생의 체험을 가르쳐 준다. 독서가 삶을 풍요하게 만드는 것은 이 때문이다."라고 술회하였다. 이 같은 시각에서 스카치 폴이 '예리한 메스로 상처낸 부위를 잘라내고 토막내며 현미경으로 확대해 보라.'는 자연주의적 발상은, 삶의 일상에서 직면하는 현상에 관해 주의 집중하되 예리한 눈과 사고력을 지닐 것을 교시한 경고이다.

참으로 잔인했던 지난 3월의 마지막 한 주는, 천안함 침몰 사건으로 나라 안팎이 비통함을 공감한 불행한 시간대였다. 다시금 국가의 발전과 국민적 통합을 절감하던 그날의 교훈을 경시하거나 망각하지 말아야 할 일이다. 이상 기후 속에서도 이마를 마주한 산자락이 만산홍엽에 물들던 퇴락의 계절이 어느덧 겨울 초입에 들어섰다. 아직도 울분이나 격정은 비록 꼬인 실타래처럼 풀리지 않는 사회 현상으로 암울하지만, 이제는 잠시 접어두기로 하자. 한쪽 문이 닫혀도 어느 곳인가에 열린 또 하나의 문이 자리해 있듯이 '역사의 신은 위기와 기회를 허락하기'에 불확실한 시대적 상황이지만, 저마다의 망설임 없이 새로운 각성과 결집력, 그리고 건강한 비판정신으로 하나 같이 밝은 미래의 사회를 만들어가는 소중한 작업에 처해 있는 공간에서 하나 같이 열정을 쏟아야 한다.

특히 그 어느 때보다 사회 지도층에게는 높은 도덕성과 물질보다 정신의 소중한 가치에 대한 인식과 문화에 대한 안목의 확장인 '노블레스 오블리즈(Noblesse oblige)'에 대한 이해가 더 없이 요청된다. 물론 노블레스 오블리즈에 대한 역사적 배경은 주지할 바이지만, 잠시 그 기록물을 옮겨 보기로 한다.

14세기 백년전쟁 당시 영국군에 포위를 당한 프랑스의 도시인 칼레는 1년 남짓 전력을 다하여 영국군의 거센 공격을 막아내지만 더 이상의 원병을 기대 할 수 없는 참담한 현실에 부디치게 되었다. 절망적인 상황 속에서 결국 칼레의 시민은 항복을 자처하게 되어 영국왕 에드워드 3세에게 자비를 구하는 항복 사절단을 파견하게 되었다. 치열한 전쟁을 통한 승자의 항복 조건은 다음과 같았다.

"모든 칼레 시민의 생명은 보장되지만, 누군가 그간의 항거에 대한 책임을 져야 한다. 그 조건으로 이 도시의 시민 중 최소한 6명은 처형을 당해야 한다." 무거운 침묵 뒤에 광장에 모였던 칼레의 시민들은 순간 생사의 문제 앞에서 혼란에 빠지게 되었다. 바로 그때 "내가 그 여섯 사람 중 한 사람이 되겠소."라며 자리에서 주저함 없이 일어선 사람은 바로 이 도시의 최대 부호인 외스티슈 드생 피에르였다. 그가 "자, 칼레의 시민들이여. 용기를 가지고 나오시오."라고 음성을 높였을 때, 뒤이어 교수형을 자처한 다섯 사람은 놀랍게도 시장을 포함하여 상인, 법률가 등 부유한 사회 지도층 인물이었다. 다음 날 영국 국왕의 요구대로 칼레의 시민들을 구하기 위해 사형장에 자리한 이들에게 기적처럼 임신한 영국 왕비의 간청으로 인하여 에드워드 3세는 마침내 자비를 베풀었다. 이처럼 당당한 여섯 시민의 용기와 희생 정신은 뒷날 높은 신분에 따른 도덕적 의무인 노블레스 오블리즈의 상징으로 역사의 한 페이지에 마침표를 남겼다.

그렇다. 물질적인 것보다 정신적인 가치는 보다 생명적이다. 이것은 우리가 거역할 수 없이 운명적으로 수용해야 할 역사적인 시련이기에, 한 시대의 격랑을 현실에 안주하여 수수방관하거나, 더 이상 그것으로 인해 좌절하지 말아야 한다. '무관심은 죄악이라.'는 지론처럼 직면하는 현상에 보다 긍정적 사고로 애정과 관심을 지녀야 한다. 우리가 일상적 삶을 통하여 예기치 못했던 막중한 일들로 국가적으로 겪는 총체적 난제는 공동적으로 대처해서 슬기롭게 상황을 풀어나갈 때 위기에 직면한 조국의 미래는 소망이 있다.

우리는 5천년 역사의 맥이 굽이치는 한반도에서 암담한 역사에 터널을 지나쳐 오는 그 시간, 운명의 실타래에 얽매여 너무나 소극적이고 비굴하게 자존감을 상실한 체, 방향키를 상실한 난파선처럼 격랑에 떠밀려 왔다. 이제 자명한 것은 비열한 이기주의로 치닫는 지식·정보화 사회에 몸담고 있는 저마다의 행위를 홀로 있기라는 깊은 사유思惟로 한번쯤 뒤돌아보며 자성의 시간을 지녀야 한다. 이 시간 뼈저리게 절감하는 인간소외의 문제를 극기하는 길은 〈누우

떼가 강을 건너는 법〉을 통한 상생의 소중함을 의식하며 적극적이
고 생산적인 정신자세로 저마다 행동의 주체가 되는 것이다.

이 혼돈의 시대를 살아가는 지성인들은 한순간 거세게 밀어닥
치는 위기적 상황이나 역사적 시련도 '더불어 함께(inter-being)'
라는 공동체 의식에 힘입어 삶의 예지와 민족적인 강인함으로 반
드시 극복하여야 한다. 신은 천지를 창조하면서 인간에게 자유의
지를 허락하였기에, 우리는 보다 더 도전·실험정신으로 저마다
의 시대적 소임을 확인하면서 역할을 분담하여야 한다. 까닭에 깊
은 사고나 분별력이 없이 단순히 자신의 아집만을 고집하고 분별
력 없이 행동하여서는 결코 아니 된다. 필자는 나름대로 감성을
지닌 한 사람의 시인으로서 오랜 날, 모국어의 속살과 항변으로
언어공해의 심각성을 역설하면서도 '공인의 입은 무거워야 한다.'
는 것을 경고하였다.

특히 토론문화가 자리 매김하지 못한 우리네 사회에서 생명적
기호인 언어는 소통의 도구로 사용되어야 한다. 저마다 확고한 삶
의 가치를 지니되 분명한 목적 아래 자신의 의지를 명쾌하게 표출
해야 할 뿐더러, 항시 당위성을 지니고 올곧게 생각하고 행동하여
상식이 통하는 미래사회를 조성하는데 열중하여야 할 것이다. 오
마를 이븐은 '우리의 인생에 돌이킬 수 없는 네 가지'를 제시하면
서 삶의 엄숙함을 경계하였다. 지나치고 흘려 버리기엔 너무나 짧
고 존엄한 삶의 시간대를 예술처럼 아름답게 영위해야 할 이 땅의
정신작업의 종사자들은 문화의 지역구심주의의 소중함을 인식하

며, 상상력의 확장을 위해 항시 후회 없이 살아가도록 삶의 처소에서 최선의 노력을 다해야 한다.

모름지기 언어에 대한 분별력이나 상대방에 대한 배려 없이 무분별하게 쏟아내는 산업 쓰레기 같은 언어공해의 심각성은 상생의 해법으로 지혜롭게 풀어야 할 문제이지만, 더 이상 금속성이며 파괴적이고 동물적인 언어를 자정 없이 쏟아내는 이 땅의 공직자들이나, 국가안보의 위기적 상황에 직면한 현실에서도 대책 없이 상대방을 비방하는 편 가름에 익숙한 정객들의 치졸한 정쟁은 이제 끝나야 한다. 상생의 큰 틀에서 벗어난 비생산적인 당리당략으로 선량한 국민의 정서에 해악을 미치고 국론 분열을 조장하는 편협된 관행이나 조급한 발상은 더 이상 용납되어서는 아니 될 것이다.

그간 필자는 신중한 논의 없이 민족의 혼이며, 역사요 문화인 '국어와 역사를 영어로 가르쳐야 한다.'는 영어교육 정책의 문제로 나름대로 '모국어의 속살과 항변'을 토로하면서 『삶과 문학 그리고 잠언』, 『감성적 삶을 위한 箴言』 등의 저서를 통해, 언어 공해의 심각성을 경고하면서 '생선을 싼 종이에서는 비린내가 나고, 향을 싼 종이에서는 향 묻은 냄새가 난다.'는 지론에 충실할 것과 '푸른 생명의 언어, 풀꽃 같은 식물성 언어'의 사용을 조심스럽게 요청해 왔다.

소박한 필자에게 하나의 바램이라면, '아프리카의 초원에서 아침마다 가젤이 잠에서 눈을 뜬다. 가젤은 제일 빨리 달리는 사자보다 더 빠르지 않으면 죽는다는 사실을 알고 있기에 해가 뜨면

온힘을 다하여 초원을 질주한다. 같은 시간에 아프리카의 초원에서 매일 아침 사자도 잠에서 눈을 뜬다. 사자는 가젤을 보다 앞지르지 않으면 굶어 죽는다는 엄연한 현실 앞에서 그 또한 전력을 다해 초원을 질주한다.' 무엇보다 중요한 것은 그대가 가젤이든 사자이든 해가 뜨면 바람보다 더 빠르게 질주하여야 치열한 현실에서 생존할 수 있다는 것을 기억하고 최선을 다하여야 한다는 것을 항시 기억하여야 한다.

이처럼 이 땅의 기성세대는 분명코 다음 세대를 위해 매사를 신중하게 처리하고 준비하여 자랑스런 정신적 유산을 남겨주어야 한다. '낮은 곳으로 흐르는 겸허성, 깨끗한 투명성, 어울림의 일치성, 그러나 물과 기름의 조화를 거역한 공명정대한 물의 생리'를 배워 매사에 합리적으로 처신하여야 한다. 모름지기 과거는 역사이고, 미래는 꿈이며, 현재는 선물이기에 어질고 순후하며 맑은 영혼을 소유한 이들은 선시의 시구처럼 "쓸쓸하다고 말하지 말라. 바람을 맞고 달을 먼저 볼 수 있다면" 더 이상 나약한 패배주의에 이끌려 속물 근성으로 매사를 숙명적으로 인식하고 변명으로 일관하지 말아야 한다. 생명적인 것은 물질적인 것보다 더 영원한 것이기에 뜨거운 가슴으로 주어진 갈등의 문제를 풀어야 한다.

강물 같이 덧없이 흐르는 세월이지만, 신에게 드리는 절박한 기도는 감동을 회복하는 일상에서 밝은 심성으로 치졸稚拙하지 않으면서 서로의 경계를 허물되 따뜻한 영혼을 소유하고 사랑의 언어로 깊은 마음의 상처를 치유하는 정신적 행위에 익숙할 일이다.

언젠가 이름 모를 낯선 항구에 닻을 내리고 정박하여야 할 우리네 삶이지만, 결코 신뢰감 없이 떠벌리는 거창한 약속에 앞서 타인에 대한 배려는 항시 기억하여야 한다. 까닭에 우리는 동물적 언어보다는 식물성인 푸른 생명의 언어를 좋은 인간관계를 맺는 소통의 도구로 사용하여야 한다. 항시 서로의 자존감을 존중하며 철저하게 물의 생리生理를 닮아 맑은 영혼을 소중하게 인식하는데 몰두하며, 말하기보다 듣기에 열중하고 격려에 인색하지 않는 삶의 지혜로 창조질서를 세워나가는 열중을 조심스럽게 기대한다.

밝은 미래사회를 열어가야 할 이 시대의 참다운 지성인들은 역사의 정체성을 지니되 "위기의 극복과 지혜로운 삶의 잠언"으로 다시금 삶의 일상에서 인간소외로 항상 고통을 겪고 있는 이웃을 향해 진정한 삶의 멘토(mentor)로서 '무관심은 죄악이라.'는 교시적 가르침을 되뇌이며 직면하는 모든 현상을 따뜻하게 응시하여야 한다.

모름지기 문화의 지역구심주의의 시각에서 조상의 뼈가 묻혀 있는 향리鄕里에서 살을 부비고 살아가며 따뜻한 감성을 지녀야 함은 물론, 동시대의 소외된 계층에 대해서도 사랑의 불을 짓 피는 실체가 되어야 할 것이다.

아울러 변화·발전은 구조나 제도의 보완보다는 어디까지나 잠재된 의식의 깊은 곳에서 조용한 내발적 변화로 수행되어야, 비로소 의미 있는 정신작업으로 이행된다. 이처럼 부담 없이 누군가 등을 기댈 수 있는 버팀목이 되어주는 일에 더 이상 인색하지 말아야 한다. 결론적으로 문화예술에 종사하고 있는 자랑스런 예언자적인 이 땅의 모든 문인들과 특히 존귀한 삶의 일상에서 생명외경의 엄숙성을 깨닫고 있는 충직한 독자들에게 거는 소박한 필자의 바램은 넉넉한 마음 씀과 깊은 사유, 그리고 삶의 현장에서 지녀야 할 관심은, 어디까지나 하찮은 일상에 대한 분별력과 배려로 인간소외의 경계 허물기를 반드시 수행하여야 한다.

또 하나 평생을 고향의 산자락에 머물며 살아온 필자에게 아직도 진행 중인 일이긴 하지만, 40대 후반의 다양한 직업군에 종사하는 후배들의 순수한 집념에 떠밀리어 함께 고뇌하며 기획하고 있는 근간에 조금은 보람되고 의미 있는 사업에 몸담고 있는 일이다. 그것은 2번의 실패로 인하여 선량하고 우직한 강원도민들에게 깊은 상처와 충격을 안겨준 동계올림픽 유치에 세 번째의 도전을 시작하였다.

까닭에 금년 7월 6일 남아연방공화국의 더반에서 행하여질 2018년 '동계올림픽' 개최지 확정을 위한 「강원도민대합창」의 어울림을 통한 지속적인 문화예술의 행태의 새로운 접목으로 평화를 사랑하는 인류의 온기를 함께 불러모아 얼어 붙은 장벽을 녹여내는 일이다. 2월에 동계올림픽 실사단이 평창의 알펜시아와 강릉빙상경기장을 방문을 끝낸 뒤, 5월에는 서울 광화문 광장과 알펜시아, 미국 뉴욕의 링컨센타의 광장 등에서 10만명의 합창단이 동원된 이벤트성 행사를 위한 국민 통합을 위한 대합창을 기획하고 이 일을 이끌어내기 위하여 당당함과 긍정적 사고로 부딪쳐 보고 있으나 조금은 모험이 따르는 어려운 일이기에 강원도민의 관심이 더없이 요청된다.

지난 1월 2일에 〈2018평창동계올림픽〉 유치를 기원하는 강원도민대합창제의 예술감독을 박칼린(호원대) 교수가 맡기로 하는 등 알펜시아리조트에서 '합창으로 여는 더반의 승리'라는 주제로 워크숍을 갖었다. 한편 지난 해 11월 29일 강릉시청 대강당에서 출범한 (사)강원도민대합창은 2018평창동계올림픽 유치 성공을 위해 강원도민은 물론 전국적으로 합창단을 구성, 동계올림픽 유치에 대한 전 국민의 마음을 묶을 예정이다. 이를 위해 금년 2월 18일 강릉빙상경기장에서 IOC 실사단을 대상으로 2018명의 합창단이 참가해 공연을 끝냈고, 영화 〈하모니〉의 정남규 음악감독이 지휘를 담당하여 신선한 감동을 충격적으로 안겨 주었다.

한편, (사)강원도민대합창은 5월 14일에는 전국적으로 10만명이 올림픽 개최예정지인 평창 알펜시아 스키 점프대와 서울 광장, 뉴욕 광장 등에서 네트워크로 연결돼 부르는 대합창을 전개할 예정으로 기네스북에도 도전하고, 이어 대합창은 7월 6일 남아공 〈더반〉에서도 대망의 퍼포먼스를 실행할 계획이다.

여기에 지난 2010년 11월 29일 오후에 이광재 강원도지사와 지역 단체장 및 6백여 합창단원과 5백여명이 주민들이 함께 한 '강원도민대합창 출범식'에서 이 행사의 준비위원장 자격으로 행한 필자의 개회사를 옮겨 그 의미를 다시금 새겨 보기로 한다.

만산이 홍엽으로 붉게 물들던 계절도, 어느덧 바람이 살을 저미는 겨울 초입에 들어서게 되었습니다. 저는 지난 11월 29일 강릉에서 지역의 28개 합창단과 1천여 명의 도민이 참가하여 강원도민의 하나된 의지로 출범한 강원도민대합창의 책임을 저는 맡고 있는습니다. 먼저 지구상의 유일한 분단국가이며, 분단된 강원도에 몸담고 있는 충직한 이 땅의 지역민들이 눈물겹게도 세번째로 도전하는 2018평창동계올림픽이 반드시 유치되기를 소망합니다.

위대한 악성 베토벤이 신이 창조한 가장 정교하고 아름다운 악기가 사람의 목소리임을 그의 교향곡 〈합창〉을 통해 우리에게 확인시켜 주었듯, 분단의 아픔을 온몸으로 이겨내며 강원도민의 하나된 뜻과 강한 의지, 그리고 불멸의 투혼으로 함께 열창 하는 강원도민의 대합창은 기필코 2011년 7월 6일 남아연방공화국의 〈더반〉에서 '평창 코레아'의 환호성을 지구촌의 하늘 높이 날아오르게 할 것을 확신합니다.

이제 그 감격의 순간을 위하여 인류의 뜨거운 가슴에 평화의 메시지를 전하기 위한 신선한 감동을 충격적으로 안겨주기 위한 순수한 예술행위로 어울림의 한 마당 축제를 준비하면서 'Why we sing, Let it snow, I have a dream, 아리랑' 등을 선곡 또는 편곡하여, 연습 중에 있으며 종교와 연령 및 성별의 차이없이 동계올림픽 유치에 대한 열정을 모아 기필코 꿈을 현실로 바꾸기 위하여 강원도민이 바람보다 더 빠르게 질주하면서 단합된 의지와 지혜로 통일된 조국의 새로운 지평을 활짝 열어갈 것을 조심스럽게 요청합니다.

모쪼록 평창과 강릉의 하늘에 오륜기가 펄럭일 영광된 축제의 그날을 위하여 푸른 생명의 바람 앞에서 목 놓아 부르는 진실되고 소박한 '강원도민대합창'은 2011월 2월 18일 올림픽 실사단의 알펜시아 방문을 기점으로 시작될 것이며, 5월에는 서울 광화문, 알펜시아, 통일전망대 등에서 10만명 대합창단의 장엄한 코러스로 세계인에게 신선한 감동을 선사할 것입니다. 다시한번 강원도의 밝고 큰 미래를 함께 열어갈 소중한 여러분들께 삼가 이 행사를 기획하고 준비하는 구성원의 한 사람으로서 뜨거운 감사와 존경의 인사를 드립니다. 정말 이 자리에 함께 하신 여리분, 고밉고 감사합니다.

6. 배려와 자성自省, 그 시간의 소중함

1) 사랑의 매와 질책

언어학자인 바트겐슈타인은 '말은 곧 행동이라.'고 지적하고 있다. 황홀한 홍엽으로 불타던 산자락에 순은純銀이 빛나고 있다. 그 어느 시간대보다 심각한 경제 불황으로 여유로워야 할 삶의 틈새마저 결빙된 이 단절의 계절에 나름대로 연구실에서 엄숙한 삶의 시간대를 학문의 탐색과 시적 상상력의 확장을 위해 몰두해 온 필자는 미래의 젊은 지성들에게 "날(刃) 푸른 역사인식으로 조국의 미래를 걱정하는 존재가 되라."고 오랜 날 강조하였다. 때로는 어설프게나마 "예술에는 국경이 없지만, 예술가에게는 조국이 있다."는 지론을 자기 최면처럼 반복하여 왔다. 혼돈의 시대를 살아가는 우리들은 거창하게 조국애와 민족애를 떠벌리지 아니 하더라도 문화의 지역구심주의라는 측면에서 일차적으로 조상의 뼈가 묻혀 있는 공간에 대한 애향심과 순수한 영혼을 지녀야 한다.

근간 우리네 주변에서 '언어유희나 남이 하면 안 되고 내가 하여야만 된다.'는 전시효과적인 어설픈 반론이 점차 국민의 의식을 지배하여 온통 편 가르기와 불신감을 증폭시키는 안타까운 현상이다. 평택 미군기지 이전문제를 놓고 주민과 군경이 대치하던 치열한 현상이나, 촛불 시위로 공권력이 무력화 되고 사회정의가 그 가치를 상실한 시대상황은, '우리 사회에 어른다운 어른, 진정 존경할 원로가 없다.'는 여론을 다시금 일깨우고 있다. 그러나 이같은 혼돈 속에서 파국으로 치닫는 국가경제로 절망의 끝이 보이지 않는 암울한 조국의 미래를 걱정하는, 한 사람의 양식 있는 교육자로서 총체적 난국일지라도 사랑의 매와 질책에 대해 심각하게 생각하지 않을 수 없다.

사랑하는 자녀라고 과잉보호하는 잘못된 인식과 생활환경은 버릇이 없는 이기주의적인 성격을 형성케 한다. 특히 사람의 생각은 습관에 영향을 미쳐 자주성을 나약하게 하는 나태함으로 마침내 사회의 패배자, 쓸모없는 인격의 소유자로 전락시키는 결과를 낳는다. 애써 인격이 운명을 만들어감을 강조하지 아니 하더라도, 이 같은 점에 비추어 삶의 지혜를 깨우쳐 주는 우리네 속담 '사랑하는 자식에게 매를 더 대라.'는 교훈적 가르침은 새삼 기억 흔적에 담아두어야 한다. 그것은 다소 엄격한 봉건주의 시대의 자녀교육을 통하여 안도현의 "연탄재 함부로 발로 차지 마라. 너는 누군가에게 단 한번이라도 따뜻한 사람이었느냐.(너에게 묻는다)"라는 시문처럼 주위의 누군가에게 가슴이 따뜻하고 부담없이 등을 기댈 수 있는 버팀목이 되어줄 그 같은 인격의 소유자를 가르치고 육성하여야 하기 때문이다.

인간관계에 있어 상대방에 대한 깊은 배려와 자아의 분별력은 항시 지나침이 없다. 가끔 기억을 되살리는 일화지만, 작은 산사山

ㅑ가 있는 촌가의 어린 소년이 동자승에게 주려고 과자 몇 봉지를 사들고 숲길을 오르는 노스님께 넌지시 이렇게 물음을 던졌다. '큰스님, 5-3은 무엇입니까?' 노스님은 '요녀석 봐라.' 다소 괘씸한 생각이 들기도 했지만, 잠시 주춤하다가 '2지, 왜?'라고 되묻자, 소년은 '그렇게 쉬운 답이라면 왜 물어 보았겠느냐?'라는 어투로 "답을 알려 드릴 테니, 과자 한 봉지 주세요." 라고 하였다. 그리고 그 소년은 "살다보면 많은 오해가 있지만, 상대방의 입장에서 세 번만 생각하면 모든 것이 이해가 되지요." 이렇게 답을 하였다. 그렇다. 세상의 이치란, 오해를 풀어가기 위해서는 상대방의 입장에 반드시 나를 놓아 보는 배려와 분별력이 때로는 필요한 것이다.

이와 같이 '스스로 생각하고 스스로 행동하고 제 발로 서라.'는 임마누엘 칸트의 역설과도 의미가 상통하는 말이지만, 진정 자녀나 제자들이 훌륭한 인격의 소유자로 성장하여 역사의 차륜車輪을 밀고 나가는 위대한 인물이 되어줄 것을 바라는 것이 부모와 스승의 한결같은 기대일 것이다. 비록 삶의 현상을 주시할 때, 점차로 요람搖籃에서 분명 있어야 할 모성母性의 자장가와 영혼의 기도가 점차 사라지고, 제자에 대한 스승의 따뜻한 애정이 결핍되어 가는 것은 실로 눈물겨울 뿐이다. 기실 우리는 소포클레스가 "오늘은 어제의 그들이 그토록 소망하던 내일이었다."는 지적처럼 소중하고 엄숙한 삶의 시간대를 살다가야 할 운명을 지닌 우리가 진정한 삶의 의미를 상실하고 불행하게도 혼돈의 일상에서 진리와 자유를 소유할 수 없다는 것은 실로 가슴 아픈 일이다.

이제 오늘을 살고 있는 기성세대는 참된 용기와 슬기를 지니고 미래를 향해 끊임없이 움직이며, 그 속에서 진실된 것을 생산하고 창조하기 위해, 진정코 미래의 꿈인 2세들의 인격 형성을 위해 보다 더 애씀의 땀과 삶의 열정을 쏟아야 한다. 자녀와 제자에 대한 진정한 멘토(mentor)로서의 관심과 애정을 지녀야 함은 물론, 하나같이 잘한 일에는 격려와 보상을, 잘못한 행위에 대해서는 엄한 채벌과 꾸중을 행하여야 한다.

모름지기 삶은 존귀하며 엄숙한 것이기에 성실과 정직으로 인류 사회의 발전을 위해 사랑과 정의의 빛을 스스로가 밝혀가야 한다. 때로는 자녀와 제자의 잘못을 자신의 잘못으로 인식하는 최소한의 책임감은 물론이거니와 그들의 미래를 위해서 사랑의 채찍과 영혼의 기도, 그리고 요람에서 불려지는 어머니의 자장가는 반복되어야 할 삶의 활력소이며 감동의 인자因子이어야 한다. 또한 한결 같은 국가와 민족에 대한 숭고한 열정과 자신들의 진지한 삶의 일상적 행위가 자녀들에게 반사되는 투명한 거울이라는 사실은 결코 망각하지 말아야 한다.

2) 오만은 비굴함의 표징

세상의 이치란, 현학적인 제시가 아니더라도 매사에 있어 정도程度가 지나치면 넘치기에 우리는 물의 생리를 통해 삶의 교훈을 터득하여야 한다. 우리가 접하는 일상적 삶을 통해서 모든 것에 관심을 지닌다는 것은 곧 내적 충만함을 위해 삶의 일상에 애정을 지니고 있음을 뜻한다. 『파우스트』나 『젊은 베르테르의 슬픔』의 저자로 인류의 시성詩聖인 괴테는, '무관심의 기쁨'에 관해 언급하였다. 이처럼 가정과 직장, 사회에 대한 무관심은 비교적 좋지 않은 결과를 가져오는 요인이 된다. 기실 어떤 자에게는 귀에 거슬리는 지적이지만, 한 사람의 사유하는 존재로서 소외된 계층이나 지극히 하찮은 일에도 공동체 인식을 지니고 상부상조하는 소박한 기대가 시대적 요청이라 하여도 지나침이 없다.

한 때 행정부의 보여주기 시책 - 전국토 공원화 - 으로, 도시 공간에 〈공원公園〉이라는 팻말을 공공연하게 전시적으로 사용한 적이 있다. 인도 옆의 작은 공간에 꽃과 회양목 몇 그루 심어 놓고 굳이 "○○동 공원"이라고 밝힌 행정기관의 행태, 또는 눈살이 찌뿌려지는 양상이지만 정치의 시녀처럼 건강한 정책의 비판 없이 행정부의 일들을 일방적으로 보도하는 언론매체의 종사자나 '대중의 보건시설이나 휴양, 유락을 위하여 시설된 공간'이 공원임을 인식해야 할 지역민들의 무지와 무관심이 한 시대의 방관자라는 사실은 결코 부정할 수 없다. 이 같은 결과는 조급함에서 비롯된 행위인 까닭에 전시행정의 단면을 의도적으로 과시하려는 지나친 행태는 더 이상 용납되어서는 아니 될 것이다.

애써 문화의 세기를 살아가는 성숙한 민주시민으로 '조금은 천천히'라는 느림의 미학의 차원에 있어 교통질서를 지키는 일상에서부터 상대방에 대한 배려나 인간관계에서 발생되는 하찮은 언어습관의 문제는, 반드시 자성自省을 통해 여과濾過되어야 한다. 근자에 이르러 정치권에서 서민의 여론이 가끔 이슈로 제기되기도 하지만, 소외 받는 이들의 부당함이나 노약자, 장애자에 대해 배려가 없는 우리 사회의 이기적인 생활관습은 반드시 시정되어야 할 것이다.

정보화 사회라는 비정한 21세기에서 국가나 기업, 그리고 개인이 살아남기 위해서는 거창하게 의식의 개혁을 떠벌리지 아니 하더라도 모름지기 고정관념(틀)을 깨는 스스로의 혁신을 반복하여야 한다. 가끔 지역의 도로 변에서 구호에 그치는 플랜카드나 홍보간판을 대하면 얼굴 붉어질 때가 있다. 도대체? 무엇이 제일이라는 것인지, 종종 한심스러울 때가 있다. 비록 변모하는 후기산업사회에서 대처 방안도 없이 아집我執으로 일관하는 우둔함이나 까닭없이 허세를 부리는 오만함은 결코 용납되어서는 아니 될 것이다. 특히 지역이기주의에서 비롯되는 철저한 불친절이나, 약자와 소외계층에게 과시하고 군림하려는 소아적인 비굴함에 관하여서 냉정히 숙고할 일이다. 따라서 저마다 풀꽃 한송이 피우려는 진지하고도 단합된 의지와 성숙된 시민 의식을 지녀야 한다.

3) 삶의 예감과 당당함

미국인의 사랑을 받으며 20세기의 위대한 인물로 존경받던 미국의 프랭크 시나트라가 세기의 가수로 절찬을 받은 이유는 그 자신이 노래를 완전히 소화하여 호흡과 가사의 타이밍을 잘 조절하는 재능이 있었기 때문이다. 이 점에 있어 동시대를 살아가는 바바라 스트라이샌드의 창법 또한 마찬가지로 지적할 수 있다. 이처럼 성공과 실패의 양극은 타이밍의 선택과 연계성에 따른다. 피아노의 연주는 물론 스포츠 경기에 있어서 기회의 선택 문제란 매우 중요하다. 몇 년 전 미국의 타임지가 세계를 움직이는 100명의 힘 있는 이들을 선정하면서, 일반적으로 아시아의 스타로 대중의 인기를 주도한 비와 17세의 천재 골프소녀 미셸 위(위성미)를 선정한 것도 이 점과 무관치 아니 하다.

오마를 이븐도 우리 인생에 있어 돌이킬 수 없는 네 가지의 것 중에서 '놓쳐 버린 기회'에 대해 그 의미의 소중함을 일깨워 주었다. 과연 적절한 타이밍은 어디서 오는가? 그것은 바로 당당한 자신감에서 비롯되는 것이다. 우리의 삶에 있어 자신감이 없이는 타이밍을 맞출 수가 없고 당황하거나 두려워하면 모든 인체의 리듬이 깨져 버린다. 이 같은 원리는 일상의 대화에서도 확인된다. 우리가 즐겨 사용하는 "첫 술에 배부르냐."는 격언의 의미를 곰씹어 볼 때, 무슨 일이나 처음부터 만족스런 결과를 거둘 수는 없기에 계속적으로 애쓰고 노력하여야 그 일에 성취할 수 있음을 의미한 것이다. 일반적으로 통용되는 '천리 길도 한걸음부터, 또는 티끌 모아 태산이다.'라는 격언 또한 분명하고 바른 삶의 방향을 정립하되 인내심을 지니고 당당히 운명에 맞서 나아가면, 반드시 내일은 그 일을 하는 과정에 있을 것이라는 교시敎示를 일깨워 주는 것이다.

자신감에 대해서 골프의 신동인 잭 니콜라우스의 유년시절에 관한 일화逸話가 있다. 그의 아버지는 잭 니콜라우스가 그 명성에 걸 맞는 선수인가를 진단받기 위해 골프계의 전설적 인물인 바비 존스에게 꼭 한번만이라도 아들의 플레이를 보아 줄 것을 요청하였다. 마침 그 기대는 이루어졌으나, 잭이 너무 긴장한 탓에 샷을 몇 개 놓치자 자신감을 상실해서 게임이 엉망이 되어 버렸다. 이때 니콜라우스에게 바비가 들려준 충고는 '젊은이, 자신감을 가지게.' 라는 따뜻한 위로의 말이었다. 이처럼 언어는 창조적이면서도 파괴적인 기능을 지니고 있다. 바로 바비 존스의 생명적인 언어가 산 넘어 산이라는 프로의 세계에 놀랍게도 잭 니콜라우스라는 위대한 인물을 탄생시켰다.

『자연에서 배우는 행복의 기술』(흐름출판, 2004)에서 저자(린다·리처드 에어)는 "칭찬하면 고래도 춤을 춘다."라고 제시한 바 있듯이, 미국의 소도시인 알펜스의 한 여인이 불행하게도 반신불수로 오랫동안 침대에 누워 있은 적이 있다. 그녀는 감당하기 어려운 고통 속에서도 자신의 보람된 삶을 위해서 무엇인가 가치 있는 일을 반드시 해야겠다는 집념에서 그림 그리는 일에 전념하게 되었다. 그녀는 알펜스주에 있는 모든 들꽃을 주위의 사람들에게 요청하여 모아오게 하였고, 500여종의 그림을 그렸다. 놀랍게도 들꽃을 섬세하고 생동감 있게 너무 잘 묘사하였기에 하버드 대학에서 이 그림의 매입을 요청해 왔다. 그러자 이 요청을 전하여 들은 알펜스주 당국은 이 같이 소중한 것을 다른 곳에는 보낼 수 없다고 결의하고, 여인이 열정을 쏟아 그린 그림을 모두 구매하여 그 주의 소유로 자랑스럽게 진열하였다.

이 같은 이야기를 통해 우리가 확인할 수 있는 것은 육신의 장애자라고 하여도 결코 삶의 패배자가 아니라는 점이다. 지식산업 사회에 몸담고 있는 대다수 현대인들은 영혼이 피폐할 뿐 아니라, 안타깝게도 삶에 대한 용기를 점차 상실하고 있다. 젊은 나이와는 달리 일에 대한 열정, 끈기와 집념이 없다. 비록 건강한 육체의 소유자이면서도 불행하게 패배감에 사로잡혀 공룡처럼 거대한 이들은 불치의 병에 가슴앓이를 하고 있다.

온갖 고통과 시련을 딛고 모진 추위를 이겨낸 풀꽃처럼, 강인한 정신력으로 좌절과 한없는 패배감을 승리로 장식한 위대한 인간 혼의 승리는 실로 위대하다. 헬렌 켈러, 베토벤, 호메로스와 밀톤, 레나 마리아… 어디 그 뿐인가? 필자가 시집의 해설을 써준 『꽃의 말과 정신풍경』(문예사조사, 2008)의 심상언 시인은 시각 장애인이면서도 깨끗한 영혼의 소유자로 독자들에게 깊은 감동을 회복시켜 주고 있다. 이처럼 역사에 자기 충실의 흔적을 남긴 이들은 용기와 불멸의 집념을 통하여, 신선한 충격을 안겨주고 있다. 까닭에 다시금 우리는 삶의 일상에서 진정으로 가치 있는 일이 무엇이며, 인류의 역사를 주관하는 신이 소중한 생명을 이 땅에 허락하여 주신 까닭이 무엇인가를 예견하고 열정적으로 가치 추구에 몰두하여야 할 것이다.

4) 소망과 생명외경의 존엄성

　희랍의 한 조각가가 신상神像을 조각하게 되었다. 신상의 후면은 절반이 벽속에 들어가고 전면만 밖으로 나오게 되었다. 그런데도 이 조각가는 보이지 않는 후면부터 정성껏 조각을 시작하였다. 옆에 있던 사람이 무엇 때문에 그토록 보이지도 않을 뒷면을 정성껏 조각하는지 까닭을 물었다. 이에 조각가는 '조각을 하기 위해서는 보이는 면보다 보이지 않는 면이 더욱 중요하다.'고 대답하였다. 기실 오늘의 현대사회는 공감각이 중시되는 시대이기에 믿음조차도 감각과 시각으로 파악하려는 많은 이들이 있다. 그것은 마치 십자가에서 부활한 예수의 실체를 확신하지 못해 스승의 옆구리의 창자국과 손바닥의 못자국을 자신의 손으로 만져보고 확인하던 도마의 행위에 빗대어 설명할 수 있다.

　삶의 확신을 지니지 못한 이들은 볼 수 있고 만질 수 있는 것만을 믿으려고 한다. 그러나 우리에게 있어서 중요한 것은 육신보다는 영혼과 양심의 문제의식이라고 생각한다. 일찍이 이방의 사도인 바울은 '보이는 것은 잠간이요 보이지 않는 것은 영원하다'고 성서를 통해 지적하고 있다. 풀의 꽃, 아침의 안개와 같은 인생이기에 아름답고 빛나는 우리의 한날은 가슴 아프게도 풀잎의 이슬처럼 한순간 사라질 것이다. 세상의 온갖 부귀영화란, 한갓 일장춘몽에 불과한 것이다. 때문에 소중한 삶에 있어 일에 대한 정성은 성실과 직결되기에 삶의 향방에 대한 제시, 즉 밝은 미래에 대한 소망은 항시 중시되어야 할 항목이다. '비전이 없는 민족은 망한다.'

라는 이스라엘 예언자의 역설처럼 우리는 운명적으로 역경의 늪에 추락할지라도 최후까지 긍정적 사고로 확신을 지녀야 한다.

화가 왈츠는 〈소망〉이라는 회화로 잘 알려져 있다. 작품의 전모는 둥근 지구 위에 어떤 젊은 여인이 외롭게 앉아 있는데, 앞을 볼 수 없는 그 여인은 가슴에 비파를 안고 있다. 그 비파의 줄은 거의 다 끊어지고 오직 한 줄만 남아 있고, 뒤에는 희미한 별 하나가 반짝이고 있을 뿐이다. 작품 속의 여인은 비파 줄이 한 줄밖에 없음에도 불구하고 아름다운 음악을 연주하려고 한다. 바로 이것이 소망이다. 우리는 허락된 시간대를 살아가고 있으나 되어질 일들에 대해서는 알 수가 없다. 사랑하는 이들이 갑작스런 사고로 삶을 마감하기도 하고, 사업에 실패나 화목한 가정에 불행이 엄습해 오기도 한다. 하지만 소망이 있을 땐 이 모든 것을 능히 극복해 나갈 수 있는 까닭에 성경은 소망을 '영혼의 닻'이라고 언급하고 있다.

따라서 우리는 소망하는 바를 이루기 위해 생명외경의 소중함을 인식하고, 절박한 가운데에서도 항시 참고 기다리는 인내심을 지녀야 한다. 차지에 〈죄와 벌〉, 〈카라마조프의 형제들〉, 〈영원한 만남〉 등 수많은 불후의 고전을 남긴 천재주의 작가인 토스트에프스키이가 체험한 '사형집행 5분전의 소중한 순간'을 떠올리면 감회가 남다를 것이다. 28세의 젊은 나이에 토스토에프스키이는 정치범으로 사형에 처형되게 되어 초조와 공포 속에서 최후의 5분을 남겨두게 되었다. 비록 그 시간은 짧았지만 너무도 소중하였다. 마지막 5분을 어떻게 마감할까? 고민 끝에 그 자신은 이렇게 결정을 하였다.

나를 알고 있는 모든 이들에게 작별 기도를 하는데 2분, 오늘까지 살게 하여준 하나님께 감사하고 곁에 있는 다른 사형수들에게 한 마디씩의 작별을 고하는데 2분, 그리고 남은 1분은 눈에 보이는 자연의 아름다움과 지금 최후의 순간까지 자신을 서 있게 하여준 대지에 감사하기로 작정하였다. 흐르는 뜨거운 눈물을 삼키면서 가족들과 친구들을 생각하며 작별의 기도를 하는 순간, 2분의 시간이 섬광처럼 지나쳤다. 그리고 막상 자신의 삶을 돌이켜 보며 '아! 3분 후면 나의 생도 끝이구나!' 하는 순간, 정말 눈앞이 캄캄하여졌다. 주마등처럼 지나친 28년을 금쪽처럼 아껴 쓰지 못한 일이 한스러웠다. '아! 주어진 인생을 다시 살 수 있다면…' 회한悔恨의 눈물을 흘리는 순간, 기적과도 같이 사형집행의 중지명령이 전달되어 구사일생 목숨을 건지게 되었다. 그 후 토스토에프스키는 사형집행 직전에 주어졌던 그 5분간의 시간을 생각하며, 마침내 생명외경生命畏敬의 소중함을 목숨처럼 절감하면서 인류 역사에 기록되는 열정적 삶을 영위하였다.

7. 모국어는 안녕安寧한가?
– '조금은 천천히와 미끄러짐의 미학'

1) 삶의 지혜와 수분守分의 철학

일반적으로 안녕安寧의 국어사전의 의미는, '아무런 탈이나 걱정 없이 편안함, 사회가 평화롭고 질서가 흐트러지지 않음(public)peace, tranquility, good health)'에 해당한다. 한 때나마 강도 높게 논의되고 있는 사회 현상의 단면적 지적이나 대통령 인수위원회의 해법이 투명하지 않은 "영어 몰입교육, 또는 영어교육의 강화 정책"에 나름대로의 기우로 치부할 수도 있을 것이나 그저 가볍게만 받아들이고 지나칠 수 없어 가슴이 무겁고 답답한 심정이다. 시간이 있을 때마다 소박한 일상의 지론이지만 "무관심은 죄악이라."는 오스카 와일드의 지론을 되씹으면 스키마 현상으로 그 반응은 보다 심각하다.

몇 년 전 UN은 한국정부에 "인종차별이 심한 국가이니 개선하라"는 권고문을 보내온 적이 있기도 하였지만, 지금 우리나라의 통수권자는 서울시장 재임 시에 '영어를 제2의 모국어로 사용하자'는 주장을 했다. 세계화로 급변하는 사회현상에서 서로 간 의사소통이 가능한 공용어를 사용하는 것은 분명 이점이 된다. 물론 이 같은 상황에서 인종차별의 기초에는 한민족의 강한 결속력이 포함되고 있으며 이 바탕에는 자국어自國語가 자리하고 있음은 주지할 바이다. 그러나 〈모국어는 안녕한가?〉라는 논의에 앞서 우리가 직면한 현실은 절망의 끝이 보이지 않아 실로 안타깝다.

구정 연휴가 끝나기 직전인 지난 2월 10일 오후 8시 50분경, 화마로 인해 국보 1호 숭례문이 흉물스럽게 붕괴된 모습을 드러내어 한순간 무너져 내린 민족적 자존심으로 국민들은 참담함을 감추지 못했다. 다음날 오전 횡단보도 앞에서 신호를 기다리던 일부 시민들은 "이렇게까지 처참하게 변했을지 몰랐다"며 한숨을 내쉬기도 하였으며, 소실燒失된 숭례문을 기리기 위한 시민들의 발걸음 또한 끊이지 않았다. 화재 발생 후, 폴리스라인 앞에서 시민들은 폐허가 된 숭례문에 꽃을 바쳤다. 국보를 제대로 관리하지 못한데 대한 시민들의 질책도 질책이지만, 전시행정을 위해 보완대책도 없이 숭례문 개방을 추진한 서울시 당국의 졸속 행정은 비난 받아도 마땅하다. 일부 언론의 보도처럼 조선왕조 5백년의 상징이며 민족의 자존심인 '국보 제1호(남대문)'에 대한 치밀한 문화재 방재시설이나 관리대책을 확보하지 않고 무책임하게 숭례문을 개방한 것은 일부 지도층의 노블레스 오블리즈의 한심스런 작태였다.

일찍이 그리스 최초의 역사학자인 헤로도토스가 〈역사〉라는 그의 저서 서문에서 "역사를 다스리는 신은 오만한 자에게 보복한다."는 점을 인류에게 교시하고 있음은 반드시 기억할 일이지만, 시민들에게 무리하게 보여주려 한 서울시의 선심성 전시행정과 문화재 당국의 무책임에 의해 한국의 자존심이 무너져 내린 비통함은 '오호! 통재, 망극함이다.' 조선조 내방문학으로 의인법으로 처리된 〈조침문弔針文〉에 빗대어 볼 때, 안타깝게도 이 끔찍한 국가적 재난의 일차적 실책이 서울시가 주도하여 숭례문을 철저한 보안대책도 없이 2006년 6월부터 전면 개방한 사실에 기인함은 애써 변명할 필요가 없다.

특히 짜증스러운 것은, 우리말에 '불난데 부채질 한다'는 말처럼 국민들의 울분이 가라앉지도 않은 상황에서 국민의 사회정서를 도외시한 대통령직인수위원회가 화재로 소실된 숭례문을 '국민성금으로 복원하자'는 제안 직후, 논란의 진화에 부심한 해명은 분명 코메디였다. 제안의 본질에 다소의 오해가 있었다고는 하지만, 정치권의 '독재정권 시절에나 있었던 부끄러운 일'이라는 비판의 제기는 물론 국민들 사이의 찬반논쟁이나 연이은 각종 언론보도의 행태를 지켜보면 심히 안타까운 심정이다. 항시 예기치 못한 대형사고 직후, 철저한 진상규명이나 대책의 마련 없이 무책임하고 분별력 없는 경박한 언어행위는 국민의 인식에 혼란을 야기시켰다. 솔직히 사적인 제안이었지만 김영삼 정부가 당시 국민의 합의를 거치지 않고 한 때 조선총독부 건물이었던 과거 국립중앙박물관을 조급하게 철거하였다. 거시적인 차원에서 숭례문 복원 문제도 후대들을 위한 교육의 장으로 일정한 기간 동안 활용하는 방안도 다양하게 검토할 필요성이 너무 분명지만 사전에 충분한 합의 과정도 없이 불쑥 그 대책을 내어 놓는 것은 실로 경박하다고 할 것이다.

2) 민족의 혼魂인 모국어의 소중함

국민의 한결 같은 기대 속에서 새롭게 출범한 이명박 정부를 숨죽여 응시하면 평생을 이 땅의 국어교육에 몸담아 온 한 사람의 국어교육자이기에 앞서 예감의 시인으로서 그 비통함을 억제할 수 없어 가슴 한구석이 저려 옴을 절감한다. 더욱이 방관자임을 사처하며 침묵으로 일관하기엔 예리한 붓끝이 심장 깊이 파고들기에 더 이상 인간적인 고뇌, 설움을 털어낼 수 없다. 정책의 혁신, 물의 효율성을 위한 4대강 사업 문제는 접어두고라도 "솔직히 말해서 영어 잘하는 국민이 잘 산다."는 발상이나, 영어가 세계 공용어이기에 미래를 책임질 제2세들에게 철저하게 영어를 교육시켜야 한다는 논의에는 선뜻 공감대가 형성되지 않을뿐더러 국어교육의 밝은 미래가 결코 낙관되지 않기 때문이다.

오랜 날, 대학의 강단에서 어설프게나마 "국어는 민족의 혼이요, 역사며 문화임"을 역설하였다. 민족의 정체성(identity) 확립에 나름대로 열정을 쏟아왔기에 '말을 잘하면 누구나 국어교사가 될 수 있다.'는 발상은, 국어교육의 부재를 가져 올 것이 너무도 명백하다. 영어를 강조하는 엘리트들이 국민의 합의도 없이 우리의 정신문화를 영어화 하여 세계질서에 편입시키겠다는 분별력 없는 행위는 이번 숭례문 소실燒失의 교훈처럼 너무 위험하고 조급한 결론이다. 세계화에 앞서 가장 한국적인 것이 세계적이라는 문화에 대한 인식(토대) 위에서 심도 있는 국민적 총의나 최소한 국내 국어교육자들의 철저한 검증도 걸치지 않은 외발적外發的 개화는, 국민적 저항을 불러올 것이며, 마침내 친미주의로 전락할 위험성마저 예상되기 때문이다.

이 점에 있어 데니스 기자(오마이뉴스)의 "오렌지나 어륀지나 미국인에겐 똑같습니다."는 지적은 의미 있게 고려할 점이다. 이 같은 지적을 애써 낡은 사관에서 비롯된 비생산적이고 도전과 실험정신의 가치를 혼동한 시대감각에 뒤진 무지의 소치로 치부할지는 모르지만, 일제 강점기 '조선어말살정책'에 대항하여 목숨으로 맞섰던 이 땅의 한글학자들이나 문인들의 혼 불을 그들의 후손인 이 시대의 우리가 결코 경시해서는 아니 될 것이며, 바로 지금은 국어의 세계화 문제를 놓고 국민된 우리가 함께 고뇌할 때이다.

그간에 대통령직인수위의 영어 공교육 강화 정책의 강도 높은 뉴스를 접하며 알퐁스 도오데의 단편소설『마지막 수업』이나 폴란드 센키비이치의『등대지기』를 다시 꺼내들 때, 정말 필자의 마음은 참담하였다. 하찮게 자신의 명분을 내세우려는 의중은 아니지만, 역사의 정체성이 외면 당하고, 가뜩이나 악한 국어교육이 홀대받는 궁핍한 삶의 일상에서 '이것은 아닌데, 정말 아닌데'라며 깊은 고뇌의 시간을 보낸다는 것이 솔직한 고백이다. 바로 이 점에 있어 최근 영국의 국제문화원에서는 세계의 젊은이들 중 가장 영어교육에 몰입하는 이들이 한국의 젊은이지만, 놀랍게도 20여개 국가 중에 한국의 젊은이들의 영어 성적이 19위라는 지적은 한번쯤 국가의 정책을 수행하는 이라면 심사숙고해야 할 심각한 문제이다.

놀랍게도 대통령직인수위에서 우리나라의 중등학교에서 국어와 국사를 포함한 전 과목을 영어로 가르치겠다는 몰입교육 방안 자체는 다행스럽게도 철회되었지만, "이 시대 이 땅의 모든 한국인들이 국적을 상실한 체 영어공부에 몰입한다면 과연 조국의 문화적 미래가 국제사회에서 민족적 당위성을 지니고 당당히 비정한 시장경쟁에 맞설 수 있을까?" 한 순간 의구심으로 끓어오르는 감정을 억제할 수 없다. 일선학교에서 영어교육을 많이 시키면 사교육비가 절감된다는 인수위의 주장에 애써 반론을 제기할 필요성은 새삼 느끼지 않지만, "공인의 입은 무거워야 하고, 언어 사용엔 반드시 분별력이 따라야 한다."라는 필자의 의지엔 일체의 용납이 허락되지 않는다.

'우리나라에는 영어를 잘하는 사람, 2만 명이 있으면 된다.'는 일부 학자의 주장도 있었지만, 현실적으로 기실 농산어촌에 몸담고 있는 대다수 이들을 비롯해서 지역의 편의점이나 주유소의 종업원, 가정주부, 어린 초등학교 학생들까지 총동원이 되어 국제사회의 거대기업 회장이나 무역 종사자들과 이마를 맞대고 국제 경제, 정치, 문화 또는 비즈니스를 위해 그렇게 역사적으로 자국어와 민족의 전통문화를 지닌 온 국민이 영어교육에 몰입해야 할 필요성은 사적으로 그렇게 공감대가 주어지지 않는다.

여기서 초등과 중등학교의 영어교육의 문제점, 교육의 효율성에 대한 논의와 보완은 분명히 강구되어야 한다. 영어 교육과 영어를 공용어화하는 것은 완전히 별개의 문제이기에, 한순간 모든 국민을 국가가 주도하여 전반적으로 영어교육의 몰입을 조장하는 현상은 국민의 지적 능력과 정서, 국가 경쟁력 강화에 부정적 요인이 따를 것이다. 우리 근대사에 있어 일제 강점기에 모국어를 수호하기 위한 끊임없는 저항은 한국인의 정체성 말살에 대한 투쟁에서 비롯되었음을, 문화의 세기를 살아가는 실체로서 한번쯤 역사에 대한 인식을 응당 지녀야 한다.

위대한 한글을 창조한 조선조 세종대왕의 지혜로운 후손들이 여과과정 없이 일부 인사들의 지극히 편파적인 발상의 전환에 의한 인식과 대립구도에 의한 주의 주장과 국가정책이라는 제도적 장치에 의해 모국어(혼)를 뿌리 채 흔들고 영어교육에만 전념하는 교육풍토 조성에 헛된 열정을 소모하는 비생산적인 정신작업은 심도 있는 검증 과정 없이 결코 용납되어서는 아니 될 것이다. 새삼 "영어몰입교육"에 관해 재론할 필요는 없지만, 무리수를 지니고서도 많은 교사(재외동포, 유학생, 주부 포함)들에게 영어 수업 능력을 단시간에 습득시켜도 꿈의 날개를 달아주어야 할 이 땅의 제2세들에게 영어가 모국어가 아닌 까닭에, 미국인이나 영국인에 견주어 그 한계성을 쉽게 극복할 수는 없다. 미묘한 기호에서 오는 발음과 악센트는 물론 문법의 사용은 그 나라만의 특이한 문화의 차에 의해 정확할 수 없다.

그 하나의 구체적 보기로 인도나 필리핀, 말레이시아, 라이베리아 등 영어를 공식 언어로 사용하는 국가에 있어서도 실제로는 변형된 영어가 사용된다. 특히 영국인들이 아시아인들의 영어를 정통 영어로 간주하지 않는다는 사실쯤은 필히 기억에 담아두어야 할 항목이다. 우리 민족의 일상적 삶에 있어 "한국적인 것이 가장 세계적이라."는 말의 보편성은 한국적인 것을 소중히 간직할 수 있는 세계인이 되라는 가르침이다. 여기서 외국어의 수용 문제는 교육과 노력으로 그 격차를 줄여나갈 수 있으나 그것은 어디까지나 합리적이며 "필요"라는 인식이 바탕이 되어야 한다. 어쩌면 지금 국어의 위기를 만들어 내고 있는 전반적인 상황은 국어교육과 연구에 몰입하는 학자들의 자성과 애정의 결핍을 질책하는 갈등 구도의 변형과 반대 국부로, 지나치게 영어를 필수라고 외쳐대는 한국사회가 스스로 자초한 결과임을 간과치 말아야 한다.

차지에 우리사회의 현실을 돌아보며, 현재 국내에는 자격을 갖춘 원어민 영어교사가 그렇게 많지 않을 뿐더러, 가끔 언론을 통해서 부정적이며 부도덕한 일면을 접하는 문제도 무시할 수는 없지만, 들복이 듯 가까운 시간대에 수천, 수만에 달할 원어민 영어교사의 확충문제는 실로 어려움이 예상되기에 어디까지나 그 해법을 충분히 검토·모색하고 차근차근 긍정적으로 풀어가야 할 것이다.

3) 열림 지향과 경계 허물기

언어의 인식과 사용은 단순히 경제적 행위나 수치가 아니라, 민족혼인 역사와 문화의 문제이다. 언어에 대한 인식작용은 홀로 있기라는 사유 뿐만 아니라, 마침내 인간의 무의식까지 지배하기에 일제 때의 모더니즘 시인 이상李箱(1910-1937)도 가장 사적이며 정서적인 일기는 일본어를 섞어서 썼듯이 영어만을 유년기부터 배우며 자란 어린이들은 영혼마저 영어화 할 수밖에 없다. 때문에 부정적 시각에서 접근한 의지의 나약함이라고 지적할지도 모르지만, '조금은 보다 천천히'라는 미끄러짐의 미학을 도외시한 영어를 강조하는 일부 엘리트의 조급한 의식이, 극단적 친미사대주의자를 양산할 위험성이 있음은 항시 경계하여도 지나침이 없다.

유명한 언어학자인 촘스키에 따르면 "언어는 사고를 지배한다"고 한다. 하나의 언어를 어려서부터 배운 사람은 그 언어를 바탕으로 사고한다. 한국인, 한민족은 어려서부터 국어를 듣고 자라왔으며 또한 교육과정을 통해 심도 있게 배운다. 그러나 그렇게 배워온 언어가 너무 가까이 있는 탓인지, 그릇된 세계화에 몰입하는 한국인들 때문인지 모르겠지만, 국어에 대한 잘못된 인식과 경시는 민족의 위기를 조장할 것이다. "신의 나라에는 열매를 팔지 않는다"는 탈무드의 교시를 소중히 여기고 아껴야 하는 것은 곧, 겸손과 어울림을 아는 노력의 결과이다. 다시금 모국어에 대한 소중한 인식과 끊임없는 조탁彫琢은 오랜 시간 방황을 끝으로 세종대왕의 〈훈민정음訓民正音〉을 통해 완성되었다. 여기서 영어교육에 앞서 우리의 모국어를 제대로 교육하고 그 소중함을 인식하자는 소박한 소망은 우리의 역사와 문화의 실체를 인식하고 공유하는 하나의 종교적 신앙과 동일한 신념의 표출이기 때문이다.

세상의 이치란, 차고 넘치면 지나침이며, 때로는 수분의 철학이 삶의 지혜이기도 하다. 일부의 지식인들은 이 지구상에 영어를 공용어로 하는 국가들이 많고, 어디까지나 영어는 커뮤니케이션의 행위수단이라고 하지만 인도, 말레이시아, 필리핀 등 영어를 공용어로 하는 나라들은 역사적으로 영국과 미국의 식민지였고 현재도 영미주의의 영향을 강하게 받고 있는 국가임을 고려할 때, 독자적으로 한국인의 깊은 사상과 섬세한 정서의 표징인 자국어를 공유해온 민족으로서 제2의 공용어를 국가적으로 선택해야 할 시대적 타당성이 따르는가를 조금은 분별력을 지니고 냉정히 비교분석하여도 결코 지나침이 없을 것이다.

이 같은 상황에서 비록 비정한 이기주의로 치닫는 지식·정보화 시대에 몸담고 있을지라도 잠시 삶의 여유를 지니고, 고구려의 어머니들이 자녀들이 입을 열어 말을 배우기 시작할 때, 많은 장수 중에서 을지문덕乙支文德 장군을, 많은 임금 중에서도 19대 광개토대왕의 이름을 가르친 것을 모름지기 이 시대를 살아가는 오늘의 우리는 기필코 기억할 일이다. 그렇다. 언젠가 미래의 꿈인 우리의 아이들이 한국인만의 고유 정서를 상실한 체, 흔들림에 떠밀리어 정신적 혼돈과 공황의 늪으로 추락하지 않게 하기 위하여서는 수시로 "모국어는 안녕한가?"라는 엄숙한 물음 앞에 자신을 놓아보는 일을 지속적으로 펼쳐 나가야 할 것이다. 위기적 상황으로 치닫는 이 땅의 언어정책의 부재를 심히 우려하는 필자 주위의 지인들 가운데는 차라리 '모국어를 영어, 제2의 국어를 한국어'로 하자는 역설逆說이 토로되는 현실은 못내 가슴을 아프게 할 뿐이다.

제 3 부
문화의 변형과 지역문화의 접목

1. 감성적 삶을 위한 잠언箴言

1) 삶의 일상과 감동의 회복

국제적으로 2010년 벤쿠버 동계올림픽에 참가한 우리 선수들의 젊은 투혼으로 한국인의 자긍심을 지구촌에 일깨워 주었지만, 국내적으로 대립과 갈등 구도로 풀리지 아니한 시간대에서 3·1절을 맞는 심사는 더없이 우울하다. 행정적으로 국가의 균형발전은 슬로건에 그치고, 정치적으로 여야의 대치 국면으로 치닫는 세종시 특별법 문제, 4대강 개발사업을 포함하여 강원도 현안으로의 2018 평창동계올림픽 유치 등 풀어야 할 산적해 있는 정책의 현안들이 현 정부의 후반기를 장식할 국무총리를 비롯한 장관들의 인사청문회와 맞물려 위기적인 징후를 예감케 하고 있다.

모두에서 필자의 소박한 지론이라면 우리가 아침 식탁에서 접하는 '감성적 삶을 위한 잠언'이 따뜻한 가슴으로 다가와 일상의 감동을 회복시키는 계기가 되기를 소망하는 것이다. 비록 물음표로 사는 삶이 역사를 변화·발전시키지만, 주위 상황이 각박하고 힘겨울수록 느낌표로 사는 지혜를 겸허하게 체득하여야 한다. 대니엘 고들립은 자폐증을 앓고 있는 외손자인『샘에게 보내는 편지』에서 "우리는 네모나게 태어나서 둥글게 죽는다."라고 기술하였지만, 불확실한 시대에 몸담고 있는 우리들은 저마다 강한 개성을 지니고 살고 있다. 까닭에 이 땅의 정객들은 막중한 국가 관리는 저버리고, 당리당략에 발목이 잡혀 부당한 아집을 철저하게 고집하면서 '신념이 강하고 단호한 것'이라는 자기합리화의 모순을 반복하는 어리석은 잘못을 범하고 있다. 근간 세종시 문제를 논의하는 여당 내의 의원총회가 막말 논쟁으로 격돌하는 안타까운 현상을 지켜보며, 어떤 결론으로 매듭이 지어질지는 관심 밖의 일이지만, 친이든 친박이든 더 이상의 비생산적인 정쟁을 멈추고 진정 국가와 국민의 밝은 미래를 위한 창의적인 정책이 수립을 위한 고뇌가 주어져야 할 것이다.

그 같은 문제의 해결을 위해서 엘렌 워츠의 "원을 그려놓고 사람들에게 물으면 대부분 원이라고 대답한다. 벽에 뚫린 구멍이라 답하지 않는다. 바깥보다 안을 먼저 생각하기 때문이다."라는 지적처럼, 획일화된 생각이 고정된 사고의 감옥에 갇히게 만들어, 인식의 틀을 깨는 방해물이 되기에 우리는 '보다 천천히'라는 사유로 느림의 미학이라는 차원에서 지혜롭게 직면하는 현상을 하나의 틀, 선입견으로만 치부하지 말아야 한다. 동일한 정황일지라도 조금은 시각을 달리하고 다르게 생각하고, 변별력으로 다시금 그것을 현실에 적용하는 생산적이고 창조적인 자세가 더없이 필요하다.

차지에 공직자들은 문화의 세기에 먼저 신 앞에서나 국민 앞에서, 그리고 당당하게 역사의식을 지니고 막중한 책임감을 절감하여야 한다. 우리가 몸담고 있는 지식·정보화 사회는 치열한 국가

경쟁력을 필요로 하고 있기에 공직자들은 하찮게 여겨질지라도 타인에 대한 배려는 물론, 언어에 대한 분별력을 지녀야 한다. 개인적으로 안타가운 현실은 정권이 바뀔 때마다 전임자에 대한 부정적 평가나 보복이 말끔히 청산되는 화해와 용서의 철학, 정치가 꿈처럼 실행되어야 한다. 가끔 YTN의 「말, 말, 말」의 시사적 프로그램을 통하여 "공인의 입은 무거워야 한다."는 경계는 다시금 비중 있게 기억에 담아두어야 한다.

"공직자들은 국가의 기강이 뿌리 체 흔들릴 때, 녹을 받는 것을 부끄럽게 여길 줄 알아야 한다."는 공자의 가르침이나, "승려와 시인이 살이 찐다는 것은 그 시대가 불행한 것을 의미한다."는 '세계 고世界꿈의 교시'인 인도의 격언을 이 아침에 이 땅의 지성인들은 자성의 마음가짐으로 음미해 보아야 한다.

우리 민족은 칭찬과 격려에 너무 인색하다. 보편적으로 타인의 장점보다는 단점을 지적하고, 잘한 일에 대해서는 외면하고 함구할 때가 많다. 분명 이제는 스티븐 스콧의 샌드위치 식 비판처럼 '일단, 칭찬부터 먼저 하고 그 후에 사려 깊게 비판한 뒤 칭찬으로 마무리'하는 배려의 심성을 지니어 모름지기 상생의 이치를 실행토록 노력하여야 한다. 칭찬과 격려가 조화를 이루는 일에는 상대방의 존재감을 인정하고, 인격적인 모독으로 자존심에 상처를 주는 행위는 결코 반복하지 말아야 한다. 좋은 격려의 말로 시작하면 하루가 빛난다는 것은 너무도 자명하다. 소중한 일상의 삶을 통하여 감동을 회복하는 행위는 비정한 이기주의로 치닫는 후기산업사회에서 반드시 선행되어야 한다. 진정한 감동의 회복은 신뢰에서 비롯되기에 구성원 간의 좋은 관계를 유지하기 위해서는 반드시 서로 간의 믿음이 주어져야 하고 경계의 벽을 헐어야 한다.

이 같은 현상에서 새로운 양상으로 거듭 태어나고 변할 수 있다는 것은 정말 멋진 일이며 눈물겹게도 감사할 일이다. 구성원들의 따뜻한 가슴과 일상적으로 사물을 응시하는 시선, 그리고 진정한 감동의 회복만이 비로소 신명나는 밝은 미래를 열어가고, 진정코 태평양시대를 열어가는 민족의 동력이 될 것이다. 까닭에 일상에서 감동을 회복하여 상처 받은 영혼을 치유하는 따뜻하고 감미로운 감성을 통해 삶의 활력이 되는 다이돌핀을 쏟아내야 한다. 글의 말미에서 무사 안일로 일관된 우리의 무의미한 삶을 경계하며, "현실에 안주하는 자에게는 자녀가 둘이 있다. 배고파 우는 딸과 도둑질하는 아들이다."라는 서울 테헤란로의 어느 벤처 기업의 사훈처럼 시장의 원리가 지배하는 냉혹한 현실이지만, '우리'라는 공동체 의식을 절감하면서 고통의 분담과 역할을 조심스럽게 당부하고 싶다.

2) 삶의 일상에서 최선을 다했는가?

마더 테레사의 "세월은 강물처럼 흘러가는 것이다. 어제는 이미 흘러갔고, 내일은 나의 것이 아니다. 오늘만이 진정한 나의 것이라."는 지적은 삶의 소중함을 일깨워준다. 같은 맥락에서 렐프 왈도 에머슨의 "그대가 헛되이 보낸 오늘은, 어제 죽어간 이들이 그토록 살고 싶어 하던 내일이다."라는 시사성 있는 경계는 주어진 일상에서 존재감을 확인하는 삶의 지혜가 된다. 이 같은 행위는 '누군가의 사랑과 관심을 이끌어내지 못할 뿐이지 잡초도 꽃이라는 사실'을 발견할 때, 비로소 현상적으로 감지되는 것만이 전부가 아니기에 식별력은 보다 필요한 것이다. 21세기 벽두에 뉴욕타임지는 미래학자들에 의해 '꿈의 황제'로 불리는 스티븐 스필버그와 T.S 엘리엇, 프랭크 시나트라와 같이 위대한 20인을 "금세기를 빛낸 예술인"으로 선정한 바 있다. 문화수출의 세기에 몸담고 있는 우리는 문화에 대한 안목의 확장과 다문화의 충격으로부터 벗어나기 위해서는 모름지기 역사의 정체성(identity)을 인식하고 문화의 지역구심주의에 관한 의식을 전환하여야 한다.

퇴임 후에 인류의 존경을 받으며 노벨평화상을 수상한 미국의 지미 카터 대통령은 해사 생도시절을 가끔 회상한다. 임관하기 전에 릭 오버 제독과 면담을 하게 되었다. 그는 카터에게 전술과 전략에서부터 군인의 자세에 이르기까지 구체적인 질문을 던지던 중, 생도시절의 성적에 관해서도 물었다. 카터가 자신의 성적이 '820명 중 59등이라'고 대답했을 때, 릭 오버는 "왜 최선을 다하지 않았는가?"라는 질문을 하였다. 그렇다. 숨겨간 이들이 그토록 절박한 심정으로 "하루만 더 살았으면…" 하던 그 시간의 끝자락 앞에서 우리는 "왜, 최선을 다하지 않았는가?"라는 물음 앞에 자신을 놓아 보며 신선한 감동으로 가슴 저며 오는 삶의 의미를 절감해야 한다.

불교에서는 '동종선근설'에 의한 연기설을 중시하듯 삶의 일상에 있어 특정한 누군가와의 만남과 관계는 운명적이어야 한다. 2차 대전 당시 영국의 수상이었던 윈스턴 처칠과 페니실린을 발명하여 노벨의학상을 수상한 알렉산더 플레밍과의 필연적인 만남처럼, 인간은 위기 상황에서도 주위의 도움으로 필요를 채워주는 관계 속에서 변화·성숙하는 존재이다. 바로 이것은 거역할 수 없는 세상의 이치이기에 불화와 불신에 의해 갈등으로 치닫는 안타까운 정치권의 갈등 구조와 천안함 침몰의 그 참담함, 그리고 불교계의 갈등 구도를 풀어가기 위해 저마다 "최선을 다했는가?"라는 물음 앞에 자신을 놓아 보아야 함은 물론, 건강하고 생산적인 공동체 인식의 절실함 속에서 상생의 해법을 다시금 터득해 나가야 한다.

낱말의 새로운 읽기로 '받아'는 곧 '바다'요, 생명의 근원으로 어머니의 상징성을 일깨워, 현상적으로 물의 겸허함과 친화력과 투명성에 대한 교시적 잠언을 기억하게 한다. 아울러 단절을 의미하는 닫힘이 아닌 열린 사고와 문화에 대한 인식의 확장, 그리고 이웃에 대한 따뜻한 배려와 영혼을 정화시키는 정결한 눈물, 법정 스님의 유언문처럼 "내생에도 다시 한반도에 태어나고 싶다. 누가 뭐라 한대도 모국어에 대한 애착 때문에 나는 이 나라를 버릴 수 없다."라는 모국어에 대한 한결 같은 '맑은 마음'을 결단코 지녀야 한다. 아직은 결말의 끝이 보이지 않는 세종시 문제나 4대강 개발 사업 또한 1,042만 명 여성실업률의 증가나 독도의 소유권 문제로 고통이 피부에 와닿는 현상이지만, 신은 위기와 함께 기회를 허락한다는 자명한 깨우침을 명심하여야 한다.

우리가 자존감을 의식하며 좌절 속에서 최선을 다할 때, 그토록 소망하던 2018 평창동계올림픽이나 원주-강릉 간 복선철도 추진 문제도, 꿈같은 미래설계도 성공적으로 꽃을 피워낼 것이다. 코앞의 푸른 산자락이 만산홍엽滿山紅葉에 물드는 계절이 오는 길목에서 비록 감내하기 힘겨운 운명이 주어질지라도 소망의 닻줄을 움켜잡는 눈물겨운 열중과 삶의 주체로서 밝은 미래의 세계를 열어가며 불행한 이웃을 돌아보며 영혼을 치유하는 소중한 정신작업을 결코 포기하지 말아야 한다.

3) 위기의 극복과 지혜로운 삶의 잠언

스카치 폴은 '예리한 메스로 상처 낸 부위를 잘라내고 토막을 내며 현미경으로 확대해 보라.'면서 삶의 일상을 통해 우리가 직면하는 현상에 관해서 주의집중하며 관찰하되 예리한 눈과 사고력을 지닐 것을 요청한 바 있다. 참으로 잔인했던 3월 말, 천안함 침몰로 인한 국가적 비통함을 이겨내며 다시금 국민적 통합을 절감하던 그날의 교훈을 결코 경시하거나 망각하지 말아야 한다. 이상 기후 속에서도 신록의 계절을 지나 거대한 단풍의 계절이 왔다. 이제 울분이나 격정은 잠시 접어두고 역사의 신은 위기와 기회를 동시에 허락한다는 것을 새롭게 인식하여야 하고 비록 불확실한 시대 상황이지만, 명분만을 논할 일이 아니라 저마다의 망설임 없이 새로운 각성과 결집력을 다잡아야 한다. 이것은 우리가 거역할 수 없이 운명적으로 수용해야 할 역사적인 시련이고 통로이기에, 한 시대의 격랑을 수수방관하거나, 더 이상 그것으로 인해 결단코 좌절해서는 아니 될 것이다.

예기치 못했던 막중한 일들로 국가적으로 겪는 총체적 난제는 공동적으로 대처해서 슬기롭게 상황을 풀어나가야, 위기에 직면한 조국의 미래는 소망이 있다. 우리는 과거에 너무 집착하고 얽매여 병약하고 소극적인 자세에 이끌려 자존감을 상실하였다. 이제는 비열한 이기주의에 몸담고 현실에 안주한 저마다의 행위를 한번쯤 뒤돌아보며 자성의 시간을 지녀야 한다. 이 시간 뼈저리게 절감하는 인간소외의 문제를 오로지 극기하는 길은 보다 적극적이고 진취적인 정신 자세로 행동의 주체가 되는 것이다. 감당할 수 없을 정도로 거세게 밀어닥치는 위기적 상황을 극복하기 위해서는 삶의 예지와 민족적인 강인함이 보다 절실히 요청된다.

신은 천지를 창조하면서 인간에게 자유의지를 허락하였다. 까닭에 인간은 깊은 사고나 분별력이 없이 단순히 자신이 처한 입장만을 고집하면서 분별력이 없이 말하고 행동을 하여서는 결코 아니 된다. 확고한 삶의 목적 아래 자신의 의지를 명쾌하게 표출해야 할 뿐더러, 항시 당위성을 인식하고 올곧게 생각하고 행동하여야 한다. 오마를 이븐은 〈우리의 인생에 돌이킬 수 없는 네 가지〉를, '뱉어버린 말과 쏘아 놓은 화살, 흘려버린 시간과 놓쳐 버린 기회'로 정의하였다. 지나치고 흘려 버리기엔 너무나 짧고 존엄한 삶의 시간대를 예술처럼 아름답게 영위해야 할 이 땅의 지성들은 문화의 지역구심주의의 소중함을 인식하며, 상상력의 확장을 위해 항시 후회 없이 살아가도록 삶의 처소에서 하나 같이 최선의 노력을 대해야 한다.

특히 언어에 대한 분별력이나 상대방에 대한 배려 없이 무자비할 정도로 금속성이며 파괴적이고 동물적인 언어를 자정 없이 쏟아내는 이 땅의 공직자들이나, 국가안보가 위기 상황에 직면한 현실에서 상대방을 비난하고 공격하는 정객들의 치졸한 정쟁은 끝나야 한다. 상생의 큰 틀에서 벗어난 비생산적인 당리당략으로 선량한 국민의 정서에 해악을 미치고 국민 여론의 분열을 조장하는 편협된 관행이나 조급한 발상은 더 이상 용납되어서는 아니 될 것이다.

그간에 필자는 『삶과 문학 그리고 잠언』, 『감성적 삶을 위한 箴言』이라는 저서를 통해, 나름대로 언어공해의 심각성을 경고해 왔다. 먼저 정신작업에 종사하는 이 땅의 문화예술인들만이라도 "향을 싼 종이에서는 향 묻은 냄새가 나고, 생선을 싼 종이에서는 비린 냄새가 난다."는 이치를 새삼 기억하고, 동물적이고 파괴적인 언어가 아니라, 보다 식물성인 푸른 언어, 생명적인 언어사용에 힘쓰고 열중하여야 한다. 아직은 절망의 끝이 보이지 않는 이 시대의 우리에게 하나의 시대적 교훈이라면, 비록 쫓기는 생활 속에서도 어디까지나 보다 잇닿은 미래에 대한 예견은 넉넉한 마음씀을 지니고 초조와 긴장 속에서도 충만한 생명감(홀로 있기)으로 사랑하며 배우며 따뜻한 감성적 삶의 여유로움을 향유할 일이다.

어려운 현실에 직면했을 때 보다 냉정함을 지녀야 하고, 한 걸음 물러나 일의 전말을 총체적으로 관망하여야 한다. 모쪼록 '과거는 역사이고, 미래는 꿈이며, 현재는 선물'이기에 이 시간 어질고 순후한 이 땅의 문인들은 중국 선시의 시구처럼 "쓸쓸하다고 말하지 말라. 바람을 맞고 달을 먼저 볼 수 있다면" 나약한 패배주의에 발목이 잡혀 더 이상 매사를 부정하거나 주어진 과제를 운명적으로만 치부하지 말아야 한다. 어디까지나 생명적인 것이 물질적인 것보다 더 영원한 것이기에 보다 뜨거운 가슴과 긍정적 사고, 그리고 적극적으로 실천궁행할 일이다.

4) 상식이 통하는 사회와 인식의 전환

19세기 베를린대학의 총장을 역임한 피히테(Johann Fichte)는 '독일 국민에게 고함'을 통해 놀랍게도 황폐화되는 독일의 근대화를 앞당기며 민족 혼을 일깨운 인물이다. 당시 그의 강력한 요청은 거창한 구호나 보여주기가 아닌 지극히 상식적이고도 소박한 시민정신의 실행이었다. 타인에 대한 배려로 마음의 상처나 피해를 주지 말아야 한다는 인식의 변화, 즉 삶의 양식을 기본 골격으로 잠든 독일 혼을 일깨우는 민족교육이 핵심의 과제였다. 국가관이나 역사의 정체성이 참담하게 허물어지고 비정한 이기주의와 물질만능주의로 피폐해가는 시간대에서 그나마 우리네 정치·교육·종교도 상식을 존중하는 인간성의 함양은 물론, 기본을 가르치는 교육관의 확립과 근본이 잘 세워진 사회 만들기로의 이행이다.

"독일인은 본래의 주소를 바꾸지 않지만 다른 민족은 그 주소를 바꾸고, 독일인은 본래의 국어를 유지하고 이것을 발달시켰으나, 독일 국민에게서는 다른 어떤 국민에게서 보이지 않는 본원적인 생명의 샘이 흘러 나오고 있다." 어디까지나 독일 민족의 순수성과 독일어의 순수성을 결부시켜 비단 독일 국민에게만 국한되지 않고 세계화를 지향하여 오늘의 우리에게도 충격적인 감동을 안겨주기에 피히테의 깊은 통찰력은 보편적 진리로 해석되어진다. 따라서 확고한 역사의 정체성이나 건강한 비판정신 없이 애국을 논하면서도, 대안 없이 비생산적인 문제를 끊임없이 제기하는 정객들이 넘쳐나는 암울한 이 땅의 현상에서, 충직한 젊은 지성들은 '독일국민에게 고함'을 새삼 엄숙한 마음으로 곱씹어 보면서 새삼스럽게 '정의'(《정의란 무엇인가》(JUSTICE: What's the right thing to do?)는 하버드 대학교 교수이며 정치철학자인 마이클 샌델의 정치철학서로 1980년부터 진행한 '정의' 수업 내용을 바탕으로 한 저서)의 개념을 확인하여야 한다.

언론 보도와 같이 구체적 실상으로, 강원도의 암담한 현실에 비추어 도민의 지지로 당선된 도지사가 대법원에서 집행유예와 벌금형을을 선고 받아, 민선 5기의 강원도정이 도지사 공백이란 참담한 상황에 직면하고 있다. 당선자의 직무 정지로 인하여 그나마 소외된 강원도민의 한결 같은 열망인 2018 평창동계올림픽 유치를 비롯한 각종 현안사업 추진에 어려움의 불가피성은 물론 주요 사업의 탄력 침체는 불가피하다. 까닭에 시급히 해결되어야 할 각종 현안은 행정 역량이 결집되지 못한, 심각한 운영 차질로 좌절의 늪으로 추락할 것이기에 어느 때보다 하나된 도민으로서의 상생 해법이 다각적으로 모색되어야 한다.

직면한 불행, 시련과 고통은 도전과 실험정신으로 적극적으로 대응할 때야 극복할 수 있으며, 불행을 극복해야만 우리는 분명코 변화·발전된 단계의 역사로 비상할 수 있다. 인류의 역사는 그렇게 혼돈속에서도 발전을 거듭해 왔다. 바라기는 민족의 큰 어른이었던 함석헌의 〈그 사람을 가졌는가〉라는 시편을 뜨거운 심장에 "온 세상의 찬성보다도/'아니'하고 가만히 머리 흔들 그 한 얼굴 생각에/알뜰한 유혹을 물리치게 되는/그 사람을 그대는 가졌는가."를 새겨 생명처럼 소중하고 절대적인 '존재'를 분명히 소유하여야 한다. 사적으로 며칠 전 택사스 음대의 음악박사로, 세계적 연주가인 김애자의 피아노 워크십에서 혼신을 다해 영혼을 감동시키는 〈어느 민족 누구게나〉 연주를 통해 한 순간 격정의 마음이 평정되었다. 이처럼 따뜻한 감성에 무모할지라도 꿈 같은 가슴 설렘으로 하여금 다이돌핀을 감미롭게 쏟아줄 감동의 일상을 회복하여야 할 것이다.

2. 문화예술의 시학과 그 탐색

1) 비정한 현실과 생활의 예지

비정한 지식·정보화 사회에 몸담고 있으면서도 새로운 기대와 희망을 안고 있는 이 땅의 예술인들에게는 사회적으로 수행하여야 할 엄숙한 소임이 있다. 모름지기 최소한의 정신작업에 종사하는 이들은 불확실한 시대적 모순으로 방향감각을 상실하기 쉬운 현실이지만, 보다 더 냉철한 이성으로 판단하여 절망하는 이들에게는 희망을, 주저하는 이들에게는 용기를, 사욕만을 꾀하는 이들에게는 봉사의 정신을 불어 넣어줌으로써 종말의 위기에 처한 인류를 구원하는데 선도적 역할을 다해야 할 중차대한 시점과 직면해 있다.

역사를 바르게 인식하는 사람만이 오늘을 현명하게 살 수 있으며 미래로 지향할 수 있다. 그것은 즉흥적이고도 단순한 인위적 행위로 치부할 수는 없다. 깊은 통찰력만이 역사를 인식하는데 직접 기여할 수 있으며, 또한 이 통찰력은 끊임없이 사색하고 연구하는 사람에게 있어서만 가능한 것이다. 때문에 깊은 사색을 통하여 발아되지 못하고 조급함과 비열함에서 비롯된 지성인의 경망한 사고와 행위는 사회를 도탄에 빠뜨리는 오류를 범한다. 우리가 지금까지 그렇게 반복하면서 관습적으로 부정과 부당함을 생각 없이 수락하면서 살아왔지만, 앞으로는 역사적 소명이 무엇인가를 항상 염두에 두고 지혜롭게 용기와 집념을 지니고 살아가야 한다.

온통 불신과 부정이 팽배되어 혼란스러운 세태를 보노라면, 정말로 가슴 절절이 스며드는 비애와 배신을 맛보게 된다. 저 사람만은 정직하고 신의를 존중하리라 믿어왔지만, 하루 아침에 전혀 예기치 못한 실망감을 충격적으로 안겨주고 우리의 주위에서 떠나버리고 기억 흔적의 뒤편으로 사라진다. 지금까지 양의 탈을 쓰고 인위적인 행위로 '잘도 참아 주는구나.' 이렇게 착각할 만치 상황을 조장하고 끝내는 정분과 신의를 저버리는 불행한 이웃으로 하여 비통함과 분노를 접할 수밖에 없는 오늘의 현상은 너무나 안타깝다.

이와 같은 크고 작은 실망과 좌절감 때문에 우리는 세상이 자꾸 두려워지고, 때로는 스스로가 소외되는 것 같아 새삼 불안과 고독으로 불면의 밤을 맞게 되는 것이리라. 그러나 살아 온 시간이나 실상을 조용히 돌이켜 보며, 까닭이야 어떠하듯 이 모든 회의는 스스로가 부족한 탓에서 연유된 것임을 자인하여야 할 것이다. 참으로 값진 일은 시간의 흐름 위에서 초연히 이루어지는 것이란 이치를 깨달아야 한다. 그래야 만이 중오도 저주도 모두가 하나같이 사랑과 용서 속에 용해될 것이다. 남이 할 수 없는 일을 자기 혼자서만 할 수 있는 것 같이 오만하거나, 절대자에게 사명 받아온 지고의 것인 양 내세워 무리를 하는 우를 범하지 말아야 한다. 그 같은 행위는 자기의 삶의 흔적이 부정직함과 불성실로 연계된 것임을 입증하는 결과일 뿐이다.

2) 사유하는 자의 삶의 의미

미국의 미래사회학자 엘빈 토플러는 1850년에 이 지상에는 인구 1백만이 넘는 도시는 4개밖에 없었으나, 1900년에는 19개로 늘었고, 1960년에는 141개로 증가되었다. 세계 도시인구의 증가율은 6.5%이고 11년만에 두 배가 된다고 밝힌 바 있다. 또한 토플러는 그의 「미래의 충격」이라는 논설에서 "인류가 가진 과학자의 90%가 현재 살고 있다." 고 기술하였다. 특히 이들의 두뇌와 대량 생산수단이 새로운 용구를 무더기로 또 신속하고도 다양하게 쏟아낼 것을 예고하였다. 그 결과 인간은 소비자가 왕인 '내다 버리는 폐기문화'를 거쳐 오토바이클, 파도타기, 심해잠수 등 레저와 연관되는 아문화(sub-culture)에 들어서고 있다면서 이것은 또 하나의 산업혁명인 초산업혁명을 상징하는 것이라고 피력하기도 하였다.

여기서 절박한 시간대에 생존하고 있는 우리에게 요청되는 것은 바로 사유하는 자의 삶과 의미에 대한 일차적 검색일 것이다. 일찍이 "우리가 몸담고 있는 이 시대는 음울하다. 비열한 이기주의 때문에" 라며, 베토벤을 주인공으로 한 그의 소설 『쟝 크리스토퍼』에서 로망 롤랑은 "죽어야 할 자여, 죽음으로 가리라. 괴로워해야 할 자여, 괴로움으로 가라. 행복하고자 사는 것이 아니니,

나의 섭리를 이루고자 사느니라. 괴로움을 당하여라. 그리고 죽어라. 그러나 네가 되어야 할 것이 되어야 한다. -한 인간이” 라고 기술한 바 있다.

근간에 현대인이 겪는 심리적 병폐성을 치유하기 위해서 신앙 치료를 비롯하여 회화 및 음악 치료가 다양하게 논의되고 있다. 그 가운데서도 놀란 빈센트 필이 “한 순간의 분노나 격한 감정이 치솟을 때, 아름다운 기억이나 좋은 시를 떠올리면 마음에 평정을 얻게 된다.” 라는 지적처럼 시적 치료는 좋은 반응을 효과적으로 보여주고 있다. 모름지기 자기 흔적을 남겨야 할 인간은 비록 죽을 수밖에 없는 유한한 존재로, 죽기까지는 땅위의 온갖 고뇌와 고통을 겪어야 할 비극적인 생명체이다. 한 제국의 제왕이라 할지라도 그 같은 운명을 결코 벗어날 수는 없다. 그래서 인간은 생을 통해서 ‘어떻게 살아야 하는가?’ 라는 절박한 문제와 직면하기 때문에 밤에 입는 잠옷이 자신의 수의囚衣가 되지 않는다고 단언할 사람이 없는 것이다. 삶의 문제가 사람마다 동일할 수는 없지만, 오늘과 다른 내일을 기대하며 저마다의 삶을 영위하는 것은 결코 누구에게나 예외일 수는 없다.

이 같은 문제는 ‘어떤 내일을 맞이할 것인가? 그리고 그것은 삶의 가치를 무엇에 둘 것인가?’ 와도 직결되는 것이다. 괴로움을 겪는 과정에서 낡은 자기는 죽고 그렇게 해서 새로운 한 인간이 태어나는 것은 결코 순탄하지는 않다. 늘 무엇인가 새로운 것을 모색하는 사유의 생활은 우리의 유한적인 삶에 있어 참으로 소중하다. 그것은 항시 새로운 가치를 발견하고 창조하려는 삶이기 때문이다. 괴테는 『파우스트』 에서 '쉬지 않고 노력하는 것은 우리를 구원할 수가 있다'고 했다. 『大學』은 '참으로 날로 새롭고 또 날로 새로워져라' 는 교훈으로 우리의 무지와 나태함을 일깨우고 있다. 쉬지 않고 새롭기를 노력하는 생은 비로소 그 가치와 진실 된 삶을 영위할 수 있다.

모름지기 참다운 가치를 추구하는 인간에게 있어 주어진 생명이라는 실체도 자연의 질서나 조화로움을 거슬리지 않고 발전하는 것이기에 생체 리듬은 결코 정지할 수 없다. 그러나 '어떻게 살아야 할 것인가?' 하는 물음에서 그치지 말고 그 물음은 구체적으로 '무엇을 어떻게 해야 할 것인가?'라는 적극적인 자세를 동반해야 한다. '오늘의 나는 이제 무엇을 할 것인가?' 라는 엄숙한 물음이 저마다에게 주어질 때 비로소 새로운 생명을 접하는 계기가 될 것이다.

3) 위기의 극복과 삶의 예지

스카치 폴은 '예리한 메스로 상처 낸 부위를 잘라내고 토막내며 현미경으로 확대해 보라.' 면서 일상적인 삶을 통해 우리가 접하는 사물에 대하여 항시 관찰하는 예리한 눈과 사고력을 지니도록 경고한 바가 있다. 몇년 전 기업문화라는 목적의식을 지니고 불안감이 전운戰雲처럼 엄습하는 참으로 불행한 시대를 맞아 새로이 발전, 변모하는 우리 정부의 지도자는 스스로 위기의 정부를 자처하며 그 정체성을 밝힌 바 있다. 이것은 우리 국민에게 당면한 현실이 얼마나 급박하고 험난한 것인가를 자명하게 시사해 주는 단면일 것이다. 이와 동시에 우리 자신도 미래를 예측할 수 없는 시대적 상황 속에서 명분이나 체면을 논할 것이 아니라, 저마다의 주저함이나 망설임이 없이 새로운 각성과 결집력을 확인하여야 한다.

국가가 겪는 총체적 난제는 우리 스스로가 공동적으로 대처해서 슬기롭게 그것을 해결해 나갈 때에 참담한 현상에 직면한 조국의 미래는 그나마 소망이 있다. 과거 우리는 너무나 소극적인 자세로 목숨을 연명하면서 현실에 안주하고 이기주의에 몸담아 온 것을 한번쯤 뒤돌아보며 개인적으로 참회의 시간을 지녀야 할 것이다. 우리가 뼈저리게 절감하고 있는 인간소외를 오로지 극복하는 길은 보다 적극적이고 진취적인 자세로 행동의 주체가 되는데 있다. 감당할 수 없을 정도로 거세게 밀어닥친 오늘의 이 위기적인 상황을 극복하기 위해서는 삶의 예지와 민족적인 강인함과 집념이 보다도 요청된다.

신은 천지를 창조하면서 인간에게 자유의지를 허락하였다. 때문에 인간은 깊은 사고나 분별력이 없이 단순히 자신이 처한 입장만을 고집하고 되는 대로 말하고 행동하여서는 아니 된다. 확고한 삶의 목적 아래 자신의 소신을 명쾌하게 표출하고 생각하고 행동해야 하고 슬기를 지닌 존재이기에 언제나 당위성을 인식하고 살아가야 한다. 기실 우리의 삶에 있어 돌이킬 수 없는 네 가지의 것이 있지만, 모름지기 지나치고 흘려 버리기엔 너무나 짧고 소중한 삶의 시간대를 시적 상상력의 확장을 위해 살아가는 이 땅의 양식 있는 문인들은 항시 뉘우치거나 후회 없이 살아가도록 노력하여야 할 것이다.

나름대로 개인적으로『삶과 문학 그리고 箴言』이라는 저서를 통해 오랜 날, 언어공해의 심각성을 경고해 왔다. 정신작업에 종사하는 이 땅의 문인들만이라도 향을 싼 종이에서는 향 묻은 냄새가 나고, 생선을 싼 종이에서는 비린 냄새가나는 것이 세상의 이치이듯이, 동물적이고 파괴적인 금속성 언어가 아니라, 보다 식물성인 푸른 언어, 생명적이고 생산적인 언어를 사용하는데 앞장 서야 한다는 것은 항시 기억할 일이다. 아직은 절망의 끝이 보이지 않는 이 시대의 우리에게 하나의 시대적 교훈이라면, 비록 쫓기는 생활 속에서도 어디까지나 보다 미래에 대한 예견은 물론 넉넉한 마음 씀을 지니고 초조와 긴장 속에서도 분명히 충만한 생명감으로 사랑하며 배우며 따뜻한 감성적 삶의 여유로움을 향유하여야 한다.

어려운 처지에 직면했을 때 보다 냉정함을 지녀야 하고, 조금은 한 걸음 물러나 사물이나 일의 전말을 총체적으로 관망하여야 할 필요성이 따른다. 때로는 중국 선시禪詩의 싯귀처럼 " 쓸쓸하다고 말하지 말라, 바람을 맞고 달을 먼저 볼 수 있다면" 매사를 부정적으로나 불행으로 인식하여서는 결코 아니 될 것이다. 어디까지나 생명적인 것이 물질적인 것보다 보다 생산적임을 항시 기억 흔적에 담아두어야 하기 때문이다.

4) 불신의 시대와 생의 비법

경험론의 주창자인 베이컨은 "사람이 무엇을 하느냐의 문제보다도 무엇을 해야 하느냐의 문제가 더욱 중요하다."고 지적하였다. 무엇보다 '위기'라고 하여 그냥 움츠리고 자아를 상실한 체, 무력감에 빠져 있는 것은 위기의 시대를 사는 참된 태도라고 수긍할 수 없다. 영어의 위기 crisis는 '결정 지운다'라는 의미를 지니고 있다. 위기를 극복하여 살아남는 길은 현명한 결단을 내리고 행동하는 것이다.

『인간 조건』의 앙드로 말로는 "문화활동은 운명의 인간에 대하여 자유의 인간으로 소생시키는 일이다." 라고 하였다. 우리의 교육활동은 한 인간을 요컨대 자유의 인간으로 만드는 행위이지만, 자유에의 길은 결코 수월한 것만은 아니다. 그것은 자신의 결단을 촉구하고 때로는 희생을 강요하며, 마침내 극한 상황을 벗어나서 자유가 허락되지 않는 구속을 요구하기도 한다. 구속 없는 자유로움이 없다는 것은 자유의 패러독스일 수도 있으나, 자유에 대한 진정한 바람과 추구에 있어 자신의 삶을 확인하는 성찰省察이 먼저 주어져야 한다. 저마다의 성찰 없이 자유를 말한다면 그것은 위장에 해당한다. 앙드로 말로의 '자유의 인간'도 이런 관점에서 이해되어야 할 것이다. '자유로운 인간은 원래 불안정하고, 생각하는 인간은 필연적으로 불확실하다.' 라고 에릭 프롬도 피력하였다.

이제 새로운 도전의 한 해를 맞아, 수평선에서 찬란하게 떠 오른 어제의 태양은 오늘 저렇게 푸른 바다 위로 불끈 솟아오르는 새 태양은 아니다. 우리의 삶에 있어서 오늘의 나 또한 어제의 내가 아니다. 목숨의 바다 위에서 비상하는 새가 무한의 자유공간을 향해 비상하기 위해 수천 수만 번의 날개 짓을 반복하듯, 불연속의 연속을 인간의 생활이라고 할 때 보다 더 의미 있고 가치 있는 삶을 영위하기 위해서는 반성의 반성으로 계속되는 의식의 자각 또한 지속되어야 한다.

혹여 인생이란, 본질적으로 괴롭고 고독한 존재로 이해될 수도 있다. 그러나 우리가 고통을 잊는 것은 오늘 하루를 편히 쉬고자 함이 아니다. 그것은 인간의 고통 속에는 무엇인가 위대한 창조의 씨앗이 숨겨져 있기 때문이다. 고통과 슬픔을 기억할 줄 모르는 사람이나, 굴욕과 패배의 역사를 기억할 줄 모르는 민족에게는 미래의 비전이 있을 수 없다. 우리는 보다 참된 용기와 슬기를 지니어 미래를 향해 끊임없이 움직이며 그 속에서 진실된 그 무엇을 생산하고 창조하는 삶을 누리기 위해 애씀의 땀을 흘려야 한다. 인간은 숙명적으로 고독하지만 그 고독을 잊으려 하는 것은 고독으로부터 도피하려는 것이 아니라, 고독의 쓴잔을 스스로 마시며 뜨거운 가슴과 진실된 삶의 기대를 지니어 밝은 태양과 머리 위의 푸른 하늘이 얼마나 고마운 것인가를 깨닫는 생의 예지를 지니기 위함이다. 때문에 우리는 가치 있는 일을 위하여 자기의 생명을 촛불처럼 연소시켜야 할 것이다.

아울러 우리는 가슴에 태양처럼 끓어오르는 열정을, 얼굴에 밝은 미소를, 입술에 영혼을 위한 노래를 담아야 한다. 흔히 얼굴은 인품의 표징으로 해석되기에 비록 삶의 고통 속에서도 최소한 밝고 온유한 미소를 짓도록 노력하여여야 한다. 프랑스의 쟈크 마르텡은 현대인의 고뇌를 난파선에 비유한 바 있지만, 중국의 원로시인 기현도 〈船〉이라는 시에서 인생이라는 중량감에 시달리는 인간의 삶을 격랑의 바다를 항해하는 배에 견주어 노래하였다. 산다는 것은 실로 힘겨운 자기와의 갈등이기에 결코 행복이거나 기쁨일 수만은 없다. 그래서 빅톨 위고는 '인생은 투쟁이라.' 하였고, 로마의 아우렐리우스도 '인생은 씨름이라'고 언급하였다.

어느 날 황혼녘에 강변을 거닐던 공자는 "우리의 인생은 저 흐르는 강물과 같아서 한번 흘러가면 다시는 되돌아올 수 없구나." 라고 한탄하였으며, 알렉산더도 인도를 정복한 당시에 자신의 장군과 씨름을 하던 순간, 죽음의 그림자를 보고 생의 무상함을 절감해 눈물을 흘렸다. 이처럼 우리가 지극히 짧은 일생을 살아가면서도 진정한 의미의 삶을 영위할 수 없다면 그것은 실로 가슴 아픈 일이다. 무엇보다도 문제의식이 없는 존재란, 무의미한 것이기 때문이다.

민족의 큰 스승인 도산은 "개인은 제 민족을 위해서 일함으로 인류와 하늘에 대한 의무를 수행하는 것이기에, 훈훈한 마음으로 빙그레 웃는 얼굴을 지니라."고 하였다. 흔히 얼굴은 마음의 거울이라고도 한다. 얼굴은 곧 그 사람의 인품이 짓는 예술로써 불가지의 힘을 지닌다. 우리는 성현의 얼굴을 통해서 근엄과 화열이 아름답게 조화된 맑고 밝은 표정을 접하게 된다. 그러나 살인자의 얼굴에

서는 냉혹함과 전율을, 병약한 자의 얼굴에서는 연민과 피로를, 위
선자의 얼굴에서는 간교함과 비열함을 읽을 수 있다. 결론적으로
모름지기 우리는 높은 이념의 성취를 위해서 해야 할 일이 무엇인
가를 얼마나 어려운 일인가를 이해하고 감내하여야 한다.

차지에 졸저拙著이지만, 따뜻한 가슴을 지닌 이 땅의 지성을 위
하여『발상의 전환과 느림의 시학』을 조심스럽게 묶어내는 고독
한 정신작업을 통하여 엄숙한 시대적 소임을 수행하는 고독과 고
통을 모쪼록 공감하며 이해함으로써 그 결실이 얼마나 가치 있는
것인가를 확인해 줄 것은 소망하며, 태만·부정·요행을 배격하고
성실과 정직으로 사회와 인류를 위해 역사의식을 지니고 최선을
다하여 줄 것도 다시금 기대할 뿐이다.

3. 강원펜문학의 발전 방향 모색
– 번역화와 발전 방향의 양상

1) 문화의 다양성과 공동체 의식

예술문화 정책 – 협의적으로 강원펜문학의 발전 방향 – 을 위한 탐색은 공동체 인식으로서 '더불어 함께(inter-being)' 라는 삶을 향상시키는 상생相生의 기틀 조성과 연계되어야 한다. 까닭에 학연과 지연을 뛰어넘어 장르상의 구별 없이 회원 상호 간의 화합과 정보의 공유화, 그리고 열린 소통의 일상화로 향토성을 굳게 다져 지역발전을 고양시키는 정신적 동력으로서의 역할론이 요청된다. 이 점의 선결을 위해 충분히 검증되어야 할 항목으로, 주민의식의 정비로 애향심의 제고, 지방화의 자리 매김을 계기로 문화의 지역구심주의의 함수관계에 대한 보편화, 지식·정보화 사회로의 이행에 있어 병폐적 요인에 대한 분석과 치유방안의 긍정적 검토이다. 우리가 몸담고 있는 "21세기 문화(수출)의 시대"에 있어 문화의 삼각파도라는 최소한의 통로를 거치지 아니하고 여과 없이 유입되는 충격을 이겨내기 위해서는 자국自國의 범주에 속한 지역의 예술문화가 활성화되는 인자因子를 찾아야 한다. 그 같은 요건을 충족하지 못할 때는, 비단 지역사회 발전에만 국한되는 것이 아니라 더 이상 민족 문화의 개화와 중흥을 결코 기대할 수 없다.

특히 구체적 예로 새로운 '강원도의 르네상스'를 위해 학자나 전문 인력의 이론과 실무 경험을 바탕으로 한 [강원의 비전 21](강원도, 1997)에서 심도 있게 논의하였지만, 미래지향적인 치밀한 계획과 성공적인 전략의 확정으로, 독자적인 지역예술문화의 창조와 특성화, 지역예술문화의 창조력 제고와 질 높은 문화의 생활화 및 문화 환경의 인프라 조성으로 생산적인 결과가 장식되어야 한다. 아울러 강원펜문학의 새로운 지평을 구축하기 위해 공간과 잇닿은 미래의 시간대에 몸담고 있는 이들은 보다 관심을 지닌 소수의 발상일지라도 예술인구의 저변 확대와 참여를 폭넓게 유도하여 지역예술의 문학성을 향상시키는 역할을 충직하게 수행하여야 한다.

2) 강원펜문학의 새로운 정책으로서의 번역화

근간 문화의 세기에 접어들며 제5의 생산요소로 지칭되는 문화에 대한 논의가 다행스럽게도 국가적으로나 개인적으로 폭넓고 심도 있게 모색되는 현상이다. 모름지기 지역예술문화 정책의 방향 제시는 공동체의 인식과 지역문학인의 삶을 향상시키는 계기가 됨은 물론, 지역발전을 고양시키는 동력의 역할로 이행되는 추세이다. 시장 원리의 지배로 무한경쟁이 요청되는 문화의 21세기를 맞아, 일차적으로 국가 구성의 개체가 되는 문화의 지역구심주의가 활성화되는 요인을 찾아야 할 것이다.

이 점에 있어 각 지역 단위 문화의 활성화와 새로운 위상 정립을 위한 전망과 그 과제로는 강원펜문학 회원 간의 유기적이면서도 우호적 교류와 관계가 제도화되고 증진되어야 한다. 이 같은 해결을 위해서는 다음과 같은 방안이 유추된다. 첫째는 그 지역 나름의 역사와 전통(Tradition)에 대한 새로운 인식과 조명, 둘째 도심은 물론 농산어촌의 현상도 회원들에게 있어 애증과 갈등의 대상으로 수용되어야 하고, 셋째 민족예술의 유산과 전통의 계승, 파괴·변질되는 전통문화의 수호에 연유한 향토의 설화, 무속신앙, 민요, 민화, 놀이 문화 등이 의의 있는 예술적 질감으로 심도 있게 다루어져야 하고, 넷째 경제적 뒷받침이나 행정상의 상호 제도적 미흡성을 보완하기 위한 작품의 발표 지면의 확대와 우수한 번역 인구의 확보, 그리고 회원 간 정보의 공유화와 거리감 없는 학연, 지연을 초월하여 세대차나 계층 간의 거부감 없는 공감대의 조성, 다섯째는 보다 대학문화의 결속에 의한 번역의 다양성과 폭넓은 접목의 이해이다.

후기산업사회에 몸담고 있는 펜문학의 회원들은 now-what(쇼業文化−目的意識)이라는 새로운 가치를 추구하는 존재의 인간(to be)으로서 도전해 오는 현상 앞에 지혜롭게 대처하여야 한다. 쇼스타코비치가 '창의적인 예술가는 이전 작품에 만족하지 않기 때문에 다음 작품에 열중한다.'는 지론에도 유념하여야 한다. 강원펜문학의 발전 향방의 양상으로, 문학에 대한 무관심을 공직자나 지역민, 그리고 예산 확보의 부족 등 변명으로 일관할 것이 아니라, 정신작업에 종사하는 이들이라면 최소한의 책임을 절감하여야 한다. 그것은 예술인을 자처하는 이들이 서재나 작업실에서 고독한 작업에 몰입하는 것으로 그 소임을 다했다는 공허한 변명이나 현실의 안주는 거부되어야 한다. "모든 지식은 행동을 수반해야 한다."는 아리스토텔레스의 지론처럼 '문화의 바람개비 운동'을 외면한 이들에게 최소한의 책임이 주어지기 때문이다. 보편적 양상이지만 문화의 시대에 몸담고 있는 우리는 건강하고도 생산적인 비판정신에 의한 공동체 의식을 지닌 삶의 동반자로서 질 높은 예술문화를 향수하는 밝은 미래 강원의 구성원으로서 긍정적 방안을 제시하고 구도적 열정으로 따뜻한 정신기후의 조성에도 전념하여야 한다.

현상적으로 물질보다 생명적인 것을 창출하는 문학인들은 보다 상상력을 확장하여, 자신이 생존하고 있는 시대와 공간에 지대한 관심을 지녀야 한다. 도심지에 머물든 농산어촌에 자리하든 이 시대의 당당한 예술인으로 법정 스님의 유언문遺言文은 한번쯤 필히 곰씹어 보아야 할 것이다. 아울러 강원펜 회원들은 한 사람의 문인으로서 죽어 없어지지 않을 모국어로 영혼을 노래하는 소중한 시대적 소임을 다하여야 한다. 기실 닫힌 세계에서 열린 세계로 정진해야 할 이 시대의 우리는 높은 자유와 지성, 그리고 진정한 문화시민으로 성숙하기 위하여 처해 있는 현상에서 세계고世界苦를 지니되 엄숙한 작업을 몸소 수행할 일이다.

3) 다양한 논의와 문제의 제기

보다 큰 틀에 있어 강원펜 회원이 시편에 수용한 시적 특성 ① 자연과의 친화, 또는 순수 서정의 탐구, ② 사회와 역사적 현실에 대한 관심, ③ 자아와 일상생활의 시적 탐구 등으로 지적된다. 특히 시의 지역성이라면 강원도적인 자연과의 친화, 향토성, 서정성을 보다 강조하는 것으로 이해하여야 한다. 보편적으로 강원도 문인의 작가적 기질이나 품성은, "소박과 단순, 순수와 완고, 은둔과 폐쇄" 등 긍정과 부정의 양면에서 파악되어짐은 간과치 말아야 한다. 지정학적으로 바로 이 땅은 고려 때는 항몽抗蒙의 격전지였으며, 7년 전쟁 때는 왜군에 용감히 항전한 곳으로 한말에는 위정척사운동의 공간으로, 항일무장투쟁의 서슬 푸른 지역이다.

본고에서는 고종 31년(1894) 갑오경장부터 자주독립 사상의 고취, 신교육의 권장 인습타파 등을 수용하여 개화·계몽사상의 고취를 중시한 신문화가 이 땅을 지배하던 1910년대를 기점으로 고찰하면, 신소설의 개척자 이인직이 『만세보』에 〈귀의 성〉(1907)과 〈치악산〉(1908)을, 또 이해조의 〈소양정〉(1980) 발표이다. 여기서 확인하고 넘어가야 할 문제는 강릉중앙감리교회의 목사였던 노블(W.A. Noble) 선교사가 소설 〈순이〉(1902)와 〈이화〉(1906)를 발표하여 한국 신문학의 서장을 장식한 점은, 강원펜문학 회원들이 자긍심을 일깨우며 인식할 일이다.

아울러 문학사적으로 한국현대문학의 절정기인 1930년대, 이보다 앞서 '파초의 시인'으로 일컬어진 김동명은 『개벽』지(1923

년)를 통해 시단에 데뷔했으며, 일제 강점기의 와중에서도『나의 거문고』(1930)를 출간했다. 우리 현대소설사에 이효석, 김유정의 독자적이고도 눈부신 업적은 결코 경시하지 말아야 하지만, 중국 용정에서 활동한 심연수 시인(1918-1945)의 새로운 출현은, 민족적 비애의 시화詩化가 강원문학의 자긍심을 발아시키는 토양이 되었다. 한편 백담사에 은거한 한용운이『님의 沈黙』(1926)을 절망감에 사로잡혀 있는 민족에게 바친 점이나『文章』을 통해 철원 출신의 이태준이 주도한 업적을 강원펜문학 회원들은 반드시 기억하여야 한다.

특히 21세기의 벽두인 2001년 5월 12일(오후 4시) 춘천 삼천동 춘천국악예술회관 3층 소회의실에서, 공식적으로 국제펜클럽 한국본부 강원지역위원회 창립총회가 개최되었다. 이날의 총회는 당시 김영기 본부 이사를 비롯해 18명의 도내 거주 회원 중 12명이 참석하여 초대 회장으로 박유석 회원을 추대하면서 발족되었다. 아울러『강원펜문학』9집(2009, 9)이 발간되기까지 '회지 발간, 세미나, 강연회, 시낭송회, 국제교류 및 번역 등 제반 문학발전을 꾀하는 행사와 수상식(강원펜문학상 및 번역문학상)을 거행'하면서 회원 활성화를 도모하였다. 지난 2009년 10월 10일에는 제8회 강원펜문학상은 박종해(57)가 동화 〈꿀벌나라의 아이스크림〉으로, 또 제6회 강원펜문학 번역문학상은 공계열(72)이 번역시(영어) 〈꽃은 피고 지고〉로 수상식을 갖은 바 있다. 아울러 9집에는 성덕제(전 강원문인협회 회장) 회원의 추모 특집으로 고인의 유작인 시조와 함께 최복형(강원도문인협회장)의 추모시와 도 내 문인들의 추모 글을 수록하였다.

모름지기 강원펜문학 회원들은 일상적 삶을 통하여 고정 관념을 깨는 발상으로 문화의 지역구심주의라는 변화의 틀에서 열악한 현상에서도 보다 눈부시게 펼쳐질 미래에 대한 문화의 안목을 확장하여야 한다. 지정학적으로 험준한 지형 때문에 체념하고 외고해 온 미개발의 불리재(不利材)는, 도전과 실험정신, 그리고 불타는 열정으로 지평을 열어갈 강원문학의 현상은 결코 예외일 수 없다. 강원펜문학의 보다 밝은 전략은 구성원들의 고뇌와 회원 간 정보의 공유, 그리고 외국어 전문가에 의한 번역의 활성화가 해결되어야 할 과제이다. 한편 문화충격의 해소를 위해 다문화의 이질감을 극복하고 미개발 장르에 대한 지속적인 관심사로 충만한 생명감과 건강한 에너지로 전환시키는 역동적인 힘과 전문가의 적극적 참여에 의한 번역사업의 불가피성을 다시금 강조하고 싶다.

결론적으로 애써 "예술에는 국경이 없지만, 예술가에게 조국이 있다."라는 지론을 들먹이지 아니 하더라도 국가적으로 다양한 문화의 접목에 관심이 쏠리는 추이에 있어 메세나 운동의 보편화를 촉구하면서, 지역마다의 다채로운 문화 풍경의 조성으로 점차 지역구심주의(local centripetalism) 양상이 현저하다. 물론 중앙중심의 문화 모방(parody)에서 벗어나 지역주의를 부추기는 의욕의 돋보임은 실로 바람직한 실상이다. 이 같은 변화 요인을 기술하면서 '점차 지역자치가 자리 매김이 되는 제도의 변화와 우리 사회

가 겪어온 근현대의 정체성(identity)의 확립, 그리고 모든 영역에
서 지역 간의 이동과 이질성을 빠른 속도로 변전시켜주는 사회,
경제성의 문제가 논의되어야 한다. 일단 종전의 관례를 답습하는
중앙문화의 획일화, 규격화가 아니라, 지극히 색채가 강하고 독자
적인 강원펜문학의 분권화, 다양화, 미래지향적 전략이 성공을 가
름하는 지침이어야 한다.

4. 자연친화적 개발과 지역경제의 활성화

1) 인식의 전환과 의사 결정

　모두에서 애써 밝히고 싶은 것은 최소한 예감의 지식인이라면 일차적으로 자신이 몸담고 있는 공간과 시간대에 대해서는 애정과 관심을 지녀야 한다. 이 같은 시각에서 지구상 유일한 분단국가이며, 분단된 민족의 상흔傷痕이 남아 있는 강원도에 대한 필자의 관심 또한 남다르다고 할 수밖에 없다. 현재 영동지역에 위치한 21세기 동북아 에너지메카로의 도약 전략을 본격화 하기 위해 '자랑스럽고 함께 잘사는 살기 좋은 부자 도시 삼척'은 시정 목표를 밑그림으로 확정하고, '시민화합, 신뢰행정', '경제회생 균형개발'의 시정방침을 실천궁행하며 혁신적인 열정을 쏟은 결과 삼척의 역사에 큰 획을 긋는 변화·발전을 기하고 있다.

　특히 삼척시의 행정 책임자가 "주식회사 삼척의 CEO라는 인식 아래 산업체유치, 산업단지조성, 지역경제 활성화를 핵심과제로" 삼척 LNG 생산기지, 종합발전단지, 소방방재산업 등 대형 국책사업을 유치하여, 우리지역의 천혜 자연자원을 활용한 해양관광 마스터플랜 수립 및 시행 등 관광 기반조성에 지역민과의 일체감으로, 인구 20만 경제자립도시건설과 고소득 창출의 활성화를 위하여 역주하고 있는 현상이다.

OECD 30개 국가 중 CEO의 리더쉽이 27위인 한국의 실정에 비추어 그간에 추진해 온 국책·전략사업을 역동적으로 추진하는 한편, 현재 LNG생산기지, 종합발전단지 등 동해안 에너지클러스터 사업과 소방방재산업단지 조성사업 또한 차질 없이 추진하고 있다. 이 점에 있어 지역경제활성화 고소득 창출이라는 불가피한 현상으로 '개발과 보존' 즉, 경제학자와 환경론자들의 논쟁이 지속되지만, 신은 우리에게 시련과 함께 기회를 허락했다는 사실은 기억할 일이다. 추진 중에 있는 20조원 규모의 세계 최대 제2원자력 연구(원)단지 유치는 삼척시의 새 역사를 분명 다시 쓰게 할 것이다. 아울러 지역 거점별 체류형 관광 인프라 조성과 문화관광산업 육성으로 소득이 되는 관광산업을 육성하고 유기 농수산업을 특화해 소득을 증대시키고 경쟁력이 살아 있는 행복한 농·산·어촌의 건설 병행은 실로 바람직하다.

차지에 모든 시민이 더불어 행복한 생산적 복지공동체가 되도록 선진화된 복지행정을 구현하고 교육, 여성, 문화체육의 특성화로 인재양성, 양성평등, 건강생활 증진은 긍정적으로 수행되어야 할 문제이다. 이와 함께 시민중심의 쾌적한 생활환경과 교통여건 개선으로 시민의 삶의 질을 향상시키기 위한 폐광지역 경제회생과 정주환경 개선으로 21세기 문화의 세기에 도계지역 일대도 살기 좋은 명품 공간으로의 전환 역시 시급히 요청된다.

일단, 지연친화적으로 낙후된 지역을 개발하는 것이 실타래처럼 얽힌 사회의 갈등 구도와 고정 인식의 틀을 변형하여 새롭게 기본 틀을 짜는 계기가 될 것이다. 이는 그간의 '무조건 환경을 보존하자'는 풍조에 의하여, 개발에 부정적인 부분만 보여주었기 때문에 보다 개발의 긍정적인 부분도 보여주어야 함은 물론, 학제간 연구라는 시각에서 생산적인 상생의 해법을 모색하는 대책 방안으로서 반드시 개발과 보존이 균형을 이루는 시대적 변화에 따른 인식의 확장에 따른 긍정적 사고의 필요성이 요청된다.

여기서 '한강의 기적'을 거론하지 않더라도 근대화 과정에서 우리나라는 단기간에 급속한 개발을 이룬 나라로 유명하다. 한국전쟁을 겪으며 식생활의 궁핍함으로 고통의 시간대를 거쳤지만, 오늘의 젊은 세대는 그날의 아픔, 어두운 과거를 기억하지 못한다는 것이 안타까운 현실이다. 물론 이것은 개발이 갖어다 준 가장 큰 해택이지만, 급속한 발전에 따라 우리의 금수강산은 개발의 논리에 밀려 그 원형을 잃어 왔으며 이제 그 원형을 복원하고 보존한다는 것은 어려운 현상이다. 특히 영동지역의 주민들은 지난 2002년 8월의 태풍 루사에 의한 피해를 겪으며 '모천회귀母川回歸'의 교시적 가르침을 하나 같이 체험하였다. 물론 매월당의 "물속의 돌도 함부로 치우면 물의 울음소리가 달라진다溟洲歌"는 지적은 유효하다. 자연환경의 원형 보존은 실로 바람직하나 강원도 지역에서 흔히 접할 수 있는 환경보존의 표어는 분명 그 인식의 폭을 달리하여야 한다.

논의에 앞서 4대강 개발의 현안이 국가의 기강을 뿌리채 흔드는 현상에서,『개발이냐 보존이냐』의 이해를 위해 환경과학 분야의 세계적인 권위자로 공동의 저자인 노먼 마이어스는,『침몰하는 방주』를 포함한 저서를 간행했고 현재 옥스퍼드에 거취하면서 활발한 활동을 하고 있다. 또 다른 저자인 줄러언 사이먼은 경영학 교수로『최종 자원』을 비롯한 저서를 집필했고「자원이 풍부한 지구」를 편집한 인물이다. 현재 그는 미국에 거주하면서 환경론자들에 대해 비판하는 다량의 학술논문을 발표하였다. 여기서 문제의 저서는 단순히 환경학자의 이론만을 중시하는 것이 아니라, 상반된 의견을 가진 집단의 이야기에 주의집중하여 보다 특징적으로 중요성과 정확성을 비교학적으로 다루어 주고 있다.

일단, 자연친화적 개발과 환경보존에 대하여, 발표자의 입장을 피력하기로 한다. 비정한 지식·정보화 사회에 몸담고 있는 국가나 기업, 그리고 개인에게 있어 황금알을 낳는 거위, 그것은 바로 기술력(경쟁력)이다. 우리가 이 시대를 살아가면서 생존을 위한 전략적 언어로 받아들이는 정보화(첨단화) 사회를 포함하는 인류개발의 지표적인 소통의 도구는 언어이다. 문화의 세기에 몸담고 있는 우리는 과거(역사), 현재(선물), 미래(꿈)를 거치고 꿈꾸며 살아가지만 개발과 보존 사이에서 오는 갈등과 현실적 문제점들을 충돌과 여과(화합)의 통로를 걸쳐야 한다. 여기서 직면하는 현상의 문제들이 안겨주는 선택의 기로에서 보다 넓고 깊고 신중한 삶의 문제의식 없이 현실에 안주하며 안이하게 간과해서는 결코 아니 될 일이다.

　보편적으로 우리는 산업혁명을 기점으로 산업기술의 개발을 인지하면서 보다 편리한 삶의 영위를 위하여 비로소 자연훼손 문제가 대두되기 시작하였다. 당면한 개발과 보존상의 문제는 고뇌 없이 풀어지지 않는 수수께끼인 양 현대사회에 마땅히 해결해야 할 과제이다. 때로는 무분별한 개발로 자연환경이 인간의 생명을 위협하게 만드는 현실도 경시할 수는 없다. 그 보기로 대기의 오염으로 지구의 온난화에 의한 엘니뇨와 라니뇨 현상들만 봐도 인명을 위협하고 있는가를 이해할 수 있다. 그렇다고 해서 자연친화적인 개발마저 허락하지 않는다면 지역경제의 활성화는 결코 주어질수 없다. 까닭에 어디까지나 무분별한 자연 훼손은 허락할 수 없지만, 자연친화적인 개발을 전제로 자연과 인간이 공존공생하는 대책을 강구하여야 한다.

　논의의 키 워드는 자연친화적인 개발을 전제로의 생산적인 방안을 신중하게 모색하자는 것이다. 그러기 위해서는 경쟁력 있는 도시로서 변모·발전하기 위하여 행정의 책임자와 지역주민이 일관된 집념으로 현실의 난제를 해결하려는 결집력을 보이는 삼척시의 경우, 미래 발전소의 모델로 성장의 새로운 동력인 삼척 그린파워의 건설을 놓고 현재 치열한 대립구도의 양상을 보이는 갯벌의 간척사업의 필요 불급성에 관한 논쟁을 통해 확인할 수 있는 문제이다. 일단 간척에 따른 생태계의 변화를 보면 육상 생태계와 수중 생태계를 연결하는 고리인 습지(wetland)는 지구상에서 가장 중요한 생태계 가운데 하나로 인식되고 있다. 습지는 다양한 생물이 살고 있는 서식지로서 홍수와 해일의 충격을 완화시키는 유수지로서, 그리고 자연계나 인간의 활동으로 발생하는 폐기물을 분해하여 자연으로 되돌리는 폐기물 처리장으로서의 기능을 가지고 있으며 갯벌 그 자체가 어촌사람들의 생계를 유지해주는 어업생산지이지만, 우리는 갯벌을 비교적 생산성 없는 땅으로 여겨 간척사업을 통해 농지나 공업지로 매립하여 생산성 향상이라는 목적 달성의 도구로 삼고 있는 것도 어쩔 수 없는 일례이다.

2) 새로운 변모와 도시의 모형

(1) 새로운 도시 변형의 논의

자연친화적인 환경의 개발과 보존의 이론적 접근에 있어, 서구의 근대 이성은 인간중심적 사고를 바탕으로 한다. 까닭에 자연과 인간을 분리하여 사고하는 이원론적 사고관이나 기계론적 사고관은 인간중심의 사고관을 확립한다. 따라서 환경문제를 근원적으로 해결하려면 서구의 근대 이성에 대한 반성과 이성의 본질을 회복하고, 어디까지나 인간 중심의 사고관을 극복하고 새로운 가치관을 수립해야 사회구조적 문제 해결이 선행된다.

일단은 생태계의 위기를 극복하기 위해 일차적으로 생태중심의 사고로 전환할 필요가 따른다. 이를 위해서는 동양의 일원론적이고 유기적인 사고관을 가져야 하고 사회구조의 변혁을 함께 도모

할 수 있다. 동양의 유기적 세계관은 인간과 인간, 인간과 자연을 유기적인 생명체로의 이해는 무엇보다 중요한 인자(因子)에 해당된다. 즉, 하나의 생명체가 손상되면 다른 생명체도 손상을 입을 수 있다고 보며 인간과 인간, 나아가 인간과 자연은 서로 연관되어 상호작용을 하기 때문이다. 이 같은 일원론적 자연관은 인간도 자연의 일부라고 생각하고 자연을 중시하고 이러한 자연친화적 태도는 환경문제를 근본적으로 해결하는 인식을 전제로 한다. 또한 자본주의의 사회구조가 가지는 문제점을 해결하기 위한 노력은 절대적으로 필요하다. 자본주의의 사회구조로 인하여 환경문제가 심화되었기 때문에 자본주의 사회의 사익 추구 입장을 공익성을 중시하는 사회구조로 바꾸어야 환경문제를 해결할 수 있다.

특히 논의의 주제에 해당되는 세계화를 위해 새롭게 도약하는 삼척시는 민선 5기를 20조원 규모의 제2원자력 연구단지유치에 나서는 등 21세기 동북아 에너지메카로의 도약 전략을 본격화 하고 있다. 현 삼척시의 행정 책임자(김대수 시장)는 LNG생산기지와 종합발전단지 등 대형국책 사업추진에 박차를 가하며 유기농산업 등을 성공적으로 마무리해 동북아 에너지 메카로의 도약을 천명하고 있다. 이처럼 삼척발전의 새 역사를 쓰기 위해 원자력 원천기술을 연구하는 20조원 규모의 제2원자력 연구단지 유치를 시정목표의 최우선으로 삼고 있는 실정이다.

특히 LNG생산기지와 종합발전단지의 유치로 이미 기본적인 인프라 구축이 시작됐으며, 여기에 원자력 연구단지까지 유치할 경우 동북아 에너지메카로 거듭날 수 있다는 것이다. 원자력 연구단지 유치문제로 최근 지식경제부와 과학기술부 등 중앙부처로부터 삼척의 접근성이 비교적 좋다는 긍정적 평가를 얻었다. 앞서 이미 정식으로 개통한 해양 레일바이크 운영을 계기로 차별화된 관광 아이템을 추가로 개발해 세계의 관광객 유치를 위한 성공적인 미래전략을 위해 노력할 일이다. 한편, 국책사업 시행을 통하여 건설기간 중 건설경기 부양과 지역업체의 사업참여 및 지역주민 고용창출로 지역경제의 활성화는 물론, 행정 당국자에 의해 사업추진에 필요한 지역주민의 보상지원 등 각종 행정 절차가 차질 없이 이행되고 있음은 인접한 타시군에 견주어 지극히 희망적이다.

(2) 도시 모형의 보기로서의 삼척시

◉ 삼척 종합발전단지 : 남부발전소 새로운 모델

미래 발전소의 모델을 제시한 삼척 그린파워(위치 : 원덕읍 옥원리 112번지, 총사업비 : 32,000억원, 사업기간 : 2009-2015년)는 남부발전의 기술력과 운영경험을 집약시킨 미래 성장 동력임에 틀림이 없다. 삼척 그린파워는 국내 최초이자 최대의 저열량탄 발전단지다. 기존 석탄이 kg당 6000kcal의 열량을 냈다면 삼척 그린파워에 쓰이는 석탄은 4600kcal에 해당하며 이는 열량이 적은 석탄으로도 발전이 충분하다는 것이다. 저열량 탄이 고열량 탄에 비해 가격이 저렴한 것은 물론이다. 까닭에 1,200억원의 연료 구매비용을 절감할 수 있어 발전원가가 낮아진다는 결과이다. 규모 면에서도 저열량탄 발전소 삼척시에 2,000㎿ 규모로 건설될 남부발전소는 세계 최대의 규모를 자랑하게 될 것이다.

따라서 원자력발전소 2기에 해당하는 규모로 이의 가장 큰 특징은, 유동층 보일러를 사용하는 점이다. 연료인 석탄을 알갱이 상태에서 재가 될 때까지 태울 수 있을 뿐 아니라, 석탄을 갈 때 발생하는 가루나 먼지가 전혀 없어 집진기나 탈황·탈질 설비가 필요치 않으며 폐목도 동시에 연료로 쓸 수 있어 친환경적으로 지적된다. 한편, 설계 단계서부터 가치 공학적 검토와 수명주기비용 평가를 통해 약 4,115억원의 공사비와 11,737억원 정도의 운영비를 절감, 발전원가가 가장 낮은 석탄 화력발전소로 건설될 계획이다.

뿐만 아니라, 삼척 그린파워는 인근 가스공사 인수기지의 LNG를 활용한 연료전지를 비롯해 냉열발전과 풍력·태양광, 그리고 방파제를 이용한 해상풍력과 화력발전, 배수로 소수력 발전 등 남부발전소는 약 300㎿ 규모의 세계 최대의 녹색 에너지 종합발전단지로의 기능이 확장될 가능성이 크다. 세계 최초로 상용화된 300㎿급 건식 이산화탄소 포집 플랜트를 도입할 예정으로 국내 최초로 설계 공법이 대거 적용된다. 특히 자연친화적으로 연료 하역 부두를 양쪽에 배치하고 계단식 부지를 조성할 계획이다.

특히 남부발전소 건설 추진에 있어 특이한 현상이라면, 두 개의 굴뚝을 동시에 연결해 구조물을 건축한다는 것과 굴뚝에서 나오는 열을 열교환기로 건물 내의 냉·난방에 사용한다는 것이다. 이 같은 기술이 농축돼 삼척 그린파워는 '3무無 발전소'로 대별된다.

여기서 3무란 석탄이 보이지 않고 회처리장과 오폐수가 없다는 것을 의미한다. 석탄을 옥내로 저장해 석탄 분진이 날리지 않고 석탄재 또한 100% 재활용해 회처리장을 필요치 않으며, 오폐수 무방류 시스템을 적용, 외부로 오염된 물이 흐르지 않는다는 점은 유념할 필요가 있다. 이처럼 남부발전소가 있어 행복한 지역 사회라는 새로운 발전소 주변 지원사업 모형으로서의 자리 매김은 물론하고, 삼척 그린파워 기능대학교를 운영해 일자리 창출을 통한 청년실업 해소와 지역경제 활성화에 크게 기여할 전망이다.

◑ 세계 소방방제 도시로서의 모형

이미 미국 소방장비업체 등 6곳과 양해각서 체결이 가시화된 세계 소방방제 도시(위치 : 근덕면 동막리 일원, 사업비 : 106,822 백만원, 사업기간 : 2007년 11월-2011년 12월)로서 변모하는 삼척시는 매출액 25조원, 임직원 10만여명의 세계적인 소방장비제조업체인 타이코(Tyco)가 투자 의향을 밝힘에 따라 소방방재산업의 메카로 새로운 활로를 개척하게 됐다. 지난 해 11월 19일 미국을 방문한 김대수 삼척시장 외 관계자들은 미국 소방방재 관련 기업체와 우수기관 프로그램의 교류협력에 나서 이 같은 성과를 올렸다. 삼척시는 당초 IFSTA(국제소방방재교육훈련기관) 총회 참가와 삼척분원 운영의 목적으로 미국방문을 계획했으나, 현지 방문기간 동안 세계 최대의 소방기업인 타이코(Tyco Fire Products Inc)와 양해각서를 체결하게 됐다.

아울러 타이코(Tyco)는 소방장비제조분야의 기술교류는 물론, 삼척시를 소방방재장비 제조 및 수출을 위한 아시아 전진기지로 선정해 소방방제산업의 발전을 선도하겠다는 의향을 밝힌 바 있다. 미국의 이 분야의 기업인 Home Safety(재난안전체험업체), Lifetome(화재탐지경보시스템업체), Globe(소방, 방화복제조업체)의 3개업체와 보스턴의 EPM(위험물안전진단업체), Photovac(위험물측정장비제조업체) 등 Tyco(소방장비제조업체)를 포함 총 6개 업체와 긍정적인 합의 아래 양해각서를 체결하였다. 시 관계자는 "비록 짧은 기간의 방문이었지만 삼척시가 그 동안 추진해 온 소방방재산업 육성시책, 싸팸엑스포 성공 개최, 대형 국책사업 유치 등에 대한 시너지 효과를 미국에서 재확인해 볼 수 있는 좋은 계기가 됐음"을 밝힌 바 있다. 또 하나 이번 방문에서 기대 이상의 성과를 거둘 수 있었던 것은 삼척시와 의회, 대학이 함께 산학협력 차원에서, 기업체와 관련 기관들을 설득해 신뢰감을 구축한 선례를 남긴 점이다.

삼척 LNG생산 기지 공사와 문제점

삼척 LNG 생산기지(위치 : 원덕읍 호산리 97번지, 사업비 : 27,398억원, 사업기간 : 2009년-2015년) 공사에 따른 주민과의 피해 보상이 다소 난항에 부딪치고 있는 것은 선결해야 할 상황이다. 합일점을 찾는 과정에서 피치 못할 과정으로 가스공사·주민들이 손실액 조사기관 선정에 이견을 보이는 실상도 가급적 속한 시일에 지역경제활성화라는 대국적인 차원에서 생성의 해법을 모색하는 방안이 강구되어야 할 것이다. 삼척 LNG 생산기지 건설사업에 따른 간접 피해 지역의 어업피해보상 약정 체결은 난항을 거듭하고 그 결과로 마찰이 예상되었지만, 원덕읍 호산·작진·고포어촌계와 개별 어업권(정치망)을 가진 어업인들은 시청에서 한국가스공사와 시 당국자들이 연석한 가운데 몇 차에 걸쳐 '어업피해보상 약정 체결 협의회'를 열었으나 의견 접근을 보지 못하고 있다.

 현실적으로 어업인들은 보상 대책이 세워지지 않은 상태에서는 공사저지 등 물리력 행사에 나설 수밖에 없다는 강한 입장을 밝히며, "농림수산식품부장관이 정한 어업손실액 조사기관(13개) 중에서 어업인들이 추천 및 선정하는 것을 약정서에 명시할 것을 요구하는 반면, 한국가스공사 측은 "추천은 어업인들이 하되 협의를 통해 선정해야 한다"며 대립갈등을 보이고 있 다. 양측은 조사용역 과업지시서 작성 및 조사계획을 다루는 약정서 내용 명시에 있어서도 '합의(어업인)하여 작성·확정된 세부조사계획서에 따르는 것을 원칙으로 한다'와 '협의(한국가스공사)'로 용어 선택이 엇갈리고 있어 의견 접근이 쉽지 않을 것으로 예상된다. 한편 어업인들은 앞서 LNG기지 건설현장 인근 호산리 백사장에서 보상대책 수용을 촉구한 바 있으며, 동일선상에서 호산항 국가관리항(위치 : 호산리 호산항 및 주변 해역, 사업비 : 7천여억원, 사업기간 : 2011년-2013년) 건설이 LNG 및 종합발전단지 건설 기공에 맞춰 이루어짐은 감안하여 업무상 차질이 없도록 노력할 사항이다.

3) 기회의 포착과 새로운 도전

(1) 개발과 보존이 함께 하는 Port Kells의 명암

1970년대 1번 하이웨이가 건설되면서, 복부가 가르마처럼 갈려졌던 포트 켈스(Port Kells) 지역은 사람 사는 곳이라기보다는 트럭들이 오고 나는 '산업지대'로 간주되어 왔다. 포트 켈스는 북쪽은 산업단지, 남쪽은 주거지로 형성된 자연을 두고 자연환경이라 하고, 사람에 의해 만들어진 환경을 인조환경이라 불러 구분한다면, 그야말로 이 두 가지 환경이 공존된 도시이다. 포트 켈스는 1885년 아일랜드 출신의 동명이인인, 두 Henry Kells에 의해 형성되었다. 두 사람은 프레이저 강에 깨끗한 물이 흐르는 부두를 건설하겠다는 계획으로, 써리와 랭리의 경계에 있는 땅을 선택했는데, 1910년의 개발 붐에도 실패로 끝났다.

거의 100여년이 흐른 뒤에야 포트 켈리는 새로운 전환점에 와 있다. 광역 밴쿠버의 교통 시스템의 획기적인 변화를 가져올 게이트웨이 프로젝트의 여파에 포트 켈리가 있기 때문이다. 특히 세 개의 대형 사업 중의 하나인 왕복 6차선의 대형 Golden Ears Bridge의 건설로 이 지역의 미래는 큰 변수가 생겼다. 사우스 포트 켈스의 지형적인 운명은 게이트웨이 프로젝트로부터 자유로울 수가 없었다. 다시 언급하면, 3가지 대형 도로가 밀집하는 곳이라는 점에서 동서교통의 젖줄과도 같은 1번 하이웨이, 미국과의 물류에 핵심 역할을 하는 15번 하이웨이, 게다

가 골드 이어스 다리의 직접적 영향권에 포트 켈리가 자리한다. 써리시
는 지난 2003년에 사우스 포트 켈스를 대상으로 하는 개발계획을 모두
통과시켰는데, 사우스 포트 켈리 개발계획은 자연은 그대로 살리면서,
주민들은 더 편리하게, 더 윤택하게 살게 하겠다며 "완전한 커뮤니티"
건설을 목표로 하고 있다. 때문에 써리시와 커뮤니티가 내내 머리를 맞
대고 여러 차례 의견을 맞춰왔지만, 개발이 완료되는 순간까지 철저한
관리시스템과 애정 어린 관심이 필요한 영역이다. 이 시는 이번 프로젝
트를 15-20년에 걸쳐 진행된 것으로 이미 장기적인 전망을 내놓았다.

(2) 브라질의 아마존 개발 문제의 양상

1960년대 이후, 브라질 정부는 아마존의 보존을 주장하면서 동
시에 개발을 부축이는 실정이다. 아마존이 브라질의 것이 아니라
인류의 유산이라는 환경론자들의 의견에 대해서 브라질 정부는
강력하게 아마존의 주인은 브라질이라고 주장하는 비합리적인 모
순을 표명하고 있다. '인류의 허파'로 불려지는 아마존의 개발은
환경론자들의 저항으로 향후 상당히 심각한 진통을 겪을 것으로
예상된다. 아울러 인류의 생존에 상당히 심각한 위협을 끼칠 도전
이며 또 하나 수용해야 할 엄연한 현실로서의 불가피함이다.

(3) 강릉 경포호 주변 친환경 습지 조성

저탄소 녹색도시로 발전을 추구하는 강릉시는 죽헌·운정지구 개

발 268억 투입으로 친수공간과 수해 예방효과 기대되고 있는 실정이다. 특히 동해안 대표 석호인 경포호 주변이 친수공간인 물놀이, 낚시 등이 가능한 습지와 생물을 위한 보전중심의 복원(석호)습지로 조성된다. 강릉시는 20일 시청 8층 상황실에서 경포호를 죽헌지구 및 운정지구 습지로 조성하는 내용의 '경포습지 조성공사 용역보고회'를 개최한다. 경포습지는 지방2급 하천인 위촌천 및 경포천의 치수종합계획에 따라 오죽헌 앞 농지 약25만3,000㎡에 설치되는 저류지(죽헌지구)와 경포호 서측 농지 약 25만2,000㎡에 유수지(운정지구)를 설치하며 각 습지별로 168억원, 100억원을 투입한다.

아울러 경포습지 조성에 따라 죽헌지구 습지는 치수공간으로 조성하여 평소에는 물놀이 낚시 등이 가능한 습지로, 그리고 운정지구 습지는 생물(특히 조류)을 위한 보전중심의 복원(석호)은 물론 하류지역의 수해 상습 침수해 예방이 기대된다. 경포 일원을 민선4기 들어 추진해온 경포해변 정비사업과 함께 경포습지를 오죽헌, 선교장, 허균생가 및 경포대 등의 가치 있는 문화유산과 연계되어 강릉의 자연자산과 문화유산이 공존하는 생태관광의 모범적인 사례로 변모할 것이 예상된다. 강릉지역 민자유치 사업이 불발되거나 난항을 겪으면서 차제에 민자유치 사업 전반에 대한 재검토는 물론, 접근방식을 새롭게 시행하라는 지적이다.

강릉시는 그 간에 인구감소와 열악한 관광 인프라, 경기 침체 등 총체적인 문제를 해결하기 위해 민간자본 유치에 행정력을 쏟고 있다. △등명관광지 개발 △구정면 골프장 △정동항 개발사업

△연곡해변 개발 △대관령 구도로 개발 등 민자 및 자체 관광사업이 대표적이다. 그러나 등명관광지 개발사업은 아예 불발됐고, 나머지 사업들도 지역주민 및 이해당사자, 자치단체간 불협화음으로 진통을 겪고 있다. 이는 지역주민들의 폭넓은 이해와 합의 없이 사업을 추진했거나, 개발업체의 자본력 및 의지 부족, 행정적 뒷받침 미약 등에 기인한다. 따라서 민자유치 등 각종 관광사업에 생명적인 활성화 대안을 제시하거나 자체에 전반적인 검토가 뒤따라야 할 것이다.

4) 인식전환의 필요성

개발의 윤리적 성격에서, 자연을 구성하는 제반 사물들, 일찍이 희랍인들이 그것을 특징 짓는 '질서'를 의미하여 우주(Cosmos)라고 일컬은 그 세계를 구성하는 사회적 관심이다. 여기서 다음과 같은 제시는 주의 깊게 검색되어야 한다. 그 하나는 생명과 무관한 다양한 종류의 대상을 인간이 자기 욕망, 자기의 경제적인 필요에 국한하여 사용할 수 없다. 둘째는 자연적 자원도 한정되어 있다는 자각의 시급성과 셋째는 산업화된 지역에서 생활의 질과 연관하여 발전시켜 온 개발 유형이 바로 그 후속 결과에 직결되는 것임에 대한 유념이다.

인간은 창조주가 허락한 지성과 감성, 그리고 의지를 가지고 만물을 보존하고 발전시킬 수 있다. 모름지기 인간은 하나님의 창조

사업을 이 지상에서 계승하는 일이다. 따라서 자연환경의 보존과 애호는 인간의 필요물을 효율적으로 자연환경을 개발하거나 자연을 사랑하고 보존하는 길이다. 구약(성서)은 "이제 내가 너희에게 온 땅 위에서 낟알을 내는 풀과 씨가 든 과일나무를 준다. 너희는 이것을 양식으로 삼아라. 모든 들짐승과 공중의 모든 새와 땅 위를 기어 다니는 모든 생물에게도 온갖 푸른 풀을 먹이로 준다 … 이렇게 만드신 모든 것을 하나님께서 보시니 참 좋았다.(창세 1, 29-31)" 인간은 여호와의 뜻에 의해 창조된 모든 것을 이용하고 개척할 수 있는 권리와 의무를 허락 받았다.

그 같은 요인으로는 인간의 유익과 발전을 위해 개발되고 추구되어 온 자연물의 응용과 과학기술들이 어떤 윤리성을 갖지 않을 때 오히려 인간을 헤치는 무서운 해악이 되는 것은 너무나 자명하다. 오늘날 자연은 인간의 유익이라는 명분에 의해 무차별 황폐화되어 가고 있음은 간과치 말아야 한다. 인간은 하나님께서 주신 지성과 감성, 그리고 의지를 가지고 세상 만물을 보존하고 발전시킬 수 있는 존재로서, 여호와의 창조적 행위를 이 지상에서 계승하는 일이다. 자연환경의 보존과 애호는 인간이 절대적인 필요 대상을 효율적으로 개발(개량)하는 일은 결론적으로 자연을 사랑하고 보존하는 행위이다. 자연을 애호·보존하는 것은 안 쓰고 절약하는 것만이 능사가 아니라, 적극적으로 자연의 내부에서 자연법칙을 활용하여 보다 나은 미래상품을 개발하고 효율적으로 대체할 수 있는 길의 모색이다.

일단, 개발로 인한 환경의 피해는 필요악으로, 자연상태의 주변환경을 구조와 배치를 인위적으로 변경하는 것이므로 주변환경을 원형대로 보존한다는 것은 불가능하다. 그 하나의 구체적 보기로 집안 청소나 정리 정돈을 하는 과정에서 육체에 폐를 안겨주는 분진이 날리게 되고 또 그 과정에서 상대적으로 무질서한 상태나 혼란이 주어지지만 결과적으로 처음보다는 더 나은 상태로 변형된다. 이 같은 논리로 주변환경에 피해를 유발하는 개발의 부정적 면이나 지구의 종말을 예고하는 극단적 환경론자들의 논의에 지나치게 우려할 필요는 없다.

모름지기 인간은 보다 변화·발전된 환경에서 살고 싶어하는 존재이다. 기아급수로 증가되는 인구에 비하여 거주할 공간이 부족하고 또 차가 많아지는데 도로가 좁다면 건물과 도로를 확장하여야 할 것이다. 인구의 증가로 인한 밀집은 인간에게 행동의 제한을 가하게 하기에 더 나은 방향을 모색하고 검토하여야 한다. 아주 단순한 논리이지만, 정해진 공간이 좁아 좌우 확장이 안되면 상하(지상과 지하)로 갈 수 밖에 없다. 때문에 개발은 환경 파괴로 인식되는 등식은 모순이고 지극히 비논리적이다. 구조물을 구축하려면 절대적으로 공간이 필요하지만 대지가 지극히 제한적이어서 결국 전답과 산지의 일부가 대지로 형질 변경되어야 한다. 그 대안으로 바다의 일부가 매립되고 산과 바다의 훼손은 대표적인 환경파괴 행위로 이해되고 있다.

결론적으로 자연친화적인 개발일지라도 환경론자에게는 자연

훼손으로 인식되지만, 보다 더 건강하고 생산적인 방향으로 지극히 상생의 해법 차원에서 심도 있게 모색한다면 환경훼손을 최소화하고 개발로 인한 피해를 줄여 결국 인간과 자연이 공존할 수 있도록 하여야 한다. 차지에 환경 훼손을 최소화하기 위한 환경개발정책과 공사과정 중의 환경피해 저감 등의 노력의 일환으로 환경영향평가, 환경성검토제도 등의 많은 제도적 장치를 적법하게 수행하여야 할 것이다. 아울러 공권력의 강행으로 힘 없는 서민이 물질적·정신적 피해를 당하지 않도록 어디까지나 개발과 환경보존의 조화를 이루기 위한 공직자의 노력이 가장 효율적이고 생산적 환경개발임은 너무 명백하기에 새삼 재론할 필요는 없다.

제 4 부
시적 응시와 느림의 시학

1. 선시의 이해와 접목, 그 다양성

1) 선시의 개념과 그 양상

선시란 선사들의 선적 체험, 이른 바 선수행의 결과 체득된 오도의 경지를 표현한 것이다. 이형기는 『현대시와 선시』, 『현대문학과 선시』에서 "선사상을 시적으로 표현한 언어양식"이라 정의하였고, 이종찬은 『한국의 선시』에서 선시의 유형, 시론, 작가와 작가론까지 체계화함으로써 그 기틀을 확립하였다. 선시의 유형으로는 시법시(조사들이 선의 세계를 대중에게 보여주기 위해), 오도시(깨달음을 시로 표현), 념송시(선사들의 공안이나 어록을 시로 표현)는 다분히 교시적이고, 선기시(대중 교화를 위해), 선리시(선의 이치), 선사시(선의 고사를 시로), 선취시(선을 빌리면서도 선미만 취해 시의 맛을 보여줌)는 선사 및 일반문사들의 선적 사유를 시로 작품화 한 것이다. 보편적으로 좋은 선시는 표기상 한문으로 기록되어 있지만, 근래에 이르러서는 한글로 씌어진 선시를 접할 수 있다. 그 중에서도 한용운의 『님의 沈黙』은 돋보이는 현대선시집이다. 현대의 시인들의 시적 경향으로 선취가 강한 작품을 지적할 수 있다.

선시의 시각에서 접근하면 시인의 역할은, 천지만물의 이야기를 대신 통역하는 행위이다. 그는 입 없는 천지만물을 대신해 그 말을 전달하고, 눈으로 보여 주는 존재다. 선사禪師들이 벽력 같은 깨달음의 순간에 설명의 언어를 버리고 입상진의의 시를 선택하는 것은 불가피성이다. 언어의 길, 생각의 길은 백척간두의 절벽 앞에서 이미 끊어졌다. 생각이 끊기고 보니 내가 없다. 이때 잠시 천지만물이 텅빈 단전 사이로 스며들어 맴돌다가, 내 손을 빌리고 내 입을 빌려 언어의 외양으로 형상화된 것이 선시이다. 불립문자不立文字, 교외별전敎外別傳은 안타까워 나온 소리이지, 심오한 뜻이 담긴 것은 결코 아니다. 언전言筌 즉 언어의 그물에 걸려들고, 이치로 설명하면 이로理路에서 길을 잃고 헤맨다. 언어로 설명하기를 포기하겠다는 것이 불립문자요, 알아들을 자만 알아들으라는 의미성이 교외별전이다. 이해를 돕기 위하여 시가 선과 만나면 선시가 되고, 시가 선의 경지에 이르면 시선詩禪이다. 선은 분별지를 마음에서 걷어내는 것이다. 명상瞑想 즉 생각을 잠재우고, 묵상 곧 생각을 침묵시킨다. 선은 마음을 텅 비워 본래의 나와 만나는 순간이다. 명상이란 뜻을 지닌 범어의 samadhi를 옮기면 선이요. 정려靜慮 또는 사유수思惟修로도 풀이된다. 다시 말해 '근심과 기쁨을 마음에서 걷어내는 것이 바로 선 희우심망편시선喜憂心忘便是禪'이다.

> 연못가 홀로 앉아/연못 속 중 만났지.
> (池邊獨自坐 池底偶逢僧)
> 묵묵히 보며 웃네/대답 않을 줄을 알고.
> (默默笑相視 知君語不應)
>
> — 혜심(慧諶)의 〈對影〉

못가에 혼자 앉아 있는데, 못 속에서 웬 중 하나가 나를 물끄러미 보고 있다. 아무런 표정이 없다. 싱거워 내가 씩 웃자, 그도 따라 웃는다. 누구신가? 물으려다 입을 다문다. 내가 나를 모르는데, 그인들 그를 알겠는가? 두 사람은 그저 응시한다. 내가 그를 본다. 그도 나를 본다. 내가 나를 본다. 그가 그를 본다. 독자상시獨自相視, 혼자 앉아 마주 본 이야기다. 이처럼 나르시즘(Narcissism)적 발상에 의한 '물에 비친 자기 그림자'를 보고 쓴 시다. 선이란 때로 이렇듯 무심한 자기 응시이다. 일체의 이런 저런 분별을 걷고, 하루에도 밑도 끝도 없이 떠오르는 생각들을 걷어내면 그 안에 텅빈 물건이 하나 남는다. 성철 스님의 "마음에 묻은 금가루도 닦지 않으면 먼지가 되느니라."의 설법처럼 때로 선시는 그 텅 빈 물건 하나를 앞에 두고 부지런히 닦기도 하고, 본래무일물本來無一物인데 닦을 먼지가 있기나 하겠느냐고 반문하기도 한다.

흰 구름 구름 속 푸른 산 첩첩
푸른 산 산 중에 흰 구름 뭉실뭉실
(白雲雲裏靑山重 靑山山中白雲多)
날마다 구름과 산을 벗삼아 지내니
몸 편안하면 어딘들 집 아니리
(日與雲山長作伴 安身無處不爲家)

내용을 조직하는 구조적 통일체를 보이는 태고국사 보우太古國師 普愚의 〈구름과 산[雲山]〉(《太古集》, 卷下, '偈頌')의 예시는 반복의 리듬이 있고 다多와 가家의 각운이 있다. 반복의 리듬 때문에 누구나 친근하게 이 시에 접한다. 각운까지 곁들이면 이 시는 자연스레 가락이 있는 노래가 된다. 게다가 구름이 푸른 산으로 이어지고 푸른 산은 다시 구름으로 이어져 끝없는 순환관계를 만든다. 구름과 청산을 형이상학적인 은유로 읽지 않아도 좋다. 자연의 대상물이 함께 조응하며 물아일여物我一如를 이루니, 바로 그것이 선이다.

2) 선시의 본질과 현대적 모형

(1) 선의 기본 사상적 특질

선의 기본이 되는 특질은 '불립문자 교외별전 직지인심 견성성불不立文字 教外別傳 直指人心 見性成佛'로 표현된다. 문자는 언어를 표기하는 수단인 만큼 이 네 종지는 '언어의 초월'을 강조한다. 초기 선의 소의경인 『능가경』의 게송이나, 육조 혜능의 남종선의 소의경이라 할 수 있는 『금강경』에서도 경전 도처에 천명하고 있다.

> 어느 날 밤에 정각을 이루고/어느 날 밤에 열반에 들지만
> 이 두 중간에서/나는 아무 것도 말한 바가 없다
> 안으로 몸소 증득한 법으로서/나는 이와 같이 말한다
> 시방 부처님과 또한 나의/모든 법은 차별이 없다[10]

불타는 정각을 이루고 열반에 들기까지 45년 동안 8만 4천 법문

---

10) 『입능가경』, 제5권, 佛心品, 한글대장경, 동국역경원, p.131.

으로 지칭되는 수많은 대기설법을 남겼다. 그럼에도 불구하고 "나는 아무 것도 말한 바가 없다"고 자기의 말한 바를 부정하는 이 게송은 분명 언어초월 사상을 역설적으로 강조하고 있다. 또 조계 선종의 소의경인 『금강경』에서는 정하여진 정상성定相性을 부정할 뿐 아니라, 모순어법인 역설11)을 사용하여 관습적인 고정관념을 깨뜨리며, 세계가 숨기고 있는 존재를 개시한다. 한편, 시의 생각과 '선의 사고는 닮았다는 사실을 발견할 필요성을 지닌다. 시인과 선객이 가깝게 왕래할 수 있는 까닭은 서로 말귀가 통하고 배짱이 맞기 때문이다. 시와 선이 하나로 합일되어 선시가 된다. 절묘한 결합이다. 선시의 언어는 직관의 언어이기에 의미를 해체하고, 사물로 말한다. 풍경으로 보여주고 설명하려 들지 않는다. 직관의 언어는 무책임하다. 친절하기는 커녕 때로는 소통 자체를 거부하기까지 한다.

여기서 선시는 일상성을 벗어나지 않을뿐더러, 승려가 지은 시라할지라도 모두 선시는 아니다. 『벽암록』과 『전등록』이 선시를 읽는 전가傳家의 보도寶刀가 아니다. 선시도 일상성을 벗어나지는 않는다. 선시는 깨달음 없는 삶, 생존의 나날을 혐오한다. 송나라 시덕조施德操는 『북창영과록北窓炙輠錄』에서 앞서 본 도연명의 〈음주〉를 읽고 소감을 밝혔다. "이때는 달마가 아직 중국에 오지도 않았는데, 도연명은 이미 선을 알고 있었다. 이 말을 듣고 나는 너무도 통쾌해서 덩실 춤을 추었다."

---

11) 『금강경』 제 7 無得無說分과 제 8 依法出生分 외에 경 도처에 나타난다.

(2) 선과 간택심의 초월

선은 왜 언어 초월의 길로 내닫는가? 이 질문에 논리적인 대답을 얻을 수 있는 사상적 기반은 불교의 실상설과 연기설 양대 교리 중 연기설에서 실마리가 풀린다. 연기설의 원형은 『잡아함경』중 『인연경』에서 보인다.

> 이것이 있음에 말미암아 저것이 있고
> 이것이 생김에 말미암아 저것이 생긴다
> 이것이 없음에 말미암아 저것이 없고
> 이것이 멸함에 말미암아 저것이 멸한다.[12]

'이것이 있음으로 저것이 있다'는 『인연경』에서도 확인되듯이 상호의존적 관계에 의해 존재함을 밝히는 의존성 원리다. 연기란 '말미암아 일어난다'이니 조건으로 인하여 발생한다는 의미이다. 곧 일체의 존재는 그럴 수밖에 없는 이유가 있어서 생겼고, 그것을 다시 바꾸어 생각하면 일체의 존재는 그것을 성립시키는 조건이 없어질 때 절로 없어진다는 것이다. 따라서 독립독존하는 불변이란 이 세상 어디에도 존재하지 않는다. 이것이 연기다. 『아함경』[13]

---

12) 『雜阿含經』 12卷, 因緣經, 한글대장경, 동국역경원, pp.344~345.
　　'나는 이제 인연법과 연생법을 말할까 한다. 무엇이 인연법인가? 이른바 〈이것이 있기 때문에 저것이 있다〉는 것이니, 無明을 인연하여 行이 있고, 행을 인연하여 識이 있으며… 내지 이렇게 하여 큰 괴로움의 무더기가 모이는 것이다. 어떤 것을 연생법이라 하는가? 이른바 무명의 지어감은 부처님이 세상에 나오시거나 나오지 않으시거나 확정된 법의 세계로 항상하는 것이다. 그것이 바로 상의성이다.

13) 宋醉玄, 『般若心經講論』, (경서원, 1993), p.281.
　　아함경은 佛典에 의하면 釋迦牟尼가 직접설한 偈를 포함한 설법을 수집한 8品으로 구성되었다. 이 경전이 北으로 전래되어 원어 Āgama가 阿含으로 음사되어 阿含四部經이 되었으며, 곧 Āgama는 '到來한 것' 혹은 '傳來해 온 것'이라는 의미이다. 南으로 전래된 이 불전은 판차.니에서 석가모니는 이를 상의성이라 했고, 보통 인과라 표현하여 온 상호관계성이다.

모든 사물은 그것을 존재하게 하는 수많은 요인과 조건 지어진 복합적인 상호 의존관계가 빚어낸 결과 이것이 연기설의 핵심이다. 이 경우 책을 책으로 만든 사물의 상호 의존관계는 물론 가변성을 갖는다. 다시 말하면 다른 원인과 다른 조건이 관계되어지면 관계 자체와 또 그 관계의 결과가 아울러 변화될 가능성이 언제나 수반된다.

가령 이 책이 독자에 따라 많은 다른 결과가 빚어지게 되며, 또 이 책장 몇 갈피는 인화성 물질에 의해 대화재를 낼 수 있는 요인으로 작용될 수 있다. 그러므로 책은 결코 책으로만 고정되어 있는 사물이 아니다. 이렇게 관계 지어진 일체 사물은 언제 무엇으로 변할지 모르는 가변성을 포함하고 있음을 우리는 책의 예를 통하여 모든 사물의 존재 양태를 확인 할 수 있다. 이 현상을 바탕으로 해서 불교에서는 일체 존재물의 무자성無自性, 곧 그 고유한 본

가야라 총칭되어 팔리語로 서술되어 남방불교의 소의경이 되었으니, 우리는 이것을 巴利五部經典이라 한다.

南傳巴利五部經傳	北傳四部阿含經
(Panca-Nikaya)	(Āgama)
1. 長部經典 34經	長阿含經 22卷 30經
2. 中部經典 152經	中阿含經 60卷 224經
3. 相應部經典 7762經	雜阿含經 50卷 1362經
4. 增支部經典 9557經	增一阿含經 51卷 472經
5. 小部經典 15經	

장아함경은 긴 경전을, 중아함은 중간 정도 길이의 경전을 그 밖에 잡아함이나 증일아함은 짧은 경전을 모아놓은 것이다. 위의 간추린 도표는 서로 南傳과 北傳의 經題目이 대응되어 나란히 놓았다. 팔리어 5부경전 중 5. 소부경전이 일률적으로 동시 번역되지 않았는데, 그 이유는 다른 4부경전들 보다 늦게 편집되었기 때문이다.

체를 부정한다. 상황에 따라 책이 되기도 하고 불쏘시개, 혹은 재가 된다.

이와 같은 도리에도 불구하고 우리의 일체 삶은 각각 고유한 자성自性을 가졌다는 인식 위에 영위된다. 예컨대 '종이와 만년필', '물과 불', '미와 추', '애와 증'과 같이 상호 의존으로 건립된 '이것'과 '저것'을 간택하는 간택심 곧 차별의식에 의해 삶이 형성된다. 현상적으로 볼 때, 일체 대상은 그렇게 구분될 수 있는 일면도 있으나, 그 현상들은 사물의 고유한 본질이 아니다. 일체의 존재물은 연기설과 같이 '이것이 있음으로 말미암아 저것이 있는' 상호 의존적 존재인 만큼 어떠한 것도 고유한 자성을 가질 까닭이 없다.

『금강경』에서는 "모든 깨달은 현인과 성인은 상대의 세계를 훌륭한 무위의 절대법으로 차별을 두기 때문이다"라고 말하고 있다. 불교는 존재물에 대한 차별적 인식, 간택하는 분별심을 망상이라 규정하고 그 분별망상에서 초월을 역설한다. 여기서 분별하여 간택한다 함은 필수적으로 따라오는 그 이후에 일어나는 그 결과에 대한 집착이다. '다이아몬드/돌덩이', '아름다움/미움', '깨끗함/더러움', 곧 이것과 저것에 대한 집착을 불러일으키고 좋은 것은 소유하려 하고 나쁜 것은 버리려 하는 우리에게 불교는 이러한 존재물에 대해 우리가 일으키는 차별상을 망상으로 규정하고 우리를 현상에 대한 집착에서 완전히 해방되어 자유로운 정신세계로 인도하려는 것이다.

선의 종지인 불립문자 직지인심不立文字 直指人心은 바로 위와 같은 분별을 초월하려는 제일 명제라 할 것이다. 왜냐하면 존재물에 대한 차별은 그것이 그대로 그 존재물의 언어화를 의미하기 때문이다. 그리고 우리가 의식 속에서 떠올린 사물에 대한 관념은 비록 음성화되지는 않았지만 들리지 않는 언어임에는 틀림없다. 이것은 책, 저것은 연필이라 했을 때, 이렇게 생각한 그 자체도 들리지 않는 언어다. 결국 우리가 사용하는 언어는 이러한 관념의 인식이 음성화되어 우리 귀에 전달되는 것에 불과하다. 그러므로 선은 음성화되기 이전에 성립된 의식차원에 더 중점을 두고 언어의 초월을 의미하는 불립문자와 바로 마음을 가리키는 직지인심으로 이어지는 것이다.

고유한 자성이 명백히 없다는 것이 성립될 때 우리는 일체의 존재물을 차별하여 인식할 필요가 없다. 가령 앞에 예를 든 책을 반드시 책으로 인식할 필요가 없으며, 된장 속에서 나온 구더기를 더럽다고 할 까닭도 없다. 이럴 때 'A는 A가 아니다'라는 우리의 고정된 생각으로는 도저히 이해가 되지 않는 논리적으로 모순된 명제를 발견하게 된다. 이럴 때 우리는 관습화되고 합리화된 감각적 지각과는 정면으로 어긋나는 논리에 당황하고 있음을 느낄 것이다.

> 사실 제 시에 가장 많이 나오는 게 나무와 새인데
> 그들에게 저는 한 번도 출연료를 지불한 적이 없습니다.
> 마땅히 공동저자라고 해야 할 구름과 바람과 노을의 동의를
> 한 번도 구한 적 없이 매번 제 이름으로 뻔뻔스럽게
> 책을 내고 있는 것입니다. 저는 작자미상인 풀과
> 수많은 무명씨인 풀벌레들의 노래들을 받아쓰면서
> 초청 강의도 다니고 시낭송 같은 데도 빠지지 않고 다닙니다.
>
> - 손택수의 〈출연료도 못 준 나무야, 새야, 미안하다〉에서

비교적 위의 예시처럼 한 사람의 시인인 손택수가 『나무의 수사학』에서 "내 시의 저작권에 대해 말씀드리자면"에서 제시한 바 있듯이, 삶의 일상에서 자연에 빚진 것이 어이 시 뿐이겠는가? 흘러가는 구름에 마음 한 자락 걸치고 오늘도 잠시 멈추었다 물처럼 그렇게 흐르는 것이 우리네 삶이 아닌가? 우리는 느림의 시학에 견주어 사유하는 과정에서 시가 선과 만나 선시禪詩가 된다는 것을 확인할 수 있다. 이처럼 시가 선의 경지에 이르면 바로 그것이 시선詩禪이다.

선시는 깨달음의 미학이다. 송나라 때 엄우嚴羽가 《창랑시화(滄浪詩話)》에서 "선도禪道는 오직 묘오妙悟에 달려 있고, 시도詩道 또한 묘오에 달려 있다."고 하여, 시와 선을 나란히 보는 견해를 밝혔다. 그는 시와 선의 공통점을 '묘오'로 들었다. 묘오란 말로는 설명할 수 없는 깨달음이다. 언어는 의사 소통의 도구이지만 언불진의言不盡意라는 지적처럼 뜻을 다 전할 수 없다. 오묘한 깨달음의 세계는 늘 언어를 저만치 빗겨나 있다. 수레 깎던 윤편은 제 자식에게조차 그 기술을 설명할 수 없었다. 이에 대한 《주역》의 대답은 '입상진의立象盡意'다. 말로 하려 들지 말고, 이미지를 통해 설명하면 그 의미를 온전히 전달할 수 있다는 것이다. 이 같은 난제를 불교의 공도리空道理는 명쾌하게 박살내버린다. 『잡아함경』의 『인연경』에서와 같이 모든 존재물은 고유한 자성이 없다는 연기설의 상호 의존설을 전제로 할 때, 일체 존재물은 '일체 존재물이 아닌 존재물일 뿐'이다. 곧 '책은 책 아닌 책'으로 거짓 존재하고 있다.

선에서는 이것을 진공묘유眞空妙有라 한다. 진짜로는 공이지만 절
묘하게 현상으로 존재하는 상태를 말한다. 공도리는 이 기묘한 책
을 '공으로서의 책'이라 말한다.

(3) 선시의 실증적 모델14)

우리의 글이 추구하는 선시의 표현방법론에서 중시되는 모순어
법을 극명하게 표출해주는 시 편을 이해를 돕기 위해 제시해 본다.

뙤약볕 속 서리 구슬을 맺고
쇠나무에 핀 꽃 밝음을 자랑한다
진흙소 큰 울음으로 바다 속 들고
바람에 우는 나무말 길을 메운 그 소리

(허백 명조)15)

이 시는 1행부터 정상이 아닌 기이한 사물과 상호 충돌적인 이
미지를 등장시켜 우리를 황당하게 한다. "뙤약볕 속 서리"와 "쇠나
무에 핀 꽃"이 그것이다. 그리고 3행에 나오는 "진흙소 큰 울음" 울
고, "진흙소가 바다에 든다" 또 마지막 행 "바람에 우는 나무 말"의
등가물인 "길을 메운 그 소리" 역시 우리를 황당무계 속으로 밀어
넣는다. 이 시의 충격적 당황성은 우리가 현실적인 기본 질서나 정
상이라 인정하는 그 기본 바탕을 고의적으로 깨어버리는데서 기인

---

14) 엄창섭·송준영,『현대시의 이론과 실제』(홍익출판사, 2006), pp.124-128.
15) 盧白 明照(1593~1661) 병자호란시 수군 4000을 거느린 의병장. 盧白堂集이 있다.
　　이종찬,『韓國佛家詩文學史論』, (불광출판부, 1993), p.433.
　　(焰裡寒霜凝結대 花開鐵樹映輝明 泥牛哮吼海中走 木馬風滿道聲)

한다. '불 속에 핀 연꽃'이나 '돌로 만든 구름'과 같이 존재의 정상적인 양태를 벗어나 우리의 고정 관념에 이반되는 데서 오는 당황함이다. 현실적인 분별 상으로는 있을 수 없는 일이다. 이러한 이질성 곧 '연꽃에 불이 붙으면 타는 인화성', '돌인 고체와 구름인 기체'를 근본 바탕으로 하는 우리로서는 당연히 있을 수 없다.

우리는 '선의 간택심 초월'을 다시금 생각할 필요가 있다. 선의 기반이 되는 공도리는 차별적 인식을 거부한다. 따라서 공사상에 의하면 일체가 회감하는 공도리는 마치 현대물리학에서 말하는 양자장量子場[16)과 같다. 즉 공이라고 이해되는 '빔'이 빈 것이 아니며, 가득 찬 것 같은 '장'이 일정한 터(공간)가 아니라 곧 빈공의 장소일 수도 있다는 모순적, 상호 보완적 성격을 말해준다. 이것은 모순어법을 통한 선의 모순적 진리 표현법과 동일하다. 우리는 무생물로 만들어진 진흙소나 나무 말은 살아 있는 것이 아니므로 울 수 없다는 고정관념에 길들어졌다.

위의 "쇠나무에 핀 꽃"은 정상적으로 있을 수 없는 사물이며, A = A라는 정상논리로는 의미를 해독할 수 없다. 곧 차별에 의한 고정관념을 정상이라 생각하는 인식의 틀로서는 위의 시가 무엇을

---

16) F. 카프라, 『the Tao of Physics1』(4 공과 형상)에서 발췌함.
　　이성범·김유정 공역, 『현대물리학과 동양사상』, p.249.
　　'아이슈타인의 重力場理論과 量子場理論은 둘 다 素粒子들이 그것들을 둘러 싸고 있는 공간으로부터 분리될 수없다는 것을 밝혀주었다. 한편 그것들은 그 공간의 구조를 결정하는 반면에 독립된 실체로서 여겨질 수 없고, 전 공간에 미만해 있는 연속적인 場의 응결로서 이해해야 한다. 量子場理論에서 이러한 場은 모든 素粒子들과 그것들 서로의 상호 작용의 바탕으로서 이해되고 있다. 場은 언제 어디서나 존재한다. 그것은 결코 제거될 수 없다. 그것은 모든 물질적 현상의 수레이다. 그것은 그것으로부터 陽性子가 파이中間子들을 생기게 하는 〈虛空〉이다. 素粒子들의 나타남과 사라짐은 단지 場의 운동형태에 불과하다.

나타내려고 하는지 알 수 없다. 해독할 수 없는 것은 당연하다. 이러한 시구는 바로 'A는 A가 아니므로 A다'는 등식 A = Ā로서 이해해야 가능하다. 그런 까닭에 허백 명조 선사가 보여주는 게송에 나타나는 황당무계한 사물들도 바로 A = Ā를 시적으로 표현한 결과다. 앞에서도 보았듯이 A = Ā의 세계는 차별이 없는 절대평등의 세계다. 이런 세계는 '이것'과 '저것'의 구별이 없다. 그러나 우리는 오랫동안 고정관념에 의해 '이것'과 '저것'이 구별되는 사물의 존재 양태를 정상이라고 간주한다. 오랜 합리에 의하거나 혹은 무의식중에 정상이라고 전제를 한 후 사물을 인식하기 때문에 "뙤약볕 속 서리 구슬을 맺고"와 같은 세계를 이해하지 못하는 것은 당연하다. '이것'과 '저것'이 없는 꽃이므로, '이것'과 '저것'의 차별이 있을 수 없다. 그런 의미에서 선시는 우리에게 정상이라는 기준치가 정말로 정상인가 되묻게 해준다. 이런 관점에서는 공은 정상이 비정상이고 비정상이 정상인 세계, 정상과 비정상이 융합하여 서로 회통되는 세계다. 이것이 현대물리학에서 말하는 통일장의 세계다.

또 신라의 의상은 화엄 대의를 간추린 노래 「법성게」에서 "하나 가운데 모든 것이 있고, 많은 것 가운데 하나가 있다/ 하나가 곧 모든 것이요 많은 것이 곧 하나다"라고 노래하고 있다.[17] 이것은 여럿의 물질적 현상(色)이 하나로 모이고 그 본질(공)이 여럿의 현상으로 나타나는 세계이다. 이러한 '색즉시공 공즉시색'의 도리를 불교에서

---

17) 〈一中一切多中一 一卽一切多卽一〉: 신라의 의상이 지은 화엄경 대의를 게송으로 만듦. 총 30句 중 제7句와 8句이다. 여기서 一은 本質이고 一切는 現象을 말한다.

는 불이법문이라 한다. 이것은 A와 Ā가 차별상을 가지고 존재하는 것이 아니라, A가 곧 A일 뿐만 아니라 A가 아닌 것이 될 수도 있음을 의미한다. 이것을 등식으로 표현하면 A = Ā의 등식이 된다.

사물은 이러한 양태로 존재하기 때문에 空이며 불이세계라는 것이다. 이것을 특질로 하는 선은 그 언어 표현인 선시에 와서는 문자를 차용하되 그 도리만 나타내기 위해 특이한 표현 방법론을 사용하게 됨을 알 수 있다. 그것은 언어 초월이라는 선의 본질적 성격에도 불구하고 그 자체는 언어양식으로 존재하고 있기 때문이다. 결국 선의 도리를 나타내기 위해서는 정상적인 문법을 벗어난 어법, 즉 A = Ā의 등식으로 표현하게 된다. 우리가 정상이라고 생각하는 논리성을 완전히 무시한 표현 방법론, 즉 모순적 어법에 의해 표현되어짐을 알 수 있다. "뙤약볕 속 서리", "쇠나무에 핀 꽃," "진흙소 울음"이나 "나무말의 울음"은 그 단적인 예다. 이러한 언어 표현은 문법을 고의적으로 파괴했다고 말할 수 있는 표현법이다. 이것이 바로 A = Ā의 사고방식의 소산이다.

여기서 시 해석의 지평을 넓히기 위해, 선시란? 간단히 요약되어진다. 선에서 흔히 '불립문자 교외별전 직지인심 견성성불'을 들먹이는데, 이것은 선이 이론으로 형성된 교학을 초월한 마음과 마음으로만 전달되는 성질의 것임을 표방하는 절대적 선언문이다. 또 '나' 밖으로 눈을 돌려 일체 상황이나 경계에 분별하는 마음을 일으키지 말고 바로 자기의 마음을 직시하여 그 본성을 있는 그대로 볼 때는 스스로가 진리의 구현자임을 알게 된다는 주장이다. 결국 모든 것은 오직 '마음'에 요체가 있음을 알게 된다. 이런 상투적인 것을 예문으로 모두에 드는 것은 이 16자가 선이 자기 자신의 본원으로 회귀하려는 자세가 명백히 드러나 있기 때문이다. 이 '언어도단 심행처멸言語道斷 心行處滅'의 자리는 선의 궁극의 자리이며, 이 자리에 앉는 행위가 아니 앉은 행위가 선이며 이 자리에 앉아 노래 부른 것이 선시다.

3) 해결되어야 할 문제

『반야심경』의 '색즉시공'은 이러함을 명약관화하게 설파한다. 현상적으로 뭐라 하든 일체의 존재물은 자성이 없는 공으로서 존재할 뿐이다. 그럼 A도 空, B도 空, C도, D도, 모든 것이 공일 때, 여기에 공이 절대의 무기인 양 하는 전지전능을 경계하고 공과 다른 것에 관해 분별심을 일으키지 못하게 하는 것을 '공역복경空亦復空'18)이라고 불교에서는 말한다. 또 심경은 '공즉시색'이라 하여 공이 곧 현상, 본질이 바로 현상임을 명료하게 답한다. 일체의 현상에 대한 차별적 인식은 허망한 망상이다. 이것을 극복해야할 원리가 공이라고 하여 공에 집착하는 것을 경계하기 위해 선문에서는 여러가지 화두19)로 경책한다.

---

18) 나가아르쥬나, 『中論頌』, 〈四諦의 考察〉, 황산덕 역, (서문당, 1976), pp.185~186.
　　어떠한 존재도 인연으로 생겨나지 않는 것이 없다. 그러므로 어떠한 존재도 공하지 않는 것은 없다.(衆因緣生法 我說卽是空 亦爲是假名 亦是中道義) 모든 존재는 인연으로 말미암아 있게 된다. 그리고 인연으로 생겨난 것을 우리는 공하다고 말한다.(因緣所生法 我說卽是空)
19) 이 空道理를 박살내는 채로서 話頭라 불리는 제일 命題가 역사상 약 1700가지나 있다.

　　　　상추꽃 핀
　　　　아침
　　　　자벌레가
　　　　기어가는
　　　　지구 안쪽이
　　　　자꾸만
　　　　간지럽다

- 유재영의 〈오월〉 전문

예시에서 우리가 쉽게 이해하고 접할 수 있는 것은 곧 마당에 핀 상추꽃을 보는 5월 아침은 싱그러움이다. 자벌레 한 마리가 미세한 움직임을 통해 지구의 중심을 향해 나아간다. 시인은 자꾸만 간지럽다고 말하는데, 정작 간지러운 것은 지구의 안쪽인가? 아니면 시인 자신인가? 조그만 자벌레가 지구를 간지럽힌다. 이 놀라운 깨달음 앞에 시인과 독자는 언어도단에 이르게 된다. 우리는 시의 생각과 선의 사고는 닮았다는 사실을 발견할 수 있다. 시인과 선객이 가깝게 왕래할 수 있는 까닭은 서로 말귀가 통하고 배짱이 맞기 때문이다.

일단, 시와 선이 하나로 만나 선시가 된다. 절묘한 결합이다. 선시의 언어는 직관의 언어이기에 의미를 해체하고, 사물로 말한다. 풍경으로 보여 주고 설명하지 않는다. 직관의 언어는 무책임하다. 친절하기는커녕 때로는 소통 자체를 거부하기까지 한다. 여기서

선사는 아래와 같이 대답하였다.
"내가 청주에 있을 때에 일곱근 나가는 무명옷을 지었다."(問 萬法歸一 一歸何處 師云 我在青州 作一領布衫 重七斤)
조주종심, 『趙州錄』, (선림고경총서, 장경각), pp.73~74,

선시는 그저 논리가 통하지 않는 뚱딴지 소리만 선시로 말해서는 안될 것이다. "비단꽃의 아름다움에 홀려 선을 맛보았네./온 세포들의 떨림, 떨림 뒤의 텅빔./옥도의 예리한 칼날로 시를 자르고 잘랐네./언어의 비수, 피를 흘린 뒤의 황홀감.//" 이처럼 시를 짓고 읽는 마음이 바로 선이요, 선을 행하는 마음이 바로 시심(詩心)이다. 일심(一心)의 바다로 들어가면 선이 시이고 시가 선이다. 하지만 시는 시대로, 선은 선대로 다른 특성을 갖는다. 미의 형식인 시는 비유와 이미지와 형식, 이 세 가지를 통해 시를 아름답게 꾸민다.

일상의 생활에서 직접적으로 선종의 사유의식을 원용하여 많은 선시를 창작한 소식蘇軾의 경우를 구체적 예로 열거해 보기로 한다. 소식이 오랫동안 불교 선종에 대해 지속적인 흥미를 지닌 결과 선종사상에 대해 깊은 이해가 있었기에 선시의 특징과 주제는 다음과 같이 정리된다. ① 생활 속의 오성悟性의 발로, ② 인생여몽人生如夢을 노래, ③ 일체개공一切皆空의 깨침, ④ 본래무일물本來無一物의 체득으로 지적되는 점은 기억에 담아두어야 한다. 결론적으로 보다 지속적 탐색의 요청이라면, 선적 수사의 문제, 모더니즘 계열의 현대시와 선시의 방법론의 유사성, 우리나라 현대 선시의 흐름, 그리고 선시와 현대시가 공유하는 표현 방법론 등에 대한 폭넓고 다양한 이해가 현실에 대한 부정의식과 현실 초월을 꿈꾸는 것이 인간의 기본적인 사유에 해당됨을 새롭게 인식하면서 해석과 논의에 열중하여야 한다.

2. 초허超虛의 시대 상황과 국어 인식의 고찰

1) 수분守分의 철학과 시대적 대응

민족시인 초허超虛 김동명(兒名 金東鳴, 本名 東斌, 雅號 超虛, 領洗名, 프란시스코, 1900-1968)[20]의 봉안식이 지난 2010년 10월 10일 그의 향리인 강릉시 사천면 노동하리 산 322번지 낮은 산자락에 위치한 종중영원靈園에서 제막되었다. 초허의 유족인 경주김씨 수은공파 강릉 사천 종중은 서울 망우리의 문인공원묘지에 있는 그의 유해를 102년만에 종중영원으로 이전하였다. 문화의 세기를 맞아 문화의 지역구심주의가 새롭게 조명되고 있는 시대적 현상에 비추어 "초허의 시대 상황과 국어 인식의 고찰"은 한국현대문학사 및 향토학적인 의미가 지대할 것으로 풀이된다.

근자에 우리 역사의 정체성(Identity) 문제가 심도 있게 다루어지고 있다. 여기서 그 나름으로 개성 있는 시세계를 구축하였으나, 안타깝게도 강릉출신의 초허에 관해서는 괄목刮目할만한 연구가 이행되지 않은 실정이다. 격랑의 한 생애를 민족시인으로 활동하면서 기질적으로 문단이라는 가테고리(範疇) 속에 처하기를 원

---

20) 엄창섭, "超虛 金東鳴 文學硏究"(성균관대학교 대학원 박사학위 논문, 1986.2)

치 않았던 그는, 문단 중심으로 기록되고 평가받는 우리의 문학 풍토에서 비중 있게 다루어 질 수 없었다. 차지에 다소 뒤늦은 감이 없지 않으나 그는 분명이 민족적 울분을 기독교적 신앙에 의지하여 정화시킨 의지와 고매한 품격의 대표적인 민족시인으로 우리 현대시사에 거적足迹을 남긴 뚜렷한 실체로 평가 받기에 부족함이 없는 존재이다.

모름지기 정신작업에 종사한 시인에게 있어 '시대적 상황에 어떻게 대응할 것인가?'라는 물음은 답하기에 어려움이 따른다. 저마다의 삶을 의미 있게 표현할 수 없는 시대일수록 시인이 취해야 할 태도는 극히 힘겨운 행위이기 때문이다. 특히 일제 강점기와 군사독재라는 시대적 상황에서도 슬기롭게 대처하며 국어에 대한 남다른 애정을 지니고 창조적 작업에 종사한 초허의 생애와 작품에 관심을 지녀야 함은 당연한 것으로 인식된다. 한편의 시는 시적 정서와 사상의 생성물生成物로서 "예술이 행동·관조의 결합임"[21]을 중시할 때, 작품과 작가는 별개일 수 있다.

〈수분(守分)의 철학과 시대적 대응〉이라는 항목에 접근하여 초허의 문학세계와 삶의 흔적을 보다 심도 있게 파악하기 위해서는 그에 따른 연구가 다양하고 폭넓게 검토되어야 한다. 우리 현대시사에 있어 시집 『나의 거문고』(新生社, 1930)[22]는 초허가 서정의

---

21) 모로아 著(서정철 역), 「太初에 行動이 있었다」(瑞文堂, 1977), p.123.
22) *참고, 河東鎬 所藏인 이 시집은 4·6판의 틀로 168쪽에 132편의 시가 수록되어 있다. 시집의 목차는 ① 즐거운 아침(12편), ② 잔치(16편), ③ 옛노래(15편), ④ 외로울 쌔 (20편), ⑤ 麗島風景(12편), ⑥ 異域風景(13편), ⑦ 故鄕(20편), ⑧ 瞑想의 노래, ⑨ 나의 거문고(11편)으로 설정되었다.

인식, 현실의 존재성, 농촌과 도시에서 취한 다양한 소재를 통하여 그 나름의 시세계를 구축하였고 한국적인 자연을 통해 현실적 상황을 반영하고, 시대적 상황에도 지혜롭게 대응한 결과물이다. 또 그는 자아의 실체를 새롭게 인식하면서 시가 아름다워야 하는 것이 예술의 의무임을 실증하였다. 때문에 암담한 역사의 와중(渦中)에서도 민족이 처한 비극적인 현실을 희망과 긍정적인 자세로 수용하고자 나름대로 고심한 존재였다.

격랑激浪의 시대에 한 생애를 다양하게 활동하면서도 기질적으로 문단이라는 울타리 속에 처하기를 원하지 않았던 초허는, 안타깝게도 '문단 밖의 낭인浪人으로' 소외되었고, 그 자신이 '카인의 말예末裔임'을 자처하였듯이 비교적 우리 문학의 풍토에서 비중 있게 다루어지지는 않았다. 특히 국어에 대한 몰이해가 보편적인 현실 상황에 비추어 볼 때, 초허 자신의 두 번째 시집 『芭蕉』(신성각, 1938)에 수록된 다수의 시편들은 일제의 탄압이 점차로 극렬하여져 민족적이고 반일적인 사상이 일체 허용되지 않았던 1930년 후반기의 작품이다. 당시 신간회 해산(1931년), KAPF의 검거 및 해산(1934년), 일어사용 강제령(1937년), 내선內鮮 동조론(1938년)이 강요된 공습경보 아래서 우리 문단은 점차 현실도피적인 형태를 취하게 되었다. 김동명은 일제탄압을 피하여 함남 서호진에 머물면서 시를 썼는데, 이때 쓴 시에 강한 저항의식이 표출되어 있지는 않지만, 일제의 침략적인 정황에 동조하지 않으려는 의지는 확고하였다.

한편, 아오야마학원青山學院 신학과와 니혼대학日本大學의 철학과에서 수학한 유학생으로서 창씨 개명과 일어 창작을 거부[23]한 초허의 시의식에 대한 조명은 강원문학사를 정리하는 새로운 정신 기후 조성의 계기가 될 뿐 아니라, 기질적으로 순박한 강원인江原人의 자긍심을 일깨워주는 소중한 정신작업임에 틀림이 없다. 이처럼 우리의 민족 시인이요 교육자로서 망국의 통한을 시로 절규했던 초허의 〈파초 해제〉를 통해 확인되지만, 1934년부터 38년에 해당하는 이 무렵은 그 자신이 민족정신을 앞세운 지역 유지들에 의해 건립된 흥남 서호진의 동광학원東光學院 원장 직에 있으며 민족 혼을 일깨운 시기에 해당된다. 당시 그는 상실한 조국에 대한 향수를 따뜻한 서정으로 표현, 은둔자적 생활과 고독한 심경을 투명한 언어로 서정화하는 일[24]에 고심하였다. 그 하나의 보기가 다음의 예시이다.

> 그대는 차디찬 의지의 날개로
> 끝없는 고독 위를 나는
> 애달픈 마음.
> 또한 그리고 그리다가 죽는
> 죽었다가 다시 살아 또 다시 죽는
> 가여운 넋은 아닐까.
> ⋯ 생략 ⋯
> 그대는 신의 창작집 속에서
> 가장 아름답게 빛나는

---

23) 박제천, 「한국의 명시를 찾아서」(문학아카데미, 2004), pp.150-152.
24) 권영민, 「한국현대문학대사전」(서울대출판부, 2004), p.102.

불멸의 소곡.
또한 나의 적은 애인이니
아 아 내사랑 수선화야!
나도 그대를 따라서 눈길을 걸으리라.

- 〈水仙花〉에서

여기서 "죽었다가 다시 살아 또다시 죽는/가여운 넋은 아닐까"
는 단순한 연애적 감상을 읊은 순수 서정시로 단정지을 필요는 없
다. 보다 높은 차원에의 민족과 조국혼을 시적 대상으로 형상화한
표징으로 어디까지나 그것은 기독교의 부활론을 축軸으로 한 불멸
의 시혼詩魂이다. 그것은 1926년 「朝鮮文壇」에 수록된 〈餞別〉에서
'내 조국을 잊을 수 없어, 그대(보오들레르)와 결별해야 겠노라'라
는 선언에 이르게 되고 그 자신이 퇴폐적 감상에 젖는 것이 보편적
인 시대상황임에도 서정의 미감이 다감多感한 자신과의 결별의 의
지는 물론, 일제 강점기의 압제에 불긍不肯으로 일관하며, 모진 추
위(억제)를 이겨내며 꽃을 피워내는 수선화의 의지의 애달픔을, 화
자(persona)가 처한 시대상황에 견주어 동병상련同病相憐을 읊은
것으로 해석되어진다. 이러한 초허의 시적 깊이와 골격은 '삶이란,
한낱 환상과 가식에 지나지 않으며, 죽음 속에서 또 다른 생명이
비롯된다'는 숭고한 가르침을 시적 형상화로 표출한 것이다.

근간에 한 때나마 강도 높게 논의된 사회현상의 단면적 지적이
나 대통령 인수위원회의 해법이 투명하지 않은 "영어 몰입교육-영
어교육의 강화정책"은 국어교육에 종사하는 이들에게 하나의 충
격적인 사건임에는 틀림이 없다. 시간이 있을 때마다 대학의 강단

에서 행한 소박한 필자의 지론으로 '예술에는 국경이 없지만, 예술가에게는 조국이 있다.'는 의지의 표명이나 "무관심은 죄악이라."는 오스카 와일드의 지론을 되씹으면 스키마(schema) 현상으로 그 반응은 보다 심각하다.

몇 년 전 UN은 한국정부에 "인종차별이 심한 국가이니 개선하라"는 권고문을 보내온 적이 있다. 세계화로 급변하는 사회현상에서 서로 간 의사의 소통이 가능한 공용어 사용은 분명 이점이 있다. 물론 이 같은 상황에서 인종차별의 기초에는 한민족의 강한 결속력이 포함되고 있으며 이 바탕에는 자국어自國語가 자리하고 있음은 주지할 바이다. 차지에 민족시인인 "초허의 시대 상황과 국어 인식의 고찰"에 관한 논의는 세계화의 흐름에 퇴색되어가는 역사의 정체성을 다시금 일깨우는 단초가 될 것이다.

여기서 지난 2008년 2월에 화마로 인해 숭례문이 흉물스럽게 붕괴된 모습을 드러내어 한순간 민족적 자존심으로 우리들은 참담함을 감출 수 없었다. 언론의 보도처럼 조선왕조의 상징이며 민족의 자존심인 '국보 제1호(남대문)'에 대한 치밀한 문화재 방재시설이나 관리대책을 확보하지 않은 숭례문의 개방은 일부 지도층의 노블레스 오블리즈의 한심스런 작태에서 비롯된 것이다.

따라서 그리스의 헤로도토스가 「역사」의 서문에서 '역사를 다스리는 신은 오만한 자에게 보복한다.'는 점을 인류에게 교시하고 있음은 반드시 기억할 일이지만, 일제 강점기 조선어가 말살되는 상황에서 쌀 가게를 열며 사용하던 장부에 1942년 봄 그 자신이 대표작으로 자처하는 '시방도 오히려 내 마음 한 구석의 부르짖음을 대신해 주는' 〈술노래〉25)와 〈狂人〉을 이 땅에서 우리글로 고독하게 시를 썼던 시인의 혼불을 되새기며, 다시금 "초허의 시대 상황과 국어 인식의 고찰"은 문학사적 의미가 클 것으로 유추된다.

2) 민족의 혼魂인 국어의 소중함

국민의 한결 같은 기대 속에서 새롭게 출범한 정부를 응시하면, 이 땅의 국어교육에 몸담아 온 교사나 예감의 시인들은 분명 가슴 한구석이 저려 옴을 절감할 것이다. 국가 정책의 혁신, 물의 효율성을 위한 4대강 개발의 문제는 접어두고라도 영어 잘하는 국민이 잘 산다는 지극히 무모한 발상이나, 영어가 세계 공용어이기에 미래를 책임질 제2세들에게 철저하게 영어를 교육시켜야 한다는 논의에 선뜻 공감대가 형성되지 않을뿐더러, 국어교육의 밝은 미래는 결코 낙관할 수는 없다.

오랜 날, 대학의 강단에서 어설프게나마 "국어는 민족의 혼이요, 역사며 문화임"을 역설하면서 민족의 정체성(identity)을 열정을 쏟아온 필자에게 있어 '말을 잘하면 누구나 국어교사가 될 수 있다는 발상은, 국어교육의 부재를 가져 올 것이 너무도 명백한 탓이다.' 영어를 강조하는 엘리트들이 국민의 합의도 없이 우리의 정신문화를 영어화 하여 세계질서에 편입시키겠다는 분별력 없는 행위는, 너무 위험하고 조급한 결론이다. 세계화에 앞서 '가장 한

---

25) 金東鳴文集刊行委員會, 「모래 위에 쓴 落書」(新雅社, 1965), 51쪽.

국적인 것이 세계적이라'는 문화에 대한 인식(토대) 위에서 심도 있는 국민적 총의나 최소한 국내 국어교육자들의 철저한 검증도 걸치지 않은 외발적外發的 개화는, 국민적 저항을 불러올 것이며, 마침내 친미주의로 전락할 위험성이 예상되기 때문이다.

그간에 이 땅의 영어 공교육 강화정책의 강도 높은 뉴스를 접하며 알퐁스 도오데의 단편소설 『마지막 수업』이나 폴란드 센키비이치의 『등대지기』를 다시 꺼내들 때, 다소나마 국어의 소중함을 인식하는 이들의 마음은 참담할 밖에 없다. 역사의 정체성 (identity)이 외면 당하고, 가뜩이 열악한 국어교육이 홀대받는 궁핍한 삶의 일상에서 초허의 "헤아릴 수 없는 깊음 속에/나의 悲憤을 잠그다(하늘 1)"에서와 같이 분노와 저항의 의지가 수용된 시편에서 확인되는 분노의 맥락은 그의 에세이 〈世代의 歎息〉에 잇닿아진다. "한편, 우리의 말과 글이 왜적에 의해 말살의 위기에 처하게 되자 그 분은 시 〈우리말〉과 〈우리글〉에서 이 찬란히 빛나는 것들이 임자를 잘못 만나 '도야지 앞에 던져진 眞珠' 꼴이 된 비운과 못난 동족에 대한 매도를 토해냅니다 … 생략 … 우리가 만나는 이는 조선인이 처한 시대현실의 한 복판에 선 분이 것입니다. 그는 역사의 최전방에서 시대의 향방을 응시하고 있었던 조선인 시인이 분명합니다."[26]

바로 이 점에 있어 현 정부 출범 직전에 논의되던 우리의 중등학교에서 국어와 국사를 포함한 전 과목을 영어로 가르치겠다는 몰

---

26) 金炳宇, 「작은 풀꽃의 한국현대사 체험이야기 - 비탄과 희망」(2010), pp. 77-78.

입교육 방안 자체는 다행스럽게도 철회가 되었지만, 이 시대의 모든 한국인들이 국적을 상실한 체 영어공부에 몰입하면, '과연 조국의 문화적 미래가 국제사회에서 민족적 당위성을 지니고 비정한 시장경쟁에 맞설 수 있는가?'라는 의구심은 털어버릴 수 없다. 「25시」의 작가 게오로그의 "시인을 병들게 하는 사회는 불행하다."는 교시적인 가르침은 분명 수긍할 필요성이 따른다. 일선 학교에서 영어교육을 많이 시키면 사교육비가 절감된다는 주장에 반론을 제기할 필요성은 느끼지 않지만, 어디까지나 공인公人의 입은 무거워야 하고, 언어 사용엔 반드시 분별력이 따라야 할 것이다.

이 같은 정황에서 초허의 시편 〈우리말〉은 국어가 민족의 혼이며, 운명이며 희망임을 눈물겹게도 무지한 현대 지성에게 확증시켜 주기에 결코 부족함이 없다.

네게는 不滅(불멸)의 香氣(향기)가 있다.
네게는 黃金(황금)의 音律(음률)이 있다.
네게는 永遠(영원)한 생각의 감초인
보금자리가 있다.
네게는 이제 彗星(혜성)같이 나타날 보이지 않는 榮光(영광)이 있다.
… 생략 …
우리의 新婦(신부)다.
너는 우리의 運命(운명)이다.
너는 우리의 呼吸(호흡)이다.
너는 우리의 全部(전부)이다.
아하 내 사랑 내 희망아 이 일을 어쩌리,
네 발등에 香油(향유)를 부어주진 못할망정.
네 목에 黃金(황금)의 목걸이를 걸어주진 못할망정.

도리어 네 머리 위에 가시冠(관)을 얹다니,
가시冠(관)을 얹다니…
아하, 내 사랑 내 희망아 세상에 이럴 법이…
우리는 못났구나 기막힌 바보로구나.
그러나 그렇다고 버릴 너는 아니겠지 설마,
아아, 내 사랑 내 희망아,
내 귀에 네 입술을 대여다오.
그리고 다짐해다오, 다짐 해다오.

- 〈우리말〉에서

　초허는 분명코 예시를 통해 확인되듯 무모하게 국어의 소중함을 인식하고 제대로 관리하지 못하는 이 시대의 우리들에게 '국어를 홀대하는 우리의 어리석음을 경계하며, 책임 이행을 반복하여 다짐하고 있다. 이것은 법정 스님의 유언문처럼 "내생에도 다시 한반도에 태어나고 싶다. 누가 뭐라 한대도 모국어에 대한 애착 때문에 나는 이 나라를 버릴 수 없다."는 죽어 없어지지 않을 모국어로 영혼을 노래하는 소중한 시대적 소임을 다시금 각인시켜주는 보기이다.

때로 나는 孤獨(고독)의 실비에 옷을 적시며
갈매기모양 「마스트」에 날아와 앉는 憂鬱(우울)을 바라본다.
이름만인 冊(책)장, 그 위엔 진달래가 시들었고,
天井(천정)에는 거미 줄, 壁(벽) 위엔 十五錢(십오전)짜리
風景畵(풍경화).
나는 여기에 傲然(오연)히 도사리고 앉아,
偉大(위대)한 「朝鮮文學史(조선문학사)」의 한 페이지를 꾸민다.

- 〈나의 서재(書齋)〉에서

우리는 〈나의 書齋〉를 통해 민족의 혼인 조선어로 '위대한 조선 문학사의 페이지를 장식하는 한 사람의 정신작업에 종사하는 실체와의 운명적인 만남을 진정 기대할 수 있다. 이처럼 조국을 상실한 예술가의 고뇌를 민족적인 서정과 독특한 미의식으로 표출한 초허의 〈水仙花〉를 최초의 가곡으로 작곡한 김동진은 스승의 인간적인 풍모를 존경하면서도 낭만적이며 애국적인 시에 깊이 매료되었음을 술회하였다. "죽었다가 다시 사는 불멸의 영혼이라 노래한 그의 애국적 생활이 보여주듯 조국을 나타내는 것이지요. 그 분은 늘 나라 일로 苦惱했고, 또 詩도 그런 바탕 위에서 씌여졌으니까요."27)

한편, 강직한 성격과 혁명적 기질의 초허는, 현실의 정치 악과 사회 불의를 결코 용납하지 않았다. 정태용鄭泰榕은 독단적이면서도 예리한 직필直筆의 초허에 대하여 다음과 같이 기술하고 있다.

> 동명(東鳴)은 대학에서 시학강의(詩學講義)를 하면서 동시에 정치적인 논문도 발표하고 있다. 정치적이라기보다는 지나치게 당파적인 논술(論述)인 그의 글은 정치적 이념이나 이로(理路)가 정연한 학술적인 문장이 아니고, 당파적 감정을 문학적으로 윤색(潤色)한 저널한 것이다. 독자들은 그의 논지(論旨)의 정당성이나 깊이보다도 선동적(煽動的)인 기지(機智)를 높이 평가하고 있을 것이다.28)

---

27) 週間讀書, 1968. 6. 21. p.22.
28) 鄭泰榕, "金東鳴의 機智"(現代文學, 1958.一月號), p.182.

인위적 제도에 구속을 원하지 않고 진정한 자유인이기를 추구했던 초허는 예언자적 시인으로 민족의 생명력을 긍정한 인물이다. 그는 문학을 축으로 교육, 정치, 종교, 사상면에서도 깊은 관심을 지니며, 비로소 한국 정치평론의 지평을 열어 보이며 국어를 소통의 도구)로 하여 민족혼을 시정신으로 승화시켰다. 약력을 통해 확인되어지듯 그는 1921년부터 교직에 몸담았고, 특히 한국인의 의해 설립된 동광학원에서 5년 남짓 원장 직에 종사하며 민족혼을 일깨웠으나, 1942년 〈술노래〉와 〈狂人〉을 끝으로 절필하고 1945년까지 '恥辱과 憤怒'로 울분의 나날을 보냈다.

초허는 정치평론집인 「나는 證言한다」29)를 통해 '이 글은 내가 祖國에 바치는 나의 詩요, 또 이 책은 내가 겨레에게 보내는 나의 第七詩集인 것이다 … 생략 … 내가 만일 내 詩에 좀더 충실할 수 있었다면, 나는 벌써 칼을 들고 나섰을른지도 모른다.'라고 기술하고 있다. 이처럼 초허의 산문散文은 충실한 자신의 시작업을 위해 의관衣冠, 즉 시적 형식을 빌어 쓴 결과물임에 틀림이 없다. 또한 사람의 지각 있는 예언자적인 시인으로서의 그는 어느 국어학자보다도 우리의 글에 대한 애정이 지극하였다.

〈피어린 歷史에의 反省 - 한글 簡素化問題를 말함〉에서 "大抵 外國語文을 배우는데 十年이고 二十年이고 아낄줄 모르면서도 제것 ― 한글 맞춤法 ― 을 알기 爲해서는 單 몇 週日-그렇다 不過 一, 二週日의 演習으로 넉넉히 要領을 깨칠 수 있다. 理論的인 體系를 이루었

---

29) 金東鳴文學刊行會, 「나는 證言한다 - 金東鳴評論集」(新雅社, 1964).

기 때문이다 ― 의 품도 들이기를 싫어하니 이런 세상에도 珍貴한 國民性이 어디 있느냔 말이다."30) 특히 초허는 민족문화의 건설을 떠난 어떠한 건설도 2차적인 것으로 자기의 위치를 주장하고 존재의 이유를 내세울 수 있는 길은, 오직 문화의 앙양昻揚뿐임을 강조하면서 정신적 문화를 경시하는 세태를 질책(叱責)하였다.

초허는 천성적으로 강직한 성격의 소유자였으나 '마음이 청결한 자는 복이 있나니 저희가 하나님을 볼 것이오. 화평케 하는 자는 복이 있나니… (마:8)'31)라는 성서의 구절을 자신의 좌우명으로 삼았다. 고아한 시정신을 불태우며 때로는 자신의 신념을 격조 높게 참여적인 시적 형상화로 표출해 보인 초허는 수필 〈自畵像〉의 기술처럼 '부질없는 미련을 버리고, 내 년륜(年輪)의 선물인 '高血壓'을 훈장(勳章)삼아 넌지시 차고 늙음의 대도(大道)를 성큼성큼 걸으리라.' 그렇게 극적인 생을 마감하였다.

'정치인에게 있어서도 지조(志操)란, 생명처럼 소중한 것임'을 천명闡明한 그의 심성은 "유별나게 긍지(矜持)와 자존심이 강한 모친"32)에게서 물려받은 정신적 산물이다. 그 자신의 만년에 정객으로의 변신은 자아의 결단에 의한 것이지만, 자유당의 부패와 4·19 의거가 어쩔 수 없는 정치 참여의 계기가 되었다. 시창작으로 일관했다면 우리 현대시문학사에 보다 평가받았을 것이라는 아쉬움이 없지 않으나, 그것은 루이스가 즐겨 인용한 W. 오웬의 시귀

---

30) 바로 위의 책, p.105.
31) 李鍾烈, 「韓國詩人全集」(學友社, 1955), p.323.
32) 金東鳴, 「세대의 揷畵」(日新社, 1959), p.15.

'여기에 진실(眞實)한 시인(詩人)이 진실하지 않으면 안될 이유가 있다.'로 대변된다.

문학에 있어서 시대성을 전혀 배제할 수는 없다. 순수한 면에서 "예술은 엄격히 자기를 통제할 때 비로소 존속한다."33) 이 점에 비추어 고독한 자아의 추구가 예술임을 파악할 수 있다. 그러나 역사를 거부한 자기만의 집착이란 현실도피現實逃避이거나 상상의 창조와 무관한 환타지일 수도 있다. 예술을 현실상황의 복사로 단정지을 수는 없지만 현실의 예술적 형상화形象化 즉, 현실의 미적 승화가 예술임은 너무도 자명하다 할 것이다. 따라서 초허는 일제 강점기에도 우리말의 소중함을 누구보다 뼈저리게 인식하고, 민족의 비애와 조국의 향수를 투명하고 고아한 수법으로 다듬어 은 둔과 자적自適의 생활 속에서 시인의 고독한 심경을 진솔하게 표출하였다.

뿐만 아니라, 그는 일제 암흑기를 살면서도 유일한 탈출구로 문학의 길을 택하였다. 그에게 있어 '고독'이란, 안수길의 지적처럼 '남달리 조국과 민족을 사랑하는 정열에서 생긴 것'이다. 초허의 시 〈水仙花〉는 단순히 연애적 감정이나 민족의 정한情恨만을 읊은 서정시가 아니라, 보다 높고 큰 차원에서 민족과 조국 혼을 대상으로 노래한 민족시인의 절규에 해당한다. 〈내 마음〉도 호면湖面 같은 심상을 평화롭게 시적 형상화로 장식한 듯 하지만 실상은 인식의 내면에 촛불처럼 뜨겁고 떠남의 시학으로 외로이 불타는 우

---

33) 金允植, 「韓國近代文學思想」, (瑞文堂, 1976), p.20.

국정신愛國精神을 형상화한 것임을 인식하여야 한다.

한편, 우리 민족의 일상적 삶에 있어 "한국적인 것이 가장 세계적이라."는 말의 보편성은 한국적인 것을 소중히 간직할 수 있는 세계인이 되라는 가르침이다. 여기서 외국어의 수용 문제는 교육과 노력으로 그 격차를 줄여나갈 수 있으나 그것은 어디까지나 합리적이며 "필요"라는 인식이 바탕이 되어야 한다. 초허의 수필·수기집인 『모래 위에 쓴 落書』에 수록된 대다수의 수필의 특징은 글맛이 담백하여 지나친 꾸밈이 없는 점이다. 그의 수필은 비교적 미셀러니적으로 이야기 하듯 쉽게 풀어져 있지만 독특한 그만의 품격이 절로 배어난다. 때문에 독자는 구수하면서도 감칠나는 맛을 음미할 수 있다.

특히 자녀의 교육에 있어서도 깊은 애정과 세심한 관심을 지닌 보기로 "우리 아가는 곧잘 말과 文法을 創造한다. 나는 우리 아가를 위하여 이제 조그만 辭書를 한 券 엮어야 할까부다.(아가의 말)"이나 "아가는 어떤 꿈을 꿀까? 아내는 빙그레 웃고 말이 없다./아가야 너는 어떤 꿈을 꾸니? 말을 모르니 대답이 없을 밖에…/그러면 내가 대신 아가의 꿈을 이야기해 보리라(아가의 꿈)", 그리고 〈아가의 날〉 등의 시편은 3녀인 월정(月汀)이의 키가 자라며 말을 배우는 과정을 그려간 일종의 육아일기에 해당한다.

차지에 무분별하게 언어에 대한 분별력을 상실한 체 지금 국어의 위기를 만들어 내고 있는 전반적인 현실상황이다. 이 같은 문제의 원인은 국어교육과 연구에 몰입하는 학자들의 자성과 애정의 결핍 그리고 언어예술에 종사하는 문인들의 가슴에 국어에 대한 혼불이 점차 꺼져가고 있을뿐더러 특히 일부 지도층이 지나치게 영어교육의 필요성을 대안없이 강변하는 한국사회가 스스로 자초한 결과임도 간과치 말아야 한다.

3) 인식의 전환과 경계 허물기

언어의 인식과 사용은 단순히 경제적 행위나 수치가 아니라, 민족혼인 역사와 문화의 문제이다. 언어에 대한 인식작용은 사유思惟 뿐만 아니라, 마침내 인간의 무의식까지 지배하기에 일제 때의 모더니즘 시인 이상李箱도 가장 사적이며 정서적인 일기는 일본어를 섞어서 썼듯이 영어만을 유년기부터 배우며 자란 어린이들은 영혼마저 영어화 할 수밖에 없다는 사실은 너무도 자명하다. 때문에 부정적 시각에서 접근한 의지의 나약함이라고 지적할지도 모르지만, '조금은 보다 천천히'라는 미끄러짐의 미학을 도외시한 영어를 강조하는 일부 엘리트의 조급한 의식이, 극단적 친미사대주의자를 양산할 위험성이 있음은 항시 경계하여도 지나침이 없다.

아울러 이 같은 정황에 미루어, 초허의 장남으로 '하이데거' 연구의 권위자인 김병우 교수의 미발간 저서「작은 풀꽃의 한국현대사 체험이야기 - 비탄과 희망」의 다음과 같은 서술은 다시금 초허만의 강직하고 올곧은 선비정신의 품격과 국어의 소중함을 새삼 천명한 보기에 해당한다.

일어 사용을 거부하며 붓대를 꺾어버립니다. 창씨개명이 일고의 여지가 없었음은 두말할 것 없습니다 … 생략 … 정원(庭園)은 또한 역사의 언덕이 되어주기도 했습니다. 그분은 언덕 위에 홀로 서서 동포의 세상이 걷잡을 수 없이 왜색으로 물들어가는 것을 지켜봅니다. 이리하여 그 분의 시에는 분노와 비애와 우울과 고독의 말이 빈번히 등장합니다 … 생략 … 그는 근본에 있어 정신의 인간이었기 때문입니다. 정신이 그로 하여금 왜정 치하에서 굴복을 거부하는 저항의 세계를 보내게 했고, 해방 후에는 독재에 맞서 필주(筆誅)의 붓을 휘두르게 한 것입니다.[34]

언젠가 미래의 꿈인 민족의 2세들이 한국인의 고유 정서를 상실한 체, 흔들림에 떠밀리어 정신적 혼돈과 공황의 늪으로 추락하지 않게 하기 정신작업에 종사하는 이들이 깊은 성찰과 고뇌를 하여야 한다. 인도네시아의 소수민족인 찌아 찌아족이 한글을 국어로 채택하고 [훈민정음]이 유네스코의 기록문화로 등록된 시간대에 다시금 예언자적이고도 감성적인 시인, "김동명의 시대 상황과 국어 인식의 고찰"의 교시적 가르침을 깨달아 역사의 정체성을 지속적으로 펼쳐 나가야 한다.

모름지기 민족의 정신을 예술적 차원으로 승화시킨 초허는, 뼈 아픈 일제 강점기와 몸담았던 시대적 현상을 기독교적 신앙에 의지해 정화시킨 선각자이면서도 종교적 차원에서 논의되지 않은 않은 운문과 산문 전반에 대한 검토는 필요불급 병행되어야 한다. 아울러 그 자신의 종중영원에 유해가 안치된 것을 기점으로 '파초

---

34) 金炳宇 앞의 글, pp.79-80.

(芭蕉)의 꿈'을 묵묵무답으로 키워낸 시인의 '나그네로 떠도는 마음'에 피리를 불어주는 존엄한 정신작업의 수행은 문화의 지역구심주의를 소중히 인식하는 모든 후학의 몫임에 틀림 없다.

모쪼록 한 편의 시를 이해하기 위해서는 시어와 시적 수사법에 관한 세심한 고찰이 수행되어야 한다. 그것은 시어적 특이성을 분석하는 것이 시의 본질을 옳게 해석하는데 효과적인 수단이 되기 때문이다. 시어詩語는 시인의 개성과 시의 특이성을 파악하는데 가장 표면적인 시의 구성 요소이다. 따라서 독자는 시의미를 파악하고 이해하는데 있어 시에 쓰인 어법, '시어의 의미와 암시'에 유념할 필요가 따른다. "잠은 내일 낮 나무 그늘로 미루고 이 밤은 노래로 새이세 그려. 내 비록 서투르나마 그대의 곡조에 내 악기를 맞춰보리. 그리고 날이 새이면 나는 결코 그대의 길을 더디게 하지는 않으려네. 허나 그대가 떠나기가 바쁘게 나는 다시 돌아오는 그대의 말방울소리를 기다릴 터이니.('손님')"처럼 해풍(海風)에 절여 있는 강릉시 사천면 국도 변의 '떠나기가 바쁘게 다시 돌아오는' 주인을 기다리는 시비詩碑에 각인된 〈시인 약력〉 일부를 옮겨 결론에 가름한다.

> 한 시대의 준엄한 筆誅의 글이며 證言이기도 한 님의 政治評論과 또한 政治活動까지도 필경 궁핍한 땅의 한 詩人이 그리는 祖國의 모습이 가져온 愛國의 詩作이며 創造의 詩業인 것이다.[35]

---

35) 1985년 11월 3일, 강원도 명주군 사천면 미노리 산 61번지에 民族詩人 金東鳴의 詩碑公園이 竣工되었음.

3. 심연수의 의식에 관한 고찰
– '고향회귀와 귀농의식'을 중심으로

1) 시의식의 배경과 지평

한 작가의 문학작품에 수용된 의식에 관한 연구는 다양하고 폭넓은 양상을 지니고 있으나, 문학정신에 대한 연구와 접목되어야 한다. 일차적으로 한 작가의 정신적 부산물인 문학작품은 그 시대의 그물망으로 건져 올려야 하고, 그 시대의 현실적 상황과 결부를 지어 그 가치를 분석하여야 한다. 논의에 앞서 작가는 몸담고 있는 한 시대의 증언자이며, 정직한 예언자로서의 소임을 엄숙하게 수행하여야 한다. 그 까닭은 모름지기 작가란, 한 시대를 대변하고 때로는 물음과 해답을 병행하는 건강한 비판정신의 소유자이어야 하기 때문이다. 기실 논고의 서술에 앞서 여러 가지 연유로 고향을 등지거나 비록 짧은 기간이라도 외국을 여행하는 시간대에 처한 이들에게 있어 비단 저자의 심상의 경우로 단정을 짓지는 아니 할지라도 심연수의 시, "나의 고향 앞내에/외쪽 널다리/혼자서 건너기는/너무 외로워/님하고 달밤이면/건너려 하오/나의 고향 뒷산에/묵은 솔밭길/단 혼자서 오르기는/너무 힘들어(고향)"을 대하면 '언제나 이름 모를 항구에 닻을 내릴 고향'의 정취를 확인하게 될 것이다.

"작가는 올바른 질문을 제기하는 것만으로 만족할지 모르지만 자기 시대의 주인 노릇을 하려면 올바른 해답을 제시해야 한다."36) 라는 지론도 있으나, 바로 이 같은 점은 성숙된 작가의 정신적 표상에 결부되는 것으로 해석되어진다. 특히 일제 강점기 말에 활동한 강릉 출생의 항일 민족시인으로 역사의 격랑기이자 사회적으로 불의와 모순, 그리고 갈등이 심각한 시대에 몸담았던 심연수의 문학작품에는 자연의 일부였던 과거의 세계를 추억하며, 보편적으로 우리가 품고 있던 본원적인 기대와 갈망, 또 그 세계로 복귀하려는 고향에 대한 자연회귀의식自然回歸意識이 수용되고 있다. 물론 긴장미의 완성을 보이고 있는 그의 후기 시편에는 새로운 세계질서의 추구·정체성 확인이 강하게 수용되고 있다.

여기서 논고의 서술 동기는 우리 현대문학사에 있어 일제 강점기인 1930년대, 문학적 징후의 하나가 고향상실감이란 견해로 결속된다. 이것은 비교적 이 시기의 시인들이 고향을 제재로 한 작품들을 양산했기 때문이다. 1920년대의 고향이 단순히 소재적인 차원이나, 그곳에 대한 막연한 동경과 그리움을 전제로 노래되었다면, 1930년대의 상이점은 소재의 차원을 넘어 고향에 대한 다양한 의식을 골격으로 모색된 것이다. 특히 이 시기의 고향에 대한 개념은 역사현실에 대한 자각과 반성을 동반하거나, 영원하고 이상적인 귀의처로 확장되는 특징으로 이해된다. 이처럼 1930년대

---

36) A·하우저,『문학과 예술의 사회사』, 창작과비평사, 1985, p. 165.

의 고향의식을 나타낸 시작품은 일반적인 시세계의 모색과도 연관성이 있다. 이들의 다양성은 당대의 시적 세계인식을 보여주는 한 준거가 된다. 따라서 1930년대 고향의식을 나타낸 시를 고찰하는 것은 시의식의 관점에서 유형화와 체계화가 가능하게 인식되기 때문이다.

2000년 8월 이후, 불행하게도 우리현대문학사에서 잊혀진 실체였던 심연수는 비로소 민족시인으로 새롭고 조명을 받게 되었다. 그는 일제 강점기인 1940년 무렵부터 문학에 뜻을 세우고 4, 5년 짧은 시간대를 문학에 종사하였으나 비극적인 삶을 마감한 존재이다. 이 같은 시대적 토양에서 문학창작의 싹을 틔우며 민족의 불행을 정신작업으로 고독하게 시대적인 상황 앞에 고뇌하며 언어의 의미망을 직조한 심연수의 존재는 조국 광복 55년 이후까지, 그의 족적을 드러내지 못한 어두운 역사의 희생물이었음은 감안되어야 한다. 일제의 강압이 심각한 이 시기는 불행하게도 "경향문학과 민족주의 문학이 퇴조"[37]하면서 문화사적으로 정신구조의 공백기로 치부된다. 실로 이 시간대는 우리 현대문학사에 있어 민족문학의 공백기[38] 또는 암흑기[39]로 민족 양대 언론지인 《동아일보》와 《조선일보》를 비롯하여, 『文章』(1939)과 『人文評論』(1940)등의 문학지들이 폐간된 시기이다.

뒤늦은 감이 없지 않으나 심호수에 의해 상당량의 유고가 빛을

---

37) 김용구, 『한국소설의 유형적 연구』, 국학자료원, 1995, p. 11.
38) 백철, 『조선신문학사조사』, 백양당, 1958, p. 373.
39) 장덕순, 『일제암흑기의 문학사』, 세대, 1963.

보게 되어 '연변사회과학원 『문학과 예술』잡지사의 발굴, 연변인 민출판사의 《심련수문학편》 간행은 실로 충격적인 사건이다.'[40] 따라서 이 같은 시대적 환경과 정신적 지리에서 배태胚胎된 그의 문학작품과 의식에 대한 깊은 관심과 이해는 바람직한 것으로 평가된다. 이미 고세환이 "沈連洙의 詩 硏究 - 시의 발전 과정과 시 의식 전개를 중심으로"에서 논의한 바 있듯이 그의 시 의식은 새로운 세계에 대한 갈망과 소명의식을 거쳐 거듭나기의 몸부림과 저항의식이 전편에 흐르고 있다.

보편적으로 예술은 본질적으로 환경 생태학적이어야 한다. 예술은 인간이 만든 문화 중에서 가장 자연 친화적이기 때문이다. 예술의 생성 자체는 인간에게 있어 가장 자연스러운 관습적 행위이며 제도이기에 우리의 삶에 있어 추동력推動力은 자연회귀나 자연을 회상함으로써 작동된다. 인간과 자연의 연관성은 자궁회귀 본능으로도 해석된다. 마치 그것은 포스트·구조주의 정신분석학자 자끄 라깡이 말하는 "거울의 단계"에 대한 그리움처럼 고향의식과 결부되는 것이기도 하다. 예술의 이러한 기능을 좀 더 자연회귀로 확산시켜 불건전한 의식을 홀로 있기를 통한 내적 충만으로 변전시켜야 할 것이다. 자연의 원대한 섭리, 즉 16세기 화란의 생태학자 스피노자가 범신론적인 "신(자연)에의 이성적 사랑(amor intellectualis dei)"이라고 칭한 것을 상기할 필요성이 있다. 이런 시각에서 본고는 심연수의 문학정신 특히 심연수 시의

---

40) 엄창섭, 『현대시의 현상과 존재론적 해석』, 영하출판사, 2002, p. 57.

특성의 일면인 "전통인식과 고향 회귀성"[41] 이 그의 담백한 의식을 떠받들고 있는 축이며, 동력이기에 고향회귀와 귀농의식을 중심으로 접근하여 보기로 한다.

2) 심연수의 고향회귀와 사물의 빛남

심연수의 정신적 산물인 《심련수문학편 》을 통해 확인되는 것은, 하나 같이 대상과 소재가 한국적인 자연이라는 점이다. 그에게 있어 고향의 의미는 단순한 공간이 아니라, '한국적인 자연과 정서'로서 정신에 내재된 고향에 대한 간절하고도 절박한 그리움의 표징으로 해명된다. 일단은, 김룡운의 지적[42]처럼 그가 생존하였던 당시의 시 의식과 정신 토양이 조국을 상실한 비통과 민족적 불행으로 연관되어 있기에 강렬한 겨레 사랑의 올곧은 심성과 결부될 수밖에 없는 필연성을 지니고 있다는 점은 감안할 필요가 있다.

> 심련수의 시세계는 자연회귀 의식으로부터 전개되고 있다고 보아진다. 문단에 데뷔해서부터 속속 발표한 세수의 시를 보게되면 그 시제부터 자연이 소재로 되어있다. 이를테면 〈대지의 봄〉, 〈려창의 밤〉, 〈대지의 모색〉 등 시제에서의 〈대지〉, 〈봄〉, 〈모색〉 등의 이미지가 무엇을 말해주는가, 시의 주제나 사상이 무엇인가 하는 등등을 운운하지 않더라도 이 추정은 심련수의 시 성격을 검토하는데 있

---

41) 엄창섭, 위의 책, p. 68.
42) 김룡운, 「문단에 솟아난 또 하나의 혜성 - 심련수론」, 《문학과 예술》 (2001, 2), p. 11.

어서 디딤돌의 역할을 할 것이다.[43]

심연수 시인이 백의민족을 사랑하는 정신지리精神地理는 일제 강점기라는 특수한 시대에서 일제에 대한 항거와 연계성을 지닌다. 비교적 그의 시적 수법은 다소 서술적이며 사회적 현실을 부정하거나 증오와 비난, 불만을 토로하는 양식으로 표출되기도 한다. 그의 시 〈방랑〉의 2연에서 "떠나는 나그네길 서글퍼도/안갈 수 없는 방랑의 신세/어제 머물던 오막살이엔/박꽃이 수없이 피였건마는/서리전에 굳이 열매/과연 몇이나 될고." 라는 의문 속에 운명적으로 정신적 방황을 할 수밖에 없는 민족의 현상에 견주어 사회적 상황에 대한 거부를 드러내고 있다.

또 다른 시편인 〈파향〉에서도 "힘껏 던졌다/무엇이든지 맞게/맞으면 다 깨여지도록/겨누어 던졌다/깨여지는 요란한 소리를/남김없이 듣고저…"라고 자신의 서정을 노래함으로 민족적으로는 조국, 구체적으로는 고향을 등진 이주민들을 대변하며[44] 즉물적 대상 앞에 증오와 분노의 정감을 절제할 수 없는 심리 상태로 처리하고 있다. 심연수 시인은 역설적인 수법으로 시대적 위기에 직면한 민족의 불행을 자신의 시편에 담아 서정적 미감으로 형상화하고 있다.

---

43) 위의 책, (2001, 3), 림연, 심련수의 문단사적 자취와 현주소(1)」, p. 24.
44) 위의 책, 전성호, 「심련수문학정신고」, p. 9.

불행을 행복으로 아는 행복은
참다운 나의 행복
불우한 인생이나마
힘차게 살려는 욕망
무엇보다 크고도 즐거운 삶
… 중략 …
오로지 한없는 행복의 씨

- 〈행복〉에서

잘 살려고 고향 떠나
못사는게 타향살이
간 곳마다 펼친 심하(心荷)
뜰 때마다 허실됐다

- 〈만주〉에서

나의 고향 가슴에
피는 꽃송이
쓸쓸히 선 것이/너무 서러워
님하고 그우로/자조 가려요.

- 〈고향〉에서

그 자신의 의식 속에 내재된 고향 상실의 비통함은 〈만주〉, 〈고향〉에서 발견되듯이 처절함 그 자체이다. 심연수의 또 다른 시편인 〈음울〉, 〈고집〉, 〈벙어리〉 등에는 현실에 대한 불만들이 다양한 색깔과 톤으로 제시되어 일제에 대한 증오를 비교적 구체적으로 드러내고 있다. 그 중에서도 비교적 남성적이며 시의 호방성과

거창성이 제시된 〈지구의 노래〉는 특성의 일면을 실증하기에 부
족함이 없다.

> 황하는 홍파로 흐른지 벌써 10년
> 장강 연안에는 귀원성만 들리고
> 헤매던 누각에는 일본도가 꽂혔다
> … 생략 …
> 병주고 약주고 량쪽 손목에
> 열쇠 잃은 자물쇠를 내리워라
> 흑백이 담판하는 시비터에서
> 민족의 거친 숨결 높아간다
>
> -〈지구의 노래〉에서

> 하늘을 찌를듯한 이 령꼭대기에다
> 이 넋의 자리를 잡아놓고
> 마음껏 높은 소리 질러보고
> 내리막 저쪽을 내리뛰리라
> 절벽을 심곡(深谷)을 가리지 않고
> 준령넘은 기쁨을 가슴에 품고
> 고독의 한평생을 마치려 한다.
>
> -〈고독 (1)〉에서

문사文士가 되기를 자처한 심연수 시인 자신이 고독하기를 즐겨
한 시정신의 내면에는 시대적 현상에 대한 민족적 울분이 강인한
저항 의식의 맥락으로 관념화되어 있음이 감지된다. 이와 같은 정
신 풍토에 있어 그의 시작품들과 소설, 다수의 수필(일기, 서신들)

에서 가난과 빼앗긴 이들의 비애가 비장한 정감으로 처리되고 있음은 긍정적으로 파악되어진다. 여기서 또 하나 자명한 것은 이 같은 양상의 드러남은 특이하게도 겨레와 조국의 사랑을 맥락으로 민족적 서정의 틀 위에서 비롯된 것으로 검색된다.

> 아재가 지은 아침밥을 먹고 강릉자동차부를 향해 떠났다. 동녘에서 새별이 마지막 빛을 지구에 던져주고 있다. 내가 남대천(南大川)을 건늘 때 새벽하늘을 뒤흔드는 인경소리가 들려왔다. 내가 첫 음향을 들었을 때 형언할 수 없는 심사가 가슴에 차올랐다. 첫차는 못타고 다음차를 탔다. 짧으면서도 긴 것 같은 고향나들이였다.(*1940년 12월 25일의 일기문이다.)45)

> 오후 한시경에 동해업무선을 타고 금강으로 가게 되었다. 강원도다. 벌써부터 바위나 물이 맑고 깨끗하였다. 금수강산 절승경개가 과연 다르긴 달랐다.46)

심연수는 7살 어린 나이로 부모를 따라 고향인 강릉을 떠나고 그의 일생 중 고향 땅을 두 번 밟는다. 항시 그리던 고향을 떠나는 착잡한 자신의 심정을 '형언할 수 없는 심사가 가슴에 차올랐다.'라고 술회한 점이나 "아내가 사랑스러우면 처갓집 말뚝보고도 절한다"는 우리네 속담처럼, 기행문을 통해서도 '강원도다. 벌써부터 바위나 물이 맑고 깨끗하였다.'라는 그의 표현을 미루어 짐작되는 바가 크다. 여기서 심연수의 의식에 내재된 고향의식은, 그

---

45) 《20세기중국조선족문학사료집》(심련수문학편), 연변인민출판사, 2000, pp. 586-587.
46) 위의 책, p. 379.

시대만의 국한된 보편적인 현상이 아니라, 여러 징후로 제시된다. 고향의식은 시문학의 소재로 선택될 뿐 아니라, 정신을 나타내는 중요한 매개물로 작용한다. 우리 현대문학사에 있어 1930년대 무렵은 이러한 고향의식이 그 맥락을 이어서 가장 극명하게 민족적 모순이나 시대적 모순을 가장 잘 드러낸 시기이기도하다. 이처럼 상실한 고향 찾기는 외압으로 인해 무너져 가는 고향 지키기의 한 정서임은 새삼 확인할 필요가 없다.

이처럼 삶의 터전에 대한 흔들림으로 인한 유이민流離民의 발생과 고향을 노래하는 시의 상관관계를 고찰하려는 일면은 오늘의 사회현실을 감안할 때 더없이 의미 있는 작업으로 평가된다. 앞에서도 기술한 바 있듯이 1930년대는 일제의 강점기란 특수한 상황에 비추어 한민족에게 가해지는 정신적인 측면에서의 주체성 상실의 위기의식과, 물질적 측면에서 경제적 궁핍화가 극심한 시간대였다. 이 같은 시대적 현상으로 이농현상離農現象은 심각한 국면으로 조성되었고, 민족의 생존 또한 불확실하게 전개되던 암울한 시기였다. 이때의 고향회귀의 문제는 민족 생존의 차원에서 주체적인 공간에 대한 인식으로 확대, 해석된다.

3) 심연수의 귀농의식의 한계성

《심련수문학편》에서 파악되는 심연수 시인은 일제 강점기의 강릉 출생으로, 중국 용정의 가난한 소작인의 아들로 소년기를 보

내고, 젊은 한 때의 일본 유학시절로 그의 짧은 생애는 가난으로
점철된다. 중학 시절의 학생 신분이면서도 농번기가 되면 집에 가
서 부모를 도와 영농에 종사할 수밖에 없었던 삶의 여적은, 그의
많은 일기와 서간문들을 통해 가감 없이 제시된다. 특히 현실적으
로 농촌과 민족의 표징인 농민에 대하여 애정과 관심을 지닌 그
자신이 땅에 대한 애착을 누구보다 치열하게 의식의 내면에 간직
하고 있다. 항시 자신을 '농민의 아들'로 자처하기를 주저하지 않
으며 '경농하는 사람은 흙을 사랑하여야 한다. 지구는 흙으로 된
땅덩어리기에 더욱 사랑하여야 한다.' 라는 소신을 굽히지 않았
다. 그는 단편소설 〈석마〉와 〈농향(農鄕)〉 그리고 만필漫筆인 〈농
인기초(農人記抄) - 농민의 아들로서 하고싶은 몇 마디〉에서 농업과
농민의 소중함에 대한 논지를 구체적으로 기술하고 있다.

> 농민은 비옥한 경지를 가져야 한다. 내 땅이 없으면 남의
> 것이라도 얻어야 하기에 대작(代作)이라는 것이 있고 아무
> 것도 없는 사람은 토박(土薄)한 땅이라도 남의 것을 소작하
> 여야 한다.
>
> ×　　×　　×
>
> 농부는 부지런하고 괴로움을 견디어 낼 줄 알아야 한다. 넓
> 고 비옥한 땅은 외로운 곳에 있기 때문에.
>
> ×　　×　　×
>
> 농사는 천하지대본이라 하였은 즉 농촌을 사랑하여야 하며
> 농민을 우대해 주어야 한다. 농민에게 위덕(偉德)이 있다는
> 것을 알아야 한다.[47]

비교적 그를 농민작가나 시인으로 지칭하지 아니 하더라도 농토, 농업, 수도영농水稻營農, 농민과 관련된 시작품들이 빈도 수 높게 다루어지고 있다. 시편의 보기가 〈대지의 봄〉, 〈대지의 모색〉, 〈대지의 여름〉, 〈들길〉, 〈목자〉, 〈대지의 겨울〉, 〈들꽃〉, 〈샘물〉, 〈해란강〉, 〈소년아 봄은 오려니〉, 〈정오〉 등이다.

하늘을 찌를듯이
땅이 우물어들도록
자라라 굵으라 이 땅의 만상아
대지는 네것이다. 하늘도 네것이다.

-〈대지의 여름〉에서

담청 (淡靑)의 하늘아래
익어가는 가을원야(原野)
굵고서 보아도 배부른
가을의 마음
황금으로 성장(盛裝)할
그의 몸이길래
헤쳤던 가슴을 여미고
님을 찾아 들길로

-〈대지의 가을〉에서

얼음의 갑옷 입고 엎드린 대지
생명의 숨소리는 거세여지고
굳은 겨울 억세여지는 힘
대지는 살았다 소리도 살았다

-〈대지의 겨울〉에서

---

47) 위의 책, pp. 346-349.

이처럼 심연수의 시편에는 농민들만이 느낄 수 있는 땅과 계절, 그리고 그 속에서 만물을 키우고 있는 농민적인 희열이 가식 없이 표출되고 있다. 이해를 돕기 위하여 그의 수필 중 〈본대로 들은대로 느낀대로〉를 통해 농촌과 농민동경의 짙은 색조를 확인해 보기로 한다.

> …대지와 싸우는 그들 눈 모자랄 새판가운데서나마 일가를 살리기 위하여 나아가서는 국가를 위하여 농업에 종사하는 그들을 볼적에는 한없는 감사와 존경하고 싶음을 느꼈노라….

> 낮이면 괭이 호미
> 대지와 싸우는 그대들
> 밤이면 책을 끼고
> 배움에 불타는 젊은이
> 눈 날리던 황무지에
> 돋아나올 새싹이
> 앞날의 성공과 승리를
> 노리며 움튼다.[48]

인용한 부분은 심연수 시인이 용정중학교 재학 당시 겨울 방학을 이용하여 북만 각지를 여행하면서 그 느낌을 서술한 수필의 한 대목이다. 그는 이 수필에서 자신의 처지처럼 낮에는 고된 일을 하고도 밤이면 배우겠다는 열의로 야학을 다니는 농촌의 청소년들을 열정적으로 극찬하기에 이른다. 역사적으로 일제의 강점기인 1930년대부터 40년대에 이르기까지 활동을 한 대다수 작가들

---

48) 위의 책, pp. 355-356.

은 우리 국민의 80% 이상을 차지하고 있는 농민과 농촌문제를 과제로 삼았다. 그러나 심연수에게 있어 우리 민족의 정신적 유산은 자랑스러운 문화며 역사로서, 어디까지나 다음의 시편처럼 농부(농업)와 접목되어 꺼지지 않는 불멸의 혼 불로 자리한다는 점이다.

> 봄은 가까이에 왔다
> 말랐던 풀에 새움이 돋으리니
> 너의 조상은 농부였다
> 너의 아버지도 농부였다
> 전지(田地)는 남의것이 되었으나
> 씨앗은 너의 집에 있을게다
> 가산(家山)은 팔렸으나
> 나무는 그대로 자라더라
>
> -〈소년아 봄은 오려니〉에서

일단 1930년대의 소설문단을 고려할 때, 그 전형적인 대표 작가인 민촌 이기영의 〈고향〉을 비롯하여 카프 계열에서 발간한 《농민소설집》들이 귀농의식 문제를 다양하게 작품화하고 있는 점이다. 춘원 이광수의 〈흙〉, 심훈의 〈상록수〉 등이 그 예에 해당되고, 이 같은 상황에 비추어 당시의 많은 문학사가들은 이 시기의 소설을 차별화 하여 「농민소설」[49]로 칭하였다. 이재선은 「농민소설」을 두고 "흙과의 숙명적인 상관관계를 지니고 있는 농민세계에 생활상을 제시하고 농민의 농민다운 생활상이나 곤경 또는 집념과 같은 영역이 구체적으로 반영되어 있는 문학"[50]이라고 정의하고 있다.

---

49) 김용구, 앞의 저서, p. 38.

당시 간도에 거주한 〈북간도〉의 저자 안수길의 경우, 농민을 주인공으로 하여 농촌문제의 작품을 집필하였으며, 농민도農民道라 지칭될 문학사상을 수립하기까지 하였다. 민족시인 윤동주에 비견되어 '또 하나의 민족의 빛난 별'로 지칭되는 심연수의 농민 관련의 소설에서도 예외 없이 하나의 독자적 사상으로 괄목할 만한 '귀농의식'이 주목된다. 이 같은 그의 귀농의식은 1인칭 단편소설인 〈農鄕〉에서 적절히 묘사되고 이것은 바로 자연회귀 의식, 즉 귀거래사 격인 고향의식과 무리 없이 융합된다.

> … 우리는 농부다. 너희들은 공부를 하여도 앞으로 농부가 되어라. 그까짓 취직은 아예 바라지도 말아라. 남들이 공부를 하고서도 농사질을 한다면 비웃더라도 절대 상관 말아라. 나는 절대 그런 사람을 사랑하지 않는다. 너희들도 이제 중학, 혹시 대학까지 마친대도 별것을 생각지 말고 교문에서 나오는 길로 이 농촌, 우리가 살고있는 이런 촌으로 나와서 네 손으로 보탑을 쥐고 소궁둥이를 두드려라.… 나도 몇 해 후에는 농촌으로 돌아오겠다. 그리하여 베잠뱅이를 입고 호미와 낫을 들기로 작심하였다.[51]

1인칭 액자소설인 〈農鄕〉의 배경은 타지방 도회지에 가서 공부하다가 집에 돌아온 주인공인 [나]가 농업에 종사하고 있는 동생들을 생각하면서 자긍심을 일깨우며 되뇌는 독백으로, 결의에 찬 매서운 다짐이기도 하다. 주인공의 처지를 빌어 화자(Persona)는 나

---

50) 이재선, 『한국현대소설사』, 홍성사, 1979, pp. 352-354.
51) 심련수, 《농향》. 앞의 문학편, P. 343

름대로 자신의 사상을 여실히 피력해 보이고 있다. 이 같은 그만의 귀농의식은 만필인 〈농인기초(農人記抄)〉나 수필인 〈農家〉를 통해 진일보 구체화된 작가의 의지를 강조하고 정당화하고 있다.

> … 낫을 갈다가 잘못하여 숫돌을 눌러버린 엄지발가락까지 베여져 피가 흘러내려 숫돌물이 되어질 지경인데도 아픈 줄 모르니 이것이 자연의 아들이며 참다운 구세군인 줄 못내 못 잊어하노니 할아버지두 아버지두 나두 오는 후손까지 이 한길 밟아왔고 밟아가도록 하리라.[52]

"심연수 귀농의식의 한계성"에 대한 기술에 앞서 이광수와 심훈, 그리고 이기영의 대다수 농촌소설의 공통된 특징은 농촌의 문제를 다루면서 각기 그들 나름으로 농촌 궁핍화의 원인을 찾고 있는 관점들이 서로 상이하게 나타나고 있다. 이해를 돕기 위하여 다음과 같이 정리하여 보기로 한다. 춘원은 〈흙〉에서 농민의 궁핍화 문제를 전래의 관습과 농민의 무지, 게으름에서 찾고 있다. 그것은 '무지는 죄악이라.'는 영국의 극작가 버나드 쇼오의 지론처럼 그들의 빈곤과 궁핍의 인자困子는 무지의 소산인 게으름과 나태의 층위로 연계되기 때문이다. 다소 문제가 없지 않으나 춘원의 〈민족개조론〉[53]과도 일맥상통하고 있다.

심훈은 〈상록수〉에서 농민의 궁핍화 문제를 자연의 재해와 농촌에 만연된 고리대금업으로 제시하고 있다. 당시 농촌에 만연된

---

52) 심련수, 《농가》. 앞의 문학편, p.352.
53) 춘원의 「민족개조론」은, 허무주의적인 시각에서 민족에 대한 친일적 색채를 강하게 표출하였다. 이 같은 점에 비추어 그의 소설 〈흙〉의 주제도 예외는 아니다.

돌림병 같은 변리 돈의 채무에 발목이 잡히어 농민들은 궁핍에서 벗어날 수 없는 공통점을 지니고 있었다. 이기영은 〈고향〉에서 농민의 심각한 문제를 자본주의의 도래와 관련시켜 현대문명에 의한 토지문제, 금전에 의한 인간성의 파멸, 농촌사회 구조의 불합리 등을 그 원인으로 제시하고 있다. 이 같은 현상에 대하여 김용구는 '가난은 부지런한 농민들에게만 있다. 게으를수록 부자가 된다는 역설적 현실을 당대사회의 구조적 문제로 인식한 데에 민촌 문학의 뛰어남이 있다.'54)고 기술한 바 있다.

북간도에서 활동하던 안수길은 〈새벽〉, 〈벼〉, 〈북향보〉 등 일련의 창작소설을 통하여 이른 바 '농민도農民道' 라는 문학정신을 제시하였다. 그 핵심적인 내용은 간도 이주민들은 계속 떠돌이사리만 할 것이 아니라 거친 이역에서나마 상부상조하여 새로운 삶의 터전, 즉 제 2 고향을 마련하고 건설하여야 한다는 것이다. 그의 문학정신은 외관상에서 일제의 '왕도락토王道樂土'의 시책과 그 맥이 통하여 민족의식이 있는 이들로부터 뒷날 강한 비판을 받는 계기가 되기도 하였다. 심연수의 귀농의식에는 다소 감상에 치우치거나 울분에 그친 감이 있을 뿐, 구체적으로 강렬한 의지나 대책이 제시되지 않은 점이 안타깝게 지적된다. 농촌과 농민에 관한 문제의 구체적 제시나 방향 모색의 강한 드러남 없이 다소 맹목적인 귀농이 또 하나의 관심사로 관념화되고 있다.

심연수는 자신의 일기문을 통하여 춘원의 〈흙〉과 심훈의 〈상

---

54) 김용구, 앞의 저서, P.47.

록수〉를 탐독했다는 사실을 밝히고 있다. 그러나 일기문의 기술은 우리에게 다소의 실망감을 안겨준다. 그는 "정말 농촌을 위하여 생명을 바친 그런 사람이 있을까. 만일 있다며는 나는 감복하겠다. 그러나 내 보기에는 아직은 그런 사람이 없고 그렇게 하려고 하는 사람도 없는 것 같다.…"55) 라고 회의적으로 기술하였다. 상술한 몇몇 작가들에 비해 농촌개조의 사상은 대조적으로 거리감이 있다. 물론 심연수의 경우도 농촌개혁에 대하여 전혀 관계하지 않은 것은 아니나, 소설 《농향》에서 "나는 부디 나의 동생만은 참다운 현대농민이 되어지라고 마음속으로 빌어마지 않았다." 56) 라고 언급한 것은 참조할 여지가 남는다. 어쨌든 당시 농촌계몽운동에 떨쳐나선 지식청년들에 견주어 지나치게 부정적인 결론을 내리고 있음을 확인할 수 있다.

> … 세상에는 그저 강짜로 지식계층에서 귀농운동이니 농촌부흥이니 하는 말을 많이 하였다. 그러나 그들은 벼가 무엇이고 보리가 무엇인지 모르는 사람들이니 어찌 농토에 성실할 수 있겠는가.57)

농촌의 실정은 알려고 하지 않고 실체가 없는 구호만 외쳐대는 이른바 개혁가들을 비판하는 그의 태도에 일단, 공감은 간다. 그러나 자신이 농촌을 잘 알고 있다는 데만 머물러 농촌운동가들을 고정관념으로 받아들이고 이해하여 농민운동에 대한 부정적 견해

---

55) 심련수, 3월 13일 일기, 앞의 문학편, p.446.
56) 심련수, 《농향》. 앞의 문학편, p.344.
57) 동상

는 바람직한 것으로만 인식할 수는 없다. 반면에 "만일 소가 성에 차지 않으면 뜨락또르로도할 수 있다. 땅이야 모자라겠니. 언제든 그 넓은 기름진 땅을 개간할 때가 있을게다."[58] 라는 구절을 통하여, 농촌개혁에 대하여 미온적으로 대처하고 단순화하려는 소극적인 일면을 그대로 드러내는 안일한 정신적 자세를 간파할 수 있다. 한편, 다수의 일기들과 만필에서 그는 자연을 사랑하고 자연의 솔직함, 자연의 힘을 숭배하고 있음이 파악된다. 농사는 천하지대본이라며 농민들에게는 도시민 보다 가식이 없으나 상대적으로 덕이 있음을 강조하고 있음이 입증된다. 이런 견지에서 심연수의 귀농의식은 막연한 농촌개혁 보다도 만물은 자연에로의 회귀를 이룩해야 한다는 그의 이론이 성립된다. 동생들에 대한 부탁도 단순한 자연회귀로 농민이 되고 과학을 아는 현대농민이 되라는 정도에 머무른 것이다.

4) 글의 마무리

이상과 같이 심연수의 문학작품에 수용된 의식을 통시적으로 정리하여 보았다. 일제의 강점기에 문인의 길을 걷겠다고 자처한 그는 애국애족의 신념을 지닌 열혈의 젊은이였다. 그만의 심성은 일제 강점기라는 특수한 역사의 시간대에서 압제와 구속에 대한 증오와 거부감을 분출하기 하였다. 물론 그의 표현 수법이 다소

---

58) 심련수, 《농향》. 앞의 문학편, p.343.

현실 도피적이거나 은폐적이어서 사회적 현상을 거부하거나 불만을 토로하는 양식으로 표현되고 있다. 그러면서도 자명한 것은 민족의 저항과 울분을 사실적으로 표출하기도 하였다. 그의 나라와 민족 사랑의 길은 빈자貧者에 대한 동정으로도 상징되기도 하였다. 스스로 고독하기를 자처한 의식의 내면에는 시대상에 의한 민족적 통한을 개인화 한 색채가 짙게 깔려 있다. 이처럼 그는 문학 장르에 폭넓게 걸친 작품들을 통해 자신의 입장을 대변하고 있다. 일단, 이 같은 양상의 드러남은 그의 애국애족의 정신에 의하여 빚어진 실체로 인식된다.

심연수는 고향과 농촌, 그리고 농민을 사랑하였음은 물론, 땅에 대하여 커다란 애착을 지녔던 존재이다. 그는 낮에는 고된 일을 하고도 밤이면 배우겠다는 열성으로 야학을 다니는 농촌의 청소년들을 열정적으로 찬양하기도 하였다. 어디까지나 그의 심전心田에는 귀농의식에 뿌리내린 농작물이 재배되고 있었음은 주지할 바다. 여기서 그의 귀농의식의 지적 수준과 시각은 농촌의 개혁보다 만물은 자연에로의 회귀를 이룩해야 한다는 인식 아래, 친화적인 자연회귀를 추구하는 농민이기를 소망한 점이다. 그는 과학의 위대성을 이해하는 현대농민의 상을 지극히 상식적인 점을 지속적으로 피력하였고, 다음은 다수의 민족 지도자들의 공통의 관심사인 농촌개혁과는 거리가 있다. 만필 〈직업생활만태〉에서 '농부'라는 개념에 대한 견해다.

> 좋은 땅 얻어서 많이 부치려는 욕심은 농부의 최대희망
> 이다. 그러난 그것이 마음과 같이 될 수 없는 것은 어쩐 일
> 이냐. 대를 두고 내려오면서 농부는 종래로 자기의 최대
> 희망을 실현하지 못하였다. 농부는 순박하고 선량한 욕심
> 쟁이다.[59]

심연수는 농부라는 개념을 어떤 의식을 지닌 존재이기보다는 삶의 방편으로 농업에 종사하는 순박하고 선량한 욕심쟁이, 즉 농토에 애착을 지닌 집단으로 인식하고 있을 뿐이다. 비록 작가를 선택하기는 하였지만, 귀농의식에 근거한 그의 농민문학 수준은 외적인 정황에 의해 미숙한 단계에 머문 것으로 유추된다. 소박한 기대감으로 본고의 연구 성과는 《심연수의 의식에 관한 고찰》의 기대에 크게 못 미치나 자연회귀에 뿌리를 내리고 있는 고향의식의 재정립을 위한 하나의 시도라는 것이다. 다만 다양한 장르를 통해 생산된 작품들이 고향의식을 노래해 왔는데, 왜? 그 자신이 이역의 땅에서 한국적 자연의 표징인 고향에 대해 그토록 깊은 관심을 지녔는가에 대한 의구심은 어느 정도 해결되었으리라 추측된다. 여기서 심도 있게 기술하지는 못하였으나, 필자의 저서 『심연수의 시문학 탐색』에 수록된 "심연수 시문학과 고향 이미지"[60]는 그 나름으로 의미성을 지니고 있다.

결론적으로 생득적 체험의 공간인 고향은 시대 상황으로 인해

---

59) 위의 책, p.364.
60) 엄창섭, 『심연수의 시문학 탐색』(제이앤씨, 2009), pp.193-206.

상실한 처소이지만, 우리의 의식 속에 살아있는 공간대로 자리해 있는 점이다. 어디까지나 고향의 서정적 양감은, 바로 모태이면서 미래를 꿈꾸는 자연 공간임은 물론, 한 시대를 살아가는 우리에게 조국의 소중함을 환기喚起시켜주는 생명적인 원형으로 풀이된다. 바로 귀농의식을 하나의 축으로 한 고향 회귀의 상징성은, 증오나 이기심이 자리하지 않는 처소, 세상적인 고뇌와 갈등을 말끔히 치유시키는 모성으로의 동질성을 의미하는 공간으로 해석된다.

4. 정신기후의 조성과 감동의 파상波狀
– 성춘복 시인의 감성적 잠언箴言과 주의집중

1) 삶의 구조構造와 생명외경

『예언자』의 칼 지브란은 "시는 마음속의 불꽃이고 수사학修辭學은 눈송이다. 불길과 눈이 어떻게 하나가 될 수 있겠는가?"라고 반문한 바 있다. 근간에 삶의 황혼기인 고희古稀의 세월을 분망하게 부딪끼며 뼈저리게 절감한 그 자신의 서정과 일상의 미감을 정신기후로 조성한 감동의 파상은 아득한 한 폭의 정신풍경으로 확장된다. 모름지기 '푸른 시와 시인' 성춘복成春福의 동공瞳孔은, 생명의 본체인 우주를 향해 항시 열려 있다. 이 점에 있어 오랜 날 그 자신이 추구한 시적내용물과 기본 골격을 '삶의 구조와 생명외경'이라는 관점에 접목시켜 간행한 제17시집 『봉선화 꽃물』(도서출판 마을, 2009)은, 따뜻한 감성과 자기 특유의 음성, 색깔, 느낌으로 채색되어 일순의 격정을 평정시켜주기에 부족함이 없다. 격랑의 시간대를 만보漫步하면서 생명의 존엄성을 신앙처럼 떠받들며 세세한 바람의 선율旋律을 영혼의 울림으로 형상화 하여 깊은 상처를 치유하는 감동의 다이돌핀(Didorphin)을 쏟아내는 그의 시적 행위는 경이로움에 빗대어진다.

앞서 몇몇 시인들이 "진실로 시를 사랑하는 시인(황금찬)", "고성능 새마을 급행열차 같은 사나이(조병화)", "때 묻지 않은 문인의 투명한 면모(이성주)" 등으로 지적하여 우리에게 친숙한 충북 상주 출신으로 한국문인협회 이사장을 역임한 성춘복 시인의 존재와 무게를 실증한 바 있다. 『현대문학』(1959년)에 〈어항 속에서〉 외 시편으로 천료하고 1966년에 시집 『공원 파고다』, 『오지행』을 출간한 이후, 강한 허무감 속에서도 반어적 수사(rhetoric)를 즐겨 역설적 반증의 시적 기교로 변주시킨 그가 독자로부터 사랑과 존경을 받는 인자因子는 언어에 대한 식별력과 우리의 시적 토양에 자신의 사유(홀로 있기)를 경비하게 표출시키지 않는 신중하되 정치精緻하고 따뜻한 영혼의 소유자라는 점이다.

[책머리에]서 "자신을 지키고자 쓰는 일이 창작의 직분임을 알고 있기에 이전과 같은 달음질에 채찍을 들었을 뿐이다."라는 자기성찰을 통한 겸허함으로, 젊은 시인 오웬의 지적처럼 "시인의 소임은 시대적 상황에 경고하는 것이라."는 내면인식의 깨어 있음과 마침표 하나라도 놓치지 않는 충직함은 이 땅의 시인들에게 교시적 의미를 일깨워주기에 부족함이 없다.

한편, 언어의 집으로 응축되는 그의 시편 "차디찬 처마 끝에서/창틀을 밝히는 너는/내 가슴 안의 풍경이거니(너를 닮은 나는)"에서의 메타퍼는 숨 막힘의 현상에서 단절, 거리두기가 아닌 경계 허물기이기에 신선한 감동을 안겨주는 정신작업에 해당된다. 이 같은 다양성을 고려할 때 애써 그의 시편을 생태 시학으로 한정지어 분할·통합하는 것은 현명한 처사로 한계 지을 수는 없다. 보편적으로 삶을 자적自適하며 생명에 대한 외경심을 일상의 구조로 의식하며 영혼의 잔을 비우는 행위에 열중하기에 그의 시편은 "누군가의 내부에 자신과 비슷한 상태의 존재를 세우는 행위"에서 비롯된다. 까닭에 하나의 축軸으로 윤무하되, 언어기호의 도식과 유희적 가식에 지나침이 없기에 독자의 관심을 끄는 일에는 거부감이 없다. 이처럼 내면인식의 형상화인 시 쓰기를 즐기는 시격詩格의 소유자 성춘복 시인은 보다 차분하고 나직한 음성으로 생명의 소중함을 부단히 일깨우며 진지한 삶의 자세마저 겨냥하고 있다.

 '보다 천천히' 라는 미끄러짐의 미학에 익숙한 그가 동일한 시간대에 제16집(시조)『내 안 뜨거워』와 함께 묶어낸『봉선화 꽃물』은 분명코 다망한 일상에서의 감성적 삶의 잠언箴言으로 [Ⅰ 풍경화, Ⅱ 마음의 뒤 안, Ⅲ 안타까움 또는 두려움, Ⅳ 참 몹쓸 일들]에 수용된 47편의 함축적인 메타퍼로 차별화된 다의적인 교시를 내포하고 있다. 그 자신의 시편에 대하여 충직한 독자인 우리가 감지할 수는 있는 것은 일관성 있게 내면적 성찰을 육성으로 나직하고 절절하게 풀어내고 있는 점이다. 다시금 숨을 고르고 손금을 보듯 찬찬히 정신적 등가물인 성춘복 시인의 시편을 심도 있게 검색하노라면 공간의 개념은 '화자(persona)의 응시 → 아득한 정신풍경 → 자잘한 심상 → 봉선화 꽃물'로 변형되어 감미로운 서정이 붉고 투명한 서정의 그리움으로 형사形似된다.

2) 시적 상상력과 시종자의 극대화

일단, 감정의 절제에 의한 영혼의 잠식으로 해석되는 성춘복 시인의 시정신은 푸른 생명의 언어로 직조된 전율 같은 가슴 떨림이며, 그만이 겪는 황홀함이기에 미적 주권의 순수서정으로 빛난다. 그 자신이 "풀들처럼 아무렇게/쭉쭉 뻗기나 해서/바람 앞에 너부죽이/한껏 고함칠 수 있었으면.(풀들처럼 - 풍경화·1)"로 형상화하였듯이 우리가 예감할 수 있는 시인의 실체는, 지극히 온유한 심성과 투명한 영혼의 소유자라는 것이다. 순수서정의 꽃향을 발산하는 그의 지난至難한 시적 행보는 '독야청(獨也靑) 푸르른/팔을 치켜 올려/아우성인 평생의 내 잘못을/달게 받는 늘 푸른 나무들이여(나무들을 보아라)'라는 내면인식의 통로를 걸쳐 영혼의 잠식蠶食에 접목된다. 그토록 자신의 관조적 삶을 통해 언어예술로 직조해낸『봉선화 꽃물』에 수록된 그만의 시편들은 다양한 체험을 통해 응축된 낯익은 언어들이기에 애매모호함이나 현학성이 드러나지 않아 친밀감이 묻어난다.

성춘복 시인의 내면의식에 점철된 순수서정과 정신풍경에는 아니마(anima)적인 평온함이 자리해 있어 풀꽃 향을 발산하는 체취에는 '안타까움 또는 두려움'마저도 깨끗하게 정화시키는 외경畏敬이 있다. 그의 시작詩作 과정에서 삶의 현상으로부터의 일탈과 인식의 전이轉移를 시라는 매개를 통해 정신적 자유를 구가하는 비장한 결의 또한 파악할 수 있다. 까닭에 실리적 이해관계로 붓의 날을 세우는 비열하고 천박한 시인에 견주어 그의 소박한 품격은

빠삭한 속셈에 항상 낯설어 모가 나지 않는다. 뿐만 아니라 대결
구도의 양상과는 거리가 먼 그만의 정직한 심성은, 시편에 봉선화
꽃물처럼 묻어나 독자의 정신기후를 따뜻하게 조성시켜주는 저력
을 지니고 있다.

> 다 자란 나무들
> 산비알로 가 숨고
> 풀꽃도 어둠으로 자지러들 무렵
> 몇 개의 점으로 새들은 날다가
> 노을 속 흩어져 사라지고 말면
> 바람이듯 구름은 끝없이
> 서쪽으로 끌려가 피를 토하고
> 정말 어쩔 수 없는지
> 나도 묵은 갈대잎 속의 저물녘이 되고 만다.
>
> ― 〈해질 무렵-풍경화·5〉 전문

"풀꽃도 어둠으로 자지러들 무렵/몇 개의 점으로 새들은 날다
가/노을 속 흩어져 사라지고 말면/… 생략 …/나도 묵은 갈대잎
속의 저물녘이 되고 만다." 이처럼 성춘복 시인의 시적 형상은, 삶
의 공간에서 접하는 대상물과 자신의 관계성을 응시하는 최선最善
의 드러남인 생명외경의 엄숙성으로 뛰어난 시적 능력이 형상화
되고 있다. 여기서 실체의 껍질을 벗기고 일순간 깊은 사상에 몰
입하는 정신력이 직관적이라면, 사물의 전체를 거시적 관점에서
주시하는 정신력의 한 방법이 관조의 세계로 해석되어 질 때 그의
시적 상관성은 '시적 상상력에 의한 시종자의 극대화'로 변화·발

전한다. "손으로 눈 가리듯/마음조차 환희/이 꽃을 위하여/나도 얼마는 초롱한 눈을 하고/의젓이 서 있어 보자꾸나.(초롱꽃 보며)" 시의 현상과 존재론적 해석의 문제로 고뇌하며, 때로는 한 송이 꽃을 응시하다가도 물아일체物我一體가 되는 성춘복 시인의 체질과 느낌, 지난한 몸부림이 시의 씨앗(種子)을 발아시키는 행위를 통하여 단숨에 한편의 시를 빚어내는 열정은 눈물겹다. 시적 상황의 존재론적 해석을 위해 자신의 기억력을 재생시키며 따뜻한 영혼을 지닌 엄숙한 사제司祭로서의 소임을 실천궁행하는 그만의 시의식과 작품에 대한 의미 있는 작업은, 분할과 통합이라는 각고의 통로를 걸친 결과물이기에 더욱 그 가치가 새롭게 평가된다.

바다로 누웠던 산들이
몸을 일으킨다
어둠 속의 기억을 떨쳐내듯
그림자에 지나지 않던 길

꽃들도 이슬을 털며
세상의 문밖으로 달아나

- 〈세월에게〉에서

보편적으로 어두운 삶의 질곡 속에서 가시적인 모든 물상은 끝내 소멸될 대상이지만, 그는 시적 수사로 활유법과 미세한 움직임도 놓치지 않는 주의집중과 치밀한 관찰, 그리고 정직한 시인의 당당함으로 맞서고 있다. 또한 즉물적 물상의 심부를 해체시켜주는 기법과 도식으로 오늘의 우리에게 '들어냄보다는 감춤'의 담론

을 표출하여 사라지는 것의 소중함마저 실증하여준다. "역사가 그
러하듯/하루에도 두어 차례/아픈 자국 흘려들으며/새 삶의 꺾인
골목을 나는 오간다.(수강궁(壽康宮) 옛길 돌아)"에서 확인되듯 따
뜻한 감성의 소유자로 심성이 지극히 선한 성춘복 시인의 시어詩語의
상징성은 존재의 의미로 자리매김 되어 깨달음과 영혼의 정화精華로
결속된다. 때문에 생명외경이 내제된 감성의 시학으로 해석되는
그만의 소박하고 진지한 시적 행보는 혼성모방(pastiche)이나 화
려한 희언戱言(pun)을 생리적으로 거부하면서도 자신만의 육성으
로 정체성 있는 독자적 시의 지평을 열어 보이고 있다.

어찌되었건 충직한 독자로서의 우리는 그만의 시적 대상이 주
의집중과 몰입에서 비롯된 지속적인 관심거리이기에 결코 가볍게
지나칠 수는 없다. "가슴 속의 불씨 지펴/가당찮은 세월 거듭 보
태고/뭉뚱그려 무두질로 마음들 펴서/한밤에도 닦달을 해야 하는
/어기찬 문둥이들아(친구들에게)" 바로 이 같은 인자因子는 천편
일률적으로 그의 시편을 관통하는 유년에 대한 시적 인식은 생명
에 대한 소중한 일깨움이며 삶의 즐거움이기에 비정한 후기산업
사회의 공간 속에서도 본질적으로 대결·갈등 구조를 못내 고집
하지 않음을 확인할 수 있다.

불투명의 하얀 꽃내에 취하여
산목련과 찔레무덤도 뭉뚱그려
녹색의 바람 일으키는 곳에서
나도 일어나 나무 소리를 해댄다

이 밤 다하고 날 들면 그 산 아래
속세로 나는 떠나지만
남겨 놓은 여름꽃 두어 송이
내 정신의 황량을 웃어대고 있을 테지.

- 〈유명산 아래로〉에서

예시처럼 시인의 추상작업(object)을 고통과 저항을 냉소적 도전의 표징으로 형상화 하지 아니하고 고뇌 속에서도 시적 상상력을 획일적이거나 애매모호하게 처리하지 아니하고 있다. 여기서 성춘복 시인은 언어의 정치성精緻性과 분별력을 통하여, 유형의 인상에 민감한 시인이지만 자연의 이법을 결코 거스르지 않음도 확인시켜주고 있다. 이 점은 정신적으로 창조된 것은 물질보다 한결 생명적이기에, 정신세계의 의미망을 확장할 때의 층위는, '감동의 파상과 영혼의 정화, 즉 시인의 시적 서정과 내면 풍경'이라는 새로운 관심의 연계성과 결부되어 빛나게 된다. 자신의 기억 흔적을 순수서정의 시학으로 해석되는 성춘복 시인이 서정시를 쓰기 고통스러운 시간대에서 〈눈 닦고 보면〉의 시편처럼 "백두나 설악이나 또는 한라/몇 구루 나무에 묻고 답하는/착한 백성의 심성으로 우리/오늘을 흔쾌히 밟아가도록 하자." 이 같은 서정성으로 상실한 감동의 진동을 다시금 회복시켜주는 것은 내적 충만감에서 발현된 감동의 파상임에 틀림이 없다.

"세상을 버린 친구들아/이 흉흉한 계절의 허망 앞에/그 마음을 어디에 버리려 하는가.(묵은해를 접으며)"의 서정적 표현처럼 일단, 그의 고백은 시 창작에 몰두하는 시간이 때로는 "우리는 더욱 밝아 좋아라/갓밝이의 빛나는 눈동자로/새벽 동녘을 붉게 태워/ 그 길 새롭도록 비춰주느니.(밝아서 참 좋은)"처럼 때로는 한스러 움에 젖어도 어둠이 말끔 씻긴 풍경화로 빛나기에 그의 하늘은 항 시 투명하다 못해 푸르게 채색되는 것이다. "한 순간 분노가 치솟 아 오를 때, 좋은 기억이나 시를 떠올리면 마음의 평정을 얻을 수 있다."는 노만 핀센트 빌의 지론처럼, 성춘복 시인은 정신적인 아 픔이나 병폐적인 내면의 갈등마저 해소하고, 영혼을 정화시켜주 는 시적치유詩的治療의 가능성을 열어 보이고 있다.

한편, "봄 지나 한낮을 넘어/오동잎 진 후의 달 밝기로/새벽하 늘 인 찬 이슬처럼/ 영롱한 빛깔이었어라(학의 춤 같은 - 김선영 선생의 人壽)"에서 확인되듯 성춘복 시인의 시작 행위는 절망의 끝이 보이지 않는 암울한 우리네 사회현상에서 겪는 존재의 가벼 움을 반복적으로 체험해 온 그 불안, 초조, 암울함마저 '영롱한 빛 깔'로 변형시키는 가능성을 열어 놓고 있다. 이처럼 그 자신이 소 망하는 밝은 미래사회를 구축하는 힘은, 시적 상상력의 자유로움 에서 비롯된다. 때문에 소중한 삶에 있어 집이란, 보람의 처소이 기에 정신적 종사자가 온 몸으로 진동하는 푸른 식물성 언어를 창 조하는 행위는 존재의 뿌리를 확인하는 작업에 해당된다.

시창작의 과정에 있어 소재의 선택이나 표현 기법, 그리고 새로 운 실험적 시도와 개성적 특이성의 서술은 미적 진실성을 심화시 켜 준다. 발상적 동기에 있어 예술을 무한無限으로까지 추구하는 변증법의 모색은 의미 있는 행위이다. 존재의 뿌리인 고향은, 주제의 참신성을 위해 도전하는 시인에게 끊임없이 일깨워짐으로써 되돌아가 머물러야 할 공간이다. 비록 "세상이 열리는 저문 산 저 켠에서/재넘이(山風)가 몰아쳐/가을 잎을 더욱 붉게 태우는데/허리 젖혀 동기들 짓찧으며/가슴마다 창틀을 단다(버즘나무 그 큰 발자취)"에서처럼 흘려버린 시간의 아쉬움에 눈물짓기도 하지만, 그는 귀향(Heimkunft)하는 자로서의 소임을 스키마(Schema)로 기억 흔적에 담고 있다.

모름지기 "창조자의 이름에 합당한 것, 신과 시인 말고는 없다." 라는 셸리(P. B. Shelley)의 시론을 논의하지 아니 하더라도, 창조 활동을 다양하게 펼쳐나가야 할 시인들은 영감의 비의秘義를 해명하는 사제司祭로서 비공인의 입법자 역할을 수행하여야 한다. 까닭에 성춘복 시인의 시편에 - 회색의 그림자, 곧 세 개의 어둠의 그림자인 '공허함, 죄책감, 두려움(공포)' 속에서의 생존 대상이 인간이지만, 칙칙한 그늘이 자리하지 아니 한 점은, 독자들에게 '꿈의 날개를 달아 주려는' 그만의 관심사며 애정의 결과이다.

삶의 일상에서 눈앞에 가려진 물안개에 보다 익숙해져 있는 우리에게 가시적可視的 현상 뒤의 불가시적 본체의 드러남이 암시되고 있는 〈낙엽 구르는 소리-풍경화·4〉, 〈잠이 없는 날 밤에는〉, 〈그런 나무가 되어〉 등은 문명에 찌든 우리의 영혼에 푸른 생명의 바람을 안겨 준다. "두 팔 한껏 치켜들고/바람 얻어 새 세상 얻는/우리 오늘 나무가 되자" 어찌하였던 그의 정신적 아픔은 지구의 회전 반응에 의한 현상과 접하면서도 시적 형상화로 불안의식

속에서도 넉넉함과 여유로움의 눈부신 약속을 위해 깊은 밤, 잠들지 못하는 견고한 고독을 높이 평가하는데 인색하거나 더 이상 주저할 수는 없다.

다행스럽게도 그의 시편에서 서정적 미감의 뛰어남으로 카타르시스淨化는 물론 단절, 절망, 패배를 희망, 승화로 전이시키는 긍정적 사고력이 그의 "눈물 받아 손 씻게 하고/슬픔마저 거두어야 하는/내 어여쁨이사 오래된 것(내 어여쁨이사 - 풍경화·3)"처럼 확고하게 자리매김을 하고 있다. 인간을 포함한 만유萬有는 우주 생성의 연맥緣脈 속에 기인한다. 하찮은 물상에도 생명을 주어 삶의 외경과 사랑의 소중함을 일깨워 주는 그의 작위作爲는 자연의 비의를 통한 자기 확인의 도구로서 심상의 형상화 작업이다. 비교적 자연 관조를 거쳐 생성된 그의 시는 정관적인 면을 구축하고 있어 내면적 성찰을 통한 체험과 일맥상통하기에, 따뜻한 정신기후의 조성과 행복한 집짓기로 해명되어지는 그의 시정신은 식물성 언어로 직조된 전율 같은 가슴 떨림이며, 황홀함이다.

3) 의미론적 순환循環과 주의집중

자신을 해체하고 재조합하는 창조적 작업은 시적 상상력과 결부된다. 근시안적으로 성춘복 시인의 시편만을 놓고 언어질서에 의해 통일된 체계의 유지와 전통의 재확인이라는 차원에서 우주의 신비를 캐어내는 현상이 가늠되기에 결코 응축미와 긴장감을 늦출 수 없다. 불확실한 시대에 몸담고 있는 우리에게 참담함을 충격적으로 안겨주는 항목들을 열거할 필요는 없지만, 그 중에서 기억 흔적에 남겨두어야 할 것은 질서가 무너짐과 으깨어진 도덕성의 불감증일 것이다. 이 점에 있어 그는 누구보다 삶의 처소에서 손쉽게 접할 수 있는 시적 소재를 비중 있는 실체로 다루면서 자신의 삶을 반추하며 흘려보낸 시간에 대해 끊임없이 성찰하고 자문自問하고 있다.

특히 자연의 이법理法을 거스르지 않은 담담한 마음씀과 건강한 서정성을 접할 수 있지만, 그의 밝고 투명한 시어가 영혼을 구가하는 내재된 시적 비법으로 변형되어 '분열된 자아의 회복'이라는 시격으로 결정潔淨된다. 본질적으로 견고한 고정 체를 언어로 빚어내는 시 쓰기의 작업은 행복한 집짓기에 비견되기에, 여기서 논의의 초점은 아니나 창조와 모방은 연계성을 지닌다. 그것은 인간의 내면심리에는 자연을 거부하거나 자연과 대립하는 창조의 정신을 지닌 동시에 자연을 모방하고 순응하는 모방정신의 불가분의 관계이다. 이 같은 대립 구조는 지극히 합리적이고도 상호보완적인 공존의 양상으로 자리한다. 시 쓰기의 작위는 단순한 언어유희가 아니라 후기산업사회에 몸담고 있는 현대인들에게 있어 생명적이고 의미 있는 창조작업이다. 항시 책의 그늘은 넓고 깊기에 '허공 속의 꽃은 피고 짐이 없고, 산언덕에 오르면 뗏목이 필요 없기에 뱃사공에게 길을 묻는 어리석음'을 더 이상 반복하지 말고 책(箴言)을 통해 지적인 해답을 구해야 한다.

시간과 공간의 개념을 상호대비 시키는 그만의 시적 발상은 순백의 언어로 정금을 빚어내는 연금술사의 경이로움에 견주어진다. 그의 시적 음계는 낮은음자리표로 미끄러져 가는 연계음이 자리해 있어, '존재의 사라짐'을 서정적 미감으로 수용한 이상성(Ideality)과 시의미의 추구 또한 이채로워 독자의 시선을 끌기에 거부감이 없다. 푸른 식물성 언어를 통한 성춘복 시인의 시 의식이 평화에의 합일과 그 궤를 함께 하기에 시적 지형성(Topography)은 모순어법적이어거나 생경하지 않고 낯익어, 추상적이면서도 물상적物像的인 시어의 편린들이 그의 시편에서 발견되지 않는다. 불안, 초조, 조급함에 익숙한 이 땅의 시인들에 비해 그를 황간黃侃의 유인遊刃에 견주어 예술의 고매한 품격을 향유한 천부적 시인으로 감히 단정지을 수 있는 것은 창조적인 생명력이 넘쳐나는 미적 주권의 확립에 연유한 까닭이다.

정신적으로 빈궁한 삶의 현상에서 더 없이 좋은 시인과의 만남은 결코 우연일 수 없는 행복한 필연적 만남이다. 모쪼록 자신의 투명한 눈물마저 선명한 이미지로 형상화하는 그에게, 피폐된 독자의 영혼에 자연적인 대상에서 발아되는 식물성 언어를 개성적으로 통신하며 우리 곁의 친근한 삶의 동력자가 되어 줄 것과 그만의 시편을 통해 명증하는 즉물적인 편린은, 사물을 관찰하는 예리한 눈(心眼)이 물상과 관념이라는 상오의 연계성을 중시한 결과물로 우리의 다양한 삶에 그만의 시혼이 겨냥한 새로운 발견과 접근, 그리고 치밀한 느낌과 색깔로 사물을 예리하게 투시하되 정치精緻하게 표현하는 시적 기법을 조심스럽게 글의 말미에서 주문한다.

　결론적으로 [책 끝에]서 그 자신이 "문사로서의 내 삶(50년의 시작업)도 그렇기를 바라나 아직은 나도 더 열심히 써야하고 시처럼 건강을 유지해 나를 살아내야 한다고 믿는다."라고 천명하였듯, 경계 허물기로 소외된 인간관계의 회복을 위해 본질에 충실하되 시적 상상력을 확장시켜 불가능을 가능으로 전이轉移시키는 비공인의 입법자로서의 역할은 물론, 우리가 성춘복 시인에게 거는 소박한 기대라면 푸른 생명의 언어로 상처받은 이들의 영혼을 치유하기 위해 견고한 고독이 자리한 처소에서 일관된 선함과 지혜로움으로 예지의 붓끝 세우는 비전을 제시하되, '극소수의 창조자'로서 끊임없이 영혼의 닻줄을 움켜잡는 진정한 예언자로서의 소임 또한 엄숙하게 수행하여 달라는 것이다.

5. 가슴의 눈금 읽기와 들꽃의 변명
– 조영수 시인의 비움의 시학과 자의적 은폐

1) 자의적 은폐와 시간 밖의 화원花園

유한적 존재인 우리네 삶에 있어 정신의 생산물인 한 권의 시집은, 간접체험을 통해 새로운 지적 세계로 진입하는 통로의 매개물이며 지침이다. 십년만의 침묵 끝에 미적주권의 확립인 『시간 밖의 꽃밭』(마을, 2008년)을 간행하여 뜨거운 가슴을 태우는 주체와 타는 대상의 차별성을 무화시키며 융합하고 상승하는 저력을 지닌 예감의 실체이기도 한 조영수 시인은, 곧 망각한 불의 꿈을 다시 불러내는 '언어의 연금술사'로서의 동력을 지니고 있다.

조영수 시인은 〈책머리에서〉 "내 시는 가슴 뜨거운 들꽃이라는 아집을 아직도 버리지 못하고 있다."라고 천명하고 있듯이 자연의 순수성을 바다라는 가시적 대상에 접목하여 우리의 전통적 정서를 변주시켜 독자의 공감대를 형상화하고 확장시켜준 첫 시집이 『세상 밖을 흐르는 강』이다. 한편, 대상의 물화성을 매개로 하여 인간성 회복을 추구하려는 지난한 몸짓을 풍자적으로 패러디한 『네 안에서 내 안으로』, 그리고 비움과 없음의 시학을 틀짜기로 하여 기다림을 키우는 넉넉한 여유로움(surplus)으로 생명의 본원이며 표징인 물의 이미지를 식물성의 정화精華인 꽃으로 일관한 『꽃은 꽃으로 피게』로 시적 공간을 형상화하여 혼돈混沌을 털어버리기 위한 감성의 시학으로 다시금 확장하여 우리에게 영혼의 안식을 신선한 감동으로 안겨주려는 소박한 기대감은, 실로 생명외경의 총화總和이기에 놀랍게도 가슴의 눈금 읽기와 들꽃의 변명이 생명적 기호로 해명된 현상이다.

자의적 은폐를 감성의 시학으로 표출하기 위한 그의 회의와 변명은, 서정의 미감으로 빛나는 자연, 영혼 회귀의 본원(천상)인 사랑으로 그 틀을 일정하게 유지하며 나름대로 정직한 시인의 현실인식과 차별화된 시정신의 분할과 통합은 시적 의미와 그 대상을 변형·확장하는 역동성을 수용하고 있다. 다행스럽게도 비정한 모순과 갈등구도로부터의 이행을 추스르는 통로가 된다. 바로 이 같은 정황은 '푸른 시와 시인'으로 일컬어지는 그의 네 번째 시집은 "제1부 부끄러움의 무게, 제2부 상처 덧나는 날, 제3부 산새가 울먹이고 있다, 제4부 강릉 사람들, 제5부 봄비에 대한 기억, 제6부 묵힌 일기들"로 짜여 있어 시대의 충직한 독자들에게 삶의 일상에서 반복되는 애증, 갈등과 화해 등의 잇닿은 사회현상을 예술적 질감으로 정제시킨 정신적 생산물이기에 시적 동력을 지닌다.

여기서 미적주권을 확립하기 위해 시의 자주성, 독자성을 회복시키려는 시의 틀짜기를 위한 그만의 열정과 고뇌는 눈물겹다. 절망의 끝이 보이지 않는 현실에서 초조·공포에 불안한 내면인식에 그나마 평안과 생명의 충만감을 안겨주는 풀꽃 향 묻어나는 정신적 생산물을 통해 한 시대의 비공인된 입법자로서 현대와 전통의 틀을 쌓고 허물며 그 자신의 시적 토양과 지평을 구도적인 자세로 아우르는 정신적 행위는 놀랍고도 감사할 일이다. "새소리 다치지 않으려고/키를 낮춰 내려놓는 빗줄기(전나무 숲에 내리는 비)"와 같은 섬세한 조영수 시인의 감성을 통해 이처럼 자의적 은폐를 서정적 미의식으로 회복시켜주기에 비정한 후기산업사회에 몸담고 있는 이 시대의 우리에게 미감이 뛰어난 순수 서정을 시로 형상화시켜 한 순간 치솟던 마음의 분노를 평정시키는 시적 치유治癒의 가능성과 정신적 기후를 따뜻하게 조성시켜주는 시대적 소임을 엄숙하게 수행하고 있다.

정신적으로 궁핍한 삶의 처소에서 절제된 정감으로 사제로서의 역할을 담당하고 있는 조영수 시인은 특히 나눔이 내재된 〈부끄럼의 무게〉에서 '자작나무 숲에 나리는 소나기'를 "그 부끄러움을 지고 있는 우리들의 어깨를/새벽 죽비로 후려치는 소리로" 공감각이라는 수사적 기법을 통하여 순결한 자신의 영혼에 접합시키려고 음조가 좋은 언어로 조탁彫琢한 그의 주의집중은 너무 진지해 비장감마저 묻어 있다. 이 같은 변명은 파스(Octavio Paz)가 '종교의 문제는 신이 아니라 시간이다.'와 동일 선상에서 "서너 발자국 물러서서 들어야/음색이 깊어지는 허밍의 빗소리(허밍으로 내리는 빗소리)"와 연계지어 때로는 '비우고, 버리고, 기다리는' 여유로움과 미끄러짐의 시학을 통해 미로의 출구로 통하는 길과 출구 밖의 세계는 모두 시간의 직선적 개념으로 인식하여 '우리 기억 속에 저장되어 있는 경험의 총체'인 배경지식(schema)의 층위로 파악하는 것은 지나침이 없다.

비교적 전통적인 맥락에서 조영수 시인이 즐겨 틀과 도구로 사용하는 서정시는 의미 시 또는 생명력이 있는 건강한 현대시와 접목되고 있다. 모두冒頭에서 밝힐 문제는 아니지만, 랜섬(J.C. Ransom)이 제시한 시의 유형을 참조할 때, 시인의 몸 밖에서 형성되는 사물의 움직임이나 계절의 변형 등 자연의 변화 조짐을 객체적인 소재를 사용하여 형상화한 사물시(physical poetry)나 관념시(platonic poetry)의 한계를 벗어난 주체적 소재와 객체적 소재가 혼합되어 창작되어진 형이상의 시(meta poetry)에 틀을 유지하고 있는 팽팽한 긴장감과 치열한 시 정신이 수용되어 있는 『시간 밖의 꽃밭』은 충직한 독자의 기억 흔적에 오래 담아두어야 할 의미성을 지닌다.

2) 가슴의 뜨거움과 시적 감응感應

인간의 영혼은 신으로부터 나와 신으로 회귀하는 반사상反射像이다. 생티에리는 "인간의 영혼이 어떻게 자기 자신의 아름다움을 생각할 수 있겠는가? 또한 어떻게 바로 자기 안에 그 모습을 비추는 자의 찬란함에 정복당하지 않을 수 있겠는가?"라고 자문하였다. 무엇보다 자명한 것은, 인간은 점진적으로 영적 상승을 통해서 동물적 상태에서 이성적 상태로, 그리고 이성적 상태에서 영적인 상태로 이동할 수 있음의 재인再認이다. 특히 조영수 시인은 삶의 일상에서 "사월 초순의 어스름께/산문山門 밖을 기웃거리던 풍경소리가/왈칵 터트리는 울음 울음들(어스름은 지등紙燈을 끄지 않았다)"을 선험적으로 의식하거나 때로는 "가을비 소리가 듣고 싶다는 사람들/그들과 빗소리로 술잔을 채우고 싶을 때(가을이 우리 앞에 서 있을 때)" 그 자신이 가을이 우리 앞에 서 있은 지 오래임을 헤아리며 감동을 회복하는 작업에 실로 열중이다. 그는 '오늘의 위대함을 포옹하는 순간은 지금이다'라는 오프라 윈프리적 사고로 현실의 충실함을 항변하면서도 "잔가지 어둑어둑하게 내려놓은/B단조 속 떨리는 저녁 새떼 울음에서/울컥 낯익은 풀냄새가 난다(눈밭에 저녁 새떼 날아들고)"를 예감하면서 따뜻한 가슴으로 생태시학의 소중함을 일깨워주고 있다.

> 고구려의 바람이 빗줄기에 찢어지고 있다
> 숲 그늘에 숨어들어 비를 피하던 새소리도
> 목이 부러진 채 먹어둠으로 질식하고 있다
> 그 어둠이 산과 바다 그리고 강과 들의
> 숱한 목숨들을 묻어버리고 있다
>
> ― 〈고구려의 바람〉에서

　　정신적으로 창조된 것이 물질보다 한결 생명적이기에 다망한 일상에서도 몸담고 있는 정신세계의 토양이 되고 의미망을 확장할 때의 인간층위와 바람(역사)에 관해 인식한 정신력의 내구성耐久性이 견고한 고독과 바람 앞에 선 시인의 정신풍경을 응시할 수 있음은 생명경외의 존엄성에 수용된 심상心象의 형상화로 지적할 수 있다. 자신의 선한 심성과 담백한 품격으로, 정조情調를 엄격히 통제하고 즉물적 현상을 적확하게 풀어 보인 '합리성, 그 모순에 대한 사유'에 민감한 조영수 시인의 시적 의미성은 "산새 울음 한 음절도/독경소리에 다치지 않게/예불을 마치고(산새가 울먹이고 있다)", "몸짓 가벼워진 가을 햇살 조금 남은 무게를/한 줌씩 나누어 들고도 고마워 어쩔 줄 모르는(달로 뜨려나 보다)"에서처럼 순수의 서정, 배려의 섬세함으로 응축되고 빛난다. 이처럼 우리가 접하는 현재의 즉물 현상은, 일정한 패턴으로 고정된 것이 아니라 새로움을 향한 끊임없는 변전이다.

어머니 이승처럼
말라 비틀린 가지마다
흙투성이 옥양목 홑버선을
하얗게 빨아 널었네

- 〈백목련〉에서

빈 젖 매만지던 손으로
젖무덤을 닮은 어머니 봉분에
마지막 삽질을 하던 날도
울컥 젖비린내가 났었지

- 〈봄비에 대한 기억〉에서

〈백목련〉과 〈봄비에 대한 기억〉을 통해 조영수 시인이 회상하듯 "붓끝은 창끝보다 강하다."는 말씀을 말꼬리에 달아두시던 정자나무처럼 항상 그 자신의 삶에 버팀목이 되신 어머니에 대한 그리움과 사모思慕의 정은 실로 투명한 눈물을 자아내게 한다. 무엇보다 쉽게 유추할 수 있듯이 그는 위의 두 시편을 그렁그렁한 눈물 속에서 분명히 썼을 것이다. 삶과 죽음, 만남과 이별 등 이분법적 발상은 곧, 우주적 상상력을 확대하는 통로의 이미지로 이 땅의 모든 어머니의 체취, 즉 젖내음을 가히 절창絶唱으로 형상화시킨 '가슴의 눈금 읽기'라는 여과과정은 한순간 깨끗한 눈물을 자아내게 한다. 이와 같은 자아의 내적 성취를 위한 이행이며 자아성찰自我省察의 반복에 대한 해석은 마침내 그의 시적 골격을 형성하고 있는 시편은 생명의 본질, 본원本源에 대한 회귀로 결부된다. 여기서 그만의 독자적인 인식의 심층에 내재되어 있는 대상의 시적 추이推移는 "치맛자락에 걸려 배추꽃빛으로 넘어지던/어머니의 현기증 바로 그 빛깔로/아침 해가 떠오르고 있다(해맞이)"처럼 마침내 단절된 계절의 층위, 절박한 상황 속에서도 '사랑'이 종자(불)가 되어 생명(부활 = 아침 해)에 대한 정감은 지적인 세계(통로)를 지향한 주정세계로의 변주變奏이고 이행移行이다.

한 사람의 충직한 독자로서 그에게 기대하는 한결 같은 소망이라면, 흘려버린 과거에 집착하지 말 것과 인식의 오류에 관해서도 건강한 비판의식을 지니되 자성의 시간을 가지라는 것이다. 이것은 시창작의 주체가 시인이지만 다각적인 시각에서 응시하고 사유思惟할 때 어디까지나 독자란, 시인 자신일 수도 있다. 따라서 자신의 시편에 비판적, 즉물적, 전체적, 정의情意와 지성의 종합, 유물적, 구성적, 객관적 특성을 지니도록 열중하여야 한다. 후기 산업사회의 다양성을 수용하여야 할 현대시는 일상적으로 부대끼는 사물을 여과하여 엄밀히 구성의 과정을 걸쳐 새로움을 표출해

야 함은 물론, 그간의 낡고 고루한 시각은 접어두고 새로운 변전變
轉을 추구하기 때문이다.

> 싸락눈 소리를 뒤척이며
> 나는 시간 밖의 꽃을 피우고
> 그는 바람에 섞인 시를 골라낸다
> 그가 골라낸 시에 숨어 피던 꽃을
> 눈발이 자꾸 꺾어버린다
> 바람이 꽃 대신 아프게 피어 있다고
> 내 시간 밖 꽃밭에다
> 그는
> 금방 지워질 발자국을 심고 있다
>
> － 〈시간 밖의 꽃밭〉 전문

여기서 애써 타고르의 시집 『園庭』을 인용하지 아니 하더라도
화자(persona)와 동격인 그는 지극히 열림 지향의 사고의 결과물
인 '꽃 즉 시(花卽詩)의 유의미'를 '싸락눈 → 꽃 → 시 → 바람 → 눈발 →
발자국'을 통해 확인되듯 통로의 귀착은, '가시적인 대상은 소멸된
다.'는 라아킨적 이론에 근거한 무無요, 비움이며 사라짐임을 명증
해준 일깨움이다. 이것은 에드워드 호퍼(Eward Hopper)의 시선
이 닿은 모든 대상과 공간이 무미건조한 공간에 익숙한 현대인들
의 도시 위로 사각형의 햇빛이 쏟아지는 현상, 그렇다. '사각형 유
리창 너머에 앉은 결코 자유롭게 소통하지 못하는 사람들'은 한번
쯤 숙고해 볼 일이다.

기실 근자에 시적 관심은 점차 심층적인 경향보다 언희言戱, 시

의 표층으로 전이되고 있음은 한 시대의 변형이기에 대다수 시인의 시적 경향 또한 본능적 지략으로 육화해야 생존할 수 있음은 조영수 시인의 경우도 예외일 수는 없다. "몸짓 가벼워진 가을 햇살 조금 남은 무게(달로 뜨러나 보다)", "목숨 있는 빛 들이 지고 있는/세월의 어두운 무게들을 내려놓고(무게)" 등에서 쉽게 해명되어지듯 놀랍게도 언어와 논리 사이에 불현듯 출현하는 그의 시적 생산물은 자기희생을 통한 역동성을 제공하고 있다. 이 같은 현란한 색채는 다음의 시편을 통해 확인된다.

> 담채로 그려지던 선율에서
> 금방 놓여난 쉼표의 무게로
> 무늬 지워낸 달이 진다
> 적막의 깊이를 재고 있는
> 저 쉼표의 무게와
> 달이 지고 난 자리의무게가
> 내가 바등되며 밟아대다 깨어진
> 시간의 무게보다 더 무겁다

- 〈쉼표의 무게〉에서

일반적으로 주어진 우리의 삶에 있어 '20대는 물음표(?)로, 30대는 느낌표(!)로 살라'고 한다. 인용한 시에서 그 자신이 독자들에게 '쉼표(휴지부)의 무게'로 살라고 반복해서 들려주는 묵시적 교시는 무엇보다 이 비정한 혼돈의 시대에 공동체 의식의 소중함을 자각할 때, 인지되고 확인되는 모든 대상이 나(自我)에서 비롯된 '불이不二의 생리生理'로 파악되어진다. 따라서 상처 입은 영혼을 따뜻한 가슴, 즉 시적 치유를 열망하려고 식물성 언어로 꽃을 즐겨 노래하는 조영수 시인의 시격은 담백하기에 정신적 피폐함 속에서 고통 받는 소외된 독자들의 기대에 어긋남이 없이 삶의 현장을 탐구하는 순수한 영혼을 지닌 아름다운 존재로 지적하여도 지나침이 없다. "달빛을 바늘 끝에 찍어/온몸에 문신하겠다는/그녀의 웃음 정수리가/달맞이꽃 색깔이다(달맞이꽃)"에서 발견되어 지듯이 "진달래 꽃빛으로 덧나게 하던 빗소리가/그대 이름 속으로 떠난 밤을/가을까지 몸져눕게 하던/열여섯 살 적 봄비(열여섯 살 적 봄비)"는 '열여섯 살'의 상징성에서 확인된다.

이처럼 그의 정신세계는 밝고 건강하고 생명적이다. 까닭에 그의 긍정적 시각은 2-3%의 염분이 오염된 바다를 생명의 처소로 정화시키듯 세속적인 틀을 부수며 어두운 세기를 초연하게 자신의 의지로 헤쳐 나가는 진정한 극소수의 창조자로서의 행태를 담백하게 형상화하고 있다.

3) 소통의 기호와 영혼의 잠식蠶食

순수성이 결핍되고 무너져 내린 암울한 삶의 일상에서, 예언자로서의 시인이 예기치 못한 즉물적 현상을 버티어내기가 비록 버거울지라도 푸른 식물성 언어를 조탁하여 실상이 흐려 있는 영혼의 통로를 탐색하기 위한 고뇌를 감내하여야 한다. 몰개성이라는 변명으로 21세기의 화두話頭인 상성相生의 원리를 거스르지 말고,

영혼의 안식을 위해 언어에 대한 식별력은 물론 정신지리와 내면 인식에 대한 열정을 지속하여야 한다. "꽃을 피우고 지우다/삭힌 울음까지 다 태워버린/봄볕의 가슴에 찍히는/눈물 맑아진 화인火印이다(사랑은)"에서 궁핍한 "소통의 기호와 영혼의 잠식"을 체득한 조영수 시인의 시학의 탐색이 감동의 회복작업과 맞물려 있음은 유념해야 할 사항이다.

또 하나 그의 시편이 가슴을 따뜻하게 하는 비법은, "난설헌의 시 한 수/읊어보지 못한 사람들에게/잠 깬 소나무 숲을 흔들며 달려 나온/가슴 뜨거운 바람 한 자락씩 안겨주는/자락이 파릇한 겨울 바다(겨울 바다)"로 시화詩化된 '회의와 변명, 그리고 생명의 본원인 바다가 의식 속에 내재되고 있기 때문이다. 여기서 그만의 시격詩格은 대다수 독자에게 순백의 영혼과 갈앉은 침묵의 음성 - 자신만의 색깔, 음성, 시적 특이성 - 을 공감각으로 처리한 감각적 유희화가 뛰어나기에 〈강릉 사람들〉, 〈주문진 사람들〉, 〈고향 바다 빛〉, 〈향교 담 모퉁이를 돌아들면〉 등을 통해서 근면한 그물질로 등 푸른 정맥이 봄 바다 빛으로 펄떡이는 건강한 노동력과도 결속되기에 일순 매력적이다.

> 대문 없는 울타리 밖
> … 생략 …
> 욕심 없는 감나무 한 그루씩
> 심을 줄 아는 사람들
>
> -〈강릉 사람들〉에서

은비늘 팔팔한 새벽 그물질의 눈부심엔
등 푸른 정맥이 봄바다 빛으로 뛰고 있다

- 〈주문진 사람들〉에서

그렇다. 젊음의 한 때, 평자 자신도 향교의 돌층계를 조영수 시인과 함께 오르던 눈물겹고도 아련한 어제의 기억 흔적이 새삼 떠오르기도 하지만, "향교 담 모퉁이를 돌아들면/세월을 잃어버린 산그늘이 잠겨 있어/더디게 흐르는 개울물 소리 들릴지 몰라(향교 담 모퉁이를 돌아들면)", "어릴 적 내가 그린 그림일기 속 고향바다를/끝없이 충만하게 하겠다고 자네가 덧칠해대던/그 짙고 짙은 남빛 때문이라네(고향 바다 빛)"처럼 조영수 시인은 가뜩이나 영어교육몰입으로 국어교육의 부재론이 심각한 우리 사회의 현상에서도 그나마 다행스럽게도 모국어의 속살로 정서적 미감을 무한의 잠재 태를 현재 태로 감미롭게 현현顯現하고 있다.

주지주의 시인인 엘리엇(T.S. Eliot)이 "문학의 유산을 소홀히 하는 국민은 야만해지고 문학을 낳지 못하는 국민은 사상과 감성의 활동을 낳지 못한다."라고 문학의 위대함을 교시하였듯, 어디까지나 한 편의 시란, 상상과 감정을 통한 생명의 재해석이다. 일단, 담백한 품격의 소유자인 그 자신이 몸담고 있는 삶의 처소에서 구도자로서의 따뜻한 감성의 시학은, 사랑을 축으로 진리를 밝히는 불(燈)이며, 생명적 기호로 풀이된다.

비교적 오랜 날, 고향의 산자락에 자생하는 풀꽃을 즐겨 유년의 기억을 되살리며 시적으로 형상화하기 위하여 고뇌하는 조영수 시인의 낯익은 시편들은 보다 엄격하게 유의미한 것으로 적확, 격렬, 구체적, 복합적이다. 따라서 〈대금 산조〉에서 발현되는 리듬과 형태를 갖추어 가치를 확증하려고 노력한 그의 지난한 몸짓이기에 눈물겹도록 순수할 뿐더러 감동의 회복에 연유한다. 이처럼 신선한 감동을 안겨주는 정직성은 그의 저력이며 독자를 긴장시키는 마력을 지닌다. 자못 생생한 일탈의 정신을 예술적인 질감과 터치로 형상화된 시작행위는 엄숙하고 생명적이다. 여기서 도외시할 수 없는 그의 따뜻한 감성에서 배어나온 연민의 정과 감미로운 눈물, 그리고 천상의 층계를 오르는 고독한 창조적 능력, 즉 수동적인 사물과 능동적인 사물을 결합하는 매개적 정신능력(the intermediate faculty)의 범주에 위치한 시적 상상력은 신성한 감동을 안겨준다.

모름지기 삶의 순간을 포착하여 놓치지 않고, 불확실한 시간대와 공간에서 생존하는 인간존재의 탐색을 위해 땅에 가라앉은 낮은 음성과 겸허한 몸가짐, 그리고 감미로운 감성으로 시혼을 즐겨 노래하기에, 그의 시 읽기와 해명은 바람의 통로를 탐색하기 위한 언어의 집짓기로 풀이된다. 그만의 품격과 담백한 시격에 있어 견고한 성채城砦의 신뢰성을 발산하는 힘도 역동적이지만, 우리의 관심사는 한 사람의 충직한 시인이 삶의 처소를 아름다운 서정의 미감으로 장식하며, 피멍든 손으로 영혼의 닻줄을 잡아당기는 힘겨운 행위를 자신의 소임으로 인식하고 수행한 점이다.

결론적으로 조영수 시인은 시의 난해성을 적당한 거리로 유지하며 따뜻한 감성과 목가적 서정으로 내면인식을 B단조의 선율과 다양한 색채로 채색한 수사의 단순성은 모남이 없이 친화력을 안겨준다. 혹자에 의해 시해석의 다양성이 논의되지만, 그의 시가 한국현대시사에 있어 독자적 지위를 확보하기 위해서는 잔존해 있는 사물시의 흔적을 지적인 형이상 시의 시각에서 변주하는 실험·도전정신에 조심스럽게 공감하면서도, 그만의 특유한 개성, 냄새, 들꽃에 대한 집념으로 채색하는 지극히 강한 주의집중(沒入)에 뜨거운 박수를 보내지 않을 수 없다. 모쪼록 자신만의 독자적인 시적 토양을 구축하기 위해 반복적인 자기응시로 끊임없이 '우주를 통해 구하고, 행동과 말의 소통, 생각을 지속적으로 모국어의 속살로 변명·정제하며, 항상 감동을 회복하는 창조하는 작업'을 위해 정진하여 줄 것을 따뜻한 시선으로 소망할 뿐이다.

6. 감성적 잠언箴言과 감동의 파상波狀
– 김미성의 의미론적 순환循環과 주의집중

　자신을 해체하고 재조합 하는 창조적 행위는 시적 상상력과 결부된다. 특정한 뮤인의 정신적 생산물을 놓고 일차적으로 생녕석 기호인 소통의 도구에 의해 통일된 체계의 유지와 정체성의 확인이라는 차원에서 우주의 신비를 캐어내는 현상이 가늠되기에 결코 응축 미와 긴장감을 늦출 수 없다. 불확실한 시대에 몸담고 있는 우리에게 참담함을 충격적으로 안겨주는 항목들을 새삼 열거할 필요는 없지만, 그 중에서도 기억 흔적에 남겨두어야 할 것은 질서의 무너짐과 으깨어진 서정성의 불감증이다. 이 점에 있어 따뜻한 감성과 감동의 파상을 불러주는 김미성은 이 땅의 어느 누구보다도 삶의 처소에서 손쉽게 접할 수 있는 일상적 삶의 소재를 다양하고 비중 있는 실체로 다루면서 자신의 삶을 반추하며 흘러보낸 시간에 대해서도 끊임없이 성찰하고 자문自問하고 있다.

　인간 관계성의 소중함을 인식하면서 언어의 분별력에 관해 열정을 쏟으며 정신작업에 종사한다는 것은 결코 쉬운 일이 아니다. 그 까닭은 종교적으로 제단을 쌓을 때는 흙이나 자연석을 사용하고, 비교적 쇠붙이로 만들어진 도구(釘)를 사용하여 비교적 다듬은 돌을 사용하지 아니한다. 그것은 어디까지나 쇠는 곧, 금속으로 재생된 무기이며 생명을 살해하는 도구로 사용되기 때문이다.

모름지기 대다수의 이들이 삶의 일상에서 생명외경에서 비롯된 만남의 소중함과 조화로움을 거부하고 온통 비열한 이기주의에 사로잡혀 편 가르기에 익숙할 뿐더러, 고정 관념에서 일탈하여 대립과 갈등의 경계를 허무는 낮아짐으로 인한 감동의 회복을 상실한 것은 안타까운 현상이다. 자성에서 오는 삶의 지혜를 체득하면서 미끄러짐의 자세로 조금씩 흐르면서도 주위의 누군가에게 버팀목이 되어야 하는 선한 인성人性을 저버리고, 이해타산에 약삭빠르다 보니 물안개 뒤의 실상이나 사물의 본체를 응시하는 미끄러짐에서 비롯되는 여유로움이 허락되지 않는다.

그 같은 연유로 우리는 삶의 일상에서 접하는 현상을 따뜻한 시선으로 응시할 수 없을 뿐더러 주위의 누군가를 위한 격려에도 인색할 수밖에 없다. 모두冒頭에서 분명히 밝히고 싶은 것은 김미성의 정신세계는, 밝고 건강하고 생명적이기에 그의 긍정적 시각은 2-3%의 염분이 오염된 바다를 생명의 처소로 정화시키듯 세속적인 틀을 부수며 암울한 세태를 의연하게 자신의 강직함으로 헤쳐나가는 '진정한 극소수의 창조자'로서의 문인의 소임을 담담하게 유지하고 있다. 이 같은 행위야말로 절망의 끝이 보이지 않는 조국의 미래를 걱정하는 진정한 한 사람의 문인으로서 '민족의 역사요, 혼인 모국어의 속살에 대한 항변'을 거듭하는 것도 담백하고 일관된 의지의 표명이다.

깊은 밤, 경건하게 견고한 고독 앞에서도 자신의 무관심과 비정함, 그리고 한순간의 분노로 마음에 상처를 입었을 주위의 이들을 위해 자성의 시간을 갖고, 비록 혼돈의 시간대일지라도 미래의 젊은이들에게 꿈의 날개를 달아주는 작업을 게을리 하지 않은 문인에 대한 관심과 주의집중은 무의미한 도로徒勞가 아니다.

여기서 자의적 은폐와 소박한 감성의 붓끝이 지나친 의욕으로 인해 문화인식의 결핍에서 오는 '언어공해의 심각성을 자아내는 인자가 되지 않을까?'라는 의구심을 털어버릴 수는 없다. 그러나 감동을 회복시키려는 작은 집념으로 노만 핀센트 필의 "한 순간 격정이 치솟아 오를 때 좋은 기억을 떠올리거나 아름다운 시구를 읊조리면 마음에 평정을 얻는다."라는 지적을 따뜻한 감동의 파상으로 형상화 한 김미성의 잠언서箴言書 격인 예감의 산문집『안문(雁門)』(선으로 가는 길, 2009)을 읽노라면 모두가 하나 같이 공감대를 형성할 것이다.

미국의 대법관을 역임한 프랭크 후트의 "모름지기 대학의 교수들은 젊은 대학생들에게 밝은 미래의 꿈과 이상을 심어주어야 한다."라는 지적을 확인하며, 부단히 최소한 메마른 영혼에 감동을 안겨주는 감미로운 눈물 같은 정화의 매개체로서의 역할 수행은 김미성의 약경略經을 통해서 보다 더 확인된다. 그는 1955년 목포 출생으로 전남대학교를 졸업한 뒤 3년 남짓 고등학교에 국어교사로 몸담았으며, 「전주일보」(1993) 신춘문예에 수필이, 그리고 시 전문지『시선』(2003)의 추천으로 장르를 확대하며 폭넓게 활동하는 문인이다.

한편, 수필집『연꽃 만나고 가는 바람같이』(띠앗, 2002)와 시집『모든 길이 내게로 왔다』(북인, 2007)를 간행하여 '우수문학도서'로 선정되기도 하였다. 예리한 붓의 칼날로 섬세하게 사물과 사유思惟를 토막 내고 자르고 확대해서, 데리다의 지론처럼 '책의 그늘은 깊고 넓어' 이 땅의 충직한 독자들의 시선과 주의집중에 힘입어 신선한 감동의 회복을 불러 일깨운 일상의 서정성과 미적 주권을 확고히 다진 그만의 독특한 '문체, 느낌, 체취, 색깔'로 검증받은 좋은 문인이다.

각고의 노력 끝에 침묵을 깨고 또 다시 시인의 감성과 시적 기교를 접목시켜 간행한 산문집『안문(雁門)』은 피폐된 현대인의 영혼을 치유治癒하는 소중한 삶의 잠언으로 해석하여도 결코 지나침이 없다. 비교적 책의 틀 짜기는 삶의 일상과 기억 흔적(27)이 축軸을 이루지만 자연적인 사물과 우주와의 교감(8편), 여수旅愁의 정감(8편), 불교적인 사유의 편린片鱗(5편), 자기변명의 소통(8편), 차茶(2편)와 몽상(1편)에 관한 산문집은 비교적 미셀러니적인 것으로 분류할 수 있다.

M. 리드는 "수필은 마음속에 표현되지 않은 채 숨어 있는 관념·기분·정서를 표현하는 하나의 시도이며, 그것은 관념이라든지 기분·정서 등에 상응하는 유형을 말로 창조하려고 하는 무형식의 시도다."라고 정의하였다. 비교적 수필은 어느 정도의 지적·객관적·사회적·논리적 성격을 지니는 소평론격인 에세이(essay)와 감성적·주관적·개인적·정서적 특성을 지니는 신변잡기 형태의 미셀러니(miscellany)로 구분을 짓는데, 미셀러니라 하여도 글의 품격

이나 글쓴이의 지적 수준의 천박성淺薄性을 뜻하는 것은 아니다.

애써 〈달을 보는 날에는〉에서 그만의 특성 있는 필체로 기술한 달의 상징성과 이미지에 관해 논의할 바는 아니지만, 평자의 향리인 "경포대의 달"은 나름대로 정체성(Identity)을 지니고 있다. 일단,『모든 길이 내게로 왔다』에서 〈그 말에 귀를 기울이자〉의 이승훈의 시평을 손금을 보듯 찬찬히 탐색하면서 김미성의 내면인식을 잠시 들여다보기로 한다. "존재는 자신을 보여주지 않고 드러내지 않고 한 번도 자신에 대해 말한 적이 없다. 그러므로 존재의 외부에 머물면서 우리가 만나는 것은 존재에 대한 갈망이다. 그는 이 같은 갈망을 노래한다. 그것은 나와 또 하나의 나의 분리, 나와의 불일치, 자아의 모순을 동기로 하고 자폐의 공간, 소라게의 눈물로 형상화된다. 소라게는 거품으로 말하고 거품이 소라게의 눈물이다. 이 눈물이 그대로 말라붙는 삶, 이렇게 박제가 되어가는 삶에서 벗어날 길은 없는가?"라고 반문하기도 한다.

한편, 김미성은 자신의 머리글에서 "'진실은 짧게 말한다. 허위는 길게 변론한다.'라고, 절이 좋아서 그곳에 있는 자연과 식물성 지향의 삶들을 느끼는 게 좋아서 그냥 가끔 가보았습니다. 절이 좋으면 좋다. 참 좋다. 그 두 마디면 족할 것을 이렇게 많은 소리를 써가면서까지 무슨 할 말이 이리 필요한가?"라고 기술하였듯이 언어경제학의 관점에서 간행된『연꽃 만나고 가는 바람같이』(띠앗, 2002)는 속가의 세인들에게 한국 사찰의 특징과 그 곳에 얽힌 설화, 필자의 정감과 에피소드를 적절히 배치하여 묶어 놓았다. 그는 스스럼없이 애매 모호성을 내세워 사찰의 풍광을 면밀히 재현하기 위해 발품을 팔며 전국의 사찰을 바람처럼 홀로 10여년의 시간대를 즐기며 떠돌았다. 또한 내적 성숙을 위해 글의 틀 짜기를 실험적으로 모색하면서 사찰마다의 운치와 자신의 감미로운 서정을 기억 흔적에 담아 한 폭의 정신풍경화로 마침내 눈부시게 채색해 놓았다.

촘스키는 "언어는 인간의 사고를 지배한다."고 제시한 바 있듯이 모름지기 자기 흔적을 남기는 존재인 인간은 마음가짐에 의해 자신의 운명을 바꿀 수가 있다. 비정한 현대지식·정보화 사회에서 정신적 궁핍으로 삶의 여유로움이나 감동을 회복하지 못하고 있는 대다수 이들 중 진정 행복한 사람은, 타인의 잘못도 너그럽게 용서하고 이해하며, 생명적인 언어를 지속적으로 조탁彫琢하는 정신작업에 종사하는 사람이다. 이 점에서 유추할 때, 최소한 자신에게 허락된 운명을 현실에 안주하며 무모하게 수용하지 아니하고 끊임없이 '집념의 힘과 창조적 항변'을 재현하며 감성에서 비롯된 삶의 지혜를 몸소 생산적으로 변주하려고 밤잠을 설치며 고뇌하는 김미성 같은 의식이 투명하게 깨어 있는 문사가 있다는 것은 감사할 일이다.

그렇다. 따뜻한 가슴의 고독한 지성으로서 김미성은, 나름대로 이 땅의 미래 꿈의 실체인 청소년들에게 언어공해의 심각성을 경계하면서도 우리말의 소중함을 일깨우는 작업에 열중하였다. 간혹 내적 충만인 사유로 엄숙한 삶의 일상에서 동물적이거나 금속성으로 변질된 언어의 덩어리를 푸른 식물성 언어로 변형시켜 사용할 것에 열중하였다. 오랜 날, 그 자신이 눈물겹게 감동의 회복을 추구해 오다가 다음 같이 역설적으로 〈세상은 아름다운 지옥이라네〉라며 속내를 조심스럽게 표출하기에 이른다.

이처럼 씁쓸한 자위이지만, 독자를 위한 배경 지식(schema)이랄까? 대다수 김미성 수필의 양상들은, 불교적인 다양한 제재와 깊은 불자佛者의 사변성에서 비롯되고 배태胚胎되었다. 특히 그는 '더불어 함께(inter-being)' 라는 공동체 의식이 소중한 문화의 세기에 몸담고 있는 우리에게 '다툼, 좌절, 불행을 제조하는 언어의 횡포를 삼가 해야 할 뿐더러 잔인한 말이 존엄한 목숨을 살해하는 인자因子임'을 항변하기도 한다. "돌아오는 차 속에서 뒤돌아보니 쌍봉사와 사자산獅子山은 다정한 벗처럼 서로를 품에 안고 지그시 나를 바라보며 이야기하는 것 같았다. "세상은 아름다운 지옥이라네, 그래서 그대가 세상을 버릴 수 없는 것이라네. 그대 그걸 깨달을 수 있겠는가?" 그의 이 같은 발상의 전환은, 생명적인 언어를 소통의 도구로 재현하여 비열한 이기주의로 공동체 인식이 무너진 불확실의 시대를 보다 감동과 신뢰로 전환시키는 소임을 충실하게 이행하고 있다.

7. 감동의 일상성과 예감叡感의 시학
– 제왕국의 눈부신 감성과 순수서정

1) 감성과 순수서정의 에스프리

인간은 지속적인 물음(logos)을 통해 자신의 고독한 실존을 명증하는 존재이다. 암울한 현상으로 절망의 끝이 보이지 않는 시간대에 공직에 몸담고 있는 제왕국諸王國 시인은 이 땅의 현대예술이 살아 숨쉬는 통영 출신으로『문학세대』를 통해 등단한 이후, 삶의 흔적을 시로 형상화한 첫시집『나의 빛깔』(홍익출판, 2009)은, 감성과 순수의 서정으로 빚어낸 생명의 재창조이기에 우리의 정신세계를 정화시키는 에스프리에 해당된다.

본질적으로 정신적 집산물에 해당하는 그의 시집 〈自序〉에서 "누구에게나 자기만의 빛깔, 냄새가 있다. 나는 이제껏 어떤 빛깔로 여기까지 흘러왔을까? 늘 뭔가를 동경하는 눈짓의 빛깔로 살아왔을까? 이젠 누군가의 등을 긁어주고, 버팀목이 되어주는 그런 소박한 마음으로 눈부신 햇살 한 점 가슴속에 소중하게 간직하며 그렇게 살고 싶다."라고 천명한 것처럼, 감동의 일상성과 예감에 잠식蠶食된 시학으로 생명경외生命敬畏의 존엄성을 절박하게 노래한 그만의 시편이기에 정갈한 아침 식탁에서 대하는 이미지의 형

상화는 충직한 독자들의 관심과 시선을 끌기에 부족함이 없다. 이
처럼 일관된 삶을 정신작업으로 변형시키기에 몰두하는 제왕국
시인의 정제淨濟된 언어의 편린은 단절의 계절임에도 거부감 없이
구속으로부터의 자유로운 이탈의 여유로움이기에 한순간의 감동
과 미감으로 해석된다.

 이와 같이 연유야 어떠하든 다망한 삶의 황혼기를 시에 대한 열
정으로 영혼의 피폐함을 정화시키기 위하여 불투명한 일상이지
만, 파상되는 갈등과 전율 앞에 고뇌하면서 올곧게 인식의 통로를
거쳐 자연의 생동감 있는 숨소리로 변주시킨 그만의 집념은 따뜻
한 경이로움마저 안겨주는 힘을 지닌다. 언뜻언뜻 확인되는 진솔
하고 투명한 그만의 시적 형상화는 고통을 다시금 눈 뜨게 하는
응결체로서 빛나는 행위에 빗대어진다. 다소 식물성 언어에 의해
감성적이고 서정성이 내재된, 제왕국 시인의 시편에서 확인되는
초조와 불안의식의 발화發火는 공감각적인 서정의 표현으로 해석
된다. 따라서 그의 시적 형상화는 격랑의 시간대를 걸친 내면인식
에 깊이와 중량감을 더하고 있다. 평자의 사적 견해이지만 새삼
그의 시편에서 문학성의 깊이를 확증하려는 의중은, 무엇보다도
인간소외의 문제를 온 몸으로 항변하다가 홀로 있기(思惟)와 직면
하는 대상과의 관조를 위한 자연(physis)과 연계성을 맺는 현존재
(Dasein)로서 반복되는 물음이기에 삶의 본질이 단순히 집착의
결과로 인식되거나 도구화되는 것은 경계되어야 한다.

 특히 오랜 날, 제왕국 시인이 몸담아온 같은 공간에 머물면서

교분을 맺어온 통영예총회장인 정해룡 시인은 시집의 〈발문·1〉
에서 "시인이란 하느님께서 제일로 사랑하는 사람이니 그는 이슬
같은 사람, 인정 많고 눈물 많은 사람, 남의 아픔을 내 아픔으로
여기는 사람, 불의에 불같이 분노하고 의롭고 옳은 일에 목말라
하고 길 아니면 가지를 않고 하늘에 이는 바람결에도 머리를 수그
릴 줄 아는 사람, 풀벌레 소리에도 귀를 크게 열고 들으려고 하는
사람, 모든 것에 감사와 고마움을 품고 사는 사람, 그리고 무엇보
다도 가슴속에 눈동자에 찬란한 별빛 은은한 달빛 따스한 햇볕을
간직하고 사는 사람임"을 열거하며 그의 담백한 품격을 명증해주
었고, 조영희 시인 역시 제왕국 시인의 시적 정체성(identity)을
"아름다운 인간애로 구현해 가는 진실의 꿈"으로 해명하고 있음은
간과하지 말아야 할 것이다.

　인간소외의 문제에서 비롯된 상실된 자아를 치유하려는 그만의
엄숙한 작업을 응시하면 결코 긴장감을 늦출 수 없다. 특히 예언
자적 시인이라면, 모국어에 대한 애정이 그려진 폴란드 센케이비
치의 단편 「등대지기」의 키워드를 배경지식(schema)으로 기억
흔적에 담아둘 일이다. 이 같은 연유로 제왕국 시인은 자신의 시
집 『나의 빛깔』을 통해 최소한 우리말을 갈고 닦는 민족의 정체성
(identity)을 소중하게 절감하며, 시인의 시대적 소임을 수행하려
는 의지와 고뇌를 수용하고 있다. 차지에 손금을 확인하듯 그의
시편을 총체적으로 검색하여 시적 의미망을 확인하려는 실험적
접근은 반복되어야 할 항목이다.

가지에서 추락하는 낙엽
제 살이 아닌
타인의 살

나무는 언제나
제 살 도려내는 연습을 한다

나무와 이파리는
맺을 수 없는 친구가 되어
먼 훗날을 약속한다

- 〈낙엽은 내 몸이 아닌 것〉에서

이처럼 제왕국 시인은 "나무는 언제나/제 살 도려내는 연습을 한다"라고 형상화하면서 '나뭇잎이 뿌리로 돌아가는 자연의 이법'을 가식과 가감이 없는 율조律調로 담담히 풀어내고 있다. 그러면서도 "이제 내가 무엇이 되어 여기에 남아/깊은 밤을 돌아다보면 더욱 깊어서/어둠은 저 홀로 나무와 산새를 재우고/나는 강물처럼 흘러간다(사무실에서)"라는 독백과 같은 시적 형상화를 통하여 그는 의도적으로 한국적 서정의 토양에서 '울음'이나 서양의 의식 구조인 '노래'로 시어를 선별하지 아니하고 적요의 어둠을 '산새를 재우는' 시적 형사形似로 담백하게 처리하고 있다. 그러나 자명한 것은 유추와 시적 상상력의 확장으로 하여금, 마치 창밖의 흔들리는 풍경(물상) 보다 확연하게 그 실상을 명증하는 투시적 효과와 긴장 뒤의 안도감을 안겨주는 반응, 그리고 분망한 우리네 삶에서 '강물처럼 흐름'의 사유를 일깨우는 그의 시사詩史는 미적주권의 확장으로 거대한 성채城砦처럼 이채롭게 평가 되어지는 점이다.

2) 시적 상상력과 진동의 언어

포용성의 시각, 보편성의 어우름이 토속적 향수와 신비한 자연성의 마력에 이끌려 "은사시나무는 으스스 흔들리고/그리움이 물안개같이 흩뿌리는 밤에/홀로 부대껴온 한 가닥 염원만/대숲을 흔들고 있다(대숲)"처럼 대숲에서 발견한 시의 정령이 된다. 자연이 주는 신비성이 강한 생명력과 묘사성이 강한 사물 론으로 성장하고, 사회화된 인간성 속에서 자연을 초극하려는 종교성으로 점차 이행된다. 그렇다. "떫은 감정 스스로 얽어매고/갈대처럼 속을 비우고 사는 듯/그렇게 세상의 의미를/깨달아 가는 것을(세상, 의미도 모른 체)" 제왕국 시인은 비움(空)의 생리(道)를 통해 시인의 방황의 첫걸음인 자연과 인간, 사회와 자아의 비탈길에서 삶의 도리를 일상적인 해법으로 풀어내고 있다.

따뜻한 감성과 주지의 소유자인 제왕국 시인의 시적 방향은 종교적으로 회향한다. 특히 기억 흔적에 깊이 각인된 문신처럼 우리 민족의 정서에 녹아 있는 〈보리밭 길〉을 소재로 하여 "달빛 젖은 공터에는/가지 늘어뜨린 나무들만 기웃거리고/홀로 서성이는 그림자처럼/빈 가슴에 잠시 훑고 지나가는 그리움/맡겨둔 사랑을 끄집어낸다"라는 발상은 지울 수 없는 귀소심리歸巢心理의 적극적인 유추의 보기이다. 그러나 모두 버릴 수 없는 자연 속의 신비성을 이해하고 사회적 번민과 극복을 신비주의로 특징 있게 시적 기교로 처리되고 있을 뿐 아니라, 토속적 감성주의로 조화롭게 처리되어 마침내 그의 표제 시 〈나의 빛깔〉에서 확증되는 것이다.

물속에는 그만의 빛깔이 있다
굴절된 햇살의 생성 운동
그 속에 또 다른 빛이 있어
자신의 몸 허물어 빛을 내는
야광충처럼
그들만의 색채가 있다
이 세상 누구에게
없는 제만의 빛으로
물속을 투사한다

욕심을 뱉어내고 돌아서면
사방에서 소리치는 또 다른 내가
안개처럼 둥둥 뜨는 꿈을 꾼다
가벼워야 할 몸마저 뒤뚱거려
심해 속으로 잠식한다

이 세상에 와서
가진 것 다 돌려주고
조금 조금씩 소멸해 갈 수 있다면
심해 언저리,
그 빛 반짝일 수 있으련만
이렇게

-〈나의 빛깔〉에서

인용한 시는 시적 상상력에 의한 가시적인 대상이지만, 끝연에서 제시한 "이 세상에 와서/가진 것 다 돌려주고/조금 조금씩 소멸해 갈 수 있다면/심해 언저리, 그 빛 반짝일 수 있으련만/이렇게"라는 성찰省察에서 비롯되는 언어적 발화성은 "가시적인 것은 소멸된다."는 사실주의의 시인인 라아킨의 발상에서 출발한 자등 명자귀의自燈明自歸依의 원리적 접근이요, 이해에 해당된다. 이처럼 독자적인 삶의 의미, 자아의 완성이란, 자신만의 색채, 느낌, 냄새를 뿜어내고 과시하는데 있는 것이 아니라, 지속적인 비움과 버림의 반복에 있는 비움의 철학, 미끄러짐의 시학에 있음을 그는 모국어의 속살을 통해 묵언默言으로 '이렇게' 항변하고 있다.

여기서 제왕국 시인의 시적 다양성을 확인하기 위하여 '길을 소재로 한 몇 편의 시'에 대한 검색을 시도하여 보기로 한다. 보편적으로 길에 대한 현상학에 관한 해석이라면, 화자의 내면인식에 잠식된 만큼의 인식과 짐작할 수 있을 만큼의 상상력이 검색되어 때로는 기웃거리며 공감되고, 시적 분위기에 풀어져 공감될 따름이다. 혹여 다른 평자에 의해 독자들과의 시 해석에 틈새가 있다면 그의 시에 대한 이해와 선험적 지혜, 상상력 등의 통합적인 폭과 깊이, 그리고 다양성에 기인된 차별화이다.

흰쌀밥 한 고봉이 그리워서
누구도 반기는 이 없는 그 길을
코물 훌쩍이며 넘었다

- 〈외가 가던 길〉에서

어느 날 아무도 몰래 갯바위에 서 있으며
내가 아닌 너의 모습이 길도 아닌 길 위에
나무처럼 서 있다

- 〈길도 아닌 길 위에〉에서

> 길과 길이 푸르게 뚫린
> 해맑은 웃음보다 더 고운
> 그 길 따라 젖은 듯
> … 생략 …
> 꿈이 온다
>
>   -〈또 다른 길〉에서

　이와 같이 소재┼대상이 어떠하던 한편의 시 쓰기란, 삶의 다양한 소재의 선택과 세계의 만남에서 깨어남을 계기로 지속적인 변형을 추구하는 작업이다. "지금은/서러워해서는 아니 된다/스스로 비워두고 네가 오길 기다릴 때다(너의 길)에서)", "어쩌면 비어두고 말/빈 몸으로 가는 고향 길/반도의 화기 머금은 아랫도리를/어루만지듯 가랑비가 내린다(고향 길)"에서처럼 시적 형상화를 위해 낯선 물상과의 접목이나 감내하기 힘겨운 현실상황과도 직면하지만, 나약한 패배감과 두려움, 현실 안주는 결코 허락할 수 없다. 그 까닭은 질서의 회복을 위해 앙양된 심리상태를 유지해야 하기 때문이다. 다만 길의 형상화는 심상에 닿아 있는 통로이다.

　이미 그 자신의 시가 수용하고 있는 실경實景들 중 많은 부분이 충직한 독자들의 심상 속에 고스란히 투사되어 '유년의 추억'으로 작용한다. 그의 시에서 정신적 산물로 생성된 여러 심상心象들은 '현실' 그대로의 현상이지만, 다시 이것은 보다 확장되고 변형되어 "인간에게는 날개가 없지만, 욕망으로 인하여 날 수 있다."는 바슐라르의 시학처럼 〈또 다른 길〉에서 확인되듯 꿈과 잇닿아 있다.

이 같은 시적 형상들은 새로운 이미지의 확장으로 변형되어 공감대를 형성하고 슬픈 조선인의 얼굴처럼 암울한 그림자를 드리우기도 한다.

비교적 그의 시에서 애매모호성이나 패스타쉬라는 수사는 기법은 사용되지 않고 있지만, 기억 흔적에 남아 있는 길이 "기쁨, 슬픔, 행복과 불행을 비감내하는 길"이거나 또 하나의 길은 "보이지 않는 바람" 같은 무상, 무념의 길이다. 그러나 다른 측면에 있어 두 길의 양상은 자신의 삶을 극적으로 암시한 것으로, 정신과 육체, 이상과 현실에서 겪는 모순·갈등이거나 '한 몸 = 두 길'에 해당하는 실체로서 심안心眼을 닦아내는 의미로 풀이할 수 있다. 따라서 길은 곧, 삶의 무게로 현주소이며 둥지고 무덤에 견주어지고, 마침내 그의 시에서 중심축으로 작용하는 또 하나의 인자因子로 현상이며 관념으로 작용한다. 여기서 길(공간, 처소)이 관념으로 작용할 때 곧장 마음의 통로로 변형한다. 다시 언급하면 '길이 바람이다'라는 역설逆說이 때로는 바람과 몽타주 되면서 마음의 이미지를 해명하기에 길은 지리학적 개체가 아닌 화자의 마음을 관통하는 매개이다.

일단, 여기서 제왕국 시인의 몇 편의 시를 통해 확인되듯이 "비 그친 산사 계곡/말갛게 햇살 드는 양지에 앉아/나무처럼 흔들려 본다 (바람 따라)", "바람 불면/제 속까지 뱉어내는 붉은 그리움에 /개똥벌레처럼 불을 밝힌다(바람 불면)", "자욱한 안개가 걷히듯/어둠은 사라지고 나는 잠시 숨을 고르며/흘러간 세월의 불빛을 두 손으로 감싸 쥐리라/막다른 골목길에 훑고 갈/세월의 바람이 불고 있다(바람)" 그에게 있어 '길은 마음이고, 또 바람'일 뿐이다. 마치 그것은 "갈 곳 없는 방랑자의 키를 잡아 때로는 노을 속 젊은 여인 눈물의 추억을 만들어 주기도 하지만, 실체를 파악할 수 없는 바람을 "어디서부터 새겨지는 것일까, 너의 그 본성/새겨지는 시간의 흔적들이 반짝인다/나이테로 새겨지는 그 삶의 무게(흔적)" 회화적 수법으로 처리한 시적 기법은 가히 절창絕唱이다.

문학은 자기실천(Do It Yourself)의 원리가 기본 틀을 구성하도록 설계되어야 한다. 특히 제왕국 시인은 우리의 기대를 저버리지 아니하고, 동물적이거나 금속성 언어를 사용하지 아니하고 비교적 식물성인 푸른 언어를 시어로 폭넓게 조탁하고 선택하고 있다. 때문에 일상적 체험을 통해 감동을 회복시켜주는 그의 시는 감성과 서정으로 빛나고 있다. 따라서 그의 시는 긴장미나 응축성이 언어 자체에 내재된 모든 표현의 자질들과 발화상황, 어조, 언어의 조직 방식이 동등한 자격으로 작용하기에 긴장된 갈등관계마저 정화시켜 주고 있다. 때로는 조화되면서 '의미하는 것'이 아니라 '존재하도록' 만들기 때문에 '잘 빚어진 항아리'와도 같다. 그에게 내면인식의 이분법적인 갈등과 모순, 자잘한 기억의 흔적(Trauma)은 쉽게 털어버릴 수 없을 뿐더러 시에 내재되어 풀어져 있는 자아성찰과 역동성은 즉물적 현상과도 관계성을 유지하고 있다.

시의 다양성을 추구하며 시에 대한 열망으로 밤잠을 설치는 그만의 미적 공유의식은 '편 가르기나 대립 갈등의 구조가 아니라,

화합과 용서의 하나 되기'라는 본질적 의미망의 확장으로 조성된 예술적 감동과 환희이다. 그는 감정이 섬세한 시인이기에 "구들 한쪽을/거머쥔 아가의 통통한 손/파문 진 호수처럼 떨고 있다(아가의 손)"처럼 메르헨적 요소인 동심 또한 정서적 양감量感으로 처리하는 담백한 품격의 소유자임은 주지할 바다.

3) 서정의 시학과 정신풍경

시적 상상력은 수동적인 사물과 능동적인 정신을 결합하는 매개적 정신능력(the intermediate)의 범주로 이해할 수 있다. 금화처럼 짤랑이는 제왕국 시인의 내면인식으로서의 정신풍경은, 일상에 머무르지 아니하고 각질화된 고정관념을 깨뜨려 보이는 정신적 산물로 치장되어 있다. 비록 사물의 재해석을 위한 발상으로 사물의 은유적 재구성을 꾀하지 아니 한 그의 시적 포즈는 직면한 대상에 몰입한 결과물로서 형태, 색깔, 감각 등의 속성들을 상반 균형의 시적 형상화로 풀이된다. 그의 시편에서 골격은 '조금은 천천히'라는 느림의 미학에서 비롯된 여유로움이다.

> 영롱한 가슴 부풀어/시간들에 주눅이 들어
> 세월의 강물에 밀리고 흘러
> 여기, 강의 하구까지 왔구려
> 그리고 회상이다
>
> — 〈찬란한 봄꽃〉에서

옷섶을 들춰는 바람은
살갗을 떨게 하고
등잔불은 매화처럼 향에 젖어 부시고
우리의 허기진 웃음 뒤
저 매화 향 가득한 세월 하얗게 밝으리니

- 〈매화꽃 그늘〉에서

특히 푸른 생명의 식물성 언어를 즐겨 사용하는 그의 시편은, 지상적이며 여성 상징인 꽃을 시적 대상으로 삼고 주의집중으로 일관된 양상을 지니고 있음을 접할 때, 놀랍게도 그 자신 지극히 평화주의를 추종하는 실체로 파악된다. 그에게 있어 꽃은 재생이라는 순환적 이미지로서 바슐라르적 상상력에 의한 식물의 불이요, 생명의 빛이며, 정화精華이기에, 어디까지나 그의 시편에 수용된 꽃의 기능은 단절과 죽음을 이겨내는 강인한 생명력의 통로이며 인자因子로도 작용한다.

제왕국 시인의 시 해설을 가름하며 거는 기대라면, 흘려버린 과거에 집착하지 말 것과 인식의 오류에 관하여서는 건강한 비판정신을 지니되 항시 통찰의 시간을 지니라는 것이다. 이것은 그의 시 〈매화꽃 그늘〉에서 '비록 옷섶을 들추는 바람이 살갗을 떨게 할지라도, 끝내 우리의 허기진 웃음 뒤에도 매화 향 가득한 세월은 하얗게 밝아 오리라'는 소망을 집념처럼 불사르며 현실에 안이하게 안주하지 말고 따뜻한 정신적 기후의 조성과 새로운 시적 토양을 조성하는 경계의 끈을 놓지 말아야 할 것이다.

아울러 시창작의 주체는 시인이지만 다각적인 시각에서 응시할

때 독자란, 시인 자신일 수도 있다는 가능성을 열어 놓고 있기에
자신의 시편에 대해서도 비판적, 즉물적, 전체적, 정의情意와 지성
의 종합, 유물적, 구성적, 객관적 특성을 열정적으로 구축하여야
한다. 후기산업사회의 다양성을 수용해야 할 제왕국 시인의 시편
들은 일상에서 부대끼는 사물을 여과하고 엄밀히 유추의 통로를
걸쳐 새로움을 현현顯現할 타당성이 따른다. 다시금 글의 말미에
서 그간의 낡고 고루한 시각을 떨쳐 버리려는 변주와 변형의 추구
에 해당하는 차별화된 시 정신 또한 결단코 경시하지 말라는 요청
을 남긴다.

8. 시종자의 극대화, 그 모순에 대한 사유
– 최승학 시인의 유형적 인상과 시학의 합리성

1) 시작품의 분할과 통합

생명의 존엄성을 인식하고 유형적 인상과 시학의 합리성으로 시적 형상화한 최승학 시인의 네 번째 시집 『해바라기 그린 해바라기』(월간문학, 2009)는, "시종자의 극대화, 그 모순에 대한 사유"의 집산물로, 모든 감각을 오랫동안 신중하게 교란시킴으로써 존재로서의 역할을 엄숙하게 실천궁행한 행복한 언어의 집짓기에 해당한다. 정신적인 피폐함으로 가난한 우리의 삶 속에서 세상살이의 안부를 전하며 그 깊이 내재된 삶의 형상과 무게, 그리고 색채를 명증하고 일상에서 낯익은 기억 흔적을 통한 자연의 숨소리를 만끽하는 생생한 체험은 신선한 감동을 안겨주는 계기가 될 뿐 아니라, 기호에 의한 시적 형상화로 해석된다.

칼릴 지브란이 "언어를 살려놓는 수단은 시인의 심성과 그의 입술과 그의 손가락들 사이에 존재한다. 시인이란, 창조적인 힘과 사람들 사이를 연결하는 중개자이다. 그는 영혼의 세계에 대한 소식을 연구의 세계로 전달하는 전보이기에 시인은 그가 가는 곳이라면 어디라도 따라 가는 언어의 아버지요 어머니이다. 그가 죽으면 언어는 뒤에 남아 그의 무덤 위에 몸을 던지고는 다른 어떤 시인이 와서 일으켜 세워 줄 때까지 슬피 흐느껴 운다."라고 기술하였듯, 삶이라는 거대한 격랑에 떠밀리면서도 어려운 시간대의 늪을 건너며 끊임없이 전통의 실타래를 꼬는 존재로 단절된 도시 공간과 회색의 시간대에 몸담으면서도 밝은 미래를 위해 시혼을 불태우는 열정은 너무 처절해 눈물겹다. 상실된 자아를 발견하려는 고독한 정신작업을 통해 언어공해가 심각한 지식·정보화 사회에서 식물성 시어詩語에 대한 깊은 이해와 관심을 보다 담백하게 형상화하여 시의 본령을 충직하게 이행하는 시인으로의 소임이, 최승학 시인의 매력이며 시적 역동성이다.

현재 장호중학교 교장으로 재직하고 있는 최승학 시인은 한국적 문향인 강릉 태생으로 생을 만보漫步하면서 뒤늦은 1997년, 월간『한맥문학』으로 등단하였다. 그는 한국문협, 관동문학회, 해안문학회, 열린시낭독회 회원으로도 폭넓게 활동하고 있으며, 지역적 생활 패턴에 따라 산촌과 바닷가에 거처하는 소시민들의 순박하고 진솔한 모습을 순차적으로 형상화 한『바람 그리고 목소리』(원영출판사, 2004) 출간 이후, 다시 열정을 담아『해바라기 그린 해바라기』를 묶어 세상에 내어놓았다. 그 자신이 출간한 이전의 시집들은 주로 자연적 대상이 서정의 글감으로 이행되었지만, 이번의 시적 분할과 통합에서 발현되는 합리성, 그 모순에 의한 사유의 형상화는 "시적 상상력과 그 모순에 대한 사유"라는 새로운 시적 변주變奏로 해명된다.

특히 차별화된 그만의 시적 형상화는 절제되고 가라앉은 나직한 통곡으로 감성적 잠언箴言을 지속적으로 일깨우며, 본원적 그리움을 안고 뜨거운 가슴으로 살아가려는 채색된 모성母性의 율조에 해당한다. 평자가 모두에서 그의 등단을 뒤늦은 이라고 전제한 것은 40여 년 전, 한 때나마 중고등학교 문예반 시절에 은사(원영동 시인)의 문하생으로의 학연을 맺게 된 연유이다. 까닭에 최승학 시인은 진지한 탐색과 각고의 노력 끝에 형태의 추구, 그리고 독자적인 조화의 세계를 구축하는 예술적 삶에 열정을 쏟아왔다. 사족이지만 평자에게 있어 그만의 시적 중량감에 대해 단편적이나마 시론에 접근하여 검색을 시도하여 보는 것은 실로 의미 있는 작업이다. 자못 생생한 일탈의 정신을 축軸으로 하여 예술적인 질감과 터치의 대비로서 모성-자연에의 회귀성回歸性을, 상징화한 시적 행위는 탈진(Burn-out)된 영혼에 생명의 소중함을 섬세하게 일깨워준 순수한 정신적 유추이기에 신선한 감동을 충격적으로 안겨주기에 부족함이 없다.

일단, 해바라기(향일화)의 향일성向日性은 해를 주시하며 따르는 특성으로 일주성 리듬에 해당한다. 일주성 리듬이란, 매일 정해진 시간에 주기적으로 일어나는 반응으로 '아침의 나팔꽃, 오후에 피는 분꽃, 밤이면 잎을 오그리는 미모사 같은 유의 식물류에서 찾아 볼 수 있다. 해바라기 꽃은, 광합성을 극대화 시킨 국화과 식물로써 여러 개의 꽃잎이 하나의 꽃송이를 이루는 꽃으로 많은 양의 씨(종자)가 생기는 것에도 유념할 필요가 있다. 여기서 오랜 날 그만의 추상작업(object)이 고통과 저항을 도전의 표징으로 조형화 하지 않고 인고 속에서 의도적으로 정신적 생산물인 시집이 꽃(해바라기)을 하나의 거대한 골격으로 하여 인간의 삶을 조화와 신비로움으로 형상화 시킨 분별력은, 유형의 인상에 민감한 예술적 삶을 확인하는 또 하나의 계기가 된다.

정신적으로 창조된 것이 물질보다 한결 생명적이기에 다잡한 일상에서도 자신이 몸담고 있는 정신세계의 토양을 식물성 언어로 형상화하여 프라이(Northrop Frye)가 이론비평의 측면에서 '자연신화에서 봄의 미토스(mythos)는 희극, 여름의 미토스는 로망스, 가을의 미토스는 비극, 겨울의 미토스는 아니러니와 풍자로 순환적 변증법적 패턴'으로 도식화 하였듯이 최승학 시인의 시 비평의 해석 또한 이 같은 이론에 접근하여 틀 짜기를 시도하면, 비교적 시적 정조情調는 〈저만치 풀빛이 돌면, 한 번도 외롭지 않았는데, 들풀은 들꽃을 피운다, 외로운 꿈 접기, 바다에서 바다까지〉를 통해 '풀빛 → 들꽃 → 꿈 → 바다' 즉, 봄의 희극적인 요소 일체를 여름(로망스)으로 통합시킨 의미망을 확대할 수 있다. 따라서 한 사람의 충직한 독자로서 우리는 애정과 관심을 시인의 소임으로 인식하여 정신력의 내구성耐久性이 자신의 내면세계를 떠받들고 있는 하나의 경건성으로 간주하되 항시 따뜻한 시선으로 사물을 응시하는 그의 존재감은 그나마 하나의 보람이며 기쁨으로 간주된다.

2) 자아의 변형과 영혼의 잠식蠶食

해묵은 성채城砦처럼 독자적 시혼詩魂을 고향의 산자락에서 눈부시게 꽃 피우며, 이순耳順의 그리움을 절절하게 시적으로 형상화한 최승학 시인의 시편은, 삶이라는 거대한 격랑에 떠밀리면서도 절망의 끝이 보이지 않는 암울한 시대의 늪을 건너며 끊임없이 전통의 실나래를 꼬는 시인으로 단절된 사각의 도시공간에서 보다 밝은 미래를 위해 영혼의 상처 받은 이들의 시적 치유治癒를 위한 열중은 너무 뜨거워 눈물겹다. "잎 필 때마다 꼬아/달뜬 마음이 무수히 피워낸/한 방울의 물기까지/속삭임에 홀린 손/흔들며 망설이는 뜨거움(나팔꽃)"처럼 상실된 자아를 발견하려는 그는 고독한 작업을 통해 언어공해가 심각한 후기산업사회에서 감성적 삶의 테두리를 관통한 순수 서정에 의한 미감과 남다른 관심사는 하나의 신선한 충격에 해당한다.

예전에 떠나보냈던
잎과 꽃과 열매에 대한 기억을
고추 세워보는 나무들의 발에는
물이 오른다. 빛이 돈다
바람이 인다

- 〈저만치 풀빛이 돌면〉에서

도톰 도톰
분홍 눈동자 부신 듯
봄꽃 숨소리 말랑말랑하다.

- 〈봄꽃 숨소리〉에서

내 문방文房 화선지에
초록 수채 물감 떨어뜨리니

아직 밝지 않은 지평선에
귀 순한 잎사귀가 파르르 떤다.

- 〈새소리 반짝인다〉에서

특히 푸른 식물성 시어詩語에 대한 깊은 이해와 "고추 세워보는 나무들의 발, 봄꽃 숨소리 말랑말랑, 귀 순한 잎사귀가 파르르 떤다."처럼 주의집중을 담백하게 표출하려는 시인으로의 소임, 그것이 바로 최승학 시인의 매력이며 시적 힘이다. 밝은 미래를 열어가기 위해서는 인간성의 회복은 물론 생산적인 장치의 보완도 소중하지만, 미끄러짐의 미학에 뿌리내린 그의 시학에 대한 깊은 이해와 다양성은 강조되어도 지나침이 없을 것이다. 애써 천명하지 아니하여도 "바람 소리/물소리/ … 생략 … /구름 지나가는/물소리(와룡리)"에서와 같이 그의 응축된 형사形似는 더없이 빛난다.

근간 사회적으로 언어에 대한 분별력이나 의식이 없는 시인들이 양산되고 있는 우리네 문단의 현상에 비추어 다소 음계가 서툴지라도 순수한 생명, 진실된 육성이 내재된 모국어의 항변은 너무 투명해 때로는 눈물이 묻어난다. 이처럼 "지나온 길 아득하여/생각은 모두 어스름에 잠기고/다가올 사람들 가늠할 수 없어/마음 어지러운데(감나무 골)"이나 "민들레 꽃봉오리들 오므렸다 폈다/폈다 오므렸다 푸른 언덕 키 작은 풀꽃(민들레)"과 같은 시편을 통하여 고향 산자락에 갈마들며 작은 풀꽃도 따뜻한 시선으로 응시하는 그의 역할은 지극히 정직하고 섬세하여 감동을 회복시켜 주는 인자因子에 해당된다.

  정신작업에 종사하는 이들에게 밝은 미래사회의 지평을 열어가기 위해 시간과 물질을 베푸는 행위도 소중하지만 무엇보다 시급히 요청되는 것은, 엄숙한 삶을 예술처럼 아름답게 살아가기 위한 언어에 대한 배려와 우리말에 대한 각별한 관심이라고 생각한다. 오랜 시간 환경공해 못지않게 정신적 건강에 해악을 주며 건전한 사회에 증오와 불화를 충격적으로 안겨주는 언어공해의 심각성을 개인적으로 지적해 왔으나, "한 생을 휘감으며 그어온 자취/저 잔잔한 물결/애잔한 수액 위로/만상이 정지한다.(나이테를 세며)"와 "수없이 생명들이 피었다 지네/끝없이 목숨들은 지었다 피어나네/목덜미에서/가슴 언저리까지/가을 하늘은 붉디붉은 꽃물 토하네(가을 하늘은) 같이 그의 투명한 동공이나 내면인식의 층위를 찬찬히 응시하면 생명의 재해석을 위해 열려 있다.

> 들풀이 종아리를 쓰다듬는다
> 들판의 품속에는 한참 더 꺼내놓을 들풀이 무진장 숨어
> 있을까
> 들풀의 자궁에는 언제가지나 아이들을 잠 깨울 몇 톨의
> 힘줄이 남아 있을까
>
> — 〈들풀은 들꽃을 피운다〉에서
>
> 나직이 나를 향해 물음표를 던져 보지만
> 쓸쓸한 헤아림

나는 보이지 않고
나의 전생은 허공으로 전이되어
빛을 잃고 뚝 뚝 떨어졌네

- 〈안개 속에서〉에서

　인용된 시편에서 확인되듯 지나친 언어유희(pun)나 난해한 시어의 사용을 절제하고 나름대로 갈앉은 나직한 운율로 부단히 자성을 되뇌며 뜨거운 가슴으로 살아가는 최승학 시인의 시집에 채색된 메르헨적 정조情調에 한번쯤 "시인은 언어를 가지고 일하는 만큼 화가나 음악가보다 진실에 대해 큰 구실을 하게 된다."라는 사이페르트의 시론을 접목시켜 해석할 필요성이 따른다. 이처럼 화자의 목소리는 지나친 가식이 없는 간결하되 투박한 시어로 발성되기에, "이 황홀한 진저리/수많은 꿈들 두근두근 펼쳐진 들판 가득 바람의 갈기가 일어선다./천천히 수화기에서 별이 쏟아진다.(풀잎)"는 언제나 위대한 존재가 그러하듯 순수자연과 삶을 노래한 미국의 국민시인 휘트만(Walt Whitmain)의 『풀잎(Leaves of Grass)』의 시적 경향과 그 맥을 함께 하며 시어를 조탁하는 집중력과 긴장감을 다행스럽게 발견하게 되는 점이다.

　한편, 가장 지상적이며 여성 상징인 총체적 유의미로서의 꽃(식물성)을 더 없이 사랑하는 그만의 시편을 대할 때, 날아오름이나 새로운 만남과 조화에서 비롯되는 내적 충만을 접하게 된다. 어디까지나 꽃은 재생이라는 순환적 이미지로서 바슐라르적 상상력에 의한 식물의 불이며, 생명의 빛이기에 그의 시편에 있어 비교적 빈

도수 높게 다루어진 〈봄〉의 로망스 또한 단절과 죽음을 이겨내는 강인한 생명력과 무관하지 않음이 재인된다. 〈접시꽃이 방긋〉, 〈봄꽃 숨소리〉, 〈복사꽃 한 가지〉, 〈눈꽃 가지에〉, 〈산수유〉, 〈노랑제비붓꽃〉, 〈금낭화〉, 〈목련이 피면〉, 〈춤추는 꽃 마음〉 등 특이하게도 동향인同鄕人으로 현대문학시사에서 공적을 남긴 파초芭蕉의 시인으로서 병든 다알리아가 애처로워 방문을 열어 놓고 잠자던 일이나, 월남 직전에 북한 땅에 남겨둔 정원의 애틋함으로 못내 눈물지으며 평생을 청빈淸貧하게 살다간 김동명과 최승학을 연계지어 시적 통로를 점검할 수 있는 것은 우연이 아니다.

　다양한 음조와 색조로 시의 지평을 열어 보인 그의 시편들은 통상적인 미적 세계의 창조라는 고정관념만을 고집하는 것이 아니라, 예술가의 상상력이 인자가 되어 체험을 바탕으로 창조된 자유로운 새들의 날개 짓처럼 일정한 거리두기(異化)라는 이론을 중시하는 점이다. "마음의 숨쉬기/세월자락에 나부끼며/태양의 선율에 휘청거리는 몸을 맡기어 보네.(외로운 꿈 접기)" 또는 "꽃씨 속에 맴돌던 나비 무게만큼/푸른 정맥이 드러난 나뭇잎 나풀거리고/풀릴까 … 접힐까 … /옷고름이/방울방울 고운 옷고름이(그 여자)" 메타퍼적인 시적 기법에 앞서 일단, 만남과 조화라는 끈끈한 인연의 층위를 소중하게 인식하고 있는 그의 시정신은 들어냄보다 감추려는 낮춤의 미덕이 자리해 있어 스스로의 품격이 빛난다. 자신을 해체하고 재조합하는 창조 행위의 근본은 시적 상상력이다.

　모름지기 한 국가의 역사요, 문화의 총체로서 생명력을 지닌 언어란, 의미나 그 꼴은 항상 고정된 것이 아니다. 그것은 어디까지나 짜 맞춤과 그것을 받쳐주는 문맥에 의해 변화한다. 망설임이 없이 평자 자신이 '정신기후를 따뜻하게 조성시켜주는 좋은 시라'고 언급할 수 있는 최승학 시인의 시편들이야말로 질서에 의해 통일된 하나의 언어 세계이며 전통의 확인이다.

> 제 몸을 때리고 일어서는 소리가 얼굴에 박힌다. 귀를 결박한 뒤 땅바닥에서 시작된 슬픔의 잠꼬대가 불꽃을 피운다. 뒤틀림에 익숙한 한낮이 허리띠를 풀고 물렁해진다. 눈을 환희 뜨고도 뜨거운 마음을 태울 줄 모르는 너는, 노란 캔버스 위에 뼈아픈 문장으로 탈피한다.
>
> - 〈해바라기 그린 해바라기〉에서

일반적으로 해바라기는 레몬의 황금색으로 반 고흐의 화려한 유화로 연상될 것이다. 꽃말은 '숭배, 영원한 사랑, 기다림'으로 해석된다. 꽃의 모양새에 의해 '인디언의 태양, 페루의 황금 꽃'으로 불리어졌고 페루에서는 태양을 숭배하는 태양신앙이 성행하여 해바라기가 존중되었으며 신성한 꽃으로 신전의 여제사장들은 해바라기 형태의 황금관을 쓰고 제사를 지냈다. 태양의 꽃인 선 플라워(헤리안사스)는 '금잔화'로 불리기도 한다. 그의 시집 표제시에 해당하는 〈해바라기 그린 해바라기〉에서 "목뼈 없이도 해를 먹을 수 있기에 가슴 아린 노동이 필적을 남긴다."의 시적 끝 행에서 한 사람의 충직한 독자인 우리는 최승학 시인이 명증하려는 물상의 편린片鱗 즉, 즉물적 대상을 관찰하는 예리한 눈(心眼)이 물상과 관념이라는 상오연계성을 중시한 결과를 확인할 수 있다.

이처럼 정신적 곤핍함에서 영위되는 우리의 삶에 있어 그만의 고상한 시 정신이 겨냥한 새로운 발견과 인식, 그리고 잠언적 감성은 사물을 수용하는데 보다 냉정하고 정치精緻하다는 것이다. 하찮은 사물로부터 놀라운 현상을 발견하기 위한 그의 시적 상상력은 응집력이 강하여 매사에 몰두할 뿐만 아니라, 정신작업에 종사하는 담백한 품격의 시인으로서 현상에 대해서는 번뜩이는 예지로 감동을 회복하고 정체성을 확증하는 작업에 열중하는 실체이다.

3) 일상의 체득과 시적 감응

최승학 시인의 시론을 가름하면서 조심스레 거는 기대는, 과거의 집착이나 인식의 오류에 관해 냉철하게 비판하되 가능한 자성의 시간을 가지라는 것이다. 이것은 시창작의 주체가 폭넓은 시각에서 는 독자, 또한 시인에 해당되기 때문이다. 따라서 시인은 자신의 정신적 생산물인 시편에 대하여 비판적, 즉물적, 전체적, 정의情意와 지적인 통합, 유물적, 구성적, 객관적 특성을 지니는 작업에도 열정적이어야 한다. 후기산업사회의 애매 모호성은 물론 다양성 폭넓게 수용하여야 할 현대시는 일상적으로 부대끼는 사물을 여과하여 엄밀히 구성된 새로움을 표출하되, 그간의 낡고 고루한 시각은 접어두고 새로운 변전을 항시 기하여야 한다.

살저미는 겨울바람 앞에서도 아름다운 삶을 위한 만남과 조화

라는 인연의 소중함에 눈물을 감추려는 그만의 따뜻한 정감이 못
내 우리의 내면의식에 "당당한 형세로 잡초처럼 자라나는 어둠의
파생어 그 배고픔을 암살하기 위해 촉각을 뽑는다. 어둠의 건국이
념은 무엇이었던가. 영혼도 꿈도 창조도 타락도 적멸寂滅되어버린
제일 어두운 이 밤에 방목되던 장승들마저 살해되고 있다. 더 이
상 시력은 존재하지 않는다.(어둠 새기기)"라는 스키마적인 교시
를 통해 고뇌하기에, 소외된 인간관계의 회복을 위해 경계를 허물
며 애정과 관심을 지닌 품격 있는 시인으로 명명하여도 결코 지나
침이 없다.

  그렇다. "불은 불을 밀어내지 않는다./불 속으로 불을 끌어들이
고/불 밖으로 타며 나가도록 둔다./안으로 타오르는 불꽃이 더 맹
렬한 이유다./소리치고 싶은 불꽃의 춤이 그 표현법이다.(불새)"
에서 시적으로 형상화하듯 '조금은 허전한, 조금은 적막한, 조금
조금씩 서글퍼지는 오늘'이라는 그만의 시간대에서 불새의 칼춤
을 보고 싶은 충동 감으로 일정한 방향도 없이 휘몰아쳐 오는 혼
돈의 바람과 격랑 속에서도 언어라는 소통의 도구를 빌려 삶의 가
치와 진실함을 추구하려고 열정을 쏟는 그의 건강한 애씀을 평가
해 감히 혼불(魂火)의 시인으로 지칭한다.

  우리는 때로 초조감에 이끌려 절망의 늪에서 살아간다. 그것은
어딘가 공허하고 선명하지 못한 부분들이 최소한 양심 속에 그 형
체를 숨기고 있기 때문이다. 불행하게도 대다수 이 땅의 시인들이
선하고 의로움보다 하찮은 명분에 발목이 잡혀 엄숙한 시대적 소

임과 좌표를 상실하고 있다. 그러나 냉혹한 시대적 상황에서도 현실에 안주하지 말고 투명한 눈물로 따뜻한 정신기후를 정화시켜야 할 뿐 아니라, 사물의 본질을 구명하고 본래의 형질을 회복하는 고독한 작업을 절제된 언어로 묵묵한 침묵 속에서 망설임 없이 시인의 본래적 사명을 당당히 고수하여야 한다. 모름지기 이 시대의 시인들은 삶의 매 순간을 더 이상 의미 없이 흘려보내지 말고, 지식·정보화 사회에서 불확실하게 생존하고 있는 인간존재의 탐구를 위해 바람과 물의 흐름으로 지상에 가라앉은 낮은 음성과 따뜻한 감성으로 불멸의 시혼을 열창하는 지조 있는 시인으로서 막중한 소임을 엄숙히 수행하여야 줄 것을 기대한다.

결론적으로 우리 시문학의 보다 밝은 미래는, 정신적으로 고향을 상실하여 자연의 소중함을 망각한 이 땅의 독자들에게 만남과 조화로움을 부단히 일깨워주는 성실하고 좋은 시인들이 얼마만큼 고뇌하고 노력하는가의 문제와 결부된다. 현실에 안주하는 창작행위에서 일탈한 최승학 시인이 독자의 기대에 어긋남이 없이 내면의식을 탐구하는 지조 있는 예언자적 시인으로서 세속적이되 암울한 통로를 자신의 의지로 초연하게 헤쳐 나갈 것도 조심스럽게 요청한다. 모쪼록 시인은 영감의 비의秘義를 해명하고 사제司祭로서의 소임을 담당하여야 할 뿐더러, 최소한 자기존재의 근거인 언어의 집을 짓는 일에도 열중하여야 한다. 40여년의 세월을 올곧게 교육계에 몸담으며, 삶의 다양한 질료를 선택하여 새로운 세계와의 만남에서 깨어남을 계기로 변화·성숙의 장을 지속적으로 구축한 시인에게 있어 때로는 낯선 물상과의 접목이나 감당할 수 없는 현상의 파생派生을 접하기도 하지라도 실의와 좌절의 순간 과감한 일탈을 모색하여야 한다. 그것은 새로운 가치와 질서를 도출하기 위한 영원한 에스프리로 생산적 감동, 즉 앙양된 심리상태를 적절히 유지해야 하기 때문이다.

아울러 천편일률적으로 최승학 시인의 시편 골격을 형성하는 것은 잠재의식潛在意識의 심층에 내재되어 있는 고향회귀의 절절한 꿈이 항구적 대상으로 자기 매김하고 있다는 점이다. 비정한 현실인식 속에서도 본질적으로 삶에 대한 섬세한 감성이 지적인 세계를 뛰어 넘은 주정적 세계로의 변주를 시도하고 있다. 일상의 체득과 시적 감응이 보다 명쾌한 정신적 생산물인『해바라기 그린 해바라기』에 수용하고 있는 투명한 시적 특이성은, 깊이 있는 삶의 본래적 자아성찰로 냄새, 색깔과 울림을 확인하는 고뇌이며 차별화된 그 자신의 지난한 몸부림이기에 다시금 뜨거운 격려와 찬사를 보낸다.

9. 생명적 기호, 소통의 도구와 통로
– 홍송부 시인의 그 시적 공간의 미학

1) 숨 고르기와 행복한 시적 환경

행복한 시적 공간의 대비에 있어, 성공적인 미래의 전략(BLUE OCEAN STRATEGY)으로 각 지역마다 산출되는 식품의 가공이나 농수산·특산물 직거래 추진 및 제품의 브랜드화가 탄력을 받고 있는 현상이다. 일차적으로 "고통을 통해서 얻어진 것은 진실하다."는 것은 필자의 지론이지만, 국가나 기업, 개인에게 있어 비정한 시장의 원리가 지배하는 21세기의 생존은 개인을 위한 자의적인 선택이 아니라 필연적인 삶의 방편이며, 거역할 수 없는 시대적 흐름이다. 까닭에 그 어느 시간대보다 정신작업에 종사하는 이들에게는 자성과 고뇌, 그리고 고정의 틀을 깨는 의식의 전환이 선행되어야 한다. 이 점에 견주어 "명성이란 어리석고 아주 헛된 짐이며 자주 공로도 없이 얻었다가 까닭 없이 잃어버리는 것이다.(『오셀로』2막 3장)"라는 지적은 음미해 볼 가치가 있다.

인생의 황혼기를 만보하며, 그나마 뼈저리게 느껴지는 애환과 나름대로의 정신 풍경이랄까? 자신의 문신文身처럼 각질화 된 문학적 질료를 꼼꼼히 지면 위에 배치하는 습성으로 정신기후를 따뜻하게 조성한 내면인식을 형상화 한 시첩詩帖은 전의식의 깨어남으로 장식된다. 여기서『순수문학』출신인 홍송부 시인의『별빛 뜨락 응접실』(순수문학사, 2009)은, 그만의 "숨고르기와 행복한 시적 환경"에서 생산된 정신적 산물로 감동을 회복시켜주는 역동성을 충분히 지닐 것으로 유추된다.

이 점에 있어 일생을, 이 땅의 2세들에게 꿈의 날개를 달아주는 직종에 투신해 오면서, 그토록 시적 내용물과 기본 틀을 홍송부 시인은'생명외경과 삶의 구조'라는 골격에 수용하는 작업에 몰두하며 가슴을 앓아 왔다. 때문에 따뜻한 감성과 자기 특유의 음성, 그리고 색깔을 주술처럼 주문하면서 바람의 선율旋律을 영혼의 울림으로 변주變奏하려고 충직하게 품격을 지속한 그의 지난한 몸짓과 실존에 따뜻한 배려와 관심을 표명하지 않을 수 없다.

특히 그만의 시적 공간은 감미롭고 은은하며 신비한 별빛이 은총의 꽃비로 나리는 '별빛 뜨락의 응접실'이다. 주지할 바이지만 응접실(drawing room)의 사전적 의미는, 접객용接客用의 공간으로 예부터 우리네의 사랑방은 담론의 통로로서의 기능을 담당한다. 전통적으로 이 공간은 방문객의 편리를 위하여 좋은 공원이나 정원을 향한 남향에 위치하며, 비교적 화자들이 차분한 마음을 가지고 정담을 나눌 수 있는 처소이기도하다. 일단, 특정한 공간을 꾸미기 위해서는 장식장을 배치하고 벽에는 서화書畵를 걸거나, 품격 있는 문갑文匣 또는 병풍을 설치할 것이다.

홍송부 시인의 응접실은 별빛이 은총의 빛으로 흘러내리는 원정園庭에 위치해 있어 시적 정감이 묻어난다. 다행스럽게도 그의 시적 발상은 살아온 삶의 흔적을 통해서 확인되는 꾸밈없는 삶의 진지한 고백이며, 현상으로 표출된다. 그만의 행복한 시적 환경에서 자신의 생각을 경박하게 표출시키지 않으려는 겸허한 심성의 눈부신 생명의 기호, 즉 소통의 통로로 숨 막히는 혼돈에서 경계를 허무는 눈물겨운 행위로 일상적 감동을 회복시켜주기에 결코 부족함이 없다.

2) 따뜻한 감성과 정신지리의 조성

인간을 포함한 만유萬有는 우주 생성의 연맥緣脈 속에 기인한다. 하찮은 즉물적 대상에도 푸른 생명을 주어 삶의 외경과 사랑의 소중함을 일깨워 주는 홍송부 시인의 시작詩作 행위는 자연의 비의를 통한 자기 확인으로 심상의 형상화이다. 비교적 자연 관조를 거쳐 생성된 그의 시적 산물인 『별빛 뜨락 응접실』은, "제1부 물새 알 둥지 튼 파도의 기개, 제2부 소망 꽃 피운 초록빛 여울의 수줍음, 제3부 파란 접시 깬 고양이 쾌감, 제4부 천년 바람과 원시림의 재회, 제5부 시골길 다녀온 새벽비의 능청"이라는 시의 틀을 팽팽하게 유지하며, 정관적인 면을 구축하고 있어 내면적 성찰을 통한 인생론적 체험과 일맥상통하기에 독자들에게 친숙하고 낯설지 아니하다.

시론으로 따뜻한 감성과 정신지리精神地理의 조성으로 해명되어지는 홍송부 시인의 시정신은, 식물성 언어로 직조된 전율 같은 가슴 떨림이며, 그만이 겪는 황홀함으로 해석된다. 비교적 생명외경에서 비롯된 생태시학이라는 기본 패턴의 맥락에서 반복되어지는 그의 시편은 "동양의 새별/씨앗속의 꽃비/태양의 소야곡/그 날 밤 빗소리/라이락이 피지 않는 이유/갈색의 자존심/텃새의 우아한 판타지아/풀잎에 놓인 약속/겨울 파도의 애환/정선 찬가/수잔(소망 꽃 피운 초록빛 여울의 수줍음)"의 남다른 관심사로 그만의 시 정신을 관통하는 거대한 파도의 파상波狀에 기인한다.

한편, "차가운 산맥 산모의 진통으로 보듬어/입춘의 기백 뽑아 올린 매화의 자긍심/향긋한 쾌재에 놀란 초록 잎새 둥지(매화의 하얀 독백)"이나 "손닿을 듯 잡히지 않는/마음 닿아/한들한들 못 견뎌/파란 생명의 씨앗/여린 잎 터드리면/꽃비, 세상 적신다(씨앗 속에 핀 꽃비)"의 보기처럼 인용한 시편에서 발현되듯 홍송부 시인의 확장된 시적 상상력은, 그저 전율 같은 충격이다. 비록 칠순을 코앞에 두고 숨 가쁘게 질주해 온 인생여정이지만, 그 자신이 평화주의자로 온유한 심성의 소유자라는 확증은, 생명의 꽃으로 피어나는 눈부신 서정의 시편들을 통해 다시금 확증된다.

최소한 시인이라면 내면의 체취는 풀꽃 향이거나 모과 향이어야 하고, 암울한 현상도 "매서운 코끝 추위/아랑곳없이/애잔한 기도 쏟는/매화 꽃망울(태양의 小夜曲)"처럼 단절의 층위보다는 푸른 생명에 속하는 꽃망울을 소망하는 가슴 조임의 긴장감으로 이해되어야 할 것이다. 그에게 있어 시작의 큰 틀은 자연친화적인 삶의 일상에서 연계된 관계성의 회복과 지극한 선의 드러남인 생명경외의 엄숙성이다. 때로는 삶을 관조하며 언어예술로 직조해낸 그의 시편들은 나름대로 체험하고 확인된 교시적인 사념을 통해 조심스럽게 창조된 관조적 사유의 생산물임은 오래 기억될 일이다.

> 도도히 흐르는 조양강
> 빼어난 기상
> 감심에 싣고
> 정선을 안는다
>
> 정직한 사람들/정직한 삶을 채색하는
> 천심이 감도는
> 순박한 땅
> 정선

-〈旌善 讚歌〉에서

　모름지기 시인이란, 재빠르고도 날개 달린 그리고 신성한 것을 받아들이는 인간이기에 어디까지나 시는 긴즈버그의 지적처럼 '심신의 최고 순간을 신비적인 계시'에 따라 표출되어야 하고 가장 행복한 심성의 최고 열락의 순간이 기호화 된 기록이어야 한다. 그것은 홍송부 시인의 〈전설 껍질 벗은 초승달〉의 "삽시간, 삭막한 무도회 생쥐 눈빛 빛난다/헛기침 하던 자연의 뒷문 웃음이 닫는다/보일 듯 보이지 않는 황홀한 운명/전설의 껍질 벗어 던진 보석//샛노란 옷고름 풀어 헤친다//"라는 시행처럼 한 순간의 번개 같은 시적 영감의 포착에 연유한다.

이와 같이 일상적인 물상과 예술적인 감성의 접합으로 생산된 그의 시적 특징은, 생의 달관에서 오는 감정의 절제에서 비롯된 여유로움으로 풀이된다. 그 점은 "도토리 묵 꿈/허공에 내 동댕이 친다/세상 이렇게 후련할 줄이야(허공에 울고 있는 自畵像)"의 시적 발현으로 "개념과/창조 사이에/감정과/반응 사이에/그림자는 자리한다."라는 T.S 엘리트의 시적 표징이며 신비스런 동반자(companion)로서의 시적 형상화이다.

또한 그의 시편 "바람아 이제 알겠느냐/슬픔, 그곳은/자신만이 만들어내는/가슴앓이 수채화 여백(바람 넘어 슬픔 깨고)"나 "경이로운 의상 불심/천년 꽃 피운 부석사의 혼/불멸의 化身/영원토록 인경 소리 멎지 않으리(모과향 순산한 浮石寺)"에서처럼 홍송부 시인의 시 의식은 '수채화의 여백이나 천년 꽃 피운 부석사의 혼처럼 투명하게 깨여 있고 열려 있어' 칙칙함이나 소외감을 철저하게 거부하고 있다. 〈바람의 천년 약속〉, 〈씨앗 속에 핀 꽃비〉, 〈세월〉, 〈대관령의 四季〉 등에서는 비교적 단조의 가락을 다정다감한 전통적 정감으로 수용하고 있어 더욱 스타카토 적이다. 한편, 그의 육신은 현실에 안주하고 있으나, 내면의식은 꽃비가 나리는 도솔천을 향한 주의집중으로 연계되기에 그의 시적 품격은 겸허하고 진솔하며 모남이 없어 놀랍게도 순수 서정성으로 빛난다. 이처럼 위기적 상황에서도 정신적 여유를 지니고 대처하는 생의 예지가 그의 시편 속에 면면히 내재되어 있어 다행스럽게도 시격마저 높여주고 있다.

3) 즉물 세계의 현상과 삶의 구조

생산적인 정신작업에 종사하는 구도자의 동공瞳孔은 생명의 본체인 우주와 내면인식의 경계를 위하여 항시 투명하게 열려 있어야 한다. 이 점에 있어 정신풍경에 대한 응시와 자신이 추구한 시의 내용물을 '즉물 세계의 현상과 삶의 구조'라는 골격에 수용하여 바람의 선율旋律과 영혼의 울림으로 형상화하려고 고뇌하는 홍송부 시인 또한 자못 '최고의 지혜를 지닌 현명하고 명성이 빛나는 자임'에 틀림이 없다. 안타깝게도 새로움에 대한 강박관념으로 인해 우리 시의 극단적 변화 양상은 점차 시적 유희로 빠져 드는 위험과 직면하고 있다. 서정시의 제작에서 기형적 변주는 서정의 경계에서 반서정反抒情을 생성하는 행태이지만, 그 기괴함은 극도의 낯섦이 아닌 친숙함에서 은폐된 내면인식의 작용에 의한 인식과 주체의 변형이어야 비로소 바람직하다.

배경지식(schema)에 의해 기술될 바지만, 홍송부 시인의 시편에서 보편성을 지닌 시어의 사물성은 존재의 발현發顯을 위한 언어의 집으로 제기되어 깨달음의 자리매김으로 확증된다. 그 나름으로 생명외경과 감성의 시학을 형상화는, 언어유희(pun)에 이끌리지 않는 자기의 육성, 냄새, 그리고 색깔이 있는 시적 영토 확장의 눈물겨운 열중과 접목되고 있다. "세월, 동반자 바람과 삶 기슭에 앉는다/인생노트 넘기는 계곡의 낙수 물/균형 깨트리지 않으려는/슬픔과 기쁨 불꽃 튀는 자맥질(인생 기슭에 앉아)"에서 삶의 역주 뒤, 숨고르기라는 과정을 통해 감춤의 비법을 터득하는 품격과 예감을 지닌 선비적 문사의 정신작업이기에 때로는 눈물겹기도 하다. 따라서 이 땅의 충직한 독자라면, 인간소외의 현상에서 단절된 층위를 따뜻한 정신기후로 조성하려고 부조리의 벽을 허무는 엄숙한 시인의 한결같은 고통에 인생의 길잡이(mentor)로 함께 동행 할 일이다.

"파슴 파슴 피어오른/연녹색의 맥박/잎새의 여울 따라/동양자수 용틀임 안고/아래뜸에서/위뜸으로/위계질서/순리 일깨운다(대관령의 四季-春)"에서 확인되어지듯 우리 시의 시적 흐름이나 경향이 지나치게 주관적이고 자의적인 폐쇄성 속에서 자기증식의 세계를 고집하며 정신적 산물을 생산하고 있어 도처에 위험성이 도사리고 있다. 미학적 혼돈으로 비평의 안목이나 성실성의 조심스런 검증 없이 지각과 인식의 미끄러짐 속에서 자유롭고 매혹적인 시적 형상화는 익숙함 그 자체가 아닌 낯선 사유의 상투성에 의해 생산된 기형이다. 혹자의 주장처럼 '상투적인 시학은 지루하고, 이제 막 출연하는 시학들은 매혹적이지만 위태롭다.'는 지론에 수긍하게 될 것이다. "빛바랜 머리카락 주름진 살갗/눈물 속 파묻지 말고/웃음 부여잡고/ 별빛 노을에 앉아보렴(별빛 노을에 앉아)"을 통해 확인된다. '느림과 묵언의 시학'이란 틀 위에서 미적인 정서보다 자극적인 공감각의 파상破狀으로 만연되는 미의식의 저속화를 해결하기 위한 그만의 시적행위는 가치 있는 정신작업과 결부된다.

인간의 원초적인 향수, 만유의 본체인 자연을 축으로 자연회귀성自然回歸性을 새롭게 조명한 그의 정신작업은 본래의 나를 인식하면서 〈硯滴이 빚은 경포호〉나 〈飛花로 아로새긴 선교장〉의 예시처럼 한 시대의 고뇌를 절감하기에 이른다. 뿐만 아니라 '천년의 묵시적 교훈'을 가늠하기 위하여 "초당 마파람 쫓는/영원의 향기/초희, 천년 바람아(楚姬, 천년 바람아)"와 같이 자신을 해체하고 창조행위를 반복하는 그의 시편에는 지극히 동양적인 숙명관이 시적 토양으로 자리해 있다. 그 같은 대상의 바라보기(凝視)는 〈풀잎이 가져온 그 목소리〉, 〈낙엽의 환희〉, 〈물안개 수채화〉 등을 통해 명백하게 드러나고 있다. 이처럼 그의 시적 경향은 생명에의 서정적 변용變容이기 때문에 자연친화적인 색채감과 사유에서 기인된 시격詩格은, 거부감이나 갈등을 허락하지 않음은 깊이 유념할 바다.

다소 이미지를 감각물의 단순한 재현으로 한편의 풍경화로 드러내 보인 홍송부 시인의 시편들은 일차적으로 발상적 모티브에 있어 예술을 무한無限으로까지 추구하는 변증법적 탐색은 의미 있다. 비록 "오늘도 대지 안고 있는/어머니 같은 소나무의 침묵/가을 향해 취해/산 메아리 평화 나른다(가을 소리)"처럼 정담을 나누고 싶은 삶의 충동은, 흘려버린 시간의 아쉬움에 운명처럼 묻혀 버리기도 하지만, 그는 귀향(Heimkunft)하는 자로서의 시대적 소임을 '산 메아리'라는 시어를 통해 '베풂'의 철학과 원리를 교시敎示하고 있다. 홍송부 시인은 "지금도 기억하고 있다/산하에 나뒹구는 철모/밀고 당기는 총소리의 전율/한없는 갈증(성난 山河)"을 통로로 하여 문명에 찌든 우리의 영혼에 푸른 생명의 바람을 안겨준다.

　그의 정신적 고통은 지구의 회전 반응에 의한 현상과 접하면서도 "늘 푸른 정기/자존심으로 우뚝 선 청송/황희의 獨也靑靑 기백/숭례문 넋 끌어안는다(靑松의 큰 기침)"에서의 시적 형상화로 불안감에서도 잇닿은 시간을 응시하는 반복된 행위로 시종일관 참음의 인식을 확인시키는 그만의 존엄성은 높이 평가되어야 한다. 다행스럽게도 그의 시편에서 서정적 미감의 뛰어남은 카타르시스는 물론 단절, 절망, 패배를 희망, 승화로 전이시키는 긍정적 사고력은 "미운 세상 유혹하는 빠름과 재촉/느림, 여유와 싸우는 진통 속/잉태되는 아름다운 삶(시간의 뚜엣)"으로 장식되어 눈이 부시다.

　일반적으로 창조적 행위의 등가물로 제시된 꽃과 별, 그리고 열매는 자연 본래의 의미이며 질감이다. 지상적인 꽃은 울음을 동반하고 승화하여 천상적인 별이 된다. 비교적 홍송부 시인의 시는 자연친화적인 바탕 위에 뿌리를 내리고 있으면서도 천상적인 것을 지향한다. 때문에 "아, 세상 터지도록/가슴 열어/응어리 허공에 뛰우리(우아한 용서)"에서 검증되는 대립·갈등의 해소로서 일시적인 진동(떨림)을 결코 뜻함은 아니다. 오로지 그것은 삶에 대한 진지하고 절박한 소망으로 순간의 끝남이 아니라 무한히 되 물림하는 인류평화를 위한 지난한 몸부림으로, 그만의 의지의 드러남인 동시에 존재에 대한 끝임 없는 물음이다.

4) 맑은 영혼과 시적 갈등 해소

『별빛 뜨락 응접실』로 우리 곁의 다정다감한 홍송부 시인은 빛나는 삶의 고뇌를 통해 현실에 안주하기를 거부하며 자기 본령을 지켜나가려고 열중하기에 그의 시적 잠언箴言은 충만한 생명감을 안겨주기에 결코 부족함이 없다. 그의 시편을 통한 감미로운 감성적 선율은 상처 깊은 정신세계에 바람의 기호, 파도성마저 감미로운 별빛으로 교접되는 특이성으로 빛난다. 특히 조급함으로 분망한 현대인들에게 언어에 대한 분별력과 즉물적 현상에서 부딪끼는 통찰력을 일깨워주려는 그만의 신념은 절박하되 신기한 매력(the charm of novelty)에 속한다. 자기성찰의 시간이 소멸된 지식·정보화시대에 몸담고 있는 현대인들에게 꿈과 소망이 무엇인가를 생명의 노래로 확인시키고 내면의 갈등을 언어의 소통으로 풀어내려고 인고의 아픔을 감내하는 그만의 몸짓은 실로 감동적이다.

기실 홍송부 시인의 시학의 골격은 그 자신의 시적 인식과 정서의 자유로운 교감을 통과하여 자각 속에서 생명체로 존재하는 깨달음이다. 그의 시적 특성은 지상적인 것에서 확장, 승화되어 우주와 통하는 열림으로 수용된 적극성이 이채로울 뿐더러 패러디의 자기 반영인 메타 시(meta-poetry)의 흔적마저 자리해 있다. 한편, 놀랍게도 홍송부 시인의 시 의식은 일상적인 상식에 머물지 않고 각질화된 고정관념을 깨뜨려 보이고 있다. 비록 사물의 재해석, 사물의 은유적 구성이란 용어를 구사하지 아니하더라도 그의 시적 포즈는 대상 속에 몰입하는 현상의 편린으로 유추되는 묵음의 시학이다. 침묵은 묵음과 연계되고, 다시 그에 대한 연상은 적막이고 영(zero)과 통한다. 아울러 침묵을 깨우는 소리는 미세하지만 동시에 무한이며 카오스(chaos)이고 유한적이다. 이처럼 그만의 색깔, 느낌, 감각 등의 속성들을 상반균형相反均衡의 시적 형상화로 점철시켜주는 점이 그만의 시적 차별성임을 지적하고 싶다.

결론적으로 비정한 시대적 상황에서 홍송부 시인의 분망한 행보는 다행스럽게도 우리의 낯선 갈등구도와 얼어버린 눈물마저 따뜻한 정신적 기후로 조성하는 정신작업의 열중이다. 이처럼 가치 있는 작업에 몰두하여 '절제된 언어로 사물의 본질을 해명하고 본래의 형질을 회복하려는 그만의 창조적 행위'를 검색하며 글의 말미에서 홍송부 시인을 '극소수의 창조자, 감히 위대한 영혼의 소유자'라고 일컫고 싶다.

모쪼록 '느림의 미학'으로 인생을 만보漫步하는 홍송부 시인은 결코 자만하거나 현실에 안주하지 말고 보다 삶의 매 순간을 포착하여 비정한 지식·정보화 사회에서 내심 불안과 긴장감으로 살아가는 인간존재의 탐색을 위하여 상징적 표징으로서의 바람과 물의 변전을 추구하되, 지상에 갈앉은 낮은 음색과 예리한 붓끝으로 다시금 불멸의 시혼을 묵언默言의 시학으로 장식하여 줄 것을 기대한다.

제5부
소통의 통로와 언어의 기초학

1. 『물푸레나무 사랑법』과 감성시학
– 권정남 시인의 정신 기후와 시적 토양

1) 시적 모사模寫와 내밀한 정신풍경

　시격詩格이 담백한 시인에게 서정성의 논의가 중시되는 까닭은, 그 자신의 시편에서 추상어인 소박함을 시적으로 모사模寫하면서 잠재된 내면의식으로 응축하기 때문이다. 다수의 독자들에게 따뜻한 정신기후를 조성시켜주는 권정남 시인의 경우, 시적자아를 통해 실행하려는 자신의 끝없는 무욕에서 내포된 자족의 삶은, 곧 화자(persona)의 자아인식에서 비롯된다. 그 자신이 지향하는 시적세계 또한 육체와 정신에 한정된 고립의 세계가 아니라, 자생의 힘을 발산하는 시적 동력임을 『서랍 속의 사진 한 장』(2002)에서 확인시켜준 바 있다. 영혼의 잠식으로 해명되어지는 그만의 시정신은 푸른 생명의 언어로 직조된 전율 같은 가슴 떨림이다.

　순수서정의 꽃향을 발산하는 그의 지난至難한 시적 행보는 '버리고, 비우고, 넉넉함'이라는 통로를 걸쳐 마음의 평정에 이른다. 피곤한 삶의 일상에서 언어에 대한 식별력으로 오랜 날 버텨온 권정남 시인의 묵언들은 생명에의 변주라는 틀 위에서 탐색된 생산물이어서, 시 의식의 확장과 예감의 파상波狀은 빛나는 삶의 기쁨과 환희, 곧 정신적 황홀함의 변형·추이推移에 해당한다.

자신의 관조적 삶을 통한 시인의 일관된 자기변명은 "살아오면서 시의 밧줄을 붙잡고 문학을 통해 삶의 새로운 의미를 찾게 되고 행복과 기쁨을 얻기까지" 일상에 열중하며 언어의 기호화로 직조해낸 『물푸레나무 사랑법』의 총화는, 다양한 체험을 통해 응축된 낯익은 언어들로 현학적인 표현과 일정한 거리를 유지하고 있어 거부감이 없다. 아울러 심층에 내재된 순수서정과 정신풍경에는 모성적인 평온함이 늘상 자리해 있을 뿐더러, 그의 체취에서 영혼의 우울함마저 깨끗하게 정화시키는 외경畏敬이 묻어 있다. 어디까지나 정직하고 고매한 그의 품격은 자신의 시속에 용해되어 있어 한순간 독자들의 격정을 평정시켜 정신기후를 따뜻하게 조성시켜주는 매력마저 지니고 있다.

권정남 시인의 시적 형상화는, 삶의 공간에서 접하는 대상물을 응시하는 최선最善의 드러남인 생명외경의 엄숙성이다. 실체의 껍질을 벗기고 일순간 깊은 사상에 몰입하는 정신력이 직관적이라면, 사물의 전체를 거시적 관점에서 주시하는 정신력의 한 방법을 관조의 세계로 유추할 때 시적 상관성은 '시적 재현과 내밀한 정신풍경'이라는 상상력에 의한 '시 종자의 극대화와 패스티쉬'로 변형되기에 그의 시에 대한 이해는 충직한 독자들에게 감미로운 다이돌핀(didorphin)을 쏟아내는 행복한 계기가 되기에 족하다.

2) 시 종자의 극대화와 패스티쉬

시의 현상과 존재론적 해석의 문제로 고뇌하는 권정남 시인이 시의 종자를 발아시키어 단숨에 한편의 눈부신 시편을 형상화하려는 열정은 실로 눈물겨워 감동적이다. 시적 상황의 존재론적 해석을 위해 자신의 기억력을 재생시키며 위대한 영혼을 지닌 사제司祭로서 경비하게 속내를 드러내지 않은 그만의 시 의식에 관한 작업은, 분할과 통합이라는 각고의 통로를 걸친 결과이기에 시작詩作의 동기와 가치는 심도 있게 논의될 것이다. 패스티쉬(pastiche)는 패러디(perody)와 같은 모방적 기교를 의미한다. 제임슨(F. Jameson)이 주창하듯 풍자적 의도가 없는 혼성모방으로 두 가지 상황을 발생시키는데, 그것은 새로운 세계와 스타일이 모두 소진되어 더 이상 독창적인 스타일의 혁신이 불가능하여진 고갈의식이고, 가정법을 구사해서 언어적 규범, 곧 패러디의 대상이 상실되고 언어의 다양성만 남게 된 현상학적 수사임은 기억할 바다.

가을비(秋雨)에 젖은 설악산의 비선대 지역은 이동통신의 불통 지역으로 간혹 서비스가 되지 않기에 〈비선대로 들어 간 사람〉에서 '서비스가 되지 않는 지역입니다'라는 시적 모티브에 해당한다. 이 점에 착안한 권정남 시인은 자신의 감성과 언어로 사랑의 기쁨과 고통, 환희와 힘겨움 등을 가을비에 촉촉이 젖는 시로 빚어내고 있다. 기실 사랑이란, 세상에서 가장 아름다운 상처일 수도 있다. 그 자신의 시편에서도 오규원의 〈한 잎의 여자〉나 서정윤이 사랑을 주제로 한 시선집 『견딜 수 없는 사랑은 견디지 마라』

(이가서 刊)에서와 같이 '감성과 언어로 사랑의 기쁨과 고통, 환희와 힘겨움 등을 시로 빚어낸다.'는 나름의 지론을 한번쯤 확인할 필요성이 따른다. 삶의 일상에서 대상과 묵언의 대화를 나누는 즐거움은 '아름다움이고, 행복이고, 운명적인 만남'에 해당된다. "물푸레나무를 만났네, 지켜보고 있다네, 푸르게 키우고 있다네, 사랑법을 배웠네"같은 서술어미의 반복은 중층적 울림을 자아내는 시적 효과를 거두고 있다

우리들 영혼이 푸른빛으로
세상을 눈부시게 한다면
물푸레나무가 비선대 바위 틈새에서
천 년 지킴이가 되어
물.푸.레 물.푸.레
사랑하는 이 가슴에 푸른 잎사귀를
달아주는 업보業報라는 걸
설악산 비선대를 오르다가
오늘 우연히 만난 물푸레나무한테
사랑법을 배웠네

-〈물푸레나무 사랑법〉에서

"설악산 비선대를 오르다가/오늘 우연히 만난 물푸레나무한테/사랑법을 배웠네" 인용한 시는 시집의 표제 시에 해당하는 〈물푸레나무 사랑법〉이다. "물을 푸르게 키우고 있다네" 의지의 표명과 함께 이전 작품에 결코 만족하지 아니하고 전통의 실타래를 다시 꼬아내며 재창조라는 예술가 본래의 소임을 성실하게 수행하는

권정남 시인은 가식을 거부한 정직한 시인의 당당함을 주변의 이들에게 확인시켜주는 동시에 모두의 기대에 어긋나지 않는 행위로 '들어냄보다는 감춤'의 담론을 통해 '사라지는 것의 소중함'을 실증하여주는 존재이다.

특히 시집의 상징적 소재가 되는 '물푸레나무'는 올리브(Olea europaea)과로 교목·관목·덩굴식물에 속한다. 열매는 올리브처럼 다육질이거나, 물푸레나무속(Fraxinus) 식물같이 날개가 달려 있거나, 자스민속처럼 둘로 갈라진 장과漿果이다. 목재는 강하고 결이 고와 장식용 조각품과 여러 가지 기구의 손잡이를 만드는 데 쓰인다. 꽃은 아름답고 향기는 다소 향기로운 데 동일한 종류로는 이팝나무속, 개나리속, 자스민속, 수수꽃다리속, 목서(Osmanthus) 식물들이다. 한국 고유 식물인 미선나무는 종鐘 모양의 꽃을 이른 봄에 피워낸다. 우리나라에는 8속 25종이 산 속에서 흔히 자라는 데 물푸레나무(F. rhynchophylla)가 가장 흔한 목서이다.

오색 등으로 화려하게 장식된 크리스마스나 신년 축하의 트리처럼 〈백화점 앞 겨울나무〉나 또는 민족의 영산인 백두산의 천지天池처럼 펄펄 끓고 있는 천년 사랑의 황홀함을 예증한 〈천년의 고독〉에서 확인되는 것은, 경계를 허무는 생태시학적인 시각에서 반복학습을 통한 인간 소외와의 결별이다. 시인의 삶에서 시적 대상은 순수서정으로 변형되는 빛나는 감성의 충동이기에 그의 고독한 정신작업을 관조적 시각에서 주시하면 내면풍경은 사실성의 발견물이어서 가슴 찡한 감동을 안겨준다. 불행하게도 2002년 8월

31일 토요일 아침, 강릉의 왕산 국도 35번이 태풍 루사에 의한 산사태로 차량이 매몰되는 사건은 지역민들의 기억 속에 살아 있다. 이 사건으로 혈족血族이 참사를 당하는 끔찍한 아픔을 겪게 되고, 다음의 시편에는 시인의 뜨거운 눈물이 묻어 있다.

우리가 "서른 갓 넘은 너를 하관하고 돌아서니/내 뼈를 관통하고 지나가는(내 수첩에서 너의 이름을 지운다)"에서 접할 수 있듯이, 그렇다. 정신적으로 창조된 것은 물질보다 한결 생명적인 층위이기에, '감동의 파상과 영혼의 정화'라는 새로운 연계성을 확립한다. 내면의식이 예감의 시학으로 전이되는 권정남 시인이 서정시를 쓰기가 고통스러운 시간대에서 상실한 감동의 진동振動을 일깨워주는 것은, 그 자신에게 있어 미래사회를 구축하는 힘이 시적 상상력의 자유로움에 연유한 까닭이다. 때문에 개인의 소중한 삶에 있어 내적 충만의 인자가 되는 사유란, 존재의 뿌리로 정신적 종사자가 몰두하는 창조적 언어의 형상화 작업이다.

이와 같이 〈보푸라기를 뜯다〉에서 처럼 시인이 "시도, 사랑도, 보풀이다"라는 고정된 관념에서 직조한 시적 의상은 화려하지는 아니하지만, 그 자신이 보여주는 참신성은 흘려보낸 시간을 단지 어둠의 실체가 아니라 미래에 대한 꿈을 응축시켜 마침내 놀라움으로 변주시키고 있다. "올과 올 사이 비밀을 지키며/잔디밭 풀을 손질하듯/살살 삶의 보풀을 뜯어낸다" 오랜 날 그 자신이 현대사회에서도 '인생이란 현재진행 중인 고통 속에서도 살아가는 존재임'을 감당하며 객혈喀血을 토해내는 비장감으로 사유의 결과물을 생산하여준 것은 눈물겹도록 감사할 일이다. 정서와 사상의 자유로운 교감을 거쳐 빚어진 그의 시편들은, 상처 입은 영혼을 치유하는 엄숙한 행위로 "시적 상상력과 시종자의 극대화"의 과정을 걸쳐 생산된 명료한 결과물이기에 생명감마저 안겨준다.

권정남 시인과의 남다른 교분을 쌓고 있는『주문진 항구』의 이구재 시인에 빗대어『속초 바람』으로 일컬어지는 그의 현재 시적 공간은 속초(영랑호)지역이다. "목이 긴 모딜리안 여인이/빨래처럼 흔들리고 있다(영랑호 스케치)"나, "장사동 다리 아래/안개 꽃 다발이 심하게/흔들리고 있다(경계)"에서처럼 '흔들림의 시학'에 익숙한 그 자신이 가슴앓이 하며 망설임 끝에 상재한『물푸레나무 사랑법』에서 발현되는 견고한 성채城砦가 발산되는 힘은 실로 역동적이다. 한편, 충직한 독자들의 관심사는 그 자신의 삶의 처소를 서정의 미감으로 장식하고 있다는 사실이다. 피멍든 손으로 영혼의 닻줄을 잡아당기는 행위를 자신의 소임으로 인식하며, 즉물적 현상에 대한 치밀하고 적확한 기호 캐내기 작업은, 번개 같은 영감靈感을 충격적으로 형상화하는 예술 작위이다. 이 점은 "흰색 나비와 보라색 나비 날아드는/천경자, 그림 속 꽃에 손을 대면/독毒이 묻어난다/붉은 반점 꽃가루가/살 속 심장까지 빠르게 번진다/화끈거린다(천경자, 그림 속 꽃)"에서나 또는 "달빛 창연한 겨울 밤/자르르 수정을 쏟아 붓듯/내 몸 속 관절마다에/반딧불이로 피어나는/사리 꽃 화관(상고대 피어나다)" 등을 통해 수시로 명증된다.

특히 "물결무늬 나이테에/촘촘히 별이 되어 박혀 있다(규화목)"

의 메타적 처리, 이처럼 인간의 영혼은 신으로부터 나와 신으로 회귀하는 반사상反射像이기에, 생티에리가 "인간의 영혼이 어떻게 자기 자신의 아름다움을 생각할 수 있겠는가? 또한 어떻게 자기 안에 그 모습을 비추는 자의 찬란함에 정복당하지 않을 수 있겠는가?" 라는 자문을 유추할 수 있다.

3) 언어의 소통疏通과 우주의 신비 캐내기

자신을 해체하고 재조합하는 작업은 시적 상상력의 확장과 결부된다. 권정남 시인의 파생된 시학적 특이점은, 시인의 주관적 정서나 내적 세계의 드러남에서 비롯된 주·객관의 융합의 추구이다. 이처럼 손금을 보듯 그의 시편을 찬찬히 음미하다 보면 언어질서에 의해 통일된 체계의 유지와 전통의 확인에서 우주의 신비를 캐어내는 현상이 가늠되기에 결코 긴장감을 늦출 수 없는 상황인식과도 직면한다. 예기치 못한 영동지역의 산화山火로 천년의 사찰 낙산사落山寺가 소실되었다. 권정남 시인은 가슴 아픈 삶의 현장에서 "검은 사월, 낙산사/밤 연등 밭을 거닐어보라(낙산사 밤 연등)"고 암울함 속에서도 "느릿느릿/온몸 담벼락에 바짝 붙어서/그렇게 올라가는 거야"라며 〈건봉사 담쟁이〉의 생리를 통해 생명의 강인함을 교시하고 있다. 바로 이 모든 것은 "종이 접듯 바쁜 일상 접어 두고/누워 있기/창밖 하늘만 원 없이 바라보기(성찰의 시간)"에서 모름지기 자각自覺, 즉 관조觀照에서 비롯되는 깨달음이다.

한편, 불확실한 시대에 몸담고 있는 우리에게 기억 흔적에 남겨 두어야 할 것은 질서가 으깨어진 도덕성의 불감증이다. 그 보기가 그 자신의 손孫이 없어 퇴락하는 친정집이 빈집처럼 인식될지라도, "그 집에 머물러 있던/오래된 빛과 향기/댓잎 서걱이던 소리들이/한때 주인이었던 나를 반기며/와르르 쏟아져 나온다(빈집인 줄 알았더니)"처럼 시간의 흐름 속에서 비록 소멸되는 만상萬象일지라도 그 나름의 의미를 지닌다는 것을 곰곰이 되씹어주는 점이다. 뿐만 아니라, 다음과 같은 "몸 안에 웅크리고 있던/얼음기둥 같던/무수한 나의 이십대가/따가닥 따가닥 하이힐 신고/걸어 나오고 있다(딸 아이 구두를 신다가)"에서 항시 다정다감한 심성의 권정남 시인은 가족사에 대한 자잘한 것도 시적 소재로 즐겨 다룬다.

여기서 그의 시격이 담백하다는 것은, 천품이 모질지 아니하고 선하다는 것을 재인시켜준 보기이다. 평자의 지론은, "세상 바닷가에서/너풀거리며 헤엄치던 물미역이/열다섯 끈적한 너의 검은 고독이 초겨울 아침 한 올 흐트러짐 없이/난전 고무 함지에 널려져 있다(물미역)"처럼 좋은 시인은 시도 잘 써야하지만, 품격이 시인다워야 하고 영혼이 티 없이 맑아야 한다.

우리가 끙끙거리며 고민하지 않더라도 그의 시편을 통해 파악할 수 있는 것은 다양한 음조와 색조로 시의 지평을 열어 보인 권정남 시인은, 통상적인 미적 세계의 창조라는 고정관념을 고집하지 않는다는 점이다. 이와 같이 체험을 바탕으로 창조된 자유로운 새들의 날개 짓처럼 일정한 거리 두기(異化)라는 이론의 틀에서 구상화된 시학은, 〈붉은 색, 그 설레임들〉에서 확인되어지는 '그 홍건하던 현기증과 같은 수줍음, 곧 부끄러움'이다.

이와 같이 그 자신이 빚어낸 생명의 편린片鱗은, 핵가족 중심의 현대사회에서 공동체 인식의 조화로운 관계의 일깨움으로 수줍음의 극치는 다음의 시행에 잇닿아 있다. "해당화 꽃그늘에 숨어/아무도 몰래 첫 생리를 하던 날" 이처럼 그 자신은 빚어 놓은 시적 형상화로, 따뜻한 정신적 기후를 조성하여 한순간 우리의 격정激情을 평정시켜준다. 자연의 순리를 거스르지 않은 여유로움과 건강한 서정성을 접할 수 있는 것은, 가끔은 그의 동시적童詩的인 시적 정조情調가 예감의 파상을 불러 모아 분열된 자아를 소통의 통로로 이행시키는 정체성에 긴장의 끈을 놓지 않기 때문이다.

비정한 후기산업사회에서 끈끈한 혈연의 관계성을 위해 치밀한 구도로 주의집중을 고집한 점은 권정남 시인의 시격에서 비롯된 감동의 진동이다. 그의 시편은 그리움이라는 모형을 감성에 호소하기 위한 끈질긴 탐색으로 독자의 사랑과 관심의 대상이 되는 언어의 큰 덩어리로 한 떨기의 꽃이다. 감정을 엄격히 절제하는 담백한 시격, 즉물적 현상을 적확하게 풀어 보인 그만의 시적표징은, 우리가 접하는 현상은 일정한 패턴의 고정이 아니라 새로움을 향한 끊임없는 변주이며 스스로의 성숙을 위해 반복되어지는 눈물겨운 허물벗기라는 시론에 그 뿌리를 내리고 있다.

모쪼록 정신적으로 궁핍한 현대인의 삶에 있어 좋은 시인과의 교감과 가슴 따뜻한 해후는 결코 우연일 수 없다. 자신의 눈물마저 선명한 이미지로 형상화하는 심성이 지극히 선한 권정남 시인에게 거는 소망이라면, 피폐된 독자의 영혼에 일상에서 발아되는 푸른 식물성 언어를 개성적으로 통신하는 친근한 삶의 동력자로서의 소임을 충실하게 담당하라는 것이다. 아울러 그만의 담백한 시편을 통해 명증되어야 할 열정적 몰입은, 사물을 관찰하는 예리한 눈(心眼)이 물상과 관념이라는 상오의 연계성을 빛나는 결정체로 정제하는 것과 생산적이고 긍정적인 감성과 지력으로 사물을 예리하게 투사하되, 통합적으로 단절된 인간관계를 회복하는 소통疏通의 지평을 열고 또 확장하라는 당부를 전한다.

2. 시인의 주의집중과 묵언의 시학
    – 김남구 시인의 빛나는 서정의 영토

1) 내면인식과 상상력의 확장

자의적 은폐를 감성의 시학으로 표출하려는 시인의 회의와 변명은, 시적 의미와 그 대상을 변형·확장하는 역동성을 수용하여 마침내 모순과 갈등구도로부터의 이행을 추스르는 통로가 된다. 이 점에 있어 서정의 미감으로 빛나는 자연, 영혼회귀(천상)에 대한 집념을 소망의 틀로 일정하게 유지하며 일상적인 삶에 차별화된 시정신의 접목과 해명은 실로 감동적이다. 이처럼 화자(persona)가 열정적으로 대다수 독자들에게 반복되어지는 애증, 갈등과 화해의 사회현상을 잇닿은 시간대에서 예술적 질감으로 정제시키는 정신작업이야말로 시적 생명력을 지니는 것이다.

못내 획일화된 이기주의로 점철되는 사회에서 물상에 대한 회의와 불안의식에서 파생된 자아분열의 양상이 거대한 갈등구조로 변형되는 세태는 실로 절망적이다. 이 같은 시대적 상황에서 현실에 안주하지 아니하는 '극소수의 창조자'로서 잇닿은 정신작업에 시적 감응과 자아의 변주에 주의집중하여 독자를 감동시키는 열정은 지극히 생명적이고도 창의적인 행위임에 틀림이 없다.

지나치게 분방한 상상력과 현실적 모자이크로 미적 퇴행을 거듭하는 답답한 우리시단에 신선한 활력으로 막힌 숨통을 서정의 예감叡感으로 열어보이는 김남구 시인의 『마음의 창을 여는 세상풍경』은 냉소적인 현대인의 정신기후를 따뜻하게 조성시켜주는 역동성이 있어 퇴색된 감동마저 회복시켜준다. 실로 혼돈混沌의 시간대에서 '이미 죽어간 이들이 그토록 갈망했던 미래의 시간인 오늘'을 살아가며 인간에 대한 관심의 공감대를 형성하지 못하면, 결코 눈부신 꿈을 실현할 수 없다. 따라서 꿈이 실현되지 않으면 불가능 또한 현실로 치환될 수 없기에 진리와 자유를 옹호하는 정신작업의 종사자들은 창조적이되 생명적인 행동을 반복하여야 한다. 그 같은 연유에서 창조주를 향해 영혼의 창을 활짝 열어 놓은 빛의 시인의 시적 초점과 관심의 대상은 마침내 현실적인 세상풍경의 층위로 이행移行된다.

지극히 천상적이고 내적 충만이 내재되고 물활론적物活論的 상상력의 집산인 김남구 시인의 시집 구성은 보편적이고도 눈에 익숙한 질료로 직조되어 낯설거나 거부감이 없다. 이처럼 그만의 감미로운 시적 등가물은 따뜻한 감성을 축으로 윤무輪舞하는 눈부신 서정의 시학으로 정감을 일깨워 주는 정갈한 시미詩味를 지니고 있어 시적치유의 가능성을 지닌다. 일단, 캇슨의 지적처럼 새가 사라진 거대한 숲의 침묵을 상상하여 볼 때, 한 순간 엄습하는 불안과 초조로부터 일탈하기 위한 방향의 모색으로 "내면인식과 상상력의 확장"에 근거하여 영혼의 잠식蠶食에 머물러 보기로 한다.

2) 시적 감응感應과 주의집중

인간은 점진적으로 영적 상승을 통해서 동물적 상태에서 이성적 상태로, 또 이성적 상태에서 영적인 상태로 전이轉移되는 존재이다. 감성적 시학의 이론에 뿌리를 내리고 감동을 회복하는 작업에 열중인 김남구 시인은 '오늘의 위대함을 포옹하는 순간은 지금이다'라는 오프라 윈프리의 주장에 공감하듯 "살아가는 의미가 퇴색될 때면/실바람 타고 오는 해조음에 귀 기울여/아침놀 퍼져 오르는/하늘을 응시하자(하늘을 보자)"를 뜨겁게 읊조리며 다망한 일상에서 정신세계의 의미망을 보다 확장하는 일에 몰두하고 있다. 이처럼 그의 시적 감응은 정신적 내구성이 견고한 자연(하늘)을 대상으로 한 그만의 세상풍경과 접합된 자잘한 심상心象의 형상화임에 틀림이 없다.

누군가에 주고 싶은
가슴 속에 간직한 빛나는
얘기가 있다는 건
참으로 행복이다

영혼의 창을 여는
아름다운 세상풍경을 나눌
친구가 있다는 건
참으로 행복이다

누군가에 감동을 주는
노래가 있어

목청껏 불러 줄 수 있다는 건
참으로 행복이다

내게 있는 모든 것
당신에게 드릴 수 있어
전율戰慄적 감동을 느낄 수 있는 건
참으로 큰 행복이다

- 〈참으로 행복이다〉의 전문

냉소적 이기주의로 치닫는 후기산업사회에서 하나 같이 공포와 불안의식에 이끌려 암울한 절망의 늪에서 허우적이며 그나마 살아가는 것은, 어딘가 공허하고 선명하지 못한 부분들이 의식의 심부深部에 그 실체를 숨기고 있기 때문이다. 예언자적인 김남구 시인에게 있어 견고한 고정 체를 언어로 빚어내는 일상은 행복한 언어의 집짓기에 해당한다. 차지에 표제 시에 해당하는 〈참으로 행복이다〉의 시 해석은, 의혹을 말끔 씻겨내고 행복을 전제로 한 시적 상상력의 확장이기에 빛나는 감성의 충격이다.

이처럼 미적주권을 확립하기 위해 시적 자주성과 독자성을 회복시키려는 그만의 고뇌는 실로 눈물겹다. 특히 현대와 전통의 틀을 쌓고 허물며 자신의 시적 토양을 구도적인 자세로 아우르기를 반복하는 정신행위는 너무 당당해 신선하다. 한편, 자의적 은폐를 서정적 미의식으로 회복시켜 우리에게 미감이 뛰어난 순수 서정성을 충동적으로 안겨주어 한 순간 치솟던 분노마저 평정시키는 시적 치유治癒의 비법은 그저 감탄할 일이다.

오늘 아침에 내리는 비는
조용한 축복
그리워 할 줄 아는 생명의 경이
마지막 남겨진 꽃잎으로
파란 수맥 올리는 가지 끝
연두색 행복 밀어 올린다

- 〈마지막 남겨진 꽃잎〉에서

정신적으로 궁핍한 삶의 처소에서 절제된 시어로 사제의 역할을 충실하게 담당하고 있는 김남구 시인은 〈마지막 남겨진 꽃잎〉, 〈창가의 시간〉 등의 시편을 통하여서도 '파란 수맥 올리는 가지 끝/연두색 행복 밀어 올린다' 또는 '어느새 땅끝 어딘가에 서러운/영혼이 탄생하는 시간'이라며 보다 생명적 사유思惟에 근거하여 경계 허물기의 등식으로 불신의 인간관계를 '사랑 → 행복 → 감사'로 변형시키고 있다. 이처럼 삶의 일상을 순수한 자신의 영혼에 접목시키려고 음조가 좋은 언어로 조탁彫琢한 주의집중은 비장감마저 묻어나기에, 파스(Octavio Paz)의 지론인 '종교의 문제는 신이 아니라 시간이다.'와 동일선상에서 연계지어 해석할 타당성이 따른다.

비교적 전통의 맥락에서 김남구 시인이 일정한 매개로 즐겨 사용하는 순수 서정시는 의미시 또는 생경한 현대시와 별개일 수는 없다. 비록 그의 시적 특이성은 생명의 본원本源에 대한 회귀로, 고향의식이라는 시적 추이推移로도 풀이되지만, 이 같은 경향은 절박한 상황 속에서 사랑이 종자(씨앗)가 되어 생명(행복)으로 변형되는 섬세한 정감으로 주지적 사고를 뛰어 넘은 주정적 세계로의 전이轉移로 그 맥을 함께 한다. "면면히 젖은 세월/가슴 속에 품고 오니/천년 해란강에/물안개 촉촉이 젖고/일송정/하얀 넋으로/돌아서는 환청(해란강海蘭江)"에서 열린 사고의 결과물로서 '사랑의 유의미'는 '백두산 등정'을 노래한 〈얼마만이었다고〉를 통해서 "돌아가 다시/못 올 곳이 아니지만/하늬 쪽 바라보며/한 갑자甲子를 넘겼는데/기어이 되돌리는 맨발의 빈 가슴"에서 다시금 확인된다. 그러나 무엇보다 자명한 것은 아직도 일제 강점기의 민족에 대한 처절한 통한이 그 자신의 심층에 털어낼 수 없는 깊은 상흔으로 자리하고 있다.

바로 이것은 빛의 현상학으로 에드워드 호퍼(Eward Hopper)의 시선이 닿은 모든 대상과 공간이 무미건조한 공간에 익숙한 현대인들의 도시 위로 사각형의 햇빛이 쏟아지기 때문이다. 오늘날 보편적인 시적 관심은 점차 심층적인 경향보다 언희言戲(pun), 시의 표층으로 전이되는 추세이기에 시인의 시적 특성 또한 본능적 지략으로 육화해야 살아남을 수 있다. 이 점은 김남구 시인에게도 결코 예외일 수 없지만, "죽도봉竹島峰의 댓잎 위 바람은/말간 월광을 부수기에 겹고/갯바람 타고 오는 갈매기들은/오백년 시문을 읊고 있다(안초당에서)"라는 시편에서도 명증될 뿐더러, 언어의 논리 사이에 불현듯 출현하는 그의 시적 산물은 어디까지나 자기 희생을 통한 역동성으로 표출되고 있다.

달빛 추락하는 시간
무거운 깃을 털고
찬란한 슬픔에 젖은
작은 새 한 마리
파르란 샛별로 박힌
당신의 못 자국 응시한다

- 〈새벽기도 가는 길〉에서

나름대로 김남구 시인은 심각한 언어공해로 인해 영혼의 상처로 가슴을 앓는 현대인들을 위하여 그의 두 눈은 '당신의 못 자국 응시'할지라도 '부러진 날개를 치유하여, 꿈의 날개를 달아주는 작업'을 엄숙히 수행하고 있다. 이 점은 〈귀향〉, 〈믿음〉, 〈당신을 다르게 하소서〉 등의 시편을 통해서 여실히 명증된다. 이처럼 이분법적인 갈등구조로 비정한 산업사회에서 종교적 교리를 실천궁행하며 진실 위에 서서 진실을 항변하는 시인의 존재를 묵언으로 일깨워 주는 그만의 시 정신으로, 생명에 대한 일깨움이기에 충직한 독자들에게 거부감 없이 시적 상상력을 확장하여준다. 비록 그에게 있어 미와 선의 추구를 위해 허비한 시간들의 실상은, 아름다움과 진정한 행복의 가치를 확장하기 위한 투자의 시간대이다. 행복한 사람은 언제나 시간이 짧아, 성경을 읽다보면 어느새 새벽과 만나게 되는데, 그것은 두 개의 미적분 포물선이 교차하는 공집합 속에서 파악되는 천상이라는 모성회귀母性回歸로 해명되기 때문이다.

김남구 시인은 장로로 시무하는 진실한 신앙인과 교육자로서의 길을 올곧게 걷고 있는 실체로, 간혹 무분별한 언어의 독 묻은 화

살로 인하여 마음에 상처를 받은 주위의 소외된 이들에게 아홉 개
의 부러지거나 꿈을 상실해 접혀진 날개를 몸소 활짝 펼쳐 보이고
있다. 그 자신의 일상적인 삶에서 잠든 영혼을 흔들어 깨우며 서
로 간의 신뢰를 회복시키기 위한 '에니아그램(enneagram)'의 모
색이야말로 피폐한 영혼을 치유하려는 그의 힘겨운 행보로 생명
외경의 엄숙함을 조성하는 빛된 인자因子임에 틀림이 없다.

> 성큼 다가온 앞산 등지느러미는
> 안개 속에서 일렁이고
> 영어교사 '마샤'는 우산 받고 바삐 든다
> 간간이 꿈나무들이 읊는 성장일기는
> 교정의 빗방울로 튀어 오르고
>
> — 〈비 내리는 교정 · 1〉에서

　　여기서 주어진 삶의 여정을 존경받는 사도師道의 길에 전념하며 '꿈
나무들이 읊는 성장일기'를 강릉의 옥계중학교 교정에서 틈틈이 담아
온 그의 시적 면모를 단적으로 이해하기 위해서 인간 성격유형과 유
형들의 연관성을 기하학적 도형으로 상징한 심층적 이론에 관한 지적
이해가 필요하다. 왜냐하면 그 자신의 시 쓰기를 위한 과정에는 신앙
으로 따뜻한 그의 가슴 깊은 곳에 벅찬 행복의 선율, 즉 '가슴속에 머
무는 소리'로 충만하기 때문이다. 또 다른 그의 시편 "천년을 들락이
며/하늘 한 번 잡으려/허위허위 가슴으로/인고忍苦하는 노래/청포青葡
빛/물마루 타고/굴러오는 만선가滿船歌(그물코 깁는 아낙)"를 통해 확
인되듯, 그 자신은 '신의 나라는 씨앗을 팔지만, 과일은 팔지 않는다'

는 사실을 인식하고 있다. 또 그는 비열하게 타인의 정원에서 노동의 댓가 없이 과일을 따는 위선적인 행위보다 자신의 정원에서 스스로 가꾼 과일을 따는 것이 보람에 의한 행복의 본질임을 자인하고 있다.

젖무덤을 달래는
이 가을 다 가기 전
하늘 얘기 풀다가
한껏 취해가는
문재터널 꽃바람

-〈가을 여행〉에서

뿐만 아니라, 〈어머님 그리워〉, 〈가을 여행〉을 통해서 김남구 시인은 영혼이 피폐한 정신세계를 현란하고 모순된 언어유희나 시어의 현학성에 이끌리지 아니하고 생명·서정·의식으로 독자적 색깔이 있는 시적 특성을 조성하며 순수서정의 맥락을 팽팽하게 유지하여준다. 서정시를 쓰기가 힘겨운 시간대에서 우직하리만치 '파르란 유리알의 향수로', '한껏 취해가는/문재 터널 꽃바람'처럼 감미로운 시적 서정의 쌓기와 허물기의 반복을 통하여 고정틀을 허물고 소외된 이들을 향해 스스럼없이 다가서는 품격 있는 시인으로 시대적 소임을 수행하고 있는 현상은 자못 존경스럽다.

3) 묵언黙言의 시학과 자아변주

김남구 시인의 시 의식은 일상의 상식에 머물지 아니하고 각질화 된 고정의 틀을 깨뜨려 보이고 있다. 애써 '묵언의 시학과 자아변주'로 논의하지 아니하더라도 그의 시적 포즈는 대상 속으로 한순간 몰입하는 현상이다. 비록 사물의 은유적 표현이란 용어를 구사할 필요성은 절감하지 아니하더라도 "노을 빛 일렁이는/너울은파 너머로/별 뜨는 소년의 눈망울 찾아/시간 속으로 간다(꿈을 찾아서)"에서 유추되는 것은 바로 묵음의 시학이다. 여기서 침묵은 묵음과 연계되고, 다시 그에 대한 연상은 적막이고 영(zero)과 통한다. 아울러 침묵을 깨는 소리는 미세할 수도 있지만 동시에 무한의 통로와 접목되는 카오스(chaos)이고 유한적이다.

특히 〈5월의 추억〉처럼 색깔, 느낌, 감각 등의 속성들을 상반균형相反均衡의 시적형상화로 점철시키는 그만의 시적 차별성은 돋보인다. '피가 도는 추상'으로 현실과 정신세계의 끝없는 모색의 생산물인 그의 시편은 자연현상에 시적감응을 출현한 것으로 자기 성찰에서 비롯된 갈등에의 해명이기도 하다. 비교적 영상조립 시점으로 형상화 된 김남구 시인의 시를 바르게 이해하고 평가하는 열쇠가 된다. 어쨌거나 시인에게 있어 존엄한 생명의 존재 확인은 가벼운 이름이라 할지라도 그 만의 가치와 의미를 지니는 까닭에 시인에게 있어 통과제의通過祭儀란, 숙명을 수용하는 몸짓과 더불어 삶의 미더움이 요청되기에 불가피 시의 몸살이라는 이분법적 고통이 주어진다. 이 점에 있어 "예술적 경험에서 예술가는 자기 자신을 객관적 대상으로 만나게 된다."는 아감벤(Agamben)의 시적 체험은 시인에게 있어 자아에 대한 절대적 분열의 경험으로 간주된다.

모름지기 한 그루의 '수양버들'을 응시하면서도 "창조의 혼돈을 /밀어내는/한 다발의 녹색파도/눈물겨운 우아한 몸짓"으로 형상화 시키는 언어의 연금술사인 김남구 시인을 불안, 초조, 조급함에 익숙한 대다수 이 땅의 시인들에 견주어 "황간黃侃의 유인遊끼을 기억에 떠올리며 예술의 품격을 향유하는 천성적 시인"으로 단정할 수는 없으나, 미적주권의 확립이라는 큰 틀 위에서 감성주의와 기독교적 이론의 접목이라는 이중구조의 의미망을 나직한 육성으로 구명하고 독자적으로 본래의 형질을 명증하려고 고독한 작업을 반복하는 그의 열중은 높이 평가하여도 지나침이 없다.

결론적으로 김남구 시인의 정체성을 '절제된 언어로 사물의 본질을 해명하고 생명적인 형질을 회복하려는 고독한 창조적 제작자'로 제시하며, 글의 말미에 조심스럽게 그에게 한결 같은 기대를 걸어본다. 비록 비정한 공간 대에 몸담고 있을지라도 항시 세계와 자아의 관계성을 회복한 현상에 안주하거나 머뭇거리지 말고 실험성격에 가까운 변형을 위해서도 매혹적이되 즉물적 대상의 짙은 어둠을 거둬내는 극소수의 창조자로서의 시대적 소임을 이행하라는 것이다.

3. 영혼의 정화淨化와 시적 형상
— 신을소 시학의 정신지리와 감동의 파상

1) 소중한 일상과 감동의 회복

평자에게 소박한 하나의 놀라움은 절망의 끝이 보이지 않는 참담한 현상에서도, 그나마 아침 식탁에서 접하는 신을소 시인의 시집『꽃 이름 그리고 어머니』(도서출판 한글, 2010)에 수록된 영혼의 정화와 시적 형상이 따뜻한 감성으로 다가와 일상의 감동을 회복시켜 주는 사실이다. 물음표로 사는 삶이 때로는 역사를 변화·발전시키지만, 주위 상황이 각박하고 힘겨울수록 느낌표로 사는 지혜를 겸허하게 체득할 타당성이 따른다. 대니엘 고들립이『샘에게 보내는 편지』에서 "우리는 네모나게 태어나서 둥글게 죽는다."라고 기술하였지만, "비슷비슷하게 생긴 꽃의 색깔과 조금씩 다른/잎들의 크기/같은 대상을 눈앞에 두고/너와 나의 생각의 크기가 조금씩 다른 것처럼 비슷하면서도(꽃 이름)"에서 확인되듯이 불확실한 시대에 몸담고 있는 우리는 저마다 개성을 지니고 살아가되 하찮은 이해관계에 이끌려 부당하게 아집을 고집하면서 '신념이 강하고 단호한 것'이라는 자기 합리화의 변명을 어리석게 반복하지 말아야 한다.

문제 해결의 맥락에서 엘렌 워츠의 "원을 그려놓고 사람들에게 물으면 대부분 원이라고 대답한다. 벽에 뚫린 구멍이라 답하지 않는다. 바깥보다 안을 먼저 생각하기 때문이다.”라는 지적은, 획일화 된 생각이 우리들을 고정된 사고의 감옥에 갇히게 만들어, 고정 인식의 틀을 깨는 방해물이 되기에 ‘보다 천천히’라는 사고로 느림의 미학이라는 차원에서 지혜롭게 직면하는 현상을 하나의 틀, 선입견으로만 인식하지 말아야 한다. 동일한 정황일 수도 있지만 조금은 시각을 달리하고 다르게 생각하고, 변별력으로 다시금 그것을 현실에 적용하는 생산적이고 창조적인 자세의 필요성을 수긍하여야 한다.

이 같은 정황에서 총회신학교 교수인 신을소 시인이 시집『시인의 안부』(도서출판 한글, 2007) 출간 이후, 소중한 일상적 삶에서 따뜻한 감성으로 감동을 회복시켜 줄 “하늘은 늘 순수를 내려주지만/땅에 내리는 순간 어김없이/혼돈의 흙속으로 녹아드는/더는 버틸 수 없는 배역背逆의 굴레를/이제는 벗어던져 보렴/꽃이 꽃일 수 있기 위하여(눈꽃)”라는 풀꽃 향내로 변주된『꽃 이름 그리고 어머니』라는 정겨운 시첩詩帖을 들고 깊은 영혼의 상처로 신음하는 우리 곁으로 ‘햇살 한 줌의 가벼움’으로 그렇게 친근하게 다가왔다.

시집의 초대 글 〈사랑과 평화의 시〉에서 문단의 큰 어른 황금찬 시인이 “칼로 쓴 시는 시가 아니고 칼이요, 총으로 쓴 시는 역시 시가 아니요 총이다. 사랑의 붓으로 쓰라, 그 말하고 싶다 … 생략 … ‘바람은 스쳐가도/너는 나뭇가지 위에/소복이 쌓여 있으렴(눈꽃)’ 이것은 시인의 소망이다. 시인이 소망을 상실하면 탐욕밖에 남지 않는다.”라는 교시적인 메시지를 통해 최소한 정신작업에 종사하는 시인이라면, 자신의 시어詩語로 동물적인 금속성 언어는 결코 사용하지 말 것을 경계하고 있다. 그렇다. 오랜 날 평자의 지론이지만, 금속은 여린 목숨을 살해하거나 피를 흘리게 하는 창칼과 같은 무기로 변형되기에 따뜻한 가슴을 소유한 시인이라면, 신을소 시인처럼 담백한 시적 형상화 작업에 식물성 언어, 즉 풀꽃 같은 푸른 생명적이고도 창조적인 언어 사용을 고집하여야 한다.

한편, 신을소 시인의 [짧은 글 긴 여백의 신앙고백]에서 "내 사유의 첨점尖點은 언제나 하나님이시다. 실제의 삶에서는 그렇지 못할 때가 많지만, 나의 바람은 삶 자체가 신앙이고, 삶 그대로가 찬양이고, 기도며, 신앙고백이기를 소망한다. 그러다 보니 자연스럽게 내 시의 여백은, 시선이 안으로 향할 때는 신앙고백으로, 밖으로 향할 때는 기도로, 대상에 머물렀을 때는 하나님의 위대한 창조사역을 향한 찬양으로 채워질 수밖에 없다. 내 삶의 부피만큼, 내 신앙의 색깔만큼 자신을 현시하는 작업, 그것이 내 시작詩作이요, 삶이며, 신앙이다."라는 〈시작 노트〉를 통해 놀랍게도 신앙의 대상인 하나님을 향한 그의 시선은 고정되어 있고, 영혼의 창문 또한 활짝 열려 있음이 확인된다.

특히 "치열한 전쟁 중에 잠시 투구를 벗어 놓고, 작은 교회에서 하나님께 눈물을 흘리며 감사의 기도를 드리던 시간이 내 삶에 있어 가장 행복한 시간이었다."라는 나폴레옹의 고백이나 오늘도 영혼의 상처로 고통을 받는 인류를 위해 전 세계를 무대로 복음 성가를 부르는 '감사의 화신'인 레나 마리아처럼 불행과 위기를 행복과 감사, 그리고 축복의 기회로 전환시키는 위대한 삶을 영위하고 있듯이 신을소 시인의 신념에 차 있는 정직한 시작 행위行爲는, 15 세기 어느 선사禪師의 선시 "오! 놀라운지고. 내가 샘물을 긷고, 장작을 패다니."처럼 반복되는 평범한 일상에서도 감동과 감탄을 회복하는데 일맥상통하고 있을 뿐더러, 보다 천천히 그리고 조금 느리게라는 느림의 미학과 시적 양상을 함께 하고 있다.

차지에 "예감의 새로움과 에스프리의 기도"로 소중한 삶의 일상에서 감동을 회복하여 상처 받은 영혼을 치유하는 시학詩學으로 따뜻하고 감미로운 감성으로 삶의 활력이 되는 다이돌핀을 쏟아내는 소통의 도구로서 비열한 이기주의로 치닫는 냉혹한 현실에서 '더불어 함께(inter-being)'라는 공동체 의식을 새삼 충직하게 일깨워주는 신을소 시인의 시편들을, 자신의 손금을 보듯 꼼꼼히 챙겨보는 행복한 시 읽기를 시작해 보기로 한다.

2) 예감의 새로움과 에스프리의 기도

모름지기 이 땅의 양심이며 소망인 시인들의 육체와 영혼, 고독과 사유는 절망 속에서도 조금은 더 건강하고 생산적이어야 한다. 비록 '언젠가 이름 모를 낯선 항구에 닻을 내려야 할 운명이기에 삶의 처소에서 피폐된 정신을 치유하는 투명한 눈물을 소유하는 배려와 관점을 통한 따뜻한 사랑의 공감대와 정신적 기후의 조성 행위에 몰두하여야 한다. 눈물은 영혼의 샘에서 흘러나오는 것으로 피보다 순수한 언어 이전의 영혼에 비견되기에, 눈물보다 더 큰 목소리 감동을 주는 웅변은 없다.

"그 앞에/나타나신 예수님/ 봄비가 쏟아집니다./부활의 날에/막달라 마리아, 감격의/눈물처럼(부활 주일)"이나 분명 눈물 속에 썼을 "해맑은 아이티 어린이가 웃으면서/건네주는 진흙쿠키/만약 그대에게 건넨다면 그대는/받아먹을 수 있을까/하늘은 저리도 맑고 푸른데.(아이티 진흙쿠키)"처럼 삶의 길목에서 접하는 숱한 사연들은 크고 작은 환희의 꽃들로 은유되기도 하고, 처절한 비애와 절망의 표징으로 이해되기도 한다. 삶을 통해 접할 수 있는 현상은, 때로 절망의 도도한 강물이 가로놓이는가 하면 뼈를 에이는 고통과 분노, 그리고 말 못할 서러움으로 자리 매김하기도 한다. 이 같은 아픔과 고뇌, 그리고 비통함을 따스하게 적셔주고 정화시켜주는 대상으로서의 눈물은, 인간이 소유한 어떤 것보다 값지고 청징淸澄한 것으로 신이 허락한 축복임을 재인시켜주고 있다.

이와 같이 우리는 렐프 왈도 에머슨이 "오늘 하루 그대가 헛되이 보낸 오늘은, 어제 죽어간 이들이 그토록 살고 싶어 하던 내일이다."라는 말의 의미를 배경 지식(스키마)으로 심장에 새겨두고, 까닭 없이 분노하거나 좌절하여 마음의 빗장을 닫아걸어 놓고 좋아야 할 인간관계를 한순간 파괴하는 어리석은 행위를 결코 일상의 삶에서 반복하지 말아야 할 것이다.

바람은 스쳐가도
너는 나뭇가지 위에

소복이 쌓여 있으렴.
따스한 햇볕에도 그대로
머물수 없겠니.
너의 숨결은 투명해
네가 머물러 있을 때 나는 따스하구나.

- 〈눈꽃〉에서

기실 우리가 몸담고 있는 소중한 삶의 시간은 안타깝게도 화살처럼 빠르게 날아가고 따뜻한 한 점 햇살에도 눈꽃처럼 한순간 소멸된다. 숨져간 모든 이들이 그토록 절박한 심정으로 "하루만 더 살았으면 … " 하던 그 끝자락의 시간들 앞에서 "왜, 최선을 다하지 않았는가?"라는 물음 앞에 누구나 자신을 놓아 보면 신선한 감동으로 가슴 저며 오는 삶의 의미를 새삼 절감하게 될 것이다. 종교적으로 불교는 법화경에 의한 인연법을 중시한다. 때문에 우리의 삶에 있어서도 특정한 누군가와의 소중한 만남은 운명적이다. "한번쯤 어디선가/우리 인사는 했었겠지/누구실까/기억 속에 아물거리는/잊혀 져 버린 이름(안개)" 까닭에 인연의 본질과 소중함에 관해 되 뇌여 보노라면 자명하게도 견고한 그 어둠 너머의 활력으로 펄떡이는 새벽 바다를 정녕 만날 수 있다.

아침을 여는 새벽
어둠 속 창가에서 나는 보았네
그분의 말씀과 진리

어둠 빗장 푸시고 우리 기다리시네

빛의 길 가라 가거라
여호수아 가나안 땅에 들어간 것처럼

- 〈새벽 바다〉에서

낱말의 새로운 읽기로 '받아'는 곧 '바다'요, 모든 대상의 합일이며 생명의 근원의 모천母川임도 주지할 바다. 우리는 현상적으로 물의 겸허함과 친화력에 대한 일깨움을 잠언으로 항시 수긍해야 한다. 까닭에 단절이나 소외를 의미하는 닫힘이 아닌 열린 사고와 문화인식에 대한 안목의 확장, 그리고 이웃에 대한 따뜻한 배려와 영혼을 정화시켜주는 정결한 눈물 또한 지녀야 한다. "그분의 귀한 선물/밤이나 낮이나 마음에 새겨/내 목에 휘휘 감고//길을 걸으며/늘 대화, 잊지 말아야겠다.(편지)"에서 감지感知되듯 항시 부당함과 불의 앞에서도 주저하지 말고 선함과 의로움으로 대처하되 '물과 기름이 하나 될 수 없다'는 물의 본성을 묵언적인 가르침을 통해 인식할 일이다. '오늘 귀중한 날에 다시 전해진 먼 길의 안부처럼' 다행스럽게도 그는 어려운 현상에서도 소망의 닻줄을 움켜잡는 눈물겨운 열중으로 미래를 열어가는 삶의 실체로서 낯선 항구에 닻을 내릴 그 순간까지 상처 깊은 영혼을 치유하는 정신작업을 지속적으로 수행하고 있다.

한편, 치열한 시장의 논리가 지배하는 후기산업화시대에 몸담고 있는 이 땅의 충직한 독자들에게 '무관심은 죄악이라'는 지적은 다양한 삶의 양상에 있어 지극히 교시적敎示的일 것이다. 절망의 끝이 보이지 않는 사회현상에서 우직하게도 꽃 이름과 영혼의 징표로서의 어머니를 시적으로 형상화 하고 있는 신을소 시인은 이 땅의 어느 시인보다 정신기후를 따뜻하게 조성하여, 생명경외生命敬畏의 존엄성을 목가적 서정으로 절절하게 시화詩化하여 왔을 뿐더러 순수한 에스프리의 소유자로 기독교에 대한 신앙심이 돈독한 실체다. "밖으로 나올 때/우리는 서로서로 낯선 사람이 되어 있었다./먼저 더 난 자의 의식을 승계 하듯/정지되지 않은 시간 속에/그의 영은 안식의 나라로 떠나가신다./한 자락 미풍에도 날려가 부스러질/우리는 역시 마른 풀잎과 같은 생명이다.(그 언덕에서)" 푸른 생명의 계절이 총총히 오는 길목에서 간혹 우리가 접하는 사르트르가 〈작가의 책임〉에서 "작가의 책임은 명백하다. 바로 그것은 자유와 해방의 이론을 구축하는 것이라."고 기술하였듯이 구속으로부터의 자유로운 이탈의 여유로움은 한 순간의 정신적 위안임에는 틀림이 없다.

3) 시적 현상과 카타르시스

모름지기 필자는 오랜 시간 환경공해 못지않게 정신 건강에 해악을 주며 밝은 미래사회에 증오와 불화를 충격적으로 안겨주는 언어공해의 심각성을 지적해 왔다. 비록 영국의 P.B. 셸리가 시인은 영감의 비의秘義를 해명하고 사제司祭로서의 소임을 담당하여야 한다고 기술한 바 있지만, 최소한 존재의 뿌리인 언어의 집짓기에도 열중하여야 할 것이다. 한 편의 시 쓰기란 삶의 다양한 소재의 선택과 세계의 만남에서 깨어남을 계기로 지속적인 변형을 추구하는 작업이기에 "오염되기 전/입 다물고 있으면/괜찮아 지리/진실은 그렇게 외로운 것//침묵의 밤엔/더 더욱 그러하리.(말 한마디)"에서 확정되는 침묵의 해법은 고도의 수사修辭에서 눈부시게 작열한다.

특히 하나의 구조물의 조립이나 시적 형상화를 위해서는 낯선 물상과의 접목이나 감내하기 힘겨운 현상과도 직면하지만, 나약한 패배감와 두려움, 그리고 절망의 순간에 머무는 행위는 반드시 거부되어야 한다. 그 같은 새로운 가치와 질서의 창출을 위한 그만의 시적 환상과 카타르시스, 그리고 에스프리와 접한 순수의 감동, 즉 앙양된 심리상태는 신을소 시인의 시편에서 적절히 유지되어 빛나고 있다.

> 나의 시린 뼈마디가 낮아진
> 기온 탓만은 아닐 텐데
> 쉽게 잠들 수 없었던 겨울밤
> ⋯ 생략 ⋯
> 아직 아직은 아니십니다.
> 온 세상 텅 빌 것 같은 두려움
> 나의 잘못 용서하시고
>
> ― 〈어머니〉에서

> 아무리 여러 사람 다녀도
> 네 발자국 소리는 특별하거든
> 지금은 기다려 줄 어머니 집엔

주인 잃은 물건들 뿐
아무도 내 발자국 소리를
알아듣지 못한다.

- 〈어머니 집〉에서

그만의 시편을 통해 유추할 수 있듯이 낯설음과 허망함은 어둠과 교착되어 절규 같은 울음으로도 혼재되어 있다. "내가 아픔을 참고 있는 걸 참새도/아는가 보나/창문 밖 나뭇가지 위에서 째 째 째/몇 번씩 울어주더니 잠잠하다(너와 나)"에서와 같이 내면인식에서 따뜻한 정신적 분위기를 조성한 그의 담백하고도 역동적인 시격詩格은, 놀랍게도 적절한 어둠과 울음의 멈춤이 아니라, 일상의 물상을 애정으로 응시하는 감지력의 발화發火다. 여기서 우리가 발견할 수 있는 시작詩作의 동력은 "누군가가 바라볼 나의 뒷모습/젊고 고왔던 그 시절만큼은 아닐지라도/가을 단풍처럼 아름답게/물드는 법을 배워야겠습니다.(사진)"라는 자연회귀自然回歸의 틀을 거역하지 아니한 귀소심리歸巢心理와 기인하고 있다. 삶의 본원本源을 상실한 응고된 영혼을 뜨거운 눈물로 녹아내리게 하고 마침내 무위, 무상이라는 관념은 걸어잠근 전의식前意識의 빗장을 내부로부터 열게 한다.

간장독에 손을 넣고
저을 적마다
어둠 속 빛나는
은빛, 금빛의 출렁임

- 〈조선간장〉에서

숭고한 모성에 대한 눈물겨운 일념은, 어려운 현실에서도 애증과 불화를 몰아내고 친근 관계를 회복시켜 자연 순리에 순응하게 하여 영혼의 피폐함마저 은총으로 넘치게 한다. 영국의 스펜더가 '기억력'은 특정한 감각적 인상으로 시인의 천부적인 재능이며 상상력과 결부된다고 지적하였듯이 일단, 기억력은 단순히 정신적인 재현작업이 아니라, 고통을 통해 생산된 창조적 기억의 변형으로 생명력을 지닌다. "이 땅의 여기저기/샘은 많은데 물은 마르고/주님/마음 놓고 마실 물이 없습니다//-나는 언제나/네 마음속에 있느니.(샘물)"를 통해 확인되듯 독실한 기독교인으로 시 쓰기에 몰두하는 신을소 시인이 깊은 밤, 그렇게 바람 앞에서도 주님께 드리는 정직한 기도는 '맑은 영혼과 시에 대한 열정, 바로 끝없는 자성自省의 발현'이기에 감동을 안겨주는 진동震動의 언어와 시적 환상은 더 없이 매력적이다.

시에 대한 열망으로 밤잠을 설치는 그의 시적 고뇌는 '편 가르기나 대립 갈등의 구조가 아니라, 화합과 하나 되기(一體感)'라는 본질적 의미망을 확장하여 타인의 정신적 삶의 영역마저 예술적 기쁨을 안겨주는 선한 심성과 결부되어 있다. 그는 미적 정감이 섬세한 시인이기에 〈새벽 시간〉에 관해 애써 의문을 제기하지 않더라도 "삶은 언제나 유혹이었지/아니지 아니지 하면서도/깊은 늪으로 빠지듯 감겨오는 눈//안일은 늘 강인한 자석처럼/옆에 붙어 있어/치러야 하는 첫 시간부터의 갈등"에서 유추할 수 있는 일상적인 습관이며 삶의 통로일 것이다. 새벽 기도를 마친 뒤 하루 일에 대해 심사숙고하는 시간에 육체적 피곤으로 영혼이 유혹 당하는 심리적 무게는, 단순히 수치數値 개념이 아닌 정서적 양감量感이기에 "햇살 한 가닥" 머문 자리로 해석된다. 이 같은 틈새는 미적주권을 확립하는 신을소 시인의 시격詩格이기에 그의 시학詩學은 비중 있게 논의되는 것이다.

일단, 그만의 시적 발아發芽는 의미를 배제한 일상의 삶 속에서 이미지의 형상화로 토해낸 깨끗하고 두명한 음조音調의 맥락에서 진행되고 있다. 또한 그 자신의 시적 인식과 정서의 자유로운 교감은 마침내 자각 속에 생명체로 존재하는 깨달음의 미학으로 관통된다. 그의 시편에는 지상적인 것에서 확산, 승화되어 우주와 통하는 날아오르기라는 적극성이 내재되어 있다. 마치 "공중 높이 솟아/스스로 새들의 집이 되어/사랑의 씨앗을 심어주고 있는/은행나무(은행나무)"나 "늘 내 앞에 열려 있는 푸른 하늘/나는 왜/좁은 틈만 찾고 있을까(참새 한 마리)"에서 확인되는 미학적 요소가 시적 상상력을 가라앉은 가락 속에 이미지를 형상화 하며 입체적인 구조와 점층적 효과를 조화시키려고 잠든 시혼을 흔들어주는 그만의 진지한 고뇌가 자리해 있다. 여기서 그의 시적 골격은 공동체 인식의 소중함을 축으로 '낯설게 하기나 단절로부터 경계 허물기'라는 미적 주권의 확립으로 다행스럽게도 잇닿아 있다.

이처럼 진실한 인간성의 회복으로 〈기계문명〉, 〈맨발의 소녀〉, 〈햇살 한 줌〉의 시편을 통해 추구한 그의 시적 구도와 인식은 지상에 속하는 여성 상징인 '꽃(이름)'으로 형상화되지만, 민초의 생리로 생명의 강인함을 상징하는 '어머니'로 엄숙한 생명외경 즉, 인간의 자존감自尊感을 시사示唆하고 있다. 인간의 본래적인 향수, 만유의 본체인 자연을 축으로 자연회귀성自然回歸性을 새롭게 조명한 그의 정신작업은 본래의 나를 인식하면서 시대 고를 함께 하기에 이른다. '강물의 묵시적 교훈'을 가늠하기 위하여 자신을 해체하고 재창조 행위를 반복하는 그의 시편에는 동양적인 숙명관도 언뜻언뜻 시적 토양으로 자리하고 있다.

그 같은 대상의 바라보기(凝視)는 〈산정 호수〉, 〈풍경〉, 〈저녁 노을〉과 같은 일련의 시편에서 예감되는 생명에의 서정적 변용은 색채감과 내적 충만인 사유에서 기인된 산물이기에 독자들에게 거부감이나 갈등을 허락하지 않는 장점을 지닌다. 창조자의 이름에 합당한 정신적 작업에 종사하는 시인이라는 존재를 언급하지 아니하더라도, 창조활동을 다양하고 폭넓게 펼쳐나가야 할 시인들은 영감의 비의秘義를 해명하는 사제司祭로서 비공인의 입법자 역할을 충실히 수행하여야 한다.

모름지기 인간은 회색의 그림자, 곧 세 개의 어둠의 그림자인 '공허함, 죄책감, 두려움(공포)' 속에서 살아가는 존재이다. 그의 시학에서 창조적 행위의 등가물로 제시된 꽃과 별, 그리고 열매는 자연 본래의 의미이며 질감에 해당한다. 지상적인 꽃은 울음을 동반하고 승화하여 천상적인 별이 되듯이, 신을소 시인의 시 또한 자연친화적인 바탕 위에 뿌리를 내리고 있으면서 천상적인 것과도 접맥되어 있다. 때문에 시정신의 일면은, 하나의 문제를 던져

주고 다시 그것을 실증해 보이려는 그만의 의지의 드러남인 동시에 존재에 대한 끝임없는 물음으로 해명되고 있다.

결론적으로 『꽃 이름 그리고 어머니』를 통해 또 다시 확인되어지듯이 밝음과 빛남을 통해 참 존재의 의미를 확인시키려고 노력하는 신을소 시인은 이 땅의 예언자적인 실체로서 어디까지나 흐트러짐을 모르는 겸허한 몸짓으로 생명의 소중함을 실증해 주는 진정한 예인藝人이다. 또 그는 천성석으로 따뜻한 심성을 소유하고 있기에 한 마디로 참 좋은 시인이다. 그의 시정신은 항상 영혼의 잔을 유한적이고 비열한 지상에 속한 이기적인 것으로 채우려고 땀 흘리는 데 있지 아니 하고, 천상을 향해 비우려고 노력하며 단절과 애증이 아닌 열림과 화합을 끊임없이 추구하는 지극히 선하고 담백한 시적 상상력의 소유자이기에 더없이 품격이 돋보이는 가치이며 의미성이다.

아울러 하나의 소박한 기대라면 그의 시편에서 시어의 사물성이 존재의 현현顯現을 위한 언어의 집으로 제기되어 깨달음의 자리 매김으로 해석되어 지기도 하지만, 차지에 생명외경과 감성의 시학을 형상화하는데 주의 집중하여 줄 것과 결단코 난해한 현대시의 격랑에 몸담지 말고 언어 유희에 이끌림을 거부하되 자기만의 육성, 냄새, 그리고 색깔이 있는 시의 영토를 확장하라는 것이다. 항시 삶의 역주 뒤, 숨고르기라는 과정을 통해 감춤의 비법을 터득하는 품격과 따뜻한 감성을 지닌 시인으로서 시대적 소임을 바람보다 더 빠르게 질주하며 엄숙하게 수행할 일이다. 까닭에 인간소외라는 단절된 층위를 따뜻한 정신기후로 조성하여 부조리의 벽을 허무는 존엄한 시인으로 우리 현대시사에 뚜렷한 위상을 정립하여 줄 것을 다시금 소망한다.

간소외라는 단절된 층위를 따뜻한 정신기후로 조성하여 부조리의 벽을 허무는 존엄한 시인으로 우리 현대시사에 뚜렷한 위상을 정립하여 줄 것을 다시금 소망한다.

4. 소통疏通의 기호와 심상의 형상화
- 김령숙 시인의『연蓮을 그리며』의 시학

1) 일상의 서정성과 감동의 회복

언어의 절제에 의한 일상의 서정성과 감동의 회복으로 해명되어지는 시인의 시정신은 푸른 생명의 기호로 직조된 전율 같은 감동의 회복 즉, 가슴 떨림으로 그만이 겪는 순수 서정성으로 빛난다. 시집 해설의 모두冒頭에서 지적할 것은, "가시 돋친 거친 나무에/오므린 아기 손 같은 연한 새순이/바같으로 머리를 살짝 내밀었다(두릅나무 새순)"라고 시적 형상화를 꾀하였듯이 예감되어질 시인의 실상은, 지극히 온유한 심성과 투명한 영혼의 소유자라는 것이다. 순수 서정의 꽃향을 발산하는 그의 지난至難한 시적 행보는 마침내 '버리고, 비우고, 넉넉함'이라는 통로를 걸쳐 영혼의 잠식에 이른다. 특히 언어공해의 심각성을 토로하며, 따뜻한 감성으로 감동을 회복하기 위해 고뇌하는 김령숙 시인이 오랜 날의 침묵을 깨고 서정성의 확립과 생명에의 변주라는 틀 위에서 상재한 시집『연蓮을 그리며』(한국문인, 2010)는 내적 파상의 탐색에 의한 산물이기에 빛나는 삶의 기쁨과 환희, 그리고 정신적 황홀함에 해당한다.

일단, 비장감에 넘쳐나는 시집은 [제1부 연을 그리며, 제2부 고향과 풍경화, 제3부 초겨울 단상과 거미집, 제4부 두릅나무 새순과 생의 이법理法으로 그 얼개가 엮어져 있다. 먼저 소박한 지론이라면 우리가 아침 식탁에서 접하는 정신기후를 알맞게 조성시켜 주는 김령숙 시인의 시집은, 놀랍게도 소통의 기호와 심상의 형상화로 일상의 감동을 회복시켜주는 인자로 작용하고 있다. 비록 물음표로 사는 삶이 역사를 변화·발전시켜 주기도 하지만, 주위 상황이 각박하고 힘겨울수록 느낌표로 사는 지혜를 겸허하게 체득할 일이다.

모처럼의 고뇌 끝에 심상의 형상화를 거쳐 간행된 그의 시집은 "말라가는 나무들이 조용히 뱉어내는 침묵의 색깔에서/말을 잃어버린다//사르락 사각 밟혀지는 갈잎에서/부서지는 하늘빛을 본다(11월을 떠나보내며)"에서 감지되듯 서정의 미학과 묵언의 시학이라는 시적 골격을 팽팽히 유지하고 있다. 일단, 시 쓰기에 주의 집중하고 있는 김령숙 시인은 담백한 시격의 소유자로 생명의 소중함을 삶의 자세를 눈부시게 겨냥하고 있다. 비교적 호흡이 짧은 단시적 형태를 전체적 꼴로 취하며 정체된 전통성을 회복하기 위해 자신의 시 안에 다시 꼬아 넣는 시적 특이성은, 대상의 응시凝視를 통해 사랑으로 이행되는 공리적 시관이기에 영혼 치유治癒의 시학으로 가늠된다.

나이가 들면
마음은 세월에 깎이어
모나던 것도 둥그렇게 깎이어
둥글게 둥글게 사는지 알았네
··· 생략 ···

> 나이가 들면
> 마음은 많은 일 겪으면서
> 아량과 분별력으로
> 따스하게 감싸주는 솜이불 되는 줄 알았네
>
> 나이가 들면,
> 그리 그렇게
> 세월을 감싸며 사는 줄 알았네
>
> ―〈나이가 늘면〉에서

인용한 시편의 정조情調를 위한 모색으로, "나이가 들면/마음은 세월에 깎이어/모나던 것도 둥그렇게 깎이어/둥글게 둥글게 사는 지 알았네"라는 시상의 발현은, 충분한 소통의 통로이며 조건에 해당된다. 이 같은 현상은 획일화된 생각이 고정된 사고의 감옥에 갇히게 만들어, 인식의 틀을 깨는 방해물로 변형된다. 여기서 '보다 천천히'라는 사유思惟로 느림의 미학이라는 차원에서 직면하는 현상을 선입견으로 치부하지 말 것을 다시금 경계할 일이다.

2) 시학의 절제미와 영혼의 잠식蠶食

자신의 관조적 삶을 통해 언어예술로 직조한 시편들은 다양한 체험을 통해 응축된 낯익은 소통의 기호로 일단, 모호성이나 현학적이 아니어서 거부감이 없다. 김령숙 시인의 의식의 심층에 자리한 순수서정과 정신 풍경에는 모성적인 평온함이 내재되어 있기

에, 항시 싱싱한 풀내음을 발산하는 그의 체취는 영혼의 우울함마
저 깨끗하게 털어내는 외경畏敬이 있다.

무엇일까, 무엇 때문일까
연蓮을
그리며 무어라 표현할 수 없는
연蓮이
옷깃에 와 닿으며
은은한 향이 감싸며 도는 것은/
소복이 내린 눈 뚫고
멀리 큰 꿈 환하게 피우러 가는 딸 아이
손 흔드는 볼에 물든 주홍빛과/청색 연이 살포시 겹쳐지며
며칠 머물다간 자리들 퐁퐁
여기저기 연꽃 피어나고 있다

- 〈연蓮을 그리며〉 전문

그만의 시작詩作 과정에 있어, 표제 시의 질료로 차용된 연
(Nelumboaceae)은, 다년생 수초로서 뿌리는 둥근 막대형으로 옆
을 향해 길게 뻗으며 마디가 많다. 연녹색을 띠는 둥근 형태의 잎
은 지름이 40㎝ 정도이고 뿌리줄기에서 나와 물위를 향해 1m 정
도 높이 솟는데, 연한 분홍색 또는 흰색의 꽃은 7~8월경 꽃대 1개
에 1송이씩 핀다. 해면질의 꽃받기(花托)는 원추를 뒤집은 모양으
로 길이와 높이가 각각 10㎝ 정도로 크며 윗면은 편평하다. 씨는
길이 2㎝ 정도의 타원형으로 10월에 익는데 그 씨는 수명이 길어
3,000년이 지나도 발아할 수 있다. 열대 아시아가 원산지로 비교
적 연못에 관상용으로 많이 심어진다.

한편, 물은 궤린의 원형 상징에서 '창조의 신비, 탄생, 죽음·부활·정화와 속죄·풍요와 성정'으로 해석되며 무의식으로도 풀이된다. 물은 종교적으로 물은 청정의 정화력을 뜻하며 물의 작은 집합인 (연)못은 생명의 처소이며, 여성의 자궁(양수)과도 연계된다. 이 같은 배경을 통해 연(연꽃)을 수묵화나 채색화로 즐겨 담아내는 그만의 시적 형상화 작업은, 한복을 곱게 차려 입은 전형적인 한국의 여인상과 결부된다.

그 같은 정황은 "작아지는 듯하더니 휘저으며 선을 그려 나갔다/흐늘거렸다. 흐늘거리는 그녀가 입에서/가느다란 거미줄로 몸을 감으며 다섯 손가락으로 뭔가를 그려 나가고 있다(거미춤 추는 여자)"를 통해서도 확정된다. 혹여 시각적으로 못의 수면에 투사된 실체는 하늘이고, 구름이고, 태양일 수도 있지만, 김령숙 시인은 못(沼)을 생명의 처소로 하여 뿌리내리고 서식하는 연을 미적 질료로 삼아 화풍에 담백하게 채색하고 있다. 여기서 잠시 숨을 고르면 우리에게 경이로움을 충격적으로 안겨주는 그의 시적 발상은 '못이 하늘을, 인간이 우주를 품고 있다'는 시적 상상력의 확대로 마침내는 '개체가 만상을 소유한 피가 도는 추상'으로 이해된다.

근시적으로 김령숙 시인의 시편만을 놓고 '이것만이 절대적으로 좋은 시며 바로 절창이라.'고 단정지을 수 없지만, 그의 시편을 찬찬히 음미하다가 보면 언어질서에 의해 통일된 체계의 유지와 전통의 재확인이라는 차원에서 우주의 신비를 캐어내는 현상이 가늠되기도 한다. "고요 속 밀려오는 무수한 재잘거림/이어지는 풀벌레들의 울음소리들(산사山寺의 가을 편지)"이나 또는 "말(言) 속 세상에서 휘청거리며 걸어 나와/은빛 사시나무가 된다/스산한 오후 바람결이 잔기침으로/숲속에 퍼지며/떨어지는 편린들(깨어진 오후)"에서 결코 응축미와 긴장감은 늦출 수 없다.

삶의 현장으로부터의 일탈과 인식의 전이轉移로 시라는 소통의 도구를 통해 정신 자유를 구가하리라는 비장한 결의마저 실리적 이해 관계로 칼날을 세우는 경비輕肥한 시인에 견주어 그의 소박한 품격은 속셈하기에 항시 낯설어도 모가 나지 않는다. 바로 이 같은 그의 시적 형상은, 삶의 공간에서 접목되는 대상물을 따뜻하게 응시하는 최선最善의 드러남인 생명경외의 엄숙성이다. "한계령 능선이 희끗하게 보이고/청소시간 아이들은 노란 은행잎을/내 유년시절의 아픔처럼 그렇게/쓸어담으며 가을을 떠나보낸다(이른 겨울, 양양에서)"나 또는 "어디선가 바람의 긴 머리결 따라 가까이 물씬거리다 폴폴/꽃잎이 입 벌리며 햇살과 입맞춤하면서 퍼지는 향내/어릴 적의 엄마 분 냄새(산목련 그늘 아래)" 같은 발상을 통해 실체의 껍질을 벗기고 일순간 깊은 사상에 몰입하는 정신력이 직관적으로 인식된다. 여기서 사물의 전체를 거시적 관점에서 주시하는 정신력의 한 방법을 관조의 세계로 해석할 때, 또 그의 시적 상관성은 '상상력에 의한 시종자의 극대화'로 변화·발전하는 현상으로 극히 감동적이다.

불확실한 시대에 우리에게 참담함을 충격적으로 안겨주는 항목들을 열거해 지적할 필요는 없지만, 기억 흔적에 남겨두어야 할 것은 질서의 무너짐과 으깨어진 도덕성에서 비롯되는 불감증이다. "손전등 불빛 속에서/그리워 하고 있다/아버지 손 닮아 예쁘지 않다는 딸 말에/두 손을 쫙 펴보이시던/아버지, 그 시간의 반짝이는 편린片鱗(아버지의 손전등)"에서 아버지에 대한 애틋한 정감을 시적 질료로 비중 있게 다루면서 깊은 영혼의 틈새에서 묻어나는 가슴 찡한 뜨거운 감정을 절제한 것 같아도 유추하건데 눈물 속에서 그 자신의 삶을 반추하는 중에 이 시는 분명 쓰여졌을 것이다.

> 흘러가고 깊어가는 가을빛에 물든
> 홍조 띤 얼굴들, 하산下山하는 내내
> 관절의 통증만큼 가슴 아리도록
> 대관령의 산그림자 품에 안고
> 풍경에 취해 옛길을 내려 왔다
>
> －〈대관령 옛길을 내려오며〉에서

그렇다. 그는 가을빛으로 채색된 단풍을 보면서도 풍경에 취한 감흥을 못내 털어내지 못하고 있다. 물론 그 같은 인자因子는 그의 심성이 모질지 아니하고 선한 존재이기에 가슴이 아리다는 것을 재인시켜주고 있다. 평자가 체득한 경험론에서 좋은 시인은 시 쓰기도 잘해야 하지만, 최소한 김령숙 시인처럼 품격과 심성이 시인다워야 하고 영혼이 티 없이 맑아야 한다. 한 사람의 충직한 독자로서 끙끙거리며 고민하지 않더라도, 다양한 음조와 색조로 시의 지평을 열어보인 그의 진정한 멋, 시인다움은 자신의 시편을 통해 통상적인 미적 세계의 창조만을 고집하지 않는다.

또한 자연의 이법理法을 거스르지 않은 담담한 마음씀과 건강한 서정성으로 발견되어진다. "저마다 삐뚤 빼뚤~그으며 벙그레/그래 너희 모두 이 세상에/한 빛으로 튼튼히 자라거라(세상에 빛 되라)"나 "함초롬히 피어 있는 장미꽃/감춰진 발톱/칡덩굴이 뻗치며/다리를 간지럽힌다//음, 들어가 볼까(새장 밖에서)"에서처럼 간혹 그의 동시적童詩的인 투명한 시어는 영혼을 구가하는 내재된 시적 비법으로 변형되어 '분열된 자아의 회복'을 확인시켜준다. 한편, 그의 시편은 시각적인 면의 치중보다 그리움이라는 모형을 감성에 호소하기 위해 끈질긴 탐색을 불러일으킨 열정과 잇닿아 있다. 이처럼 감정을 엄격히 통제하고 즉물적 현상을 적확하게 풀어 보인 시적 표징은, 접목하는 물상의 일정한 고정화가 아닌 새로움을 향한 변전으로 성숙된 자아를 위한 반복된 허물 벗기이다.

3) 시 의식의 응시와 소통

"집 잃고 줄을 다시 잇고 있는 거미/물끄러미/ 바·라·본·다(거미집)" 시적 층위에서 시 의식의 응시와 소통으로 구분지어 논의되는 김령숙 시인의 경우, 미적 주권의 확립과 서정성은 점차 경시되고 파괴되는 공간에서 감동의 회복을 위한 그만의 정신작업에서 생성된 서정시의 창조적 결과물이다. "빛에 이끌려 들어갔다 아름다운 목이 거리를 누비며 빛도 퍼져 나갔다 일순 거리는 환해진 듯했다 걸을 때마다 빛은 원을 그리고, 원이 커갈수록 점점 무거워져만 갔다 파리한 손으로 허공을 휘저으며 동그라미만 수없이 그려낼 뿐, 거기 그대로 매달려 있다(목걸이)"에서 시학적 매개물을 대상으로 정의, 분류, 분석, 평가 등에 관한 일체의 논의는, 언어적 행위와 그 맥을 같이 하기에 이론적 근거를 열거하며 시인의 문학성과 그 가치를 해명하는 행위에 견주어 진다. 비센떼 우이도부로가 시학의 원리를 '현실의 해체와 변형'으로 인식하고 "시인에 의해 만들어진 새로운 것이 우리의 관심사이고 미학이며 예술론임"을 주장한 점과 일맥상통한다.

비
오는
날에는
너이고 싶다

-〈비 오는 날엔〉에서

며칠 잠잠하다. 노크도 안하고 인기척도 내지 않고

-〈허탈〉에서

그의 시작 행위는 진통과 산고의 과정을 통한 시 쓰기 작업으로 피를 말리는 행위의 육화肉化이며, 숭고한 정신노동에 해당한다. 때로는 '아직 끝남을 모를 소중한 인연 속에서도 목숨의 빛을 밝히기 위한 "욕심을 버리면 슬픔까지 투명해 진다고 했는데/이효석 생가의 산목련 잎을 책갈피 속에 끼워 놓곤/버리지 못하고 또 끼워 놓는다/잎부터 피고 꽃 피는 산목련/그늘 한 자락이라도 잡으면 좋으련만(11월을 떠나보내며)" 이 같이 지난至難한 김령숙 시인의 몸짓과 시적 인식은 결별의 아쉬움이 새로운 미를 재창조하는 역동적 힘이라는 민감한 전의식에 이끌려 고뇌하는 열중이 서정성의 확립과 적당한 거리를 유지하고 있어 나름대로 관심의 대상이 된다.

한편, "중앙시장 난전에서/한 노파가 쭈그리고 앉아//옥천동 은행나무 그늘이/흰 머리카락 사이로/언뜻언뜻 지나가고 있다(어느 날)"에서 가슴 뭉클하게 하는 사물의 응시는 강릉 옥천동 중앙시장의 난전에서 삶의 나이테를 묶어 파는 노파를 통해 조망되는 슬픈 정신풍경이다. 그러나 다행스럽게도 그의 시적 소통은 좋은 인간관계를 전제로 밝음을 지향하여 열려 있다. 따뜻한 가슴과 영혼을 지닌 김령숙 시인은 '속초 바람'의 시인으로 일컬어지는 권정남과의 만남의 소중함을 늘상 위안의 통로로 삼고 있기에 한 순간에도 삶의 견고한 고독과 끓어오르는 격분도 치유의 평안으로 치환된다.

영랑호에 그간의 실타래 풀어 헤치고,
돌아서 강릉 향하는 길엔
송화밀차의 은은한 향과
속초 바람이 감싸리

그 곳에 가면 그 누군가
만날 수 있어 좋다

-〈그곳에 가면〉에서

　우리의 삶에 있어 특정한 사람과의 만남은 운명적이 듯이 색깔, 느낌, 감각 등의 속성들을 상반균형相反均衡의 시적 형상화로 점철點綴시켜주는 점은 시적 차별성에서 비롯된다. '피가 도는 추상'으로 현실과 정신세계의 끝없는 모색의 결정인 김령숙 시인의 시편은 자연현상에 감흥을 출현한 산물로 자기성찰에서 비롯된 갈등의 해명은 그의 시를 이해하고 평가하는 키 워드이다. 존엄한 생명의 존재 확인은 가벼운 현상이라 할지라도 그만의 가치와 의미를 지니기에 시인의 통과제의通過祭儀란, 숙명을 수용하는 몸짓과 더불어 삶의 미더움이 요청되기에 불가불 시의 몸살이라는 이분법적 고통이 주어진다. 이 점에 있어 "예술적 경험에서 예술가는 자기 자신을 객관적 대상으로 만나게 된다."는 아감벤(Agamben)의 지적처럼 시적 체험은 자신에 대한 절대적 분열의 경험으로 간주된다.

　결론적으로 김령숙 시인에게 거는 소박한 기대라면, 항시 비열한 후기산업사회에서 세계와 자아의 관계성을 종래의 서정에만 머물지 말고 실험주의에 가까운 변형에도 초점을 맞추어 매혹적이되 시적 대상(사물)에 드리워진 깊은 그늘(苦痛)을 치유하는 시대적 소임을 다하라는 것이다. 궁핍한 삶의 일상에서 더 없이 좋은 시인과의 만남은 결코 우연일 수 없는 축복이기에, 자신의 투명한 눈물마저 선명한 이미지로 형상화 하여 피폐된 독자의 영혼에 자연적인 대상에서 발아되는 식물성인 푸른 언어를 개별적 기호로 통신하되, 우리 곁의 친근한 삶의 동력자로서의 소임을 다하라는 것이다. 모쪼록 그만의 시편을 통해 명증되는 즉물적인 편린은, 사물을 관찰하는 예리한 눈(心眼)이 물상과 관념이라는 상오의 연계성을 중시한 결과로 이해하여야 한다. 아울러 삶의 일상에서 그만의 시정신이 겨냥한 새로운 발견과 접근, 그리고 따뜻한 감성으로 사물의 심부深部를 예리하게 투시하되 정치精緻하게 재현하라는 당부를 글의 말미에서 다시금 강조한다.

5. 생명외경의 서정성과 화해의 시학
– 장성자 시인의 감성과 응시의 파상

1) 시적 감응感應과 시인의 고뇌

우리는 창조주로부터 허락 받은 특이하고도 강한 개성個性을 지니고 살아간다. 혹여 자기모순, 자기변명일 수도 있지만, 타인이 자신의 사고를 주장하면 편견을 지니고 '완고한 것'으로 지적하면서도 자신의 아집을 강조하는 처지에서는 철저하게 자기합리화로 일관한다. 그러나 무엇보다 좋은 인간관계를 형성하려면, 필연적으로 부딪히고, 깨어지고 또 부서지면서도 물의 생리를 닮은 낮은 곳에 처하는 삶의 지혜를 체득하여야 한다. 그렇다. 이 같은 현상에서 새로운 양상으로 변화·변모變貌할 수 있다는 것은 실로 멋진 행위이며, 생명을 허락한 신에게 감사할 일이다.

지식·정보를 공유해야 할 시간대에 생명외경의 삶을 향유하는 현대인들에게 후기산업사회의 시간 개념은 형상을 달리 한다. "21세기 문화(수출)의 시대"로 일컬어지는 공간에 몸담고 있는 현대인에게 있어 다문화의 충격에서 일탈하기 위해서는 시적 상상력에 대한 깊은 인식도 필요하다. 이 같은 시간대에 폴 발레리가 추구한 시적 기법을 충직하게 효용화하는 행보行步로, 지극히 창의적인 예술작업을 통해 항상 고뇌하던 서송西松 장성자 시인이 『별의 안부』(亞松출판, 2009)를 간행하여 우리 시단에 놀랍게도 소통의 도구를 매개로 잔잔한 감동의 파상波狀을 교신하고 있다.

여기서 그는 〈1부 아침, 2부 갈매기, 3부 향기, 4부 꽃피리, 5부 번역시〉로 구성된 시집의 〈책머리에서〉 천상적인 빛(아침)과 새(갈매기), 그리고 식물성인 풀꽃(향기와 꽃피리)을 즉물적 대상으로 인식하고, 모성적인 음성으로 "잔잔한 바다를 순항해온 삶속에서/가족들과 친구들의 사랑을 받아왔기에/포근한 정들이 풀벌레의 웃음처럼 곰실댄다.//밤하늘의 별들처럼 조용히 반짝이는 사연들을/한줄 씩 엮은 시집 〈별의 안부〉를 내놓는다.//… 줄임 … / 하나님께 모든 영광을 바칩니다."라고 올곧게 천명하였다.

〈시적 감응과 시인의 고뇌〉의 기술에 앞서 존 홀 휠록이 "의식은 거대한 존재의 풍경을 내다보는 창이며, 외부세계로부터 들어오는 진동과 손의 감촉, 그리고 별빛을 받아들이는 안테나와 같다."라고 언급하였듯이 매순간 시적 상상력을 확대하는『별의 안부』에서, "별은 안부를 묻는 화자와 동일화한 자의식으로 수용되고, 마침내 이 동일성은 그리움과 종교적 대상의 층위로 변형된다. 문학에서 별의 상징성은 다양한 의미로도 확장되지만, 일반적으로 "별 = 절대적 미 = 어머니 = 이상·순수 = 환상(상상의 세계)" 등으로 해석되며, 또 시학에서는 "시심詩心, 순수, 용기, 영원성, 희망, 빛, 유구한 정신, 불변의 가치, 이념" 등으로 상용된다. 한편, 항해하는 선원들에게는 '길잡이, 구원자'와 동일시 되기도 하며 '영혼을 지닌 생명체'로 풀이된다. 마리아 릴케가 "별이 없는 하늘, 꽃이 없는 지구는 암흑"으로 인식한 것처럼 별의 상징성은 그 의미가 다양하다.

홍윤기는 시집의 [작품 해설] - 「탁월한 릴리시즘의 뉘앙스와 역사적 통찰력」에서 "시인은 크게 두 유형이 있는데, 하나는 천품天稟을 타고나서 노력하여 대성하는 경우이고, 또 다른 하나는 천품보다는 의욕에서 출발하여 열심히 시를 쓰는 경우이다. 프랑스문학과 예술에 심취하였고 오랜 세월을 프랑스에서 생활하며 현재도 해마다 장기간 프랑스에 건너가 체재하고 있는 장성자 시인은 자연스럽게 프랑스 시문학적 영향을 받으며 후년부터 시를 쓰기 시작한 것을 알 수 있다. 그러기에 프랑스 기행시편들은 전혀 무리가 없이 감각적으로 그 터치가 매우 자연스럽다. 소녀시절부터 프랑스에 오래 살지 않고는 기질적으로도 그런 프랑스적인 발상이 메타포 되어 시적으로 형상화되기 어렵다는 것을 잘 보여주고 있다." 라며 다행스럽게도 따뜻한 격려의 박수에 인색하지 않았다.

이 같은 정황을 고려할 때, 비열한 이기주의가 팽배한 지식·정보화 사회는 역사인식과 안목의 확장이 요청된다. 먼저 독실한 기독교 신자인 장성자 시인은, 자신의 모교인 효성대학교에 출강佛語하면서 계간 『아세아문예』로 등단하였다. 현재 현대시문학연구소 이사, 아송문학회 부회장, 아세아문예기획위원장 등을 담당하며 삶의 일상에서 감동을 회복시키는 감성적 존재이다. 특히 『별의 안부』는 현대시의 생산을 위한 "성공적인 미래 전략(blue ocean strategy)"과 그 맥을 함께 하는 시집으로 평가된다. 그 까닭은 국가나 기업, 그리고 개인은 후기산업사회에서 생존하기 위해 기업문화(목적의식)와 미래상품의 개발에 동력이 되는 시적 상상력을 확장해 나가야 할뿐더러, 모국어의 속살을 소통의 기호로 감동을 회복하고 국가의 기강이 뿌리 채 흔들리는 현상에서 역사의 정체성을 확인하는 작업이 요청되기 때문이다.

이 점에 있어 '말의 덩어리로 사회적 공유물'인 문학의 개념에 대해 M.H. 에이브럼즈는 희랍시대의 플라톤이나 아리스토텔레스 이후 유럽의 근대문학사에 이르기까지, 산재해 있는 다양한 이론들을 체계화 하여 문학의 본질에 관해 나름대로 기술하였다. 한편, 시드니가 '시는 말하는 그림이며, 가르침과 즐거움을 주는 두 가지 목적을 지닌다.'라고 역설한 바의 진의眞意는 청중(독자)에게 시문학은 그 영향을 미쳐야 한다는 것이다. 비록 소수의 인문학자들이 표현인문학을 주장하지만, 시 창작의 실제와 이론에 관심을 보이는 독자들에게 하나의 작은 일깨움을 안겨주려는 극소수의 창조자로서의 한결 같은 열망은, 이질감을 공감케 하여 이중적 거리의 틈새를 허락하지 않는 일이다.

까닭에 시 창작에 있어 주제의 선명성을 확증 짓기 위한 현대시의 창작을 위한 다양한 시적 이론이 실험되는 우리 시단의 토양에서 〈생명외경의 서정성과 화해의 시학〉과 같은 일련의 행위는, 시의 모형인 미적주권이 확립된 서정시의 틀 위에서 포스트 모더니즘적인 시 창작이 수행되어야 한다는 엄중한 경고에 해당한다.

이 같은 현상에서 그나마 작은 인자로서의 역할론을 담당하는 '장성자 시인의 시 읽기'는 감동의 다이돌핀을 생산하는 감미롭고 행복한 작업이다.

2) 순백의 언어와 감성의 시학

폴 발레리(1871~1945)가 『레오나르도 다 빈치 서설』(1895)에서 "시는 우선 빼어난 천품을 바탕으로 사유의 깊이를 음악적, 건축적 해조諧調를 이루어야 한다."고 기술한 바 있듯이 그 어느 시간대보다 순수 서정시를 쓰기에 어려움을 겪는 것은 대다수 시인들의 치러야 할 열병이지만, 그 같은 고뇌와 시련 속에서도 시대적 역할과 소임을 지속적으로 수행하여야 할 것이다. 모름지기 보다 생명적이되 푸른 식물성 언어로 정신적 기후를 따뜻하게 조성시켜 예술적이되 아름다운 삶을 지향하는 이 땅의 독자들은 기억 흔적에 다음과 같은 배경 지식(schema)을 담아두어야 한다. 발터 벤야민이 '파괴와 폭발의 전장에 던져진 존재'로서 소중한 삶을 위해서는 인식의 전환과 시적 상상력의 확장을 통해 시 쓰기의 물꼬를 트고, 〈순백의 언어와 감성의 시학〉으로 시의 종자를 발아시키는 주의집중은 필수적이다.

> 피라밋 돌산 머리 드높이 올라앉은
> 정반달의 웃음소리 낭랑하다
> 하늘과 바다 감청색으로 곱게 물들이고

산도 깊숙이 발 담군
지중해 바다 향해
마구 달려가고 있는 커다란 별 하나
이 밤 달마저 바다에 풍덩 잠그고
너희들 무슨 재미 소곤거리느냐
지구 저 반대쪽에서 바람 몰려올 때
안부의 목소리 따사롭게
내 가슴 적시고.

-〈별의 안부 - 그리스 시프노스 섬 여행길에〉 전문

인용한 기행시는 공감각적인 시적 형식미가 가미되고 이국적인 센티멘털이 고국에 대한 정한과 맞물려 감각적 이미지가 깔끔하게 처리된 포스트 모더니즘적 색채가 돋보이는 그의 표제시로 놀랍게도 새로운 서정시의 의미 재현은 물론, 그 향방을 가름하는 시의 지평을 열어보이고 있다.

시간은 일곱 살 나를 데리고 다시 나에게 달려와
내 살 속에 꽃 한 송이 심어주었네
뛸러리 공원 회전목마에서
세 살 박이 "클레아"가 나를 향해 돌아가며
손을 자꾸 흔든다 작은 단풍잎을 자꾸 날린다
아가들의 까르르 까르르 웃음소리 어린 우주가 퍼져
답답한 세상의 새 문을 열어주며
그림엽서를 띄워 준다
만국기 휘날리는 아 슴한 기억을 더듬는 빅람회장에서
일곱 살 내가 아버지의 손을 잡고 아장 아장 걸어와
오늘은 "클레아"의 자그만 손잡네

- 〈마네쥬〉에서

위의 시편 〈마네쥬〉는 은유적 수사의 다채로움을 아포리즘의 우의적寓意的인 표현기법으로 처리되고 있다. 〈마네쥬〉 - 유원지에서 회전목마를 타고 노는 손녀 "클레아"와 화자의 유년시절을 더블캐스트로 오버 랩 시키는 스크린 영상기법이 시적 기법으로 다루어져 특이하게도 공감각적으로 처리되어 "오늘은 '클레아'의 자그만 손잡네" 마침내 따뜻한 감성은 투명한 눈물을 정감의 틈새로 반짝이게 하는 시적 효과를 가중시켜주기에 부족함이 없다.

특히 "금빛 몸매/뽐내는 화초붕어//바람결처럼/물빛이 빨갛다//살랑살랑/꼬리 춤 새의 화사함//치맛자락 잡으려던/어제의 나를 잊었네(연못가에서)" 못가에서 물속의 화초붕어의 한가로움을 모성母性의 시선으로 응시하는 시인의 눈길은 못내 자애로움을 안겨준다는 김광한의 지적처럼 "금빛 붕어의 하늘거리는 지느러미의 섬세한 움직임을 통해 연상되는 무희의 부채춤은 분명 아름다운 영상이다. 그러나 "가시적인 것은 소멸된다."는 라아킨의 시론을 떠올리면, 한순간 연민의 정이 살아나 가슴에 통증을 안겨주는 이치를 결코 털어버릴 수 없다. 때문에 따뜻한 감성의 소유자라면, 장성자라는 개체가 비로소 한 사람의 시인이 되어서 비로소 자아를 발견하는 작업, 즉 삶의 존재(to be)로서 내면인식을 통해 "남을 위한 삶에서부터 나의 본질을 찾는 삶은, 시라는 매개체가 없으면 불가능할지도 모른다."는 문제의 제기는 거부감 없이 긍정적으로 수용될 것이다.

비록 공허한 자위나 도로徒勞일 수도 있지만, 오랜 날 평자 역시 시적 토양을 조성하는 과정에서 크고 작은 갈등과 모순에 이끌려 늘 마음이 편치는 못하였다. 그것은 21세기의 화두話頭가 '공동체 의식(inter-being)'에서 비롯된 '보다 천천히'라는 미끄러짐의 시학'에 근거하여 정신적으로 피폐한 이 시대의 시인이라면, 주위의 누군가에게 스스럼없이 등을 기댈 수 있는 버팀목이 되어야 하는 역할을 절감한 탓이다. "예술에는 국경이 없지만, 예술가에게는 조국이 있다."는 것은 평자의 지론이지만, 미래사회를 열어가야 할 시인들은 인간소외의 고통을 겪는 이웃을 향해 관심을 지니고 애정을 쏟아야 한다.

모름지기 문화의 지역구심주의의 시각에서 조상의 뼈가 묻혀 있는 산촌과 살을 부비고 살아가며 따뜻한 감성을 지닌 문인들은, 동시대에 몸담고 있는 불행한 이웃에 대해 한결같은 사랑의 불을 짓 피는 필연적인 운명체이어야 한다. 특히 민족의 혼이요, 역사요, 문화인 한글과 국사를 '영어로 가르쳐야 한다.'는 사고가 지배적인 안타까운 사회현상에서, 장성자 시인이 [일본속의 백제] 역사기행을 통하여 쓴 감명 깊은 기행시편은 우리 역사의 정체성(Identity)을 다시금 확인시켜주는 '조용한 항변'으로 가슴 뭉클한 신선한 충격을 안겨주기에 더없이 고맙고 감사할 뿐이다.

> 거문고 현의 그윽한 떨림일세
> 수려한 녹나무(樟木) 자태가 일어서
> 돌과 쇠로 승화 하여 역사의 장(章)을
> 징소리로 우리 가슴 울리고 있네

백제 (百濟)의 오묘한 그 솜씨는
나라 (奈良) 땅에 백제겨레 숨결로 이어져
일본이 세계에 내보이는 문화재 되었거니
… 생략 …
오늘, 백제관음상의 광채를 바르게 응시하는 이 누구이랴

－〈구다라관음상의 광채〉에서

일본의 대표적인 국보 불상은, 백제가 7세기 초에 나라奈良 땅 왜 왕실로 보내준 훌륭한 녹나무 불상인 구다라관음百濟觀音이다. 이 불상은 현재 일본의 호류사法隆寺 경내의 구다라관음당 내에 자리하고 있다. 일본 관광을 맹목적으로 다녀온 이 땅의 지식인들이 외면한 겨레의 혼불을 강도 높게 "오늘, 백제관음상의 광채를 바르게 응시하는 이 누구이랴"고 '백제 겨레의 숨결'을 우리의 역사요, 혼의 표징인 "거문고 현과 징소리" 담아 각인시키며 크게 질책할 줄 아는 장성자 시인의 결의에 찬 시적 형상은, 시격의 담백함을 새삼 돋보이게 하는 골격이며 큰 틀에 해당한다.

순간 뜨거운 불덩어리가 내 가슴을 친다한국 국어학의
태두 이응백 박사도 그 날 칭송하시길
"일본 천왕을 신 (神)이라고 불렀지만,
우에다 박사야말로／일본 역사학의 신 (神)이라고

－〈우에다 마사아키 박사님 - 박사댁에서 강의를 듣고〉에서

인용한 시는 격조 높게도 장성자 시인이, 일본의 역사왜곡을 규탄하며 학문적으로 백제의 눈부신 역사를 예리하게 실증하는 우

에다 마사아키(上田正昭) 댁에서 강의를 듣고 그 당시의 피가 뜨거운 감동을 시적으로 형상화한 것이다. 이 날의 자리에는 화자와 함께 홍윤기, 이웅백을 비롯한 몇 사람의 시인들도 동석하였다.(SBS-TV 박종필 PD 촬영, 2007.5.4). "일본 제30대 비타쓰 천왕은 백제 왕족입니다"고/ 순간 뜨거운 불덩어리가 내 가슴을 친다" 애써 일본 속의 백제사를 강조하지 아니하더라도 그 자신의 이 같은 〈기행시편들〉이 한국현대 시단에 새삼 관심을 일깨우는 문화콘텐츠로서 기능과 역할의 중요성을 칠순을 훌쩍 넘긴 시간대에도 힘겹게 수행하고 있는 점은 자성의 시간을 상실하고 있는 절명의 시간대에 처한 시인의 항변이다.

일찍이 이스라엘의 지도자 모세는 바로 왕으로부터 400년간 지배를 믿던 민족을 이끌고 출애굽을 하는 과정에서, 자신의 백성에게 임하는 여호와의 저주를 사하게 하여 줄 것을 목숨을 걸고 신 앞에 강청強請하며 눈물겹게 호소를 한다.(출애굽기 32:31-32) 이와 같이 21세기 문화의 지역구심주의에 대한 정체성은 자긍심의 확립이기에 복효근의 시적 변명인 『누우 떼가 강을 건너는 법』에 대한 새로운 이해는 절실히 공감된다. 까닭에 폴 틸리히는 〈현대의 특징〉을 '공동의 세계가 무너져 아무 것도 믿을 것이 없는 현대의 불확실성'에 관하여 언급한 것이다.

이 점에 비추어 장성자 시인의 시편 〈꽃피리〉는 절망의 끝이 보이지 않는 시대에 대한 역설적 표현이다. 바로 이것은 직면하는 삶의 현상을 운명적으로 수용하되, '진분홍 할머니 웃음과 모시옷

의 하얀 얼굴'을 대비시켜 '달랑달랑 매달린' 초조·불안 의식을 끝
내는 풍경까지도 사랑할밖에 없음을 시적 수사로 각인시켜준다.

> 졸고 앉아있는 한낮
> 샹땅브르 돌담 곁에
> 할머니의 꽃 분꽃 한 대
>
> 엷은 미소를 딤은
> 진분홍 할머니 웃음과
> 모시옷의 하얀 얼굴
>
> 꽃 술 따서
> 만들어주시던 꽃 피리
> 어리광 떠는 소리가 귀엽다
>
> 아직도 돌담 어귀에
> 달랑달랑 매달린 채로
> 한낮의 고요를 흔들고 있다
> ─〈꽃피리〉 전문

　이처럼 한낮으로 침잠沈潛된 시간은, 오수午睡 뒤의 고요이며 안
식의 흔적이다. 한순간 구도화된 풍경(즉물 현상)이 정적靜寂의 파
상으로 '한낮의 고요'를 흔드는 시간, 그 자신이 숨죽이며 〈꽃피
리〉를 통해 사랑의 기쁨을 되살리게 하는 미적주권의 확립은 시
적 역할에 해당된다. 모름지기 어려움에 처한 인간소외의 아픔을
겪는 이들에게 삶의 소망이며 용기의 표징인 변주의 통로인 감미
로운 예술작품을 통한 다이돌핀의 생성이다. 이것은 우리네 삶이

공존하는 공간과 시간대에서 수고와 노력을 요하는 정성스러운 결과물이다. 까닭에 생명의 촛불이 연소되기 전에 보다 인간과 진리, 그리고 자신에 대해서 열정을 쏟던 젊은 날의 그 순수한 감동이 항시 심장 깊이 내재되어야 한다. 따라서 소중한 일상에서 지극히 감동을 눈물겹게 파상적으로 회복시키려는 심성이 선한 이들에게 허락된 삶은, 절박한 기도와 꿈을 추구하려는 노력으로 일관되어야 한다.

> 나 파블로 피카소
> 당신의 눈 속에서 나를 건저
> 또 하나의 나 살아 오네
>
> 빨갛게 익은 산수유 열매 터져도
> 아직 나붓이 오므리고 있는 장미꽃이여
> 눈감고 천천히 천천히 입술 갖다 대고 싶고나
> 화성(畵聖)이라 이름 붙은 때론 주책바가지
> 나 파블로 피카소는
> 당신 품에 안기네
>
> ― 〈도라 마알〉(Dora Maar)에서

인용한 시편을 통해 그의 관조적 사유와 느낌이 해맑은 에스프리(espri)가 영롱한 이미지로 형상화 되어 빚어진 '산수유는 장미꽃'으로 변형되고 마침내 깔끔한 서정성으로 정수精髓되어 도도한 성채城砦로 정제되기에 이른다. 여기서 추상파의 창시자인 피카소와 그의 회화를 시적 대상으로 하여 고도의 수사적 처리를 구사한 시편 〈도라 마알〉(Dora Maar)은, 혹자의 지적처럼 '빼어난 시적 테크닉의 제시임'에 틀림이 없다.

포스트모더니즘 시의 다양한 생산물이 어지럽게 양산되는 우리 시의 풍토에서 그의 시 〈비 오던 날〉 또한 "몽말트르 언덕에서/구레나룻 화가가 그려준/스무 살의 초상화//이슬비 손잡고 같이 걷던/렘불란트의 미루나무길/먼 산 소나무엔/아직 겨울 매달려 있는데//그날의 이슬비가 여기까지 따라와/머잖아 연두 빛 아지랑이 피우겠지/"에서 몽말트르 언덕의 나라타쥬(회상)를 응축시켜 긴장미를 다시금 일깨워주며 서정시의 절창絶唱으로 독자들의 관심을 끌기에 부족함이 없다. 이처럼 순수 서정성을 거부감 없이 빚어내어 서정미가 다시금 발현되는 현대시의 가능성을 열어 보이고 있다. '아직 겨울이 매달려 있는데 → 머잖아 연두빛 아지랑이 피우겠지'라는 시적 수사는 침잠과 단절의 시간대에서도 소생과 부활의 생명을 단적으로 소망하는 그만의 시정신이, 생명의 이미지(image, 心象)로 이행되어 눈부신 꽃을 개화시키는 비법과 접목된 점이다.

3) 자의적 은폐와 목가적 서정

인간은 어떤 운명의 별 아래 태어나서 저마다 인생의 십자가를 짊어지고 살아가는 존재이다. 우리네 짧은 생애를 통해 중요한 것은 '길은 가까이 있다.'는 맹자의 가르침처럼 자기의 분수에 만족할 줄 아는 평범한 삶 속에서 진리의 소중함을 깨닫는 존재로 수분(守分)의 철학을 확인하여야 한다. 이 점에 있어 서산대사의 "눈 덮인 들판 길을 걸어갈 때, 함부로 어지럽게 걷지 마라. 오늘 내가 가는 이 발자취는 뒷사람의 이정표가 될 것이다."라는 지적은 교시적 의미를 지닌다.

좋은 시인이란, 꼬인 전통의 실타래를 풀어가며 항시 정신기후를 따뜻하고 풍요롭게 조성하는 존재로서 시대적 요청에 부응하며 어느 만큼의 독자에게도 만족을 주는 비공인된 입법자이다. 차지에 코카콜라의 회장 더글러스 테프트가 〈인생의 의미〉에서 "인생은 경주가 아니라 그 길의 한 걸음 한 걸음을 음미하는 여행이다. 어제는 역사이고, 내일은 신비이며, 그리고 오늘은 선물이다. 그렇기에 우리에게 현재(present)는 선물(present)이다."라는 역설도 기억 흔적으로 가슴에 담아두어야 할 것이다.

표현론자들은 문학의 개념을 작가의 정신적인 내면에서 꿈틀거리는 심리적 충동이나 상상력에 의해 이루어지는 것으로 이해하고 있다. 이처럼 일상에서 감동을 회복한다는 것은 보다 홀로 있기라는 사유의 소중함을 일깨우는 행위이다. 따라서 "마음에 묻은 금가루도 닦지 않으면, 먼지가 된다."라는 성철 스님의 법어도 한 번쯤 헤아려 보아야 한다. 이점에 있어 칼릴 지브란이 『예언자』에서 "서로 사랑하되 사랑으로 구속하지 말라./그보다는 사랑이 그대들 두 영혼의 기슭 사이에서/출렁이는 바다가 되게 하라./함께 서 있되 너무 가까이는 서있지 말라./사원의 기둥들도 떨어져 있고,/참나무와 삼나무도 서로의 그늘 속에서는/자랄 수 없기 때문이다."라는 지적은 인식의 망을 확장시켜준다.

새로운 형사形似와 건강한 시적 이미지의 작업은 그의 시 〈Elle〉(엘)이나 〈도빌 해변에서〉 확인된다. 비교적 페로디(perody)와 패스티쉬(pastiche)의 시적 수사에 익숙한 편은 아니나, 감정이 절제된 이 시편들은 그에게 있어 감동적인 절창에 해당한다. "얼굴 처드는 하얀 파크랫트/푸른 날개 날개/ 해 따라 오른다〈Elle〉(엘)"라는 시적 형상화는 릴리시즘(lyricism)의 정조情調를 수용하고 있어 서정성이 빛난다. 뿐만 아니라, "은빛 거문고 줄/맑게 튕기는 소리 들린다/ … 생략 … /푸른 희망의 큰 바다는/넘치는 충만 뿐/썰물이란 없다고/조용한 목소리로 물살에 퉁긴다.(도빌 해변에서)"에서 확인되는 그의 시정신은 이처럼 지극히 생명적이고 건강하다.

기실 장성자 시인의 일상적 삶에 있어 여행이란, 충만한 삶의 표징으로 인체 내의 엔돌핀을 생성하는 경계를 넘어 감미로운 예술작품을 대할 때 쏟아내는 다이돌핀에 해당된다. 이국에서 일몰의 황홀함을 체득하며, "산더미 채소를 모두 팔고/조랑말 달구지 재촉하는/행상들도 곡예를 하듯/도밍고의 저녁을 닫는다(산토도밍고의 저녁)"라는 한 폭의 정신풍경화를 통해 비록 공간대의 낯설음, 즉 이질감 속에서도 시간 개념의 동질성을 형이상학적인 이미지와 그 궤를 함께 하는 점을 새삼스럽게 주지시켜 공감하게 하려는 그만의 열중은 실로 눈물겨운 시적 행위에 속한다.

이 땅의 시인 중에서 그 나름의 시혼을 눈부시게 꽃 피우며, 생명외경을 담백하게 노래하는 시인의 시편을 정갈한 아침 식탁에서 접할 수 있다는 것은, 정신적인 평안임에 틀림이 없다. 상처 깊은 영혼을 치유하기 위하여 곤핍한 우리의 삶 속에서 세상살이의 안부安否를 물으며 내면인식을 끄집어내어 삶의 무늬와 무게를 명증하고 일상에서 절감되는 '그리움'을 통해 자연의 숨소리를 체득하는 정신작업은, 행복한 언어의 집짓기에 견주어진다.

하나 같이 단절된 도시 공간, 좌절과 회색의 시간대에 몸담으면서도 보다 밝은 미래를 위해 영혼의 닻줄을 당기며 생산한 그의 시편은 신에게 드리는 절절한 기도문처럼 외경스러움이 묻어난다. 상실된 자아의 회복을 위한 그만의 고독한 작업은 언어공해가 심각한 사회현상에서 서정성의 회복과 미적 주권에 대한 가치 있는 식별력을 수용하고 있다. 이처럼 시적 형상화에 몰두하는 따뜻한 감성시학은 비로소 천상天上에 잇닿아 있는 장성자 시인의 시적 매력과 역동성으로 발현되어 생명력을 지닌다.

결론적으로 안이하게 포스트모더니즘에 발목이 잡혀 언희(pun)에 익숙한 시인들이 양산되고 있는 우리 문단에서, 혹여 음계가 엇박자일지라도 〈자의적 은폐와 목가적 서정〉으로 일상적 감동을 회복시키는 그 자신의 지난한 몸짓은 너무 가슴을 저리게 하여 참담하다. 기실 정신작업의 종사자들은 심장 깊이 간직한 소중한 삶을 예술처럼 아름답게 살아가기 위해 금속성 언어의 심각성을 식별하는 모국어의 속살에 대한 강직한 신념을 소유해야 한다. 모쪼록 체취와 느낌, 독자적 색깔이 묻어난 푸른 식물성 시어를 조탁하여 따뜻한 정신지리를 조성하여 시인으로서의 본래적 소임의 수행은 물론하고, 오로지 삶의 잠언을 영원한 모성적이되 천상적인 선율로 변주變奏하여 지극히 선하고 온유한 품격의 장성자 시인만의 시적 토양 조성과 확장을 위한 끊임없는 도전·실험 정신을 조심스럽게 기대할 뿐이다.

6. 내면 인식의 층위와 의미론적 순환循環
— 박명희의 감성적 시학과 상상의 조화

1) 상상력의 자유로움과 진동의 언어

일상적 삶에 있어 특정한 사람과의 만남은 때로는 운명적이다. 시적 논의의 대상이되는 박명희 시인과의 만남은 30년을 훌쩍 뛰어넘은 검은 제복의 단발머리 여고생의 시절로 세월을 평자로 하여금 뒤돌아보게 한다. 급기야 인연의 끈은 내곡동 청송의 캠퍼스에서 놀랍게도 사제간의 정으로 잇닿아지는 좋은 만남의 관계로 이행되었다. 일단, 논의의 초점은 아니지만 창조와 모방(parody)은 상호 연계성을 유지하기에 한편의 시 쓰기란, 언어 기호의 창조 행위로 풀이되어진다.

인간의 내면심리에는 자연을 거부하거나 자연과 대립하는 창조정신을 지닌 동시에 자연을 모방하고 순응하는 모방정신은 불가분의 관계를 맺을 뿐더러, 마침내 대립구도로 변형되어 지극히 합리적이고도 상호보완적 공존의 양상으로 해석된다. 이 같은 현상에 있어 '공간은 사회적 산물이라.'는 르페브르의 지적은 '생성된 공간'의 개념으로 해석되어지고, 박명희 시인의 경우 시적 역동성이거나 그만의 친화력으로 수용된다. 모두冒頭에서 평자의 전제는 시의 색깔과 경향 그의 시창작에 있어 주의집중하는 역주는 열정과 시혼詩魂에 연유한 도전·실험정신의 편린片鱗에 해당되는 것으로 이해된다.

박명희 시인이 지난 2004년 4월 계간지 『시인정신』을 통해 〈명주사 자목련〉을 비롯한 5편의 시로 신인상을 수상하면서 등단한 이후, 줄곧 고뇌하며 생산한 그만의 정제된 70편의 시작품은 삶의 공간과 잇닿은 내면인식의 결과물로 타자와의 합일을 넘어선 초월적 의미의 다양성을 이채롭게 수용하고 있다. "마흔이 넘어 시와 삶이 하나라는 것을 알고 시를 일궈내는 중에 등단해 기쁘다."라며, 소감을 천명한 그 자신은 강원도 동해 출신으로 한 때는 대학생의 신분으로 〈청송문화상〉(대상)도 수상하였다. 한편, 박남철, 박용재, 염산국 등의 시인과 색깔 있는 「섬」동인으로 문학에 대한 가슴앓이를 하면서도 서정적 미감과 따뜻한 감성을 눈부시게 꽃 피웠기에, 격랑의 세월 뒤에도 또렷이 평자에게 기억되는 존재이다.

충직한 독자인 우리에게 거부감 없이 읽혀지는 그의 시편은, 반복되어지는 삶의 양상과 그것들의 공간적 긴장에서 파생되는 내적 충만(사유)의 자아성찰로 현대시의 존재론적 해석으로 간주된다. 이 같은 연유로 그의 시편은 상상과 추상에 의한 내면 인식에서 생명의 언어로 상처 입은 영혼을 치유하고 또 독자적인 눈부신 시어의 조탁彫琢이, 생명외경의 현상으로 확대되어 배경 지식으로 감동을 회복시켜준 추이推移이다.

어디까지나 매몰차고 우울한 삶의 일상에서 신이 허락한 존재의 까닭을 구명究明하기 위해 보다 틈틈이 창의적 부산물로 형상화된 그의 시편들은 유의미한 것으로 적확, 격렬, 구체적, 복합적으로 리듬과 형태를 갖추고 있다. 여기서 시적 내용의 이해를 통한 정직성과 성실함은 바로 그의 시를 읽는 기쁨이며, 감미로운 정신작업이기에 긍정적으로 독자들의 관심 대상으로 지적된다. 이처럼 궁핍한 정신적 삶에 있어 '정신기후를 따뜻하게 조성시켜주는 좋은 시인과의 만남'은 더 없는 행복이다. 하바드대학의 나탄프지 박사가 '힘차게 흔들 수 있는 깃발, 온전히 믿을 수 있는 신념, 그리고 진실로 부를 수 있는 노래'를 미래의 지성들에게 강조하였듯이 지극한 사랑과 정성으로 좋은 인간 관계성을 조성하려고 시의 품격을 위해 한 시대를 고뇌하며 '보다 천천히'라는 미끄러짐의 시학에 뿌리를 둔 박명희 시인과의 만남으로 기쁘게도 감성의 미감을 접할 수 있는 것은 그저 감사할 일이다.

문화충돌이 예견되는 암울한 현상에서 '존재의 가벼움'을 되뇌이게 될 때, 보다 시적 상상력의 확장은 더없이 동시다발적으로 요청된다. 특히 거대한 지식·정보화 사회를 구축하는 힘은, 시적 상상력의 자유로움에서 비롯된 예술에 대한 깊은 이해와 관심이기에, 혹간에 소통의 도구로 사용되는 시적 형상화는 박명희 시인의 경우에도 온 몸으로 진동하는 사랑의 언어를 빚어내기 위한 주의집중의 변주變奏이어야 할 것이다. 근간 언어공해의 심각성으로 정서성이 파괴되어 정신적 질병에 고통을 받는 불행한 세대에게 위로와 치유를 안겨주는 애정은, 그나마 현실 상황에서 공동의 관심사가 되어야 한다. 까닭에 맑은 영혼의 소유자인 그만의 시적 특이성과 올곧은 품격, 그리고 인간적 친근미가 장식된 박명희 시인의 분신에 해당하는 시적 의상에 관하여 날줄과 씨줄의 그 틈새를 검색하여 보기로 한다.

2) 시인의 자존감과 시대적 소임

자신을 해체하고 재조합하는 창조적 행위의 동기는 시적 상상력에 기인한다. 국가나 개인에게 있어 생명력을 지닌 언어는 의미나 그 꼴을 항상 일정하게 고정하여 유지되지는 아니 한다. 그것은 짜맞춤과 그것을 받쳐주는 문맥에 의한 변환이기 때문이다. 모름지기 시인에게 "모국어의 속살과 항변"이라는 시각에서 나름대로 고뇌하며 단절을 의미하는 닫힘이 아닌 열린 사고와 이웃에 대한 따뜻한 배려, 그리고 영혼을 정화시키는 관심사의 표출은 주요 테제가 되어야 한다. 모국어에 대한 맑은 마음을 지녀줄 것을 소망하며 이 같은 배경에서 접근하여 탐색할 때, 박명희 시인의 시편들은 질서에 의해 통일된 하나의 세계이며 전통의 확인으로서의 골격을 유지하고 있다.

보편적으로 그의 시작품들은 항시 미적 세계의 창조라는 고정관념만을 고집하는 것이 아니라, 시적 상상력이 인자가 되어 경험의 정체성이 중시되고 창조된 조화의 자유로움이 일정한 새들의 날개짓으로 변형되어 생명력을 유지하고 있다. '만남과 조화'라는 끈끈한 인연의 층위를 소중하게 인식하고 있는 박명희 시인의 시

정신은 들어냄보다 감추려는 낮춤의 미덕이 자리해 있어 자신의 시격을 높여 주고 있다. 그 자신이 조심스럽게 빚어보인 생명의 편린은 공동의 세계가 무너진 비정한 현대사회에서 공동체 인식을 절감해야 할 인간관계의 지속적인 일깨움이다. 그것은 기계적인 것이 아니라 훨씬 친근하고 근본적인 관계로 설명되기에 가끔은 눈물 속에서 더욱 빛난다.

> 이불을 샀다. 이불무게를 견디지 못해 이불을 버렸다. 아버지를 위해 멋진 바지를 샀다. 허리띠를 샀다. 그러나 소용없었다. 아버지를 위해 헐렁한 바지를 샀다. 아버지를 위해 코수건을 샀다. 기저귀를 샀다. 아버지는 화가 많이 났다. 나는 아버지보다 더 화가나 있었다.
>
> - 〈이불〉 전문

하찮은 사물로부터 놀라운 현상을 발견하기 위한 그의 정신력은 〈이불〉을 통하여 확인되어지듯 집착력이 강하여 매사에 몰두할 뿐만 아니라, "아버지의 역에 닿을 수 없는 세월/난 돌아오지 않는 강이 되어 흐른다.(역)"에서와 같이 고귀한 한 사람의 충직한 시인으로서 사물에 대한 번뜩이는 투시력과 항시 문화에 대한 안목을 넓고 깊게 지니고 있다는 사실이다. '누가 바람을 보았을까. 나도 그대 본 일이 없지만 나뭇잎을 흔들면서 바람은 지나간다'는 크리스티나 로제티의 싯구처럼 박명희 시인은 눈에 보이지 않는 존재에 대해서도 일상적인 일깨움과 세월의 흐름마저 부드럽게 전이시키는 비법을 감미롭되 쫓기는 시간 속에서도 여유롭고 조화된 삶을 살아가는 존재이기에 시편에 수용된 혈육(부친)에 대한 남 다른 애정은 결코 놓치고 지나칠 수 없는 감동의 회복이다.

> 더 큰 세상에 섞이기 위해
> 계속 모인다.
> 世上以外에서.
>
> — 〈물의 꿈〉에서

> 매지리의 물과 바람은
> 나란히 철로위에 서고
> 物物(물물)마다 나란히
> 자유시장에 서는
>
> 완전한 미래를 꿈꾸며
> 철물점에 가 별을 사고
> 그 별을 걸어두고 평온해 한다.
>
> — 〈별〉에서

이처럼 상처 입은 영혼을 치유하고 "세상에 섞이기 위해", "철물점에 가 별을 사고"에 내재된 틈새처럼 소외된 이들의 손잡기를 한 순간에도 거부하지 않는 그의 따뜻한 심성은, "엄마의 몸은 내 집에서 동생의 집으로 바뀌고/또 다른 동생의 집으로 바뀌고/그리곤 텅 비어 세월을 감고 있었다.(엄마의 몸)"에서 교시되듯 독자로부터 관심의 시선을 끌게 하는 충분한 명분을 확장시켜 나가고 가능성을 열어 놓고 있는 점이다. 하나의 거대한 문화 덩어리(cultural cluster)로 제시되는 문화는, 21세기를 압도적으로 이끌

어 갈 것으로 예견되는 담론이기에, 국가나 기업이나 개인이 살아
남기 위해서는 시적 상상력의 확대가 끊임없이 검색되어야 한다.

　사뮤엘 헌팅톤은 새로운 천년인 21세기를 '문화충돌의 시대'라
고 결론지었듯이 새로운 현대예술문화의 장을 구축하면서도 문화
의 지역구심주의를 맞아 지역에 몸담고 있는 시인들의 시대적 소
임과 그 몫을 탐색하는 것도 유의미할 것이다. 까닭에 자연의 아
름다움이 빼어난 푸른 숲과 맑은 물, 그리고 시인이 몸담고 있는
공간을 축으로 발상의 전환으로 정체성(Identity)이 회복되는 것
은 물론, 직면하고 있는 삶의 공간은 최소한 만남과 조화의 장'으
로 치환시켜야 한다. 이 점에 있어 시미詩味의 다양성과 자유로움
을 통하여 〈북치고 장구치고〉, 〈적멸의 땅〉, 〈모든 나무는 줄을
서다〉, 〈나무〉 등의 시편에서는 호흡이 긴 산문시와 만나게 되기
에, 박명희 시인의 〈적멸의 땅〉, 〈나무〉를 손금을 보듯 음미해 보
면 그가 추구하는 시적 대상과 질료가 조용한 탄성과 함께 접목된
사실을 발견할 수 있다.

　　　　가뭄으로 인하여 단풍은 더욱 아름답지만 건천에는
　　　　마른 석회의 자갈이
　　　　뼈를 드러내고 구절초는 하얗게 피어
　　　　이승의 향기를 달래준다. 아이들은
　　　　내게 아이이길 요구하고 어른들은 내게 어른이기를 요구
　　　　하네. 난 어른과 아이가 한꺼번에 된다./
　　　　비가 오지 않는 나날 안개 맞이로 몸을 적시러 나간다
　　　　젖은 몸으로 나뒹굴어도 좋을 적멸의 땅

　　　　　　　　　　　　　　　　　- 〈적멸의 땅〉 전문

나는 나무가 되어 겨울을 견디고 있다 그것은 지옥으로
가는 길목에 있는 상수리나무였다 나를 감추며 나는 차라
리 겨울을 즐겼다 그는 나의 모든 것을 지우려 애쓰고 있었
다 나는 굳이 그렇게 하고 싶지 않았다 하나 뿐인 사랑 때
문일까 어디에나 그의 그림자가 나를 따라 다니고 있었다
사랑은 얼마나 나를 지치고 힘들게 하려는가 이제 모든게
무너지고 말았다 나는 한 그루의 나무가 되었다

- 〈나무〉 전문

"신의 나라는 씨앗을 팔지 열매를 팔지 않는다."는 탈무드적 인
식을 통해 내면적 체감을 도외시하고 일상의 삶과 시대적 흐름에
편승하는 위기와 기교에 빠져 주제의 빈곤을 안고 있는 사회현상
에서도, 수모를 감내하며 미적 주권의 확립을 위해 순수 서정의
세계를 지향하는 박명희 시인의 창조 행위는, 마침내 우리의 영혼
에 '달과 새, 그리고 꽃'과 같은 즉물적 물상을 동원하여 시적 상상
력을 형상화시켜 "싱싱한 국화를 만지면 살냄새 가 난다.// … 생
략… /오대산 진고개 당귀밭을 넘나들며/수십 종의 벌레를 주워
먹고 자란 아이들이/ 어둠을 따라 돌아가는 길목에/달도 새도 희
뿌연 몸을 눕히고 있었다./가슴 아프게 튀어 오르는 용수철처럼/
발을 펴지 못하고 한 평 반 방에 누워/달과 새의 누움을 생각한
다.(달과 새)"나 또는 "지덕지덕 피는 꽃/처녀애들 봉숭아꽃 물들
이고/총각애들 무궁화꽃 피워드는데(저승꽃)"에서 관심의 대상이
되는 꽃의 양상을 통해 다시금 담백한 시격으로 의미론적 순환의
통로를 걸쳐 생명감으로 변형시키고 있다.

3) 응시와 주의집중, 그리고 몰입

시를 쓰는 정신적 작위作爲는 단순한 언어유희(pun)가 아니다. 비정한 후기산업사회에 몸담고 있는 현대인들에게 물질적인 것보다 정신적인 것은 보다 생명적이고 의미 있는 창조 행위이다. 한편 그의 시편 중에서 비교적 안정된 호흡으로 채색된 "매일 매일 마루 끝에 앉았더니/왜 갔나,/영감 보려고 갔소.(할머니의 마루)", "서른을 넘겨서도 닿지 못할 섬//가슴이 다 타버린 사람만/오고 가는 섬(흑산도)"을 포함하여 시적 정황이 일맥 상통하고 있는 〈목감 사거리〉, 〈갈천리〉, 〈감자〉, 〈안목의 새〉 등은 시적 질료나 기법의 완성도가 높은 작품이기에, 열거한 같은 맥락의 작품들은 삶의 현장에서 접할 수 있는 질료를 무리 없이 서정시로 전경화全景化되어 절창된 가작佳作이라 하여도 지나침이 없다.

새로운 시의 골격(꼴)을 위해 쌓기와 허물기를 반복하는 그에게 있어, 비록 "네 몸에서 떠나지 않는 그늘처럼/저승에서도 끝내지 못할 인연처럼(사랑은 아직도 끝나지 않았다)"이거나 "돌미나리는 가물어 가물가물//산 까치는 산에서 울다가 죽네(산 까치)"처럼 시적 접근과 소재의 선택은 블레이크식 발상으로 신비성마저 적절하게 배치되어 있다.

기실 다매체 시대에 있어 현대인들이 비열한 이기주의에 이끌려 이해 중심적이지만, 그는 '증오의 소리(음성)가 생명 세포를 죽인다.'는 이론을 중시하고 있기에 절박한 기대감은 화평에의 합일이다. 때문에 그의 시적 지형성(Topography)은 현상적인 고뇌마저도 미감에 담아 풀어내 보인다. 혹여 모순어법적이어서 생경하여 낯익고,

추상적이면서도 물상적物像的인 그의 시어詩語에서 여성적 섬세함을 뛰어넘어 툭툭 던져지는 담백함은 그만의 시적 동력에 해당한다. 그는 불확실한 의식을 걷어내고 평정된 자아존재의 심사深思로 영혼을 치유하고 고맙게도 삶의 충만감과 감사를 지식 배경으로 삼고 있다.

이와 같이 빛나는 시의 서정적 영토를 가꾸기 위해 인고忍苦의 밤을 밝히는 박명희 시인은, 자신의 삶에 있어서도 그만의 시 정신을 겨냥한 새로운 발견과 접근의 통로를 걸쳐 감징을 절제한 뒤, 시적 기법을 유감없이 발휘하고 있다. 이처럼 자신이 몸담고 있는 삶의 공간을 따뜻한 시선으로 응시하며 "길 없으면 만들어 올라야만 하는 산/그 위의 치성폭포 만만찮은 인생길(석병산)"로 형상화하여 〈태풍 루사〉의 아픈 기억마저 아름다운 서정의 미감으로 장식하려고 영혼의 닻줄을 당기는 그의 섬세하고 적확한 언어캐기는 결코 부족함이 없다.

> 예쁠 것 없는 사람이 죽어라고 보고 싶은 사람과
> 미운 곳 없는 정형미인인데 멍청해 보이는 사람이
> 함께 살아가는 분명한 이유가 있다.
>
> 　　　　　　　　　　　　　　- 〈살아가는 이유〉에서

> 예순에 원인불명 사망한 홀아비
> 일흔에 후두암으로 돌아가신 내 할아버지
> 여든 못넘기고 반치매로 가신 내 아버지
> 그렇게 죽어가는
> 이유는 분명 있다.
>
> 　　　　　　　　　　　　　　- 〈죽어가는 이유〉에서

모름지기 불안, 초조, 조급함에 익숙하거나 '은유(비유), 상징, 아이러니, 원형 이미지, 등과 같은 시적 도구가 있는가 하면, 삐딱하게 보기, 낯설게 하기, 패쉬타쉬 등의 기묘한 표현 방법의 흉내내기에 빠져드는 대다수 이 땅의 시인들에 비해 〈살아가는 이유〉, 〈죽어가는 이유〉, 그리고 "앞으로, 너의 아름다운 꽃밭에도/너의 장례식에도 갈 수 없는 나/그러므로 기도하지 않는다.(기도하지 않는 이유)"와 같은 시편을 통해 자기변명을 이유理由라는 일관된 키워드로 새롭게 변형시키고 있기에, 박명희 시인을 "황간黃侃의 유인遊刃"에 견주어 예술의 품격을 향유할 줄 아는 천성적 시인으로 가늠할 수 있는 것은, 실험·도전정신에 기인한 탓으로 간주하여도 낯설지 않다.

한편 그의 추천시에 해당하는 "더 이상 피우길 원하지 않는 꽃/십 년 후 삼짇날에도/한결같을/명주사 자목련.(명주사 자목련)"을 통해 미적주권의 확립을 나직한 육성으로 구명하고 독자적으로 본래의 형질을 해체하는 고독한 작업을 반복하는 열중은 가히 놀랍다. 아울러 정직한 그의 시적 행보는, 현실의 안주를 거부하는 식별력과 절대자의 존재를 확증하려는 심적인 표출로 응축되기에, 혼돈의 와중에서 추구하는 심성의 온유함과 예감으로 피폐된 영혼을 정화시켜주는 가능성을 열어보인 행복이며 기쁨으로 해석된다.

결론적으로 각고 끝에 상재한 그의 정신적 생산물의 총합인 한 권의 시집을 통한 자명한 잠언적箴言的인 교시는, 다잡한 문화의 세기에 몸담고 있는 한 사람의 심리학자, 작품에 대해 충실하고 개방적인 중개자, 그리고 엄숙한 시인으로 시대적 소임의 자인自認과 그 맥이 잇닿아 있다. 〈돌·6-반성〉을 포함하여 "돌들은 포기하고 물 속에서 산다./ 그들의 무게와 그들의 부피를 포기하고. (돌·1-포기)" ~ "이제 대구포와 곶감과 검붉은 대추를 준비한다. (돌·7-아버지의 돌)"처럼 강도 높게 항변하는 그의 시적 태도는 너무 엄숙하고 비장하다.

　모름지기 이 땅의 자랑스러운 시인들은 경계 허물기로 소외된 이웃을 위해 가슴을 열어놓고 시적 상상력을 확장시켜 불가능을 가능으로 전이轉移시키는 비공인된 입법자이어야 한다. 우리가 박명희 시인에게 거는 소박한 기대라면, "내면인식의 층위와 의미론적 순환"을 위하여 비록 고통이 자리한 삶의 처소일지라도 '인생은 네모나게 태어나서 둥글게 죽는다.'라는 고들립의 좋은 인간의 관계성을 항상 곰씹으며 선함과 올곧음을 지니고 지성의 칼날 번뜩이는 긍정적 사유로 맑은 영혼을 치유治癒하는 시대적 예언자로서 건강한 비판 기능을 지속적으로 수행해 나가야 할 것이다.

7. 서정 미학의 예술성과 생명기호학
– 허숙랑의 감성 시학과 영혼의 소통

1) 생명의 기호학과 시 쓰기의 분할

　삶의 일상에서 상처 깊은 영혼을 치유하며 감동을 회복하는 작업에 뜨거운 가슴과 열정을 지니고, 평생을 올곧게 종교인의 길을 만보漫步한다는 것은 결코 쉬운 일이 아니다. 이 같은 시각에서 칼 지브란의 "언어를 살려놓는 수단은 시인의 심성과, 그의 입술과 그의 손가락들 사이에 존재한다."는 지론처럼 한편의 시란, 강력한 감정이 자연스럽게 흐르는 것이기에, 고요한 가운데서 회상되는 감정에서부터 솟아나는 현상임에 틀림이 없다. 때문에 지구상에서 가장 아름다운 언어(모국어의 속살)로 시를 짓는 시인은 P. B 셸리의 주장처럼 "시는 가장 행복하고 가장 선한 마음의, 가장 선하고 가장 행복한 순간의 기록"이기에 창조 행위에 종사하는 시인이야말로 언어공해가 심각한 지식·정보화 사회에서 누구보다도 '축복받은 인생, 아름다운 세상을 만들어가는 소수의 창조적인 존재임'을 모두에서 천명하여도 지나침이 없을 것이다.

　고희古稀의 연륜을 뛰어넘은 시간대에서 인간관계의 소중함을 인식하면서 언어의 식별력과 배려에 관해 오랜 날 열정을 쏟아온 허숙랑 시인은, 2006년 기독교 월간지 『창조문예』를 통해 등단한 이후, 이 땅의 어느 시인 못지않게 시적 치유의 필요성과 현대시의 존재론적 해석에 남 다른 공감대를 형성하며, 치열하게도 언어 공해의 심각성을 경계하고 동물적인 언어나 금속성 언어의 사용이 타인에게 깊은 상처를 주는 도구로써의 위험성을 내포하고 있음을 역설하여 왔다. 한편, 식물성 언어 - 푸른 생명적인 언어를 소통의 도구로 삼고 그 나름의 다소 서툰 봄짓으로 시 쓰기의 분할에 몰두하며 여기까지 왔다. 일반적으로 종교적 의식을 위해 제단을 쌓을 때 흙이나 자연석을 그대로 사용하고, 비교적 쇠붙이로 만들어진 도구(釘)를 사용하여 인공미가 가미된 돌을 사용하지 않는 까닭은 어디까지나 금속성인 쇠붙이가 살해의 도구로 사용되기 때문이다.

모름지기 '생명의 기호학과 시 쓰기의 분할'이라는 정신작업의 종사자인 허숙랑 시인이 제1시집 『잃어버린 지문指紋』을 상재하면서 동물적이거나 파괴적인 금속성 언어가 아닌 꽃향내 묻어나는, 기분 좋은 언어를 즐겨 사용하기 위하여 지극히 선한 심성心性과 따뜻한 가슴의 언어를 조탁彫琢한 행위는 크게 감사할 일이다. 물론 그 같은 연유는, 소외감에 익숙한 우리들에게 가슴의 틈새를 저리게 하는 언어에 대한 분별력이 철저하게 배제된 현상에서 생명외경에서 비롯된 만남의 소중함과 조화, 그리고 화해의 철학으로 비열한 이기주의를 순치順治하여 마침내 고정 관념의 일탈을 불러와 경계를 허무는 낮아짐과 감춤을 일깨우고 자잘한 감동을 회복시켜 주는데 거부감이 없기 때문이다.

자아성찰에서 오는 삶의 지혜를 허숙랑 시인이 "재림의 복된 자리 초대받기를/인생의 낙으로 삼고 침묵하며/세상 짐 홀로 지신 분 따르려/느림의 시학으로 황소걸음 한다(은퇴 장로)"는 체득한 바를 재현하면서 그 자신이 미끄러짐의 자세로 조금씩 흐르면서도 누군가에게 버팀목이 되어주려는 자기 연민과 물안개 뒤의 사물의 본체를 응시하려고 '보다 천천히'라는 느림의 미학은 헨리 나웬이 『희망의 씨앗』에서 "소망은 아주 다른 특별한 것이다. 우리의 바람과는 어긋난다 해도 약속에 따라 어떤 것이 이루어진 것은 신뢰하는 것이기에 소망은 항시 개방적이다."라는 지론을 선명하게 명증한 보기로 해석되어진다.

그의 시집은 〈제1부 예감의 새와 기도, 제2부 꽃과 고향의 풍경화, 제3부 삶의 일상과 기억 흔적, 제4부 생명기호학과 소통, 제5부 변명과 자기모순〉을 기본골격으로 짜 맞추어 일상에서 접하는 사물을 따뜻한 시선으로 응시하며 주위의 누군가를 위한 격려에 인색하지 않는 감성의 돌봄을 실천궁행한 생산물이다. 특히 공동의 세계가 무너진 불확실한 현대사회에 몸담고 있으면서도 2-3%의 염분이 오염된 바다를 생명의 처소로 정화시키듯 선하고 밝은 사회를 함께 조성하려는 그의 지속적인 항변은 눈물겹게도 공감된다.

자의적 은폐와 소박한 감성의 붓끝으로 지나친 의욕에 앞서 문화인식의 결핍에서 오는 '언어공해의 심각성을 자아내는 인자가

되지 않을까?'라는 의구심도 없지 않으나, 감동을 회복시키려는 작은 의도랄까? 노만 핀센트 필의 "한 순간 격정이 치솟아 오를 때 좋은 기억을 떠올리거나 아름다운 시구를 읊조리면 마음에 평정을 얻는다."라는 지적처럼 허숙랑 시인의 시편을 꼼꼼히 챙겨보면 정신적으로 피폐된 독자들에게 영혼을 정화시켜주는 매개자로서의 충직한 역할을 이행하고 있어 격려의 박수를 보내지 않을 수 없다. 때문에 칼 지브란의 "시인의 심성과, 그의 입술과 그의 손가락들 사이에 존재한다."는 지론은 배경지식으로 한번쯤 기억에 담아 둘 일이다.

2) 삶의 구조와 빛나는 서정의 지평

탐색과 각고의 노력으로 정신지리를 구축하려고 진지하게 노력하는 한 시인의 독자적인 느낌, 색깔, 체취가 있는 시작품에 관하여 '공간과 시각, 그리고 시적 기교와 기독교적인 정신'에 관해 분할과 통합론에 접근하여 검색을 시도하는 것은 의미 있는 작업이다. 모름지기 그 어느 세기보다 순수성이 매도되고 기존의 질서가 무너져 내린 혼돈(카오스)의 시점에서 우리는 힘겨울지라도 삶의 매순간을 '생명의 푸른 언어를 사용하며 생명의 존엄성'을 위하여 내적 충만인 '홀로 있기'를 위해서 고뇌하여야 한다. 일단, 엘리엇(T.S. Eliot)이 "문학적 유산을 소홀히 하는 국민은 야만해지고 문학을 낳지 못하는 국민은 사상과 감성의 활동을 낳지 못하는 국민이다."라는 지적이 상상과 감정을 통한 생명의 재해석을 교시한 것임을 이해할 필요가 따른다.

여기서 한 사람의 충직한 독자로서 허숙랑 시인의 시편에 응축되고 수용된 것은 그 자신의 일상에서 절대자에게 드리는 절박한 기도와 구도자로서의 겸허한 감사의 미학이다. 가끔은 그의 시편에서 혹여 설익은 과일처럼 풀냄새가 나고 지나친 서정의 발산에 의한 시격詩格의 미숙함이 문제로 지적될 수도 있을 것이다. 그러나 상상과 추상에 의한 인식의 세계에서 창출되어지는 내면의식의 세계에 상처 입은 영혼을 치유하려고 눈부신 시어를 당근 질하는 애씀과 갈증의 시혼詩魂을 적셔주는 현상에 "소슬 대문 들어서는 조용한 발자국/나직한 영혼의 기도소리 정겨운데/싸늘한 손으로 빗장을 잠그다가/지그시 실눈 감는 한가로움(예감의 새)" 우리는 놀랍게도 생의 엄숙함을 확인하고 행복의 미감마저 발견하게 된다.

따라서 무엇보다도 격려에 인색할 수 없는 점은, 허숙랑 시인이 삶의 일상에서 틈틈이 정신적 부산물을 형상화한 시편들을 통해 엄격하게 유의미한 것으로 적확, 격렬, 구체적, 복합적이어야 함을 이채롭게 이행하여 리듬과 형태로 도구화하여 확증시켜주는 까닭이다. 이 같은 정직성은 신선한 감동을 안겨주는 비법으로 발상되어 그만의 저력과 독자의 관심을 끄는 매력으로 변형된다. 자못 그의 생생한 일탈의 정신은 기독교의 상징인 십자가를 축으로 하여 "좁은 길 택함은 진리요, 비록/생명의 고난이라 할지라도 그것은/부활의 축복이다(부활의 축복)"처럼 예술적인 질감과 터치

의 대비로서『잃어버린 지문』에 수용된 시적 행위는 따뜻한 감성
에서 배어나온 연민의 눈물을 훔치며 생산된 고독한 순례자의 결
과물이기에 신선한 감동을 회복시켜주기에 부족함이 없다.

찬바람 스쳐가는 빈들
두 벌 콩마뎅이 도리깨 소리
하루 일손 재촉하는데

갈라진 손끝으로
먼지 가득 골을 메우고
마디 굵어 구부러진 손가락
지문이 사라졌다

광목천으로 배접하고
쓰린 아픔 달래시던
아버지, 어머니
그 아름다운 손끝으로
길러진 나
고달픈 삶을 살다가신 분

못내 그리워
뜨거운 눈물, 눈물의 강
가슴 가득 울컥 토해낸다
　　　　　　　　　　　　　-〈잃어버린 지문〉 전문

　　지문指紋(fingerprint)의 사전적 의미는, 손가락 안쪽 끝의 살갗
의 무늬, 또는 그것을 찍은 흔적이다. 인체의 부분인 지문은 신원

확인의 유용한 수단으로 사용되며, 비교적 수족手足의 어느 부분도 신원확인에 사용할 수는 있지만, 손가락의 자국이 채취하는데 시간과 노력이 덜 들고 몇 집단으로 분류하기 쉬운 유형으로 이루어져 있으므로 선호된다. 허숙랑의 시인의 시편에서 세월의 물발과 인고忍苦에 닦이고 문드러진 지문의 실상이야말로 우울한 이 땅의 수많은 어버이의 양상으로 조국의 혼이며 표상임을 의미한다.

특히 생명의 모형이며 총합의 개체인 소외된 이웃에 대한 영원한 모성에서 비롯된 깊은 애정과 관심은 비교적 행복한 삶의 처소이기에 일상적인 소재를 보편적 정서에 담아 형상화 시키려는 허숙랑 시인의 집념은 그만의 시적 매력을 이렇게 소박하게 빚어낸다. 현실에 안주하기를 거부하면서도 잇닿은 시간대를 축으로 상상력을 확장하며 정신세계를 존재와 빛나는 감성의 융합으로 펼쳐 보이는 허숙랑 시인의 경우, 본질을 감추려는 가식적인 언어유희(pun)가 아니다. 어디까지나 정직한 영혼의 기도와 지난한 몸짓을 통한 그만의 지속적인 관심이기에 바로 그것은 생명외경의 엄숙함에 대한 일깨움이며 즐거움이다. 그의 시편은 생명의 본원本源인 물의 속성인 '투명함, 겸허함, 자연 친화성'에 접목되어 있어 "생명의 근원/어머니의 따듯한 품/가고픈 본향/종말은 없다(물)"에서와 같이 지나친 자기모순의 변명이나 아집에서 비롯되는 역겨움을 허락하지 않는다.

3) 감성의 시학과 시의 원정園庭

　한편의 시가 언어, 사유, 비유, 상징 등과 거리를 두거나 거기서부터 완전히 이탈한다면 우선 사물의 양상을 어떻게 관찰할 수 있을까? 우리가 직면하는 현상이나 물상을 보고 느끼고 체험한 것을 통틀어 사물인식이라고 칭한다. "실눈 깔고 허리 지그시 밟은/가식적 몸짓은 이제 그만/이즈러진 달빛 속에서/거울잠이나 자거라(십자가를 바라보며)"처럼 나가르 쥬나는 언어를 통한 사람의 사물에 대한 인식과정은 거꾸로 전이되었다고 역설한 바 있듯이, '직관→판단→추리'로 진행되는 인식의 발전과정을 전도顚倒하여 추리·판단 같은 사유에서 시작하여 직관으로 다시 진행되는 역코스를 취하는 시적 통로를 걸쳐야 사물의 본질(眞面目)에 접근할 수 있다.

　빛나는 서정의 영토와 시적 치유를 위해 쌓기와 허물기를 반복하는 허숙랑 시인은 영혼의 잔이 비어 있어야 비로소 내적 충만의 변주나 초대로의 가능성을 해명하고 있다. 이 같은 실상은 시간과 공간의 개념을 상호대비 시키지 않은 시적 발상은 순백의 언어로 정금을 빚어내는 연금술사처럼 경이로움을 안겨주기 때문일 것이다. 그의 시적 음계는 높은음자리표를 겨냥하나 항상 미끄러져 가는 연계음이 자리해 있어, 그 이상성(Ideality)의 색감이나 의미의 추구는 이채롭다고 할 수 있다. 이 점은 그의 시편 "샤론의 장미 꽃망울 핀 정원/발자국 조심스레/점 하나 찍을 자리/아, 들꽃으로 피어나는 영혼(작은 들꽃)"에서 확인되는 것처럼 생명에 대한 존엄성을 사랑이라는 끈으로 묶어 그 골격의 평행을 유지시켜 주고 있다.

　모름지기 시 쓰기의 분할과 통합을 위해 소외된 이웃을 향해 시적 상상력을 끊임없이 확장시켜 불가능을 가능으로 전이시키는 친화력을 도모하는 그는 "생명의 언어와 영혼의 안식"을 위해 고통이 내재된 삶의 처소에서 선함과 지혜로움을 용서와 화해로 펼쳐 보이며 깊은 밤에도 영혼의 닻줄을 움켜잡고 진리의 종을 울리는 예언자적 시인으로 그 소임을 눈물겹게도 실천궁행하고 있다. 사적인 기술이지만 허숙랑 시인은 평자와도 50년 남짓한 세월을 같은 교회의 장로로 시무하면서도 한 때나마 안타깝게도 교회 내의 분쟁으로 "신뢰가 파산하는/순간의 혼돈은/지옥의 모형//돌이킬 수 없는/거짓 증언 때문에/속수무책이다(증인)"처럼 감당하기 어려운 고통과 수모를 당하였지만, 그는 그 갈등을 용서와 화해로 전이轉移시키는 일을 주저하지 않았다.

　　　　돌아누우면 새 땅인데
　　　　잠시 머물 세상
　　　　진리를 훼방하는 죄악
　　　　훌훌 털어버렸다

　　　　　　　　　　　- 〈산실 같은 밤〉에서

　　　　응답 없는 허상이다
　　　　원치 않은 생채기만 만들고
　　　　그래도 뒤돌아보며 걸어가야 한다

　　　　　　　　　　　- 〈가끔은〉에서

　일반적으로 시는 언어예술이면서도 사물의 참 모습을 표현하는 예술이라고 정의할 때, '언어는 사물을 있는 그대로 적확하게 표현할 수 있을까?' 라는 의문에 당면하게 된다. 따라서 순수직관이란 무엇이며, 또 순수직관이 현대시 짓기의 방법과 무슨 연관성이 있을까? 라는 의문의 제기는 사물의 실재를 경험할 수 있는 하나의 깨달음으로 해석되어 현대시 창작에 있어 사물인식의 중요한 방법으로 간주된다. 이와 같은 가정에서 감성의 시학과 생명외경을 하나의 틀로 유지하며 시 작업에 몰두하며 나름대로 사물과 언어 사이의 분열과 틈새를 좁혀 가며, 열정을 불태우며 꽃과 고향의 풍경화에서는 아름다운 수채화로 채색되어 빛난다. "일몰의 아름다운 현기증/금빛 호수의 수면 위를/바람처럼 미끄러지며/한 폭의 '만종'을 그린다(경포호의 연인)"는 일상에 온 몸을 던지며 "여울목의 물봉선화/분홍 채색 꽃잎 띄우며/도란도란 귓속말로/한기 묻은 손 잡아주고(봄꽃)"에 열중하는 허숙랑 시인의 강인한 생명력과 집념 앞에 최소한 양식을 지닌 시인으로서 존경스러움의 시선으로 응시하지 않을 수 없다.

> 대관령 산자락에 걸린 구름발이
> 모나리자를 그리고
> 수초 하얗게 잔뿌리
> 잘잘 흔드는 물빛 고운/관동팔경 경포대
>
> — 〈아름다운 경포호〉에서

언어의 공해가 심각하고 생명에 대한 존엄성이 상실된 오늘의 사회현상에서 자연 관조를 통해 정관적인 면을 구축하며, 사변성을 강하게 표출하고 있는 허숙랑 시인의 시편을 대하면 다행스럽게도 자잘한 감동을 받게 된다. 일단, 그의 시적 기본 틀의 하나인 〈꽃과 고향의 풍경화〉에는 다소 시적 미숙성이 자리해 있지만, 일상에서 발견되어지고 접하는 모든 대상을 아름다운 시선으로 주시하며 놀랍게도 고향(江陵 = 藥城)의 따뜻한 체온과 그리움이 특이하게 자리한 점은 높이 살 일이다.

이와 같이 허숙랑 시인의 시편을 통해 쉽게 감지할 수 있는 것은 생명외경을 정점으로 하여 인간소외 문제를 언어를 기호화 한 도구를 적절하게 사용하여 "보름만의 외출 끝내고/창틀의 먼지 닦는/내 삶의 일상(뎃상 - 도시 소묘)"처럼 경계 허물기를 위하여 날 푸른 칼로 자르고 때로는 토막 내며, 예리한 붓끝으로 찌르고 해체하는 작업을 끈질기게 시도하고 있다. 그는 자신의 내면적 성찰을 통한 인생론적 체험을 "어제, 오늘, 내일/우주를 아우르는/신선한 꽃향기/시란/아름다운 작은 축소다(시란)"라고 재해석하며 노장 중심의 '자연과 인간의 평등, 공존, 인간과 자연과의 동일성을 기반으로 한' 자연관을 수용하여 나직한 육성으로 노래하고 있다. 특히 그의 인식의 내면에는 칙칙한 어둠이 말끔 씻겨나 "별 따러갈까/달 따러갈까/어둠을 밀어내는/아침 햇살 눈부시다(개잠)"처럼 반짝이는 별로, 또는 내일을 여는 여명黎明으로 깨어나 빛의 비늘(片鱗)로 돋아나 투명하게 풀이된다.

허숙랑 시인의 내면의식에 있어 시적 형상화는 개성미의 재현이다. 그의 모성적인 성품은 나뉨의 비통 앞에서도 "부활이 없는 죽음의 허상을/모르고 방황하는 아우야/ 내일 아침 동쪽 하늘에/ 붉은 해의 부상, 눈부시리라(와이키키 해변의 석양)"로 변형시켜 무관심과 소외, 그리고 깊은 고독마저도 조화와 평정으로 정화시키는 역동적인 힘을 지니고 있다. 여기서 평자가 접근하려는 의중은 막스 베버(Max Weber)로 하여 유명하여진 설명과 이해의 연계성이다. 그가 『경제와 사회』의 〈서문〉에서 사회학을 "사회행동을 의미 있게 이해(verstehen) 하고 이를 통하여 그 작용면에 있어서 인과적으로 설명하는 과학이라"고 언급하였듯이 우리가 허숙랑 시인의 시에 관한 올바른 의미나 해석 또한 그것이 학문적이기를 표방하는 한, 이해를 경유하면서 궁극적으로는 이성적 의미 파악을 위한 최소한의 노력과 시간의 투자가 있어야 한다. 여기서 설명과 이해는 단순히 과학적인 법칙성에 대한 안목 이외에 감각적 구상에 관한 판단력과 감수성, 그리고 세련된 심미안(Taste)을 필요로 하며, 이 같은 능력은 미적 훈련과 함께 인문적 전통의 내면화 과정 곧, 교양의 양식을 통하여 지속적으로 계발된다는 사실은 간과하지 말아야 한다.

4) 의지의 접합接合과 조화로움

랜섬(John Crowe Ransom)은 "시는 자연미의 표현이며, 상상想像이라는 훌륭한 기능이 시의 작인作因이다."라고 지적한 바 있다. 행복한 언어의 집짓기를 위한 꿈의 시학으로 해석되어지는 허숙랑 시인의 시정신은, 비교적 지극히 생명적이고 푸른 꿈이 내재되어 있는 식물성 언어로 직조된 전율 같은 가슴 떨림이며, 동시에 그만이 겪는 기억 뒤편의 잊혀진 황홀함과 감동에서 비롯된 행복한 언어의 집짓기에 해당된다. 시론에서 이미지心象란. 언어를 통해 표현된 구체적 형상이나 그와 관련되는 추상적인 관념들을 말한다. 이 같은 구체적 형상 또는 그와 관련된 추상적 관념들이 바로 시에서 '이미지'라고 불리며, '연상되는 감각적 인상은 감각적 이미지로, 연상되는 추상적 관념은 상징적 이미지'로 해석된다.

예컨대 삼각형의 형상은 그려져 있는 삼각형의 그림 그 자체이어야 하며, '평행하지 않는 세 개의 직선에 의하여 둘러싸인 도형' 등의 제시는 개념적 설명이 아니다. 이처럼 형상은 예술을 성립시키는 기초가 되지만, 허숙랑 시인은 〈잃어버린 지문〉을 통해 헌신적이고 때로는 희생적인 손의 위대함에 관해 깊이 인식하면서도 그의 심상은 항시 감사하는 마음을 참된 언어예술로 변형하고 있는 점이다. 신앙인들은 종교적인 대상을 향해 영혼의 창문을 항상 열어 놓고 있듯이, 그만의 시 의식 또한 추구하는 서정적 세계를 향해 영혼의 눈(心眼)이 열려 있는 경이로움이다. 바로 그것은 구도자求道者의 새로운 가치와 인식에 결속된 깨어 있는 열린 사고로 해명되듯이 "찢어진 코고무신/신주처럼 모시다가/어머니의 발꿈치는/모래 길에 갈라 터졌다(찢어진 코고무신)"에서처럼 사랑의 실체도 유한적인 존재임에 틀림이 없어 연민의 정을 표하고 있다.

일단, 인생무상을 통해 절대적인 고독을 절감하여야 참된 기쁨과 행복을 누리는 삶의 지혜를 터득하게 된다. 이 점에 있어 우리가 몸담고 있는 현실이 때로는 불확실성과 불특정 다수를 겨냥한 생명경시의 충격으로 참담함을 안겨 줄지라도 조금은 여유로운 마음가짐으로 이 불신의 사회를 신뢰의 사회로 변화·발전시켜 나가기 위해 자기성찰의 시간을 지녀야 할 것이다. "한 세기 큰 시인으로/끝없이 빛을 발하고 계시는/황금찬 선생님/건강하게 백수를 기원하는/애제자 허숙랑(눈시울 적신 것은)"에서 확인되듯 특정한 사람과의 만남은 운명적이라지만, 애써 '법화경法華經'의 인연설을 거론하지는 아니 하더라도, 1950년대 검은 제복의 강릉사범학교 시절 맺어진 사제師弟라는 인간관계의 소중함을 못내 가슴에 담아두고 있기에, 열정적인 그의 시적 재능은 무지를 관통貫通하는 소통의 기호학인 눈부신 빛의 화살로 규명되어진다.

결론적으로 항시 영혼의 잔을 채우려는 어리석음보다 비우려는 성숙함을 그는 구도자의 자세로 일깨우면서 우리 곁으로 조심스럽게 다가오는, 시혼이 맑고 투명한 허숙랑 시인에게 거는 한결같은 기대라면, A. E 하우스만의 "시의 기능은 세계의 슬픔과 조화시키는 것임"을 지속적으로 확인하라는 것이다. 모쪼록 소외된 이들을 향해 항시 경계를 허무는 정신적 자세로 소중한 모국어에 대한 식별력을 지니는 품격 있는 엄숙한 시인으로서 예언자(A prophet)적 역할과 시대적 소임을 다시금 충실히 수행하여, 이 땅의 당당한 문화의 지역구심주의의 실체로서 차별화된 시적 토양을 확장하라는 조심스런 당부를 글의 말미에 남긴다.

8. 감성의 통시성과 소통의 이중적 거리
– 장정권 시인의 서정과 치유의 시학

1) 시적 감응과 소통의 도구

히치언(L. Hutcheon)은 "낭만주의가 패러디를 '기생물'로 거부하는 것은 예술을 개인의 소유물로 보는 자본주의 윤리관의 성장을 반영한 것이라" 주장은 마르크스적인 것을 대변한 이론으로 인식할 수 있다. 일단, 〈감성의 통시성과 소통의 이중적 거리〉로 평가되고 재단되어지는 『문학공간』 출신으로 '쌍마시낭송회'의 회장 일을 맡고 있는 장정권 시인의 시정신은 비교적 생명적이고 푸른 꿈이 내재되어 있는 식물성 언어로 직조된 전율 같은 가슴 떨림이다. 독실한 신앙인으로서 그만이 체험한 기억 뒤편의 잊혀진 감동에서 생산된 행복한 언어의 집짓기에 해당하는 결과물이다. 창조적인 정신작업에 종사하는 시인들은, 각박한 삶의 현장에서 '조금은 천천히, 그리고 미끄러짐과 느림의 미학'의 식별력으로 직면하는 현상 앞에서 여유로운 존재감을 지녀야 한다.

비정한 지식·정보화 사회는 철저하게 이해 중심으로 얽혀 있기에, 영혼과 가슴에는 감동의 회복에 의한 순수의 눈물이 없다. 때문에 임상결과로 밝혀진 바이지만, 불행하게도 대다수 문인들에게도 최근 의학계가 언급한 바의 다이돌핀이 생성되지 않는다. 우리는 신선한 감동과 충격을 불러 일깨우고 영혼의 상처를 치유의 효능성이 있는 테레사 효과(Teresa effect)나 시적 치유의 가능성을 소통의 통로로 확정한 장정권 시인의 서정과 치유의 시학을 통해 "한 순간 분노가 치솟아 오를 때, 좋은 기억이나 아름다운 싯귀를 떠올리면 마음에 평정을 얻을 수 있다."는 놀란 핀센트 빌 박사의 지론은 지극히 창조 행위이다.

이처럼 순결한 영혼의 소유자로서 모처럼의 망설임 끝에 첫 시집 『경포, 설악 그리고 그해 겨울』(시평사, 2010)을 조심스럽게 상재하는 장정권 시인의 시적 이해를 돕기 위해 항목을 구분 지어 논의한다면, 첫째는 전통적인 소재를 자신만의 생명적 기호인 소통의 도구로 시화詩化하려는 노력의 현저함이고, 둘째는 삶의 현장(유년의 그리움이 축적된 속초 청호동을 축으로 한 설악, 그리고 몸담고 있는 일상의 공간인 강릉)에서 확인되고 접목되는 다양한 소재의 자유로운 의미 확장이다. 다소 충직한 이 땅의 독자들과 이중적 거리감과 낯 설음, 그리고 이질감에서 오는 불확실성이 예견되지만, 어디까지나 따뜻한 감성적 시미詩味를 서정적 기호화로 교신交信하려는 색조와 복잡하고 다양한 어조와 어법을 치유의 시학으로 단순화하여 끊임없이 갈등 구조를 기독교의 용서와 화합의 신앙으로 극복하고 순치하여 생명의 변형으로 이행하려는 그만의 고뇌와 신념은 눈부시다.

일단, 〈시적 감응과 소통의 도구〉라는 측면에서 논의하기에 앞서 그의 시집은 "제1부 전율, 따뜻한 감성과 언어의 다층, 제2부 삶의 처소와 혼의 깊이, 제3부 일상, 그 존재의 심연, 제4부 정신 풍경과 치유의 시학"으로 그 얼개가 짜여 있음에 유념할 일이다. "단풍의/색조는/나무가 아플수록/더더욱 빛난다(단풍이 곱다는 것은)", "하나님과 가까운 처마 끝/다리 다친 비둘기 앉아 있다/지나가는 바람 잡으려는 듯/찢긴 날개를 젓는다(손 때 묻은 성경책)"는 시행처럼 비록 삶의 일상에서 흑암을 밝히며 영혼과 상반되는 육체(본능)를 "육화의 패스티쉬와 서정의 양식"으로 조화롭고 가식 없이 기호화 할 뿐더러 "사근진 바다/작은 모래 바닥/빈 의자 끝//사마귀 한 마리/먼 바다 바라보며/소금 내음 마신다(사마귀 빈 의자에 앉다)"에서와 같이 미세한 현상의 움직임을 결코 놓치지 않는 주의집중과 열정적인 그의 따뜻한 감성의 시학에 조금은 긴장하고 찬찬히 응시하면서 시어의 정직성에 포커스를 맞추어 보기로 한다.

2) 시 종자의 발아와 행복한 공간

이 땅에서 소중한 삶을 살아가는 우리는 독자적인 지리적 환경과 역사의 흐름 속에서, 자연과 문화의 토양에서 형성된 삶의 방식에 대한 대외지향적인 주체의식을 확고하게 다지는 정책성 확립의 막중함을 자인하여야 한다. 정체성(Identity)이란, 동일 집단 내의 구성원들이 공유하는 소속감, 동질감, 자부심의 총체적 개념을 뜻한다. 여기서 역사의 정체성이란, 바로 생활정서와 뿌리의식(Roots Consciousness)을 근간으로 한 실존적 가치, 이익, 미래를 확보하는 의지적 과정의 총체성으로 행복한 공간 만들기의 탐색이다.

오스카 와일드의 지적처럼 "그 속에 한 조각의 애처로움도 없는 시는 씌어 지지 않는 편이 낫다." 그러나 산문은 저녁과 밤을 그릴 수 있지만, 시는 새벽을 노래하는 데 필요한 문학 장르이기에 어디까지나 "시는 가장 행복하고 가장 선한 마음의, 가장 선하고 가장 행복한 순간의 기록임"을 양심적 신앙인이기도 한 장정권 시인은 다행스럽게도 기억하고 있기에, 〈설악, 그해 겨울〉을 통해 "시는 오직 사물을 표현하는 가장 아름답고 인상적인 슬기롭고도 효율적인 방법이기에 그것은 매우 중요하다."라는 아널드의 시론을 명증하고 있다.

산자락에 사뿐 내려앉은
도토리나무 한 그루
얼음 속에 그림처럼 갇혀 있다

죽음의 계곡 아래
폭설에 묻힌
빨간 텐트끈 한 조각
저승과 이승을/연결하는 실핏줄

눈발 흩날리자
고요에 묻힌 산으로
얼음이 쨍하고 울었다

- 〈설악, 그해 겨울〉에서

표제시에 해당하는 〈설악, 그해 겨울〉은 '천년 설악의 수목, 백설, 죽음의 계곡인 공룡능선, 산의 적요寂寥와 단절 … 등'이 공감각적 기법을 동원해 한 폭의 채색화로 처리되고 있다. 이처럼 몸담고 있는 공간과 시간대에 관심을 지녀야 할 문인들은 탈무드적 발상인 '신의 나라는 열매를 팔지 않는' 속성을 깨달아 후기산업사회에서 역사와 문화를 근거로 고유성, 문화성, 수월성의 측면에서 고정 틀을 깨는 작업을 지속적으로 전개하여야 한다. 21세기의 화두話頭가 공동체 인식의 소중함과 접목되기에, 복효근의 『누우 떼가 강을 건너는 법』의 시적 변명처럼 장정권 시인의 『경포, 설악 그리고 그해 겨울』 역시 교시하는 바가 큰 것이다.

철길 건널목
숨 가쁘게 오는 기차를 반겨 맞는다
유람선에서 바라보는 육지는
화장기 없는 배우 얼굴처럼 낯설다

헌화로의 소고삐 잡은 노인
수로부인 위해 꽃을 꺾었지만
나는 누구를 위해 꽃을 꺾으랴

- 〈정동진 가는 길〉에서

근간 지역문화에 대한 관심과 변화·발전의 인식이 보편화되면서 차별화된 다채로운 문화풍경의 조성으로 지역구심주의 양상이 현저한 점은 높이 살 일이며, 모름지기 중앙중심의 문화 흉내 내기는 과감하게 이탈하여야 한다. 차지에 신라의 향가 〈獻花歌〉와 연계되어 새로운 문화의 공간으로 변형되는 현주소로서 '정동진의 문화지형도'를 예감하며 "나는 누구를 위해 꽃을 꺾으랴"의 물음은 시의 지평을 열어가는 매개로서 의문을 해결하는 열쇠가 된다. 장정권 시인이 몸담은 공간에 깊은 관심을 보이며, 행복한 공간으로 장식하려고 30년 남짓한 시간대를 생업인 건축업에 종사하고 있는 그만의 열정은 강인하고 뜨겁다.

송강 정철이 〈관동별곡〉을 읊으며 지나쳤던 경포대에서 "4월의 경포대 벚꽃/하늘 높이 활짝/잔잔히 물보라 일렁이는/경포호 수면에 박혀 어리면/들판에는 발그레한 얼굴 물결(경포대 벚꽃)"을 정신풍경으로 형상화한 것이나 "거대한 도시가 침몰한 밤/큰 도로를 가로질러/뭉텅뭉텅 토막 나고/갈기갈기 찢겨진 나이테가 들어 있다(오거리 소나무·2)"는 토로는 천년의 시향詩鄕으로 일컬어지는 강릉의 시목市木인 금강송이 대도시로 무차별 반출되거나 도심의 도로에 이식된 안쓰러운 현실을 빗대어 풍자한 역설은 자못 의미심장하다.

일찍이 레르몬또프가 진리를 탐구하는 정신을 끝까지 선명하게 반영시켜 '러시아 문학을 가장 러시아 문학답게 만들었듯이' 우주적 현상을 객관화해야 할 정신작업의 종사자들은 높은 식견으로 직면하는 일상에 관심을 지니며 시대적 소임을 충직하게 수행하여야 한다. 한편, 〈시 종자의 발아와 행복한 공간〉의 구도에서 놀랍게도 서정적 미감이 절창絶唱을 빚어낸 "거울 같은 수면은/쟁쟁한 황금 화살 품어/뽀글뽀글 솟아/빛나는 은빛 날개(황금 화살 호수에 꽂다)"나 "너는 나의 기차/황혼의 노을 잘게 부숴/저녁 햇살을 쓸어 담는다(봉창을 열며)"의 시적 수사는 깨끗한 영혼으로 투사되기에 부족함이 없다.

3) 역사 인식과 모국어의 충위

"시는 인류의 모국어다"는 허먼의 주의주장을 수용하고 있는 장정권 시인은 시라는 소통의 도구를 통하여 '창조적인 힘과 사람들 사이를 연결하는 중개자로서, 영혼의 세계에 대한 소식을 연구의 세계로 전달하는 교신의 역할을 충실히 수행하고 있다. 특히 국가적으로 정체성이 퇴색된 시대에서 문화인식에 대한 쌓기와 허물기를 반복하는 우리는 조직의 구성원으로, 미의식을 상실했을 때 그것이 언어공해의 요인을 제공하는 결과가 된다는 사실을 기억하여야 한다. 까닭에 주제의 창의성을 위해 고뇌하는 작가 정신이 눈부신 자라면 응당 영어몰입교육론이 지배적인 현실에서 알퐁스 도데의 〈마지막 수업〉이나 센키비치의 〈등대로〉와 같이 모국어에 대한 애정을 지녀야 할 것이다. 이 같은 정황에서 양양군에 위치한 한국전쟁에 참전한 공병대의 표징물은 장정권 시인의 〈수복탑 모자상〉을 통해 다시금 민족의 비극을 상기시켜주는 역사성을 지닌다.

풀어헤친 개나리 봇짐 속초 한 모퉁이 금강산 길은 뚫렸어도 고
향 길은 막혀 북쪽하늘 쳐다보며 반 백년간 굳어 있던 손 흔들

며 철새가 시늉한다. … 생략 … 샛바람 휴전선 넘나들고 두 손 잡은 모자(母子) 손목에 차가운 얼음바람 감기운다. 어서가자 빨리 가자고 돌바닥에 붙은 발바닥으로 걸음을 재촉한다 아버지는 모자상 앞에 찍은 누런 흑백사진 한 장 바람 등에 업고 훌쩍 휴전선을 넘어갔다.

- 〈수복탑 모자상〉에서

세계적으로 희랍 문화의 발상지요, 보고寶庫인 그리스의 고로후 지방은 포도의 집산지이듯, 가산 이효석의 향리인 봉평은 소설 「메밀꽃 필 무렵」의 배경무대이며, '메밀꽃'은 소설의 주요 질료에 해당한다. 다행스럽게도 향토적 색채가 강하게 수용된 장정권 시인에게 있어 봉평 일대의 지천으로 만개된 눈부시고 황홀한 메밀꽃은 시적 관심사로 결코 예외일 수 없다. "낮은 산자락의 꽃들은/ 푸른 칼날 파도로 일렁이고/하얗게 퇴색되어/출렁이는 현기증이다.(봉평 메밀꽃)" 이 같은 보기가 곧 그의 시적 형상화이다.

특히 공간대를 달리한 북간도는 일제암흑기의 문학사에 있어 민족 시인으로 일컬어지는 윤동주와 강릉 출신으로 근자에 새롭게 조명 받는 심연수(1918-1945)가 시혼詩魂을 꽃 피운 처소이다. "민족의 혼 자리한 북간도/시의 텃밭 옹달샘/ 청춘의 뜨거운 붉은 피/수혈 받고 싶다(북간도)"에서 확인되듯 장정권 시인에게는 낯선 공간도 시적 토양과 정신기후의 조성, 그리고 마침내 그의 붓 끝을 통해 붉은 피(신념)로 변형되어 이처럼 빛난다. 강릉에도 질 좋은 감(紅柿)이 생산된다. 마치 '강릉의 홍시를 먹어 보지 못한 사람의 영혼은 하늘나라에 갈 수가 없다'라는 말이 보편화 될 수 있도록 모든 것을 긍정적으로 인식시키는 발상전환이 다양하고 폭넓게 전개되어야 할 맥락에서 그의 〈대포항 등대〉, 〈울산 바위 전설〉, 〈강문 솟대〉 등의 시편은 공감대를 형성하고 있다.

> 바위도 까맣게 그을리고
> 절벽 위 소나무 송충이 모습으로
> 동종은 제 몸을 불살랐다
> 스스로 녹아 한줌의 핵으로
> 부친을 향한 일념(一念)
> 신조한 동종인들 묻을 수 있는가
>
> ― 〈그해 낙산사〉에서

〈그해 낙산사〉는 지금은 복원되었지만, 뜻하지 않은 양양지역의 산화로 천년 사찰인 낙산사가 소실되고, 동종銅鐘이 녹아내린 아픈 그날의 상처, 회한悔恨을 시적 형상화한 예시이다. 일반적으로 미래사회에서 살아남기 위해서는 국가나 기업, 그리고 개인들은 미래상품을 개발하여야 하고 바로 그 원동력이 문화예술에 대한 이해와 인식이며 시적 상상력의 확장임에는 틀림이 없다. 뿐만 아니라 문화상품의 개발이라는 차원에서 보다 생산적이고 미래지향적이며 경쟁력 있는 문화예술에 대한 지속적인 관심은 절실하다.

이 땅의 어느 시인보다 〈역사 인식과 모국어에 대한 애정〉의 편린이 향토 서정으로 늘상 내재된 그의 시적 의식은 "시퍼런 바닷물에 드러눕는/줄기의 굳은 심성/그 끝에 찔린/비릿한 생선의 내음/떠오르는 태양은 불덩이다(해당화)", "푸른 출발선 수평선

끝자락/설악 마지막 봉우리에 멈춰서/더 이상 길이 끊긴 그 곳/희망의 불빛은 있다(물치항 방파제)” 등을 통해 강조되고 있다. 따라서 죤 러스킨의 ‘시인의 시대적 소임’을 확인하여야 할 시인들은 예술에 대한 생산적 인식과 경영 마인드, 내적 충만充滿에서 비롯되는 모국어로 행복한 글쓰기 작업을 통해 보다 높은 자유와 꿈, 그리고 지성을 지속적으로 당당하게 일깨워야 한다.

4) 자기성찰自己省察과 카타르시스(淨化)

언어학자 바트겐슈타인은 ‘말은 곧 행동이라.’고 지적한 바 있다. 조국의 산자락이 황홀한 홍엽으로 불타는 계절, 독서와 사유의 시간이다. 대학의 캠퍼스에서 엄숙한 삶의 시간대를 학문의 탐색을 위해 몰두해 온 평자는 나름대로 미래의 젊은 지성들에게 “날(ㄲ) 푸른 역사인식으로 조국의 미래에 대해 걱정하는 젊은이가 되라.”고 나름대로 오랜 날, 어설픈 지론을 자기 최면처럼 반복하여 왔다. 혼돈의 시대를 살아가는 우리들은 거창하게 조국애를 떠벌리지 아니 하더라도 조상의 뼈가 묻혀 있는 고향을 사랑하는 순수한 영혼을 지녀야 한다.

장정권 시인의 눈물이 묻어 있는 “화물 꼬리표 붙은 책상/무릎 구부린 채/몇 날을 실려 왔다//하숙 옮길 때마다 서랍 두 개/삐걱대고 소리 질렀다/손수 목공소에 맞춘 책상/아버지 냄새 묻은 텁텁함(앉은뱅이책상)”을 접하면 시적 정조情調는 문득 목월과 박동

규 시인과의 일상으로 전이轉移되어 가슴 찡한 울림으로 다가온다. 이처럼 삶의 현상을 주시할 때, 분명 요람搖籃에 있어야 할 모성母性의 자장가와 영혼의 기도 그리고 따뜻한 애정마저 점차 결핍되어 가는 것은 실로 가슴을 저리게 한다.

삶은 존귀하며 존엄한 것이기에 선함과 사랑의 빛을 스스로가 밝혀야 한다. 이방의 사도인 바울은 '보이는 것은 잠깐이요 보이지 않는 것은 영원하다'고 성서를 통해 밝히고 있다. '풀의 꽃, 아침의 안개'와 같은 존재이기에 아름답고 빛나는 인간의 삶은 운명적으로 소멸된다. 이 같은 현상에서 메르헨적 요소가 가미되어 담백한 시격을 유지하고 있는 장정권 시인의 심상은 "솜털 마음 전하는/오늘도 우체부는 온다/하늘하늘 거리며 오는/천상의 이야기(하늘 편지)"의 시적 수법이나 "연록색 나뭇잎/울울창창/태양의 언어/흙의 말을/팔랑팔랑/날린다(나무의 傳言)"의 지극히 맑은 음조와 시적 정조가 생명의 기호를 매개로 천상을 향한 소망의 통로로 관통한다. 소중한 삶에 있어 직업에 대한 애씀은 성실과 직결되어야 하고 삶의 향방은 소망은 항시 연계되어야 할 항목이기에 운명적으로 역경의 늪으로 추락할지라도 왈츠의 회화 〈소망〉의 교시적 의미는 기억에 담아두어야 할 것이다.

그 나름의 시혼을 눈부시게 꽃 피우며, 생명의 존엄성을 인식하고 고향에 대한 애정을 그리움으로 절절하게 노래한 장정권 시인의 『경포, 설악 그리고 그해 겨울』을 정신적으로 피폐한 우리의 정갈한 아침 식탁에서 접할 수 있다는 것은 정신적인 안식이며 축복의 인자因子로 풀이된다. 곤핍한 우리의 삶 속에서 세상살이의 안부를 전하며 그 깊이 숨어 있는 삶의 무늬와 무게를 명중하고 일상으로 느껴오는 기억 흔적에 자리한 그리움을 통해 자연의 숨소리를 온몸으로 접하는 정신작업은 우리 모두에게 신선한 감동을 안겨주는 계기일 뿐 아니라, 행복한 언어의 집짓기에 견주어지는 것이다.

모름지기 거대한 격랑의 물발에 밀리면서도 어려운 시대의 늪을 건너며 전통의 실타래를 꼬는 시인으로 단절된 도시 공간, 이 좌절과 회색의 시간대에 몸담으면서도 밝은 미래를 위해 따뜻한 감성의 시학으로 시혼을 불태우는 열중은 처절해 눈물겹다. 상실된 자아를 발견하려는 고독한 작업을 통해 소통 도구인 언어 공해가 심각한 후기산업사회에서 인생의 테두리를 이룬 가족애에 대한 분별력과 부친을 통해 가슴 저미는 북녘에 관한 남다른 공동의 관심사는 신선한 충격을 안겨준다. 특히 시어에 대한 깊은 이해와 관심을 담백하게 표출하려는 시인으로의 소임, 그것이 바로 그만의 매력이며 시적인 역동성이다.

근간 안타깝게도 역사의 정체성은 물론 모국어에 대한 식별력이 없는 시인들이 양산되고 있는 문단의 현상에서 어투나 음계, 또는 시형상화의 기법이 다소 서툴지라도 그의 시작 행위는 다행스럽게도 담백한 생명외경, 진실한 목소리가 내재된 지난한 몸짓이 너무 선명해 생명감이 신의 은총으로 관통하는 속성을 지닌 점이다. "구원해 주신 놀라운 은사는/고통이 너즈러진 병상,/아, 최후의 숨결 뒤/고요한 평온과 안식이다(아버지의 하나님)" 병상에서 삶을 마감하는 아버지의 최후를 응시하며 인간적 분리의 참담한 속내를 표출하지 아니하고 기독교적 신앙으로 극복하려고 비통함마저 '구원의 은사'로 해석하고 있다.

결론적으로 기실 정신작업에 종사하는 이들에게 있어, 따뜻한 정신기후의 조성과 의식의 지평을 열어가려고 주의집중하는 행위는 소중하다. 까닭에 시력詩歷에 견주어 비교적 시어로서 절제된 푸른 식물성 언어가 사용되고, 가라앉은 나직한 통곡으로 삶의 예지를 부단히 일깨우며, 치유의 시학으로 철저하게 장식된 장정권 시인의 시집에 채색된 영원한 모성母性의 노래에 아낌없는 격려를 보낸다. 글의 말미에서 누구도 모방할 수 없는 그만의 강한 냄새, 육성, 느낌, 개아성個我性이 확고한 시적 토양을 조성하는 끊임없는 탐색과 정진이 있기를 소망한다.

9. 감성의 시학과 낙원의 회복
– 이문승 시인의 삶의 구조와 시적 환경

1) 감성의 새로움과 에스프리

인간은 지속적인 물음(logos)을 통해서 고독한 자신의 실존을 증명하는 존재이다. 비열한 이기주의로 치닫는 지식·정보화 사회에서 다행스럽게도 팔순을 바라보는 시간대에『흔맥문학』(2001)을 통해 등단한 충남 서천 출생의 이문승李文承 시인이 '삶의 흔적'과도 같은 제3시집『생명나무』(고글, 2010)를 상재한 생산적 행위는, 감성의 새로움과 목가적 서정으로 빚어낸 에스프리로 대변되기에 삶의 일상에서 신선한 감동을 회복시켜주는 소중한 인자임을 글의 모두에서 언급하고 싶다.

이문승 시인이 그의 첫시집『인생수첩』(신세림, 2003)의 〈自序〉에서도 "인생은 너와 나의 깊은 만남인 것을 자각하면서 배려와 옹위 속에 인연의 꽃을 아름답게 피워내 너 없는 내가 없고 나 없는 너도 없음"을 제시한 것처럼 제3시집『생명나무』의 〈자서〉-「관계층위 層位의 소중한 인식」에서도 "어디까지나 독립된 인격체로서의 '나'는 또 하나의 인간인 '너'를 지배, 이용, 억압하여서는 결코 아니 될 것이다. 그것은 내가 너와 맺을 관계성에 있어 균형

감각을 상실할 뿐만 아니라, 결코 더 이상의 올바른 관계를 유지
할 수 없기 때문이다. 바로 그같은 현상은 잘못된 만남에서 비롯
된 것이기에 끝내 '너'라는 소중한 대상을 물건으로 격하시키는 안
타까운 결과를 낳게 될 것임"을 한 사람의 충직한 독자인 우리에
게 경고하고 있다. 바로 그 같은 우려는 " '나'와 '그것'의 차이성은
운명적으로 확정된 것이 아니라, '너' 또는 '그것'을 대하는 '나(주
체)'의 태도와 사유思惟에 의해 별개의 대상으로 이해, 평가될 수
있음은 결코 간과看過치 말아야 할 것"을 동일 선상에서 비중 있게
실천궁행하고 있음을 간과치 말아야 한다.

 상상력 속에 잠식된 정신지리情神地理로 이문승 시인의 시집의
큰 얼개는 〈삶의 역주力走와 숨고르기, 바람의 초상肖像과 풍경, 즉
물卽物과 바라보기, 정신지리와 기억 흔적, 생명나무와 일상의 감
동〉 이렇게 5부로 직조織造되어 있다. 물상 속에 잠식蠶食된 내면
인식으로 정신적 기후를 따뜻하게 조성하여, 생명경외生命敬畏의
존엄성을 통해 낙원회복을 노래하고 있어 모든 독자들의 공감을
불러 모으기에 부족함이 없다. 연유야 어떠하든 "당신의 위대함을
포용하는 순간은 지금이다."라는 오프라 윈프리의 말을 인용하지
아니 하더라도, 그의 시편은 정직성을 체득하게 하는 시적 상상력
의 총합이기에 그냥 흘려버릴 수 없는 유의미한 것이다. 그 자신
이 그토록 섬기는 창조주로부터 허락받은 삶의 시간대를 충남의
산자락에서 무려 33년간을 올곧게 공직에 몸담아 오면서도 문학
에 대한 열정을 꽃 피워 영혼의 피폐함으로 불투명한 일상에서 파

상되는 갈등·구도 앞에서 역사의 정체성(identity)을 지속적으로 확인시키며 인식의 통로를 거쳐 자연의 형질로 변형시킨 언어의 집짓기는 생명적이고도 감동적인 작업이다.

여기서 쉽게 확인되는 따뜻하되 차고 처연悽然하되 명백한 그만의 시적 이미지는 고통을 눈뜨게 하는 빛나는 응결체로 작용한다. 그의 시편에 수용된 현대의 불안의식, 발화하는 온갖 공해와 대결 구도를 풀어가기 위한 이문승 시인의 시적 형상은 여과의 통로를 걸친 내면인식에 깊이와 중량감을 더하여 목가적 서정성을 생산한 결과물이다. 새삼 그의 시편에서 문학성을 논증하려는 필자의 심중은, 인간소외의 문제를 논의하다 홀로 있기(思惟)와 직면하는 물상과의 관조를 위해 그 자신이 거대한 공해와 소음의 도시공간을 뛰쳐나와 자연(physis)과 연계성을 맺는 현존재(Dasein)로서 끊임없는 물음을 통해 삶의 본질을 해명하려는 집착은 높이 평가해도 지나치지 아니하다.

인간소외의 문제, 상실된 자아를 돌봄으로 치유하려는 그만의 엄숙한 작업을 응시하노라면 긴장감을 늦추지 않을 수 없다. 특히 언어공해가 심각한 지식·정보화 사회에서 이문승 시인의 생명외경에 대한 깊은 애정과 자연친화적인 품성, 그리고 서정적인 미감은 잔잔한 감동을 불러준다. 일상의 삶에서 직면하는 사물에 대한 깊은 분별력을 통해 서정성을 담백하게 표출하려는 수고를 동반한 고뇌야말로 내면인식에 잠재된 그만의 육감이며, 매력이다.

일단 이문승 시인의 시적발상은 다행스럽게도 그가 살아온 삶의 흔적을 통해서 확인되어지는 꾸밈없는 삶의 진지한 고백이며 현상이기에 '생명나무'(tree of life)는 기독교적 신앙이 내적으로 수용된 헌신과 감사, 그리고 배려라는 시적 토양에서 자신의 생각을 겸허하고 따뜻한 소통의 도구로 시적 형상화의 실체에 해당한다. 한편 존재의 집으로서 그의 시편들이 숨막히는 현상에서도 단절, 거리두기가 아닌 신선한 감동을 안겨주는 정신작업이기에 뜨거운 박수를 보낸다.

자신의 제2시집 『스스로 가는 봄』은 전체적으로 삶의 호밀 밭을 충직하게 지키는 파수꾼이어야 할 시대적 시인의 소임을 작선득복作善淂福의 시각을 통해 다시금 확인시켜준 교시적 의미성을 내포하고 있다. 이처럼 언어의 절제된 힘과 내면적 체험의 깊이를 시화하며 정신적 넉넉함을 일깨워 혼돈에의 방황을 끝내려는 부단한 그만의 정신작업은 영혼이 순수한 이들에게 투명한 눈물을 자아내게 하는 저력임은 애써 경계할 필요가 없다.

특히 소외된 이웃에 대한 연민의 정을 거부할 때, 자신의 어두운 측면, 즉 그림자(shadow)를 상대방에게 상호투시하게 된다는 점을 일상의 삶을 통해 주지시키고 있다. "푸른 물결 위로 항해하듯/거친 세상 헤쳐나갈지라도/온통 시야는 물안개에 젖어/아직 가야할 항구는 아득하다(나그네 설움)"에서 확인되어야 할 점을 미루어 볼 때, 개인적인 그림자를 투시할 경우 대인관계에서 갈등을 일으킨다는 사실을 그는 예감하고 있기에 분노, 시기심, 비난, 탐욕 등이 개인적인 그림자의 투사投射로 일어나는 현상을 경계하고 있다. 이처럼 "아직 가야할 항구는 아득하다"는 '미끄러짐과 보다 천천히'라는 느림의 시학적 접근을 통하여 한 순간 분노나 격정으로 치닫던 불안한 서정에 안도감을 안겨주기에 그의 시적 접근은 시 읽기의 행복감을 일깨워준다.

2) 즉물 세계의 상황인식

이문승 시인이 관념이나 의미를 배제한 일상의 삶 속에서 이미지의 형상화로 토해낸 영혼의 음조音調는 너무 투명하다. 이 같은 시각에서 자신의 시적 인식과 정서의 자유로운 교감을 통과해 마침내 자각 속에 생명체로 존재하는 시는 깨달음의 미학임에 틀림이 없다. 그의 시편은 지상적인 것에서 확산, 승화되어 우주와 통하는 날아오르기라는 적극성이 내재되어 있다. 마치 그것은 "초생달 걸린 시골 고갯마루/허기져 간신히 넘는다//새삼 유년시절의 기억 살아나/부엉이 울며 날아오르는/그 산자락에 여우가 산다는/머리끝 차오르는 두려움(부엉이와 여우)"처럼 메르헨적 요소인 유년시절의 기억 흔적이 내면의식에 깊이 자리해 있어 지극히 그의 사유는 평화적 요소인 동심童心을 축으로 시적 골격을 형성하고 있음은 유념할 일이다.

> 서해의 일몰(日沒), 붉은 노을은
> 어느덧 제 몸을 활활 불사르고
> 한낱의 애환도 끝자락이네
>
> ― 〈세월〉에서

장항선 철마를 채찍하며
산과 들 누비며 사유하는데
살픗 유혹한 오수에 취해
목적지를 스쳐 지나쳤네

- 〈'나무 내음'의 미감(美感)〉에서

위의 예시에서 파악되는 미학적 요소는 시적 상상력을 가라앉은 가락 속에 이미지로 제시하여 입체적인 구조와 점층적 효과를 조화시키려는 차별화된 담백한 시격詩格이기에 보다 진지함을 불러주기도 한다. 여기서 이문승 시인의 올바른 시 해석을 위하서는 그의 시적 고뇌를 공생共生이라는 공동체 인식의 소중함을 통해 미적 주권의 확립으로 거부감 없이 접근해야 할 타당성을 지닌다. 특히 자연관조를 통해 정관적인 면을 구축하고 있는 그의 시는 사변성을 강하게 표출하고 있다. 진실한 인간성의 회복으로 〈씀바귀 비빔밥〉을 추구한 그의 시적구도와 인식은 때로는 지상에 속하는 여성상징인 꽃으로도 형상화되지만, 생명의 강인함과 역사의 새로운 인식을 교시하는 〈쓰시마 순국비〉를 통하여서는 인간의 존재에 대한 근본 인식을 다시금 일깨워 주고 있다.

침침한 눈 달래가며
낮은 산자락에 홀로 앉아
모진 세월을 이겨낸 손으로
산나물 캐다 까맣게 물든 손톱

- 〈씀바귀 비빔밥〉에서

강인한 날 푸른 의지 때문에
망혼(亡魂)도 외로운 대마도에 끌려가
왜국의 물 한 모금도 마시지 않은
조선조 충절의 마지막 선비 최익현

- 〈쓰시마 순국비〉에서

인간의 원초적인 향수, 만유의 본체인 자연을 축으로 하여 자연회귀성自然回歸性을 새롭게 조명한 그의 정신작업은 한순간 본래의 자아를 인식하면서 현실 속에 안주하며 시대의 아픔을 함께 하기에 이른다. 현대인의 삶의 처소인 이중거리를 통하여 그 자신을 해체하고 창조적 행위를 반복하는 이문승 시인의 시편에는 지극히 동양적인 숙명관이 정신기후로 자리해 있다. 때문에 대상의 바라보기(凝視)는 "까닭 모르게 설레는 심사(心事)/물안개 속 연꽃 군락 아슴히/그으한 향(香) 바람에 묻어나고(시인의 거리)"에서 충분히 변명되고 있다. 이처럼 그의 시적 특이성은 생명에의 서정적 변용變容이 골격의 층위로 확장되고 있기에 자연친화적인 색채감과 깊은 사유에서 기인된 시격詩格은, 보다 서정성이 녹아 있어서 우리에게 감동을 주는 저력을 지닌다.

"비록 120세를 산다고 할지라도/사명도 의미도 없이 사는 것보다/33세에 삶을 마감했지만/사명감에 불타는 삶을 살다간 예수(삶의 일상)"나 또는 "저 뿌리 깊은 나무의 느린 성장 비결과/작은 키가 장수하는 교훈을 깨달아/정녕 흠없고 당당하되 겸허한 진실된 삶/놀라운 잠언(箴言)을 터득해야 하느니(므두셀라 소나무의 교훈)"에서 무의미하고도 조급한 삶에 익숙한 이 시대의 우리에게 존재의 의미성을 새삼 재인시켜주는 그의 시적 세계는 기법의 다양성이나 포스트 모더니즘적 색채를 전적으로 거부하고 있다.

　이처럼 정신작업인 시창작의 과정에 있어 소재의 선택이나 표현기법, 그리고 새로운 실험적 시도와 개성적 특이성의 서술은 미적 진실성을 보다 심화시켜 준다. 언어의 제작은 언어에 존재가 입주하는 집으로 비유된다. 존재의 뿌리인 가정(城)이나 고향은, 주제의 참신성을 위해 도전하는 시인에게 있어 끊임없이 일깨워짐으로써 되돌아가 머물러야 할 공간이다. 까닭에 시인은 귀향(Heimkunft)하는 자로서의 시대적 소임을 엄숙히 담당해야 할 실체이기에 그의 육신과 영혼이 진정 머물러야 할 처소는 진정 '조국인 동시에 에덴'이라는 사실은 기억할 바이다.

　　겨레와 영원히 함께 할
　　대한민국 최동단 표지판 수호신
　　독도의 활기차게 생동하는 형상이다

　　　　　　　　　　- 〈최동단 표지판〉에서

　　이제 창조질서를 파괴한 난개발의 심각성
　　하나님의 진노 문앞에 이르기 전에
　　인간은 그 책임을 깊이 절감하고
　　만물이 인간과 친화공존하는 에덴을 회복하여
　　람사르 총회가 필요 없는 세상 만들어야
　　정녕, 창조주의 다함없는 축복 받을 수 있나니

　　　　　　　　　　-〈람사르 총회〉에서

　"창조자의 이름에 합당한 것, 신과 시인 말고는 없다."라는 셸리(P. B. Shelley)의 시론을 거론하지 아니하더라도, 삶의 일상에서 눈앞에 가려진 물안개에 보다 익숙해져 있는 우리에게 가시적可視的 현상 뒤의 불가시적 본체의 드러남을 암시하고 있는 이문승 시인은 창조활동을 폭넓고 다양하게 펼쳐나가야 할 시인들은 영감의 비의秘義를 해명하는 사제司祭로서 역할을 충실히 수행하여야 함을 합리적으로 일깨워주고 있다. 모름지기 인간은 회색의 그림자, 곧 세 개의 어둠의 그림자인 '공허함, 죄책감, 두려움(공포)' 속에서 살아가는 존재이기 때문이다.

　인간을 포함한 만유萬有는 우주 생성의 연맥緣脈에 기인한다. 때문에 하찮은 물상에도 생명을 주어 삶의 외경과 사랑의 소중함을 일깨워 주는 그의 작위作爲는 자연의 비의를 통한 자기 확인의 도구로서 심상의 형상화이다. 비교적 자연관조를 거쳐 생성된 그의 시는 사변성을 강하게 표출하고 있으며 정관적인 면을 구축하고 있어 그의 시는 인생론적 체험과 일맥상통한다. 여기서 따뜻한 정신기후의 조성과 행복한 집짓기로 해명되는 이문승 시인의 시정신은 비교적 식물성 언어로 직조된 전율 같은 가슴 떨림이며, 동시에 그만이 겪는 황홀함이다. 그의 시편에서 보이는 "홍색 실 같은 입술과 석류 같은 뺨/입가에는 꿀방울 떨어지고/혀 밑에는 젖과 꿀이 머무는존엄한 사랑/정녕 그대와 나누고 싶다(戀情)"나 "만산은 홍엽의 색조로 물들고/들에는 벼 이삭 영글어간다(가을 하늘)" 투의 남다른 시적 접근은 그의 시정신을 관통하는 강물의 흐름에 해당한다.

　이처럼 그의 시 창작의 큰 틀은 자연친화적인 삶의 일상에서 연계된 인간관계성의 회복, 그리고 지극한 선의 드러남인 생명경외의 엄숙성이다. 때로는 삶을 관조하면서 언어예술로 직조해낸 대다수 시편들은 나름대로 체험하고 확인된 교시적인 사념을 '내적 충만'이라는 과정을 통해 조심스럽게 창조해 낸 관조적 사유의 생산물이다. 실체의 껍질을 벗기고 일순간 깊은 사상에 몰입하는 정신력을 직관적이라면, 사물의 전체를 거시적 입장과 영원한 시간의 관점에서 주시하는 정신력의 한 방법은 관조의 세계로 풀이할 수 있다. 놀랍게도 이문승 시인은 피곤한 삶의 일상이지만 영혼의 창을 창조주를 향해 열겠다는 자신의 의지, 신념을 천명하고 있다. "부모의 엄한 훈계를 들으며/명철을 얻기에 노력하라는/선한 사람의 도리를 일깨워준/조상의 법을 항상 기억해야 하느니(자녀) 그렇다. 이 같은 시정신이야말로 자신의 존재와 가치에 대한 명백한 확인이다.

　스펜더(Spender)가 제시한 '기억력'은 특정한 감각적 인상으로 시인의 천부적인 재능인 상상력과 결부된다. 기억력은 단순히 정신적인 재현작업이 아니라, 고통을 통해 생산된 창조적 기억의 변형으로 생명력을 지닌 예술작품이다. 유추하건데 독실한 기독교 신자인 이문승 시인이 바람 앞에서도 "승리의 그날 뜨겁게 소망하며/합심하여 지극히 선을 이루는 12사도/팀장을 위해 통성으로 기도하는 형상/지금 보고 계시네 우리 하나님(12사도의 기도)"이라는 예시처럼 그 자신이 그분을 향해 영혼의 창문을 열어놓고 드

리는 기도는 맑은 영혼과 시에 대한 열정, 그리고 끝없는 자성임
에 틀림이 없다.

3) 자성의 시간과 감동의 회복

여기서 우리는 이문승 시인의 제3시집 『생명나무』를 접하며 일
단, 모두에서 제시할 항목이지만 생명나무(히브리어: עץ החיים Etz
haChayim)의 사전적 의미는 선악을 알게 하는 나무 또는 생명수
生命樹에 해당한다. 하나님이 에덴동산 한 가운데에 심은, 불로장
생과 같은 영원한 삶을 주는 열매를 지닌 나무를 칭하기도 한다.
생명나무와 더불어 하나님은 선악을 알게 하는 나무를 심었다.
(창세기 2장 9절) 브리태니커 백과사전에 따르면 이 용어는 둘 다
세계수의 형태이다. 아담과 하와가 에덴 동산에서 선악을 알게 하
는 나무에서 선악과를 따먹은 뒤 생명나무의 열매를 먹지 못하는
장면은 유념할 필요가 있다.

> 위대한 창조주의 손이 동방의 에덴에
> 천국의 모형(模型),
> 동산을 만들어
> 지으신 사람을 거처하게 하시니
> 실로 보기에 아름다운 수목이 성장하고
> 그 동산 가운데는 생명나무와
> 선 악을 구별하는 나무가 있었네
>
> 수정 같이 맑은 생명수 흐르는 강은

여호아와 어린 양의 보좌로부터 나서
그 가운데로 유유히 흐르고

강의 좌우에는 생명나무가 있어
열 두가지의 열매를 맺되
놀랍게도 달마다 열매가 열리고
그 나무의 무성한 잎사귀들은
만국의 소생을 표징하기 위함이나

아, 낙원에 있는 생명나무 과실을
매일 탐닉하며 살가는 그 황홀한 삶
만군의 왕이여, 저들을 불쌍히 여기시사
다시금 은총의 강물로 넘쳐나는
눈부신 축복 허락받게 하소서

– 〈생명나무〉 전문

실로 삶은 존엄한 것이기에 선함과 사랑의 빛을 스스로가 밝혀야 한다. 이방의 사도인 바울은 "보이는 것은 잠깐이요 보이지 않는 것은 영원하다"라고 성서를 통해 밝히고 있으며, 인간의 실존은 '풀의 꽃, 아침의 안개'와 같은 대상으로 해명되고 있다. 무엇보다 분명한 것은 아름답고 빛나는 인간의 삶이라지만 본질적으로 소멸된다는 사실이다. 이 같은 현상에서 메르헨적 요소가 가미되어 담백한 시격을 유지하고 있는 이문승 시인의 시의미는 "다시금 은총의 강물로 넘쳐나는/눈부신 축복 허락받게 하소서"와 같이 지극히 맑은 음조와 시적 정조가 생명의 기호를 매개로 하여 천상을 통과하려는 지난한 몸놀림으로 이행되는 현상이다. 존엄한 삶에 있어 진실된 소망과 애씀은 충직함과 직결되어야 하고 혹여 삶의 향방은 운명적으로 역경의 늪으로 추락할지라도 왈츠의 회화 〈소망〉의 교시적 의미는 기억에 담아두어야 할 것이다.

그 나름의 시혼을 눈부시게 꽃피우며, 생명의 존엄성을 인식하고 고향 산자락에 대한 애정을 〈아산 3대 온천〉, 〈무창포〉, 〈탄금대 인연〉, 〈인심 좋은 고장〉 등에 수용하여 생명적이며 푸른 식물성 언어로 표출한 그의 시편은 정신적으로 피폐한 우리의 정갈한 아침 식탁에서 접할 수 있음은 정신적 위안이며 축복의 인자因子로 이해하여야 한다.

거대한 격랑의 물발에 밀리면서도 어려운 시대의 늪을 건너며 전통의 실타래를 꼬는 시인으로 단절된 도시공간, 이 좌절과 회색의 시간대에 몸담으면서도 밝은 미래를 위해 따뜻한 감성의 시학으로 시혼을 불태우는 열중은 때로는 처절해 눈물겹다. 상실된 자아를 발견하려는 고독한 작업을 통해 소통 도구인 언어의 공해가 심각한 후기산업사회에서 인생의 골격으로 가족애와 삶을 마감한 소중한 이들을 소제로 다룬 〈효심〉, 〈돌날 아침에〉, 〈어머니의 눈물〉, 〈자녀〉, 〈큰 상 받으소서〉 등을 통한 가슴 저미는 남다른 공동의 관심사는 신선한 감동을 안겨준다. 한편 시어의 담백함에서 연유한 장식적인 시적 수사와 난해한 시어의 거부는 그만의 시적 매력이며 역동성에 해당한다.

근간 역사의 정체성은 물론 모국어에 대한 식별력이 없는 시인들이 양산되는 문단의 상황에서 어투나 음계가 다소 서툴지라도 그만의 시작행위는 다행스럽게도 담백한 목소리가 내재된 몸짓이 선명할 뿐더러 신의 은총 앞에 감사의 속성을 지닌 점이다. 특히 "서로가 배려하며 의지하는/가치 개념인 하나님 나라를 세워/참된 제자의 도리를 다하리라 (하나님 나라)"나 "생명과 진리의 말씀 심장에 새겨두고/은총과 감사의 삶 엮어가는/그대의 발길에 다함없는 축복있으리라(포켙 성경)"는 삶의 현상에서 오는 갈등과 초조, 고뇌를 기독교적 신앙으로 극복하는 남다른 열정은 '구원의 은사'로 해석하는 것이 타당하다.

결론적으로 정신작업에 종사하는 그에게 있어, 따뜻한 정신기후의 조성과 서정적 미감으로 의식의 지평을 열어가려고 주의 집중하는 행위는 더없이 소중하다. 까닭에 시력詩歷에 견주어 삶의 현장에서 체험한 오랜 경륜을 심각한 언어공해로 고통받는 이들을 위하여 치유의 시학으로 변형시키려는 이문승 시인의 미적주권의 채색에 아낌없는 격려를 보낸다. 모쪼록 글의 말미에서 누구도 모방할 수 없는 그만의 강한 체취, 육성, 느낌이 차별화된 시적 토양과 기후조성에 끊임없는 탐색과 정진이 있기를 기대한다.

10. 따뜻한 감성과 사고가능성思考可能性
- 김학철 시인의 감동의 회복과 시적 환경

1) 사고가능성의 새로움과 에스프리

　낭만주의자인 노발리스는 "철학이란 본래 향수요, 어디에서나 고향을 만들려는 하나의 충동이라."고 지적하였다. 비열한 이기주의로 치닫는 지식·정보화 사회에서 다행스럽게도 따뜻한 감성의 소유자인 김학철金學喆 시인이 '삶의 흔적'과도 같은 처녀시집『그대와 나』(강원문화사, 2010)를 상재한 창조적 행위는, 감성의 새로움과 목가적 서정으로 빚어낸 에스프리로 대변되기에 삶의 일상에서 신선한 감동을 회복시켜주는 소중한 인자因子임을 확신한다.

　김학철 시인이 첫시집의 자서自序에서도 비중 있게 논의하였듯이 인간관계에 있어 경계 허물기란, 주위의 누군가에게 스스럼 없이 등을 기댈 수 있는 버팀목이 되어주는 너와 나의 깊은 만남인 것을 자각하면서 배려와 옹위 속에 인연의 소중함을 다시금 일깨워주는 '관계 층위層位의 소중한 인식'에서 비롯되는 정신작업에 해당한다.

　바로 잘못된 만남에서 비롯된 현상은 끝내 '그대'라는 소중한 대상을 물건으로 전락시키는 안타까운 결과를 낳게 될 것임"을 한 사람의 충직한 독자인 우리에게 경고하고 있다. 바로 그 같은 우려는 '나(주체)'의 태도와 사유에 의해 별개의 대상으로 이해, 평가될 수 있음도 결코 간과치 말아야 할 것이다. 한편, 연유야 어떠하든 그의 시편은 정직성을 체득하게 하는 시적 상상력의 총합이기에 그냥 흘려버릴 수 없는 유의미한 것이다. 그 자신이 그토록 섬기는 창조주로부터 허락받은 삶의 시간대를 고향의 산자락에서 '중약 78동기회'의 멤버로 약사업에 종사하고 있으면서도 우정의 소중함을 그 자신은 "거기/항상 그 자리에/솟아오름 기다리는/나는/네 친구.(친구)"로 읊조려 내고 있다.

뿐만 아니라, 올곧게 문학에 대한 열정을 꽃 피워 문화의 지역 구심주의를 맞아 〈하슬라문학〉의 구성원으로서 영혼의 피폐함으로 불투명한 일상에서도 파상되는 갈등·구도를 정화시키며 역사의 정체성(identity)을 확인시키려고 거친 인간의 야성을 카타르시스의 통로를 거쳐 생명적이고도 식물성의 형질로 변형시킨 언어의 집짓기는 지극히 생산적이고도 감동을 회복하는 정신행위임에 틀림이 없다.

무엇보다 자명한 것은 "치열한 전쟁 중에 잠시 투구를 벗어 놓고, 작은 교회에서 하나님께 눈물을 흘리며 감사의 기도를 드리던 시간이 내 삶에 있어 가장 행복한 시간이었다."라는 나폴레옹의 고백이나 15세기 어느 선사禪師의 선시 "오! 놀라운지고. 내가 샘물을 긷고, 장작을 패다니."처럼 반복되는 평범한 일상에서도 정신작업의 종사자들은 감동을 회복하여야 하고, 보다 천천히라는 느림의 미학에 대해서도 관심을 지녀야 할 것이다. 한편, 충직한 독자로서의 우리는 렐프 왈도 에머슨이 "오늘 하루 그대가 헛되이 보낸 오늘은, 어제 죽어간 이들이 그토록 살고 싶어 하던 내일이다."라는 교시적 의미를 스키마 현상으로 이해하고, 까닭없이 분노하거나 좌절하여 소중한 인간관계를 한 순간 파괴하는 무모한 행위를 더 이상 반복하지 말아야 한다.

종교적으로 불교는 동종선근설에 의한 인연을 중시한다. 때문에 우리의 삶에 있어서도 특정한 누군가와의 소중한 만남은 운명적이기에 인연의 본질과 소중함에 관해 관심을 지녀야 할 뿐 아니라, 미래의 끝이 보이지 않는 조국의 암울한 현실 앞에서도 밝고 희망찬 미래를 열어갈 신념과 긍정적 사고를 지녀야 할 일이다.

따뜻하되 차고 처연悽然하되 명백한 그만의 시적 형상화는 고통을 눈뜨게 하는 빛나는 응결체로 작용한다. 그의 시편에 수용된 현대의 불안의식, 발화하는 온갖 공해와 대결구도를 풀어가기 위한 시적 형상화는 여과의 통로를 걸친 내면인식에 깊이와 중량감을 더하여 목가적 서정성을 생산한 결과물이다.

언어의 절제된 힘과 내면적 체험의 깊이를 시화하며 정신적 넉넉함을 일깨워 혼돈에의 방황을 끝내려는 부단한 그만의 정신작업은 영혼이 순수한 이들에게 투명한 눈물을 자아내게 하는 저력임은 애써 경계할 필요가 없다. 보편적으로 소외된 이웃에 대한 연민의 정을 거부할 때, 자신의 어두운 측면(shadow)을 상대방에게 상호투시하게 된다는 점을 일상의 삶을 통해 주지시키고 있다.

"바람에 물기가 묻어 왔다./별빛 속에 숨어 울던 바람이 빗방울을 적시며 다가오더니/수국(水菊)이 피었다./ … 생략 … /하늘에선 빗방울이/땅에선 그가/5월의 통로가 되었다./오늘 난 참 행복하다.(바람에 비가 묻어 있다)"에서 확인할 수 있듯이, 대인관계에서 발아되는 갈등의 부정적 요인을 그는 예감하고 있기에 분노, 시기심, 비난, 탐욕 등이 개인적인 그림자의 투사投射 현상을 경계하고 있다. 이처럼 "오늘 난 참 행복하다."는 독백과 담론을 통한 '미끄러짐'이라는 느림의 시학적 접근을 작동시켜 한 순간 분노나 격정으로 치닫던 불안과 긴장에 안도감을 안겨주기에 가일층 그의 시 읽기는 신선한 감동과 행복감을 지닌다.

2) 소통疏通의 기호와 상황 인식

김학철 시인이 관념이나 의미를 배제한 일상의 삶 속에서 이미지의 형상화로 토해낸 영혼의 음조音調는 너무 투명하다. 이 같은 시각에서 자신의 시적 인식과 정서의 자유로운 교감을 통과해 마침내 자각 속에 생명체로 존재하는 시는 깨달음의 미학임이다. 소통의 기호와 상황 인식의 생산물인 그의 시편은 지상적인 것에서 확산, 승화되어 우주와 상통하는 비상이라는 적극성이 내재되어 있을 뿐더러 〈가을의 風景〉이나 〈겨울강〉의 근저에는 메르헨적 요소인 유년시절의 기억 흔적이 의식의 저변에 깔려 있어 지극히 그의 사유는 평화적 요소인 동심童心을 축으로 시적 골격을 형성하고 있다.

그대, 정녕
太陽처럼 뜨겁게 살라고 했지
山脈처럼 하늘 이고 푸르러라 했지
그대 모습처럼
뒤채인 새벽을 지나 눈부신 아침 되라 했지

　　　　　　　　　　　　　　- 〈가을의 風景〉에서

남겨진 바람 그대 어루만지고
남은 물결 오늘 내 가슴 밀려와도
흐르는 강 멈출 수 없어요.
돌아서는 길 눈물짓기 전에
돌아가는 길 손 저어
꼭 한 번만 더 붙잡기 전에

　　　　　　　　　　　　　　　　- 〈겨울강〉에서

　위의 예시에서 파악되는 미학적 요소는 시적 상상력을 가라앉은 가락 속에 이미지로 제시하여 입체적인 구조와 점층적 효과를 조화시키려는 차별화된 담백한 시격詩格이기에 보다 진지함을 불러준다. 김학철 시인의 올바른 시 해석을 위하서는 그의 시적 고뇌를 공생이라는 공동체 인식의 소중함을 통해 미적 주권의 확립으로 거부감 없이 접근해야 한다. 특히 자연관조를 통해 정관적인 면을 구축하고 있는 그의 시는 사변성을 강하게 표출하고 있다. 진실한 인간성의 회복으로 〈고향 바다와 나〉를 표출한 그의 시적 구도와 의식은 때로 지상에 속하는 여성상징인 꽃(목련화, 민들에 등)으로 형상화되기도 하지만, 생명의 강인함을 새로이 교시하는 〈대관령 봄바람〉을 통해서 '굳게 잡은 악수'처럼 인간의 존재에 대한 본령本領을 다시금 일깨워 주기도 한다.

용솟음치며 포효하는 한바다 앞에
힘내라 말했던 당신처럼
그저 닮고 싶은
고향 바다.

- 〈고향 바다와 나〉에서

해풍에/
씻긴 대관령 봄바람

너와 나는
다시 만날
굳게 잡은 악수다

- 〈대관령 봄바람〉에서

이처럼 인간의 원초적인 향수, 만유의 본체인 자연을 축으로 하여 자연회귀성을 새롭게 조명한 그의 정신작업은 한 순간 본래의 자아를 인식하면서 현실 속에 안주하며 시대의 아픔을 함께 하기에 이른다. 현대인의 삶의 처소인 이중거리를 통하여 그 자신을 해체하고 창조적 행위를 반복하는 김학철 시인의 시편에는 지극히 동양적인 숙명관이 정신기후로 자리해 있다. 때문에 대상의 바라보기(凝視)는 생명에의 서정적 변용이 골격의 층위로 확장되고 있기에 자연친화적인 색채감과 깊은 사유에서 기인된 그의 시격은, 서정성이 녹아 있어서 우리에게 감동을 주는 저력을 지닌다.

특히 정신작업인 시창작의 과정에 있어 소재의 선택이나 표현기법, 그리고 새로운 실험적 시도와 개성적 특이성의 서술은 미적 진실성을 보다 심화시켜 준다. 하이데카의 "헌법도 시작詩作이다"

라는 지론처럼 존재의 뿌리인 가정이나 고향은, 주제의 참신성을 위해 도전하는 시인에게 있어 끊임없이 되돌아가 머물러야 할 공간이다. 까닭에 시인은 귀향(Heimkunft)하는 자로서의 시대적 소임을 엄숙히 담당해야 할 실체이기에 육신과 맑은 영혼이 진정 머물러야 할 성채城砦를 명증하는 소중한 작업이다.

> 누군가/내게 물으면
> 생명이라고 대답하리.
>
> 누군가/내게 말하라고 하면
> 혼을 부어
> 눈물을 닦는 것이라고 말하리.
>
> ─〈시인과 나〉에서

　삶의 일상에서 눈앞에 가려진 물안개에 보다 익숙해져 있는 우리에게 가시적可視的 현상 뒤의 불가시적 본체의 드러남을 암시하고 있는 김학철 시인은 창조활동을 폭넓고 다양하게 펼쳐나가야 할 시인들은 영감의 비의秘義를 해명하는 사제司祭로서의 역할을 충실히 수행하여야 함을 합리적으로 일깨워주고 있다. 모름지기 인간은 회색의 그림자, 곧 세 개의 어둠의 그림자인 '공허함, 죄책감, 두려움(공포)' 속에서 살아가는 존재이기 때문이다. 인간을 포함한 만유萬有는 우주 생성의 연맥緣脈에 연유한다. 때문에 하찮은 물상에도 생명을 주어 삶의 외경과 사랑의 소중함을 일깨워 주는 그의 작위作爲는 자연의 비의를 통한 자기 확인의 도구로서 심상의 형상화로 규정할 수 있다. 비교적 자연관조를 거쳐 생성된 그의 시는 사변성을 강하게 표출하고 있으며 정관적인 면을 구축하고 있어 그의 시는 인생론적 체험과 일맥상통한다. 여기서 따뜻한 정신기후의 조성과 행복한 집짓기로 해명되는 김학철 시인의 시정신은 비교적 식물성 언어로 직조된 그만이 겪는 환타지이다.

그의 시편에서 수용하고 있는 "바람길 저 앞은 망망 동해/신선이 밤새 빚었나 눈꽃 상고대.//능선 굴곡이 선녀처럼 아름다워/설국(雪國)이 예로구나.//높낮이 알 수 없는 천길 구름 사이/얼음꽃 위로 흐르는 가 없이 푸른 하늘.(선자령)"에서의 보기나 "일상이 머무는 곳.//천 번을 이지러져도 그 본바탕은 변하지 않는다는 달을/언제쯤 나는 닮을 수 있을까.(오늘 하루)"라는 투의 담백한 시격은 그의 시정신을 관통하는 언어의 통로이며 빛나는 화살에 빗대어진다. 이처럼 그의 시창작의 큰 틀은 자연친화적인 삶의 일상에서 연계된 인간관계성의 회복, 그리고 지극한 선의 드러남인 생명경외의 엄숙성이다. 때로는 삶을 관조하면서 언어예술로 직조해낸 다수의 시편들은 체험하고 확인된 교시적인 사념을 내적 충만이라는 과정을 통해 창조해낸 관조적 사유의 생산물이다.

영국의 스펜더가 제시한 '기억력'은 특정한 감각적 인상으로 시인의 천부적인 재능인 상상력과 결부된다. 기억력은 단순히 정신적인 재현작업이 아니라, 고통을 통해 생산된 창조적 기억의 변형으로 생명력을 지닌 예술작품이다. 유추하건데 김학철 시인이 "아를르의 여인처럼 애잔한 그대/눈꽃 보다 더 하얀 꿈 싣고 겨울 강 건너오네./봄바람 한줌 불어왔나 꽃잎 떨어져 눈물짓네//임 향한 마음이야 아무도 모르지만/어디 숨었다 나타났나/북향화(北向花) 가지 끝 순결한 한 송이(목련꽃)"이라는 예시에서 파악되듯 순결성과 흰색, 그리고 꽃이라는 식물성의 대응을 통하여 그 자신이 그분을 향해 창문을 열어놓고 드리는 맑은 영혼의 기도는 평화주의자로서의 끝없는 추구인 동시에 자성임에 틀림이 없다.

3) 자성의 시간과 감동의 회복

한 사람의 충직한 독자로서의 우리는 김학철 시인의 예감의 시집에 해당되는 『그대 그리고 나』를 접하면 일단, 그 자신이 한 해를 마감하며 드리는 내밀한 기도가 지극선의 추구임을 애써 거부할 필요가 없다. 차지에 삶은 존엄한 것이기에 선함과 사랑의 빛을 스스로가 밝혀야 한다. 이방의 사도인 바울은 인간의 실존은 '풀의 꽃, 아침의 안개'와 같은 대상으로 해석하였다. 무엇보다 분명한 것은 아름답고 빛나는 인간의 삶이라지만 본질적으로 소멸된다는 사실이다. 존엄한 삶에 있어 진실된 소망과 애씀은 충직함과 직결되어야 하고 혹여 삶의 향방이 운명적으로 역경의 늪으로 추락할지라도 왈츠의 회화 〈소망〉의 교시적 의미는 기억에 담아두어야 할 것이다.

새벽은
저 혼자 깨치며 문을 여는
풍경소리

레일 위에 빛이 없어도 밤길 달리는 밤기차처럼
싸락눈 내리는 절집 새벽을 쓸고 있는
은은한 풍경소리처럼
연이은
징검다리 하나 놓고
12월의 첫 기도를 올립니다.

-〈12월의 첫 기도〉에서

그 나름의 시혼을 눈부시게 꽃피우며, 생명의 존엄성을 인식하고 고향 산자락에 대한 애정을 〈고향 바다와 나〉, 〈산울림이 금빛을 싣고〉, 〈선자령〉, 〈대관령 봄바람〉, 〈허균 생가生家, 솔숲에 달빛 내리더니〉 등 수용하여 미적 주권이 확립된 생명적이며 푸른 식물성 언어로 표출한 그의 서정적 미감의 시편은 정신적으로 피폐한 우리의 정갈한 아침 식탁에서 접할 수 있음은 정신적 위안이며 큰 축복의 인자囤子에 해당한다.

모름지기 거대한 격랑의 물발에 밀리면서도 〈산울림이 금빛을 싣고〉, 〈허균 生家, 솔숲에 달빛 내리더니〉에서 확인되어지듯 어려운 시대의 늪을 건너며 전통의 실타래를 꼬는 시인으로 단절된 도시공간, 이 좌절과 회색의 시간대에 몸담으면서도 밝은 미래를 위해 따뜻한 감성의 시학으로 시혼을 불태우는 열중은 때로는 처절해 눈물겹다. 상실된 자아를 발견하려는 고독한 작업을 통해 역사의 정체성은 물론 모국어에 대한 식별력이 없는 시인들이 양산되는 문단의 상황에서 어투나 음계가 다소 서툴지라도 그만의 시작행위는 다행스럽게도 담백한 목소리가 내재된 몸짓이 선명할 뿐더러 신의 은총 앞에 감사의 속성을 지닌 점이다.

특히 자연의 이법理法을 거스르지 않으려는 담담한 마음씀과 건강한 서정성을 접할 수 있다. 때로는 그의 메르헨적인 투명한 시어가 영혼을 구가하는 내재된 시적 비법으로 변형되어 '분열된 자아의 회복'이라는 시격을 확인시켜준다. 이처럼 김학철 시인이 비정한 후기산업사회에서 혈연의 관계성 회복을 위해 치밀한 구도로 주의집중을 고집한 점은 그만의 시격에서 비롯된 감동의 떨림(振動)임에 틀림이 없다. 그의 시편은 시각적인 면의 치중보다 그리움이라는 모형을 감성에 호소하기 위한 끈질긴 탐색을 '고향'을 축으로 한 귀소심리歸巢心理를 자극한 '애향심-자연회귀성'을 불러일으킨 독자의 사랑과 관심에 접목되어 있다.

무엇보다 담백한 품격으로 감정을 엄격히 통제하고 즉물적 현상을 적확하게 풀어보인 그의 시적 표징으로서 우리가 접하는 세계와 물상은 일정한 패턴으로 고정된 것이 아님은 유념하여야 한다. 이처럼 〈봄바다〉, 〈시냇물 봄맞이 소리〉 등을 통한 지속적인 일깨움으로 새로움을 향한 끊임없는 변형이며 스스로의 성숙을 위해 반복하는 눈물겨운 허물벗기에 해당한다. 까닭에 정신적으로 빈궁한 삶의 일상에서 더 없이 좋은 시인과의 만남은 결코 우연일 수 없는 황홀한 행복감이다.

모쪼록 시적 형상화를 통하여 맑은 심성의 소유자인 김학철 시인의 시편이 서정적 인자가 갈앉은 선율로 장식되어 놀랍게도 일상의 감동을 회복시켜주는 진지한 정신적 산물로서의 정화精華임을 다시금 재인시켜주고 있는 것은 놀라운 현상이다. 그의 시가 수용하고 있는 서정적 미감을 독자의 가슴으로 전이시키며, '자연과 인생 등 일체의 사물'에 관하여 일어난 정서, 감흥, 사상 등 실제로 경험한 것을 리듬에 맞춰 다정다감을 수용한 이 같은 시편을 통하여 시를 탄생시킨 산고産苦의 고뇌 이상으로 그 느낌이 잔잔한 감동으로 파생派生되어지는 시창작에 임한 그만의 탄탄한 시적 응축, 긴장감, 그리고 뛰어난 시적 재능임을 지적하지 않을 수 없다. 아울러 감정의 절제와 안정감, 그리고 시적 상상력의 확대로 높고 맑은 정신과 무엇보다 지극히 시를 사랑하는 맑은 영혼을 소유하여 삶의 일상에서 감동을 회복해야 하는 본령을 상실하지 말 것을 강조하면서, 자신의 투명한 눈물마저 선명한 이미지로 형상화 하는 김학철 시인에게 소박한 필자의 기대는, 피폐된 독자의 영혼에 자연적인 대상에서 발아되는 식물성인 푸른 언어를 개성적으로 통신하며 우리 곁의 친근한 삶의 동력자로서 시대적 소임을 엄숙하게 수행할 것이라는 확신이다.

끝으로 그만의 시편을 통해 명증되고 있는 즉물적인 편린片鱗은, 사물을 관찰하는 예리한 눈(心眼)이 물상과 관념이라는 연계성을 중시한 결과이기에 김학철 시인의 시 창작이 겨냥한 새로운 발견, 접근, 그리고 따뜻한 감성과 직관으로 사물을 예리하게 투시하되 정치精緻하게 표현하여야 그만의 독자적인 시학詩學이 비로소 자리 매김할 것이다.

11. 존재의 응시와 투시도법透視圖法
– 김운항 시인의 시해석과 조망

1) 화자의 자아회복과 응시

비록 지금은 단절의 시간대이지만, 살저미는 바람이 긴꼬리를 감추면 그렇게 남도의 바다 끝에서 '가실바꾸미'의 정취가 묻어 있는 생명의 계절이 옷자락을 펄럭이며 다가올 것이다. 새해 벽두에 따뜻한 감성으로 정신 풍경을 아름답게 채색하여 시집『가실바꾸미의 肖像』(고글, 2011)을 상재한 김운항 시인은 미적주권의 확립과 변형을 추구하며 거제문인협회의 열정적 멤버로 지역문학 인구의 저변확대와 시적 토양을 조성한「흔맥문학」(1994) 출신으로 그만의 열중은 시사적 의미를 지닌다.

모두에서 시해석과 접근을 위하여 전제할 항목이라면 비록 김운항 시인의 심상은 천성적으로 슬픔, 고통과는 단절되어 있으나, 대다수의 시편은 정한情恨의 눈물에 젖어 있어서 의식에 내재된 그의 맑은 영혼은 한층 영원회귀로 잠식蠶食되어 빛나고 있다. 암울한 삶의 현상에서도 미적주권의 확인과 변형을 통한 시적 치유의 방법을 모색하기 위해 과거에서 현재, 그리고 맞물려 있는 가까운 미래의 시간대에 따뜻한 감성과 생명외경의 틀 짜기로 인하여 고뇌하는 그 자신의 시편은 심적 평안과 희열, 하나의 기쁨이며 놀랍게도 감미로운 다이돌핀을 쏟아내는 시적 효과를 거두고 있다. 바로 이 점은 내적 사유思惟에서 근거한 파상破狀으로의 전이轉移, 곧 담론적인 시적 형상화로 해석된다.

여기서 충직한 독자의 관심사는 그 자신이 변명하고 있듯이 화자(persona)가 태어나 유년·청소년기를 보낸 공간인 '기실바꾸미(거제시 산81번지 일대)'는 조상의 뼈가 묻혀 있는 태어나 성장한 처소이다. 고향이란 소박함의 상징으로 아름다움 그 자체이며 정서적 양감量感임을 다시금 확장시켜 일상의 감동과 정한을 일깨워주는 그만의 열중은 눈물겨워 가슴을 저리게 한다.

특히 분망한 일상의 삶을 '관조와 여유(surplus)'로 변형시켜 '미끄러짐의 시학詩學'을 생산적 결과물로 빚어낸 김운항 시인은 "못내 모친이 좋아하는/구시월 그믐에/관솔불 피워 낚아/왕소금 처얼철/석쇠에 까볼고/몽긋이 짚불에 구운/등이 터덕터덕 갈라진/가실바꾸미 총바위 볼락(가실바꾸미·4)"에서처럼 지극히 작은 사물도 따뜻한 시선으로 응시하며 미래를 예견하되 생명의 원천인 모친에 대한 그리움에 연연함이 강한 실체이다. 그 자신은 인내심을 지니고 한 순간의 언어공해가 소중한 인간관계를 단절시키는 비정함을 지극히 경계하면서 "까막골 합다리, 까시두릅은/그대로일까/소매골 고비는/아직 있을까//어머니의 젖내음 눈물겨운데/한 번이라도 다래순을/그날처럼 딸 수 있다면(고향에 가고 싶다)"에서 '어머니의 젖내음'을 발현시켜 본원적 비장감마저 확인시켜주고 있다.

일단, 자신의 분신과 동일한 언어의 집합인 『가실바꾸미의 肖像』은 〈제1부 따뜻한 감성과 정신 풍경, 제2부 맑은 영혼의 깊이와 동경, 제3부 그 존재의 현상과 공감〉으로 구성되어 있으나 빛나는 순수서정의 시편들은, 자연친화적인 것과 생명외경의 모티프가 고뇌의 숨결에서 생성된 시의 종자種子로 그 틀을 팽팽히 유지하고 있다. 여기서 귀에린(Guerin. W.L)의 원형 상징에서 '물(바다)'은 '창조적 신비로 탄생-죽음-부활로, 정화와 구원, 풍요와 성장으로', 또 칼 융은 무의식의 상징으로 제시한 점은 고려할 점이다.

> 안타까운 기다림에 힘겨운 설움이
> 쓰린 가슴에 편린(片鱗)으로 반짝일 때면/
> 깊이 모를 적요(寂寥)의 밤은 창백하다
> 오늘 우리의 밤 또한 그러하나니
> 실비에 촉촉이 젖은 당신의 긴 머릿결
> 물기 묻어나는 음성은 생기 충만하였지
>
> — 〈소야곡〉에서

> 우리는 고독(孤獨)을 등에 업고
> 호반을 날다 찢길 지연(紙鳶)처럼
> 황폐한 가슴이 눈치 채이거든
> 긴 여행을 약속(約束)하자
>
> — 〈겨울바다〉에서

'적요(寂寥)의 밤은 창백하고, 때로는 호반을 날다 찢길 지연(紙鳶)처럼' 세상을 살다보면 어떤 구조나 논리는 삶의 체험을 통해 얻어지는 경우가 있다. 때로는 예지로 인지되는 구조나 논리는 무엇인가 불안하지만, 시를 쓰는 작업도 별반 차이는 없다. 연유는 정신작업의 생산물인 시가 지나치게 구조나 논리성에 충실하다 보면, 세상의 이치를 품어내는 투사(投射)의 기능을 상실하는 위험이 따를 수도 있다. 구조적인 문제나 논리적인 문제를 합한 삶의 이치를 반영시키는 그 같은 시 쓰기를 위해서는 절박하면서도 간절한 심상의 통로를 거쳐야 한다. 비열한 이기주의로 치달아 절망의 끝이 보이지 않는 현상에서도 대숲의 바람처럼 삶의 여백을 채워 놓을 것 같은 그 흐름의 '긴 여행은 약속(約束)'되어야 할 또 하나 관심의 대상이다.

이 점에 있어 독자 자신도 한순간 화엄의 세계, 일체만물의 진공묘유 두두물물眞空妙有 頭頭物物의 사이, 사이에 존재하는 나라는 가유된 없는 듯이 짐짓 있고 있는듯하나 실은 없는 진공묘유眞空妙有의 나, 또는 일체만물, 즉 바람이나 구름 같은 사이와 사이에 가유하는 사이 미학의 형상화로 확인되는 현상을 놓치지 말아야 한다. 그것은 곧 A=Ã라는 모순어법과 기상, 절연絶然, 고도의 상징으로 만나게 되는데 이는 세계를 재창조, 혹은 본원으로 회구懷舊하려는 시적 방법의 해석은 한번쯤 유념할 필요가 따른다.

한편 반성과 더 치열한 통찰에서 따뜻한 정신기후를 조성하여 시적 영감을 인식시켜주는 김운항 시인은 내면의식을 진솔하게 표출하여 자신의 정신적 생산물을 간혹 충직한 독자들에게 진아眞我의 면모를 절제된 언어로 전달한다. 이는 어디까지나 서정성抒情性은 "물봉선화 핀 사이로/흐르는 실개천/풍경처럼 웃다가/울고 있다(가실바꾸미·25)"나 "아직은 그리움이 머문 곳을/알지 못함 인데/서룹도록 산개울은 흐르고/나뭇잎 배 떠나고 있다(가실바꾸미·29)"에서 확인되듯 깊은 사유에서 비롯되는 감미로운 예술작품을 통하여 깊은 감동을 받았을 때 인체 내의 면역체계에는 강력하고도 긍정적인 작용이 발생되어 암세포를 공격하는 기적이 일어난다. 까닭에 모처럼 평자가 심도 있게 논의하려는 그의 시편에는 다행스럽게도 신선한 감동과 충격을 회복시켜주는 시적 치유의 효과가 있어 '화자의 자아회복과 응시'에 관한 접근은 실로 의미 있는 작업이다.

2) 삶의 구조와 투시도법의 조망

우리에게 부담없이 읽혀지고 신선한 감동을 회복시켜주는 김운항 시인의 시적 발상은 그가 살아온 삶의 흔적을 통해서 확인되어지는 진솔한 삶의 고백이며 현상이기에 공동의 관심사로 조망된다. 비판의 눈을 지닌 충직한 독자로서 우리가 간주할 수 있는 바는 시인의 시는 에코크리티시즘(ecocriticism)이라는 생태학적 문학이론에 근거한 것이라고 꼬집어 지적하지는 아니 하더라도 자연친화적인 양상을 축으로 한 생명외경의 전이轉移와 일상적 삶에서의 투시로, 비틀기나 증오를 거부한 순수한 시안詩眼으로 응시한 따뜻한 감성에서 직조織造된 에코토피아적인 시편에 해당한다.

아침의 골안개 촉촉이
왕대밭에 어리면
부산한 산까치의 날개짓
단잠을 깨운다

도마에 부딪는 맑은 엇박자의 칼소리
유년의 가슴 다독이던 노모(老母)의
손길처럼 정겹다

생된장에 참기름 한 방울/약손으로 정성껏 주무른
그 정갈한 다래순 묵나물

저분 끝에 매달고/게눈 되어 훔쳐보는
왕마디 쭈그럭 손

어머니
목숨처럼 소중한
우리 어머니

- 〈가실바꾸미·1〉 전문

 '아침의 골안개 촉촉한 왕대밭의 전경이 눈앞에 펼쳐진 고향, 그리고 약손으로 정성껏 주무른 그 정갈한 다래순 묵나물의 손맛, 목숨처럼 소중한 우리 어머니' 눈물겨운 어머니의 그리움은 인간 소외로 버려진 현대인에게 눈물 없이는 바라볼 수 없는 대상이며 존재이다. 이처럼 '모성'은 생명의 원천으로 여신의 존재는 우주를 생산하는 자이며 보호하는 무한 생명의 상징이기에, 모든 존재의 생성과 소멸, 재탄생은 자연의 순환적인 법칙과 연계된다. 까

닭에 전통적인 정서와 전형적인 풍물이 시적 형상화하는 과정에
서 새로운 도식과 언어의 조합, 이미지의 연결, 어조의 복합성, 운
율의 변화 등과 통합하여 자신의 독자성을 구축한 그만의 진지함
을 격려하는데 결코 인색할 필요는 없다.

> 나서지 않아
> 볼 수는 없음이야
> 늘상 그리운 님
> 해조음(海潮音) 시샘인가
> 살이 저려 와도 참으라 하네
> 향내 하나로 그렇게
> 하냥 참으라 하네
>
>   - 〈풍란〉에서

> 어디메에 있는지
> 내 그리운 사람 찾아
> 훨훨 나르는 거야
> 바람 타고 그렇게 나르는 거야
>
>   - 〈종이비행기〉에서

"향내 하나로 그렇게/하냥 참으라하네(풍란)"를 통해 오랜 날
그 자신이 담백하고 고귀한 시격을 빚어내기 위하여 경박하게 속
내를 들어내지 아니하고 풍란이 품격 높은 정수精髓인 꽃향을 피
워내기 위해 온갖 시련을 감내하듯 "훨훨 나르는 거야/바람 타고
그렇게 나르는 거야(종이비행기)"에서 시인은 자기응시와 자아회
복의 내면성을 동시에 응축시켜주고 있다. 여기서 투시도법透視圖

法은 피사체를 원근법에 따라 눈에 비친 그대로 그리는 방법으로 배경 화법, 원경법遠景法, 투시화법으로 통용된다. 비록 김운항 시인은 의도적으로 추상적인 상징이나 난해성을 치열하게 도식화하지 않기에, 도리어 그의 시편은 어려움 없이 읽혀지고 편하게 이해되어 친근함마저 더해주는 따뜻한 감성의 시적 매력을 발산하고 있어 놀랍게도 역동성을 지니고 있다.

"슬퍼도 슬퍼하지 못하고/그리워도 그리워 할 수 없는/달빛에 바랜/아린 사랑이 있기 때문이다(고향·1)"나 "소금기 묻어나는 안개바다는/떠도는 수라(修羅)들이 잠든 처소이다/이런 날의 안개바다는/애타는 기다림에 젖어 살갗이 푸르다(안개바다)"를 통해 다시금 확인할 수 있듯이 그 자신의 성찰을 통한 인생론적 체험은 노장 중심의 '자연과 인간의 평등, 공존, 인간과 자연과의 동일성을 기반'으로 자연관을 수용한 뒤의 나직한 육성이어서 호소력 또한 강하다. 그 같은 연유로 그의 의식 공간에는 칙칙한 어둠은 항시 말끔 씻겨나 반짝이는 별(星座)로, 또는 내일을 여는 여명黎明으로 밝게 깨어나 빛의 비늘(片鱗)로 돋아나는 투명성이다.

샘은 메워지고
마당에 잡초 우거져
정한수 놓아 두던
팔손이 나무 아래
밉살난 청개구리 한 쌍/
사랑에 취해 있다

- 〈가실바꾸미·6〉에서

여직 어디를 헤매이는가
보낼 곳 없이 밤새워 쓴
눈물 묻은 긴 편지를 읽는다

- 〈가난한 날〉에서

위의 시편을 통해서도 확인할 수 있듯이 항시 사물을 응시하고 탐색하는 김운항 시인의 시선은 따뜻하고 감미롭다. 그의 심성 또한 맑고 섬세한 까닭에 삶의 현장에서 접하는 대상을 서로 간에 적대시 할 때, 자신의 어두운 측면, 즉 그림자를 상대방에게 상호 투시하는 것이 삶의 보편성일 것이다. 그러나 고정의 틀을 벗어나려는 화자의 배경지식(schema)에는 현재의 상황이나 신분, 처지가 어떠하던 사적인 그림자를 투시할 경우엔 대인관계에서 갈등을 일으킨다는 것을 통해 경계하고 있다. 그 같은 배경은 "마지막 편지에도/차마 사랑한단 말은 쓰지 못하고/남겨둔 여백(편지)"를 통해서 쉽게 파악된다.

이 같이 '사랑과 상실과 인생에 대한 아름다운 성찰'을 안겨준 맥락에 근거하여, 정신노동으로 피곤이 밀물처럼 한순간 몰려오는 삶의 현장에서 향수에 취한 아득한 행복감을 배경으로 '밉살난 청개구리 한 쌍/사랑에 취해 있는' 생명의 외경과 '보낼 곳 없이 밤새워 쓴/눈물 묻은 긴 편지를 읽는' 삶의 즐거움과 조화로움, 그리고 넉넉함을 지혜롭게도 인식의 내면에 은밀히 숨길 줄 아는 따뜻한 감성의 시인이기에, 힘겹고 짜증나는 비정하고 각박한 일상에서 그의 시편을 음미할 수 있다는 것은 실로 우리의 행복이다.

사상과 정서의 자유로운 교감을 거쳐 마침내 자각 속에 생명체로 존재하는 시는 깨달음의 미학이다. 김운항 시인의 "울창한 피조물에 갇힌 오만한 군상(群像)/겉살 가는 문바람에 가는 목 움츠리는/어줍은 모습, 초라한 매무새를/다독이고 용서할 줄도 아는/반짝이며 흐르는 구름이고 싶다(구름이고 싶다)"의 시편은 지상적인 것에서 확산, 승화되어 우주와 통하는 다가서기라는 적극성이 내재되어 있음은 결코 간과치 말아야 한다.

특히 그만의 고뇌와 집념은 동일한 사물이나 현상을 다른 시각에서 응시하는 시적 투사透寫로 새롭게 시의 지평을 열어놓고 잠시 숨결을 고르고 자기만의 육성, 의식을 담아 정열화整列化한 언어 양상을 밀도 있게 조명해 보이고 있어 독자들에게 일체의 거부감이나 갈등의 요소를 충동하지 않는다. 그 같은 연유로 현실적 상황에서 자기 삶의 충직한 실체로서 내적 충만을 위해 사유의 시간을 즐기는 멋스러움으로 시작에 열중하는 시인에 대한 새로운 해석과 조명은 삶의 의미를 부여하는 기쁨으로 간주할 수 있기에 그만의 담백한 시 정신에 대한 분할과 통합, 그리고 관심사는 마침내 공감대를 형성한다.

3) 예언자의 칼과 시의 원정園庭

시론에서 이미지(心象)란 언어를 통해 표현된 구체적 형상이나 그와 관련되는 추상적인 관념들을 의미한다. 이 같은 구체적 형상은 그와 관련된 추상적 관념들이 바로 시에서 '이미지'라고 불리며, '연상되는 감각적 인상은 감각적 이미지로, 연상되는 추상적 관념은 상징적 이미지'로 해명된다. 예컨대 삼각형의 형상은 그려져 있는 삼각형의 그림 그 자체이어야 하며, '평행하지 않는 세 개의 직선에 의하여 둘러싸인 도형' 등의 제시는 개념적 설명일 수는 없다.

막스 베버(Max Weber)는 『경제와 사회』의 서두에서 사회학을 "사회행동을 의미 있게 이해(verstehen) 하고 이를 통하여 그 작용면에 있어서 인과적으로 설명하는 과학이라"고 지적한 바 있듯이, 김운항 시학에 관한 바른 해석이나 감상 또한 그것이 학문적이기를 표방하는 한, 이해를 경유하면서 궁극적으로는 이성적 해석을 위한 최소한의 노력과 시간의 투자가 있어야 한다는 당위론이 조심스럽게 제기된다.

손금을 보듯 꼼꼼히 김운항 시인의 시편을 검색하는 과정에서 만유의 본체인 자연을 축으로 하여 자연회귀를 새롭게 조명한 그의 시 작업은 한순간 본래의 나를 인식하면서 현실에 안주하며 시대고時代苦를 함께 하기에 이른다. 사실 인간성이 창백한 현대사회에 몸담고 있으면서 미적주권을 확보하며 내면의 인간소외에서 오는 견고한 고독을 극기하려는 눈물겨운 흔적은 마침내 자신을 해체하고 창조하는 진통 속에서 소통도구인 언어로 빚어놓은 맑은 영혼과 진리 추구라는 소중한 꿈(소망)의 층위로 자리해 있다.

모름지기 그만의 시 창작의 틀은 자연친화적인 것과 따뜻한 삶의 정감, 그리고 순치되지 않은 남도의 우직한 성품은 모가 나지 않는다. 아울러 지나친 수사적 기교와도 상당히 거리가 있어 정직한 시격은 시적 토양을 조성시켜주고 있어 시속에 용해되어 있는 부산물은 일상의 대상을 관조하는 지극한 선의 드러남인 생명경외의 엄숙성에 기인한 탓에 다수의 시편들은 체험하고 확인된 교시적인 사념을 내적 충만充滿이라는 과정을 통해 언어예술로 직조한 정신적 산물이기에 순수한 미감美感을 지니고 있다.

결론적으로 김운항 시인의 시편에서 보편성을 지닌 시어의 사물성이 다행스럽게도 존재의 집 '(고향 → 어둠의 섬 → 어둠의 등대 → 빛나는 찌(밤 낚시)'으로 제기되어 깨달음과 자리 매김으로 고정되고 있다. 때문에 '생명외경으로 생성된 감성의 시학'을 조심스럽게 구도화 하는 그에게 거는 한결 같은 기대는 고질화된 화려한 언어유희(pun)에 이끌리지 말라는 경계심이다. 모쪼록 일상의 주변에서 스탕달의 묘비명처럼 "썼노라. 사랑했노라. 살았노라."의 절박한 심정으로 자기의 육성과 색깔이 있는 시의 영토를 확장하되 비틀기보다는 손잡아 주고 다가서는 반복학습을 통하여 인간소외를 조성하는 모든 매체를 맑은 영혼의 선율로 경계를 깨부시는 시인의 시대적 소명을 담당하되 푸른 생명적이고 식물성 시어를 조탁彫琢하는 예언자적 존재로 당당한 위상을 확립하기 위해 가혹하고 엄격하게 자신을 부단히 당근질하라는 조심스런 당부를 글의 말미에 남긴다.

저 자

엄창섭

    1945년 강원도 강릉에서 출생하여 성균관대학교 대학원 국어국문학과 박사과정(문학박사)을 수료하였다. 1965년부터 『華虹詩壇』(편집인)을 통해 시작활동을 시작하였으며, 〈詩文學〉(1977년)으로 천료한 뒤, 관동대 교수(교무처장, 대학원장 등), 한국시문학회와 한국겨레문학회 회장, 한국현대문예비평학회, 한국현대시협회, 한국기독교문학가협회의 부회장을 역임하였다. 현재 국제펜클럽한국본부, 한국현대문예비평학회, 모던포엠 고문, 강원도민대합창 이사장, 심연수선양사업회위원장, 아세아문예 주간 등을 맡고 있다. 특히 평생을 고향에 머물며 교육과 집필활동에 몰두하였으며 〈한국현대시협상〉, 〈동포문학상〉, 〈후광문학상〉, 〈횃돌문학상〉, 〈강원도문화상〉, 〈허균문학상〉, 〈소월문학상〉, 〈순수문학상〉 등을 수상하였고, 1997년 〈문학의 해〉 정부포상, 2010년 〈시의날〉 한국현대시협과 한국시협 공동의 공로 표창, 그리고 황조근정 훈장을 받았다.

    개인시집에는 기독교세계를 시적형상화 한 『비탈』(1968년)을 포함하여 『바다와 해』, 『생명의 나무』, 『땅에 쓴 長詩』, 『열매따기』 외 4권과 시전집 『눈부신 約束과 골고다의 새』(亞松, 2010), 또 연구서와 문화비평서로 『金東鳴 시문학연구』, 『한국현대문학사』, 『문예사조론』, 『沈連洙의 시문학 탐색』, 『沈連洙의 시문학 연구』, 『현대시의 현상과 존재론적 해석』, 『현대시의 이론과 실제』, 『삶과 문학, 그리고 箴言』, 『문화인식의 현상과 이해』, 『문화인식의 확장과 변형』, 『문화인식의 변형과 다이돌핀』, 『인식의 전환과 현대시의 변주』 등 다수를 간행하였다.

<u>발상의 전환과 느림의 시학</u>

초판 인쇄 | 2011년 4월 12일
초판 발행 | 2011년 4월 12일

저　　자　엄창섭

책임편집　홍선아

발 행 처　도서출판 지식과교양
등록번호　제 2010-19호
주　　소　서울시 도봉구 창5동 320번지 행정지원센터 B104
전　　화　(02) 900-4520 (대표)/ 편집부 (02) 900-4521
팩　　스　(02) 900-1541
전자우편　kncbook@hanmail.net

ⓒ 엄창섭 2011 All rights reserved. Printed in KOREA

ISBN　978-89-94955-14-8 93810　　　　　　**정가**　29,000원

이 도서의 국립중앙도서관 출판도서목록(CIP)은 e-CIP홈페이지(http://www.nl.go.kr/ecip)에서 이용하실 수 있습니다. (CIP제어번호: CIP2011001596)